JESKO WILKE

Rückwärts laufende Hunde

oder warum ich Gudrun Ensslin
zehntausend Mark schulde

Rote Katze Verlag

JESKO WILKE

Rückwärts laufende Hunde

oder warum ich Gudrun Ensslin
zehntausend Mark schulde

Roman

 Rote Katze
VERLAG

Impressum

Bibliografische Information der Deutschen Nationalbibliothek:
Die Deutsche Nationalbibliothek verzeichnet diese Publikation
in der Deutschen Nationalbibliografie; detaillierte bibliografische
Daten sind im Internet über http://dnb.dnb.de abrufbar.
© 2022 Rote Katze Verlag

Herausgeber: Rote Katze Verlag, Lübeck
www.rote-katze-verlag.de
Alle Rechte vorbehalten.
2. Auflage, Februar 2022

Satz: La Deutsche Vita®
Umschlagabbildung: © Bekim M / Pixels.com
Lektorat: Ramona Pingel
Herstellung: BoD – Books on Demand, Norderstedt

Buch
15,00 €

ISBN 978-3-9824150-3-1

Wer Geduld hat, kann wahrnehmen, wie Steine aus dem Boden wachsen. Selbst tonnenschwere Findlinge werden so auf magische Art aus der Erde geboren. Das Einzige, was es dazu braucht, ist Zeit. Es handelt sich nämlich um kein übernatürliches, sondern auf starkem Frost beruhendes Phänomen. Steine leiten die Temperatur besser als das vergleichsweise lockere Erdreich. Sobald die Kälte des Winters in den Boden kriecht, leiten Steine sie nach unten, wo sich bald eine gefrorene Schicht bildet. Da sich Wasser beim Gefrieren ausdehnt und das darüber liegende Erdreich noch nicht gefroren ist, wird der Stein auf diese Weise ein paar Millimeter nach oben gedrückt. Über die Jahre und Jahrzehnte sorgt die sogenannte Kryoturbation für die Geburt immer neuer Findlinge.

Groß und schwer wie eine ungeheuerliche Wahrheit, die das Schicksal für viele Jahre im Dunkeln vergessen hat, stehen sie dann in der Welt. Denn die Zeit bringt früher oder später alles ans Licht.

1972

1.

Als mein Vater starb, war ich minus fünf Monate alt. Er ist am Morgen des 12. Februar 1959 kurz hinter Hedemünden von der Werratalbrücke gestürzt. Er hatte an einer Unfallstelle gehalten, um zu helfen, wurde von einem Kleintransporter erfasst und von der Brücke geschleudert. Die Autobahn verläuft dort in etwa 57 Meter Höhe. Ich habe ausgerechnet, wie lange er dafür gebraucht hat: Knapp drei Sekunden. Angesichts des bevorstehenden Todes läuft noch einmal das ganze Leben wie im Film an einem vorüber, heißt es. Einundzwanzig, zweiundzwanzig, dreiundzwanzig – Schluss. Wenig Zeit für ein ganzes Leben. Wenn Leute hören, dass ich Halbwaise bin, fragen sie manchmal, wie mein Vater gestorben ist. Ich sage dann, dass er Pilot war und ein paar Monate vor meiner Geburt abgestürzt ist. Das stimmt zwar nicht, ist aber keine schlechte Lüge. Lügen sollten immer einen wahren Kern enthalten, dann klingen sie glaubhafter.

Ich lag im Bett und lauschte den Geräuschen, die das Haus machte. Den Geräuschen von über zwanzig Zimmern, den dazugehörigen Türen, Fußböden und Heizkörpern, einem winzigen Fahrstuhl und einer großen Küche, diversen Behandlungsräumen und einem Speisezimmer, das manchmal auch als Festsaal fungierte. Dann waren da noch Sachen, die man nicht sehen konnte, die aber trotzdem Geräusche mach-

9

ten. Ich hörte das Rauschen eines Fallrohrs, weil im Zimmer über mir jemand die Klospülung betätigt hatte. Wahrscheinlich Lisa, die von Montag bis Freitag in unserer Schönheitsfarm arbeitete und dort ein kleines Zimmer bewohnte. Jetzt hörte ich, wie sich der Spülkasten wieder mit Wasser füllte.

Mein Wecker hatte gerade geklingelt, aber ich gönnte mir noch ein paar Minuten, bevor ich die Bettdecke aufschlagen und aufstehen würde. Ich lag da, lauschte weiter und fragte mich, wann eigentlich genau der Impuls zum Aufstehen kommt und wer oder was in mir das dann entschieden hat. Draußen wurde ein Motor gestartet. Es war der Käfer unserer Nachbarin, die jetzt zur Arbeit fuhr. Ich wartete, auf den Impuls aufzustehen, und die Vogelstimmen drangen in mein Bewusstsein. Die waren die ganze Zeit da gewesen, ich hatte sie nur nicht wahrgenommen. So wie das leise Dauersummen, das die Ölheizung verbreitete, weil sie für das ganze Haus heißes Wasser erzeugte. Und dann war da noch ein Geräusch, das von mir kam. Mein eigenes Grundrauschen, sehr leise, aber doch hörbar, besonders, wenn ich mir die Finger in die Ohren steckte. Ich schob die Decke weg und stand auf.

2.

Vor ein paar Tagen hatte ich, Joe Anders, im Alter von knapp 14 Jahren die Peepshow erfunden. Zugegeben, der Zufall spielte dabei eine entscheidende Rolle. Mirella, unsere Köchin, hatte mich in den Vorratskeller geschickt, um Kartoffeln zu holen. Als ich den Flur zurücklief, ging plötzlich das Licht aus. Ich wollte mich gerade beschweren, welcher Idiot das Kellerlicht ausgemacht hat, als ich einen feinen Lichtstrahl bemerkte. Ich stellte den Drahtkorb ab und näherte mich dem Regal mit Vorräten. Ich schob ein paar Konservendosen zur Seite und entdeckte einen winzigen Spalt im Mauerwerk neben einer Stahltür, die stets abgeschlossen war, weil sich dahinter der Umkleidebereich für die Sauna befand. Mein Blick landete auf dem Hintern einer unserer Damen, auf Bikinistreifen, die sich auf gebräunter Haut abzeichneten. Dann drehte sie sich um und ich konnte für einen winzigen Moment ihre Scham erblicken, bevor diese hinter einem Frotteebademantel verschwand. Ich spürte mein Herz klopfen. Es war die erste Frau, die ich nackt gesehen hatte – abgesehen von meiner Mutter. Das Aufregende daran war, dass die Frau nichts ahnte und sich entsprechend unbefangen bewegte, während ich diese Intimität missbrauchte. Dafür schämte ich mich, aber gleichzeitig verlieh es mir ein Gefühl von Überlegenheit und Macht.

Später am Tag kam ich wieder und kratzte den Putz zwischen den Ziegeln heraus, bis ich eine passable Aussicht auf den Umkleidebereich und den Vorraum zur Sauna hatte. Ich konnte sogar den ersten von drei Duschplätzen einsehen, die sich im Hintergrund befanden. Anschließend verschloss ich die Stelle mit einem Stück Kalksandstein, das ich mir von einer nahe gelegenen Baustelle besorgt hatte, und stellte die Konservendosen wieder davor. Der Stein passte so perfekt, dass ich selbst eine Weile brauchte, bis ich die Stelle im Dunkeln wiederfand.

Am Freitagnachmittag trafen die neuen Damen in der Schönheitsfarm Viktoria ein, eine Tatsache, die mich zuvor nicht besonders interessiert hatte. Ab sofort war der Freitag das Highlight meiner Woche. Zur Verwunderung meiner Mutter gesellte ich mich zum Hofstaat unseres Unternehmens, der die Ankömmlinge in Empfang nahm. Eingereiht zwischen der Chefin, der Visagistin Lisa und unserer Köchin Mirella gab ich mich der stillen Vorfreude hin, die mir mein neu gewonnenes Privileg garantierte. Ich schenkte jeder Dame ein freundliches Lächeln und erstellte dabei ein spontanes Ranking, noch ohne zu wissen, dass mein eingeschränktes Blickfeld die Zuordnung von Gesicht und Körper bisweilen schwierig machte. »Wahre Schönheit kommt von innen«, pflegte meine Mutter gern zu verkünden, wenn sie nach Ablauf von ein oder zwei Wochen überschwänglich für unsere Schönheitsfarm gelobt wurde, was in diesen Jahren häufig vorkam.

Unsere Gäste waren zum Glück ausschließlich weiblich. Die eine Hälfte kam aus den umliegenden Großstädten Hamburg, Hannover und Bremen, die andere von überall aus der Republik. Bei uns logierten Schauspielerinnen, die sich für das nächste Engagement aufmöbeln lassen wollten, junge Frauen aus gutem Haus, die sich für die anstehende Heirat herausputzten (manchmal in Begleitung ihrer Mütter), ledige Chefsekretärinnen, die sich mal etwas leisten wollten und Millionärsgattinnen, die das jederzeit konnten. Am liebsten waren meiner Mutter jene, die sich für einen Seitensprung ihres Gemahls entschädigten. Sie buchten alle verfügbaren Extras, investierten zusätzlich ein Vermögen für Kosmetik-Artikel und gaben gutes Trinkgeld. Speziell für dieses Klientel hatte meine Mutter im Foyer eine kleine Boutique eingerichtet. Dort gab es eine exquisite Auswahl von Designermode, diverse Accessoires und Modeschmuck von Langani, einer Marke, die so lange schick und italienisch klingt, bis man erfährt, dass deren deutsche Erfinderin Anni Lang heißt.

Zu unseren Stammgästen gehörten die erste und zweite Frau eines Reeders, eine Filmdiva, die inkognito bleiben wollte (jedoch tief beleidigt reagierte, wenn man sie nicht erkannte), die Frau eines Hamburger Senators und die Dauergeliebte des Vorstandsvorsitzenden einer Privatbank. Über die angebliche Erbin einer Hotelkette, die stets in einem gelben Lotus Europa erschien, erfuhren wir erst Jahre später, dass es sich um eine Edelprostituierte handelte, die sich von ihrem stressigen Berufsleben erholen und für ein paar weitere Jahre fit machen wollte. Irgendwann vertraute sie meiner Mutter an, dass sie ihre Rechnungen erfolgreich bei der Steuer absetzte. Bedauerlicherweise vertrug sie keine Hitze.

Meine Mutter schob einen Stapel Papiere von sich weg und begann sich mit den Fingerspitzen über die Schläfen zu streichen. Dann schloss sie die Augen, legte ihren Kopf in den Nacken und seufzte. Ich durchquerte das Büro, trat von hinten an sie heran und legte meine Hände auf ihre Schultern.

»Soll ich dich massieren?«

»Ach, das wäre schön.«

Sie richtete sich auf, machte einen geraden Rücken und legte ihre Arme auf den Lehnen ihres Bürostuhls ab. Ich rieb meine Hände aneinander und begann ihren Nacken und ihre Schultern zu kneten. Ich mochte das, es gab mir das Gefühl, erwachsen zu sein, ihr zur Seite zu stehen. Außerdem fand ich, dass sie eine schöne Frau war, und war stolz darauf, dass sie die Farm aufgebaut hatte. Ich bearbeitete ihre verspannte Muskulatur und schaute über ihre Schulter hinweg auf den Stapel Mahnungen.

»Ich kann das Heizöl nicht bezahlen, dieses teure stinkende Zeug«, sagte sie. »Es reicht gerade noch für die große Hypothek und mit der darf ich auf keinen Fall wieder in Rückstand geraten.«

Heizöl war im Herbst 1973 infolge der Ölkrise immer teurer geworden. Von nun an würde der Preis steigen und steigen. Ich wusste, dass meine Mutter Profi in dem war, was sie »jonglieren« nannte. Am Ende ging es zwar immer gut, aber die chronische Geldnot schwebte in diesen Jahren wie ein Damokles-Schwert über uns, und es beunruhigte mich jedes

Mal aufs Neue, wenn so eine Krise nahte, was mit unschöner Regelmäßigkeit geschah. Alle drei Monate, wenn die »große Hypothek« bedient werden musste, war es so weit.

Manchmal stellte ich mir vor, dass ich einen Koffer voll Geld fand, zum Beispiel aus einem Bankraub. Geld, das die Ganoven auf der Flucht nur unzureichend verstecken konnten und das mir auf einem meiner Streifzüge durch den Wald in die Hände fiel. Dann träumte ich mich in die Rolle des anonymen Retters, der heimlich Kuverts mit je 10.000 Mark im Posteingang des Büros versteckte und sich zusammen mit meiner überglücklichen Mutter über den rätselhaften Gönner wunderte.

»Immer, wenn die große Hypothek fällig ist!«, würde meine Mutter rufen und sich in meine Arme werfen.

Als meine Mutter, Viktoria Anders, vor vier Jahren die Schönheitsfarm kaufte, musste sie zwei Hypotheken aufnehmen. Eine monatliche über 800 Mark und eine dreimonatliche über 2.200 Mark. Sie konnte etwas Eigenkapital aus einer Erbschaft beisteuern und musste den restlichen Kaufpreis plus Umbaukosten über die Bank finanzieren. Es grenzte an ein Wunder, dass ihr das als alleinstehender Unternehmerin und Mutter gelungen war. Irgendwie hatte sie den Filialleiter unserer Sparkasse davon überzeugen können, dass das Beauty-Business eine Goldgrube sei.

»Herr Leuschner, kennen Sie sich mit Schönheit und Mode aus?«, hatte sie ihn gefragt, was dieser naturgemäß verneinen musste. »Dann möchte ich Ihnen das gern erklären ...«

Ende der Sechzigerjahre brummte die Wirtschaft wie ein VW-Motor, der Nachkriegsboom bescherte den Banken satte Gewinne. Und die Bau- und Immobilienfinanzierung stand dabei ganz oben. Meine Mutter hatte an diesem Tag eines ihrer entzückenden Kostüme getragen, mit knielangem Rock und halblangen Ärmeln. Ich stelle mir vor, wie sie sich nach ihrem Vortrag ein wenig nach vorn beugt, den

Zigarettenrauch zur Seite bläst und dem Leuschner direkt in die Augen schaut. Der Filialleiter kann diesem Blick natürlich nicht standhalten, doch als er ihn senken will, prallt er von ihrem wohlgeformten Busen ab und landet wieder im Gesicht meiner Mutter, die jetzt nachsichtig lächelt. Leuschner fingert am Saum seines mausfarbenen Sakkos herum und steht schließlich auf.

»Na gut«, stöhnt er, bereits halb geschlagen, »ich werde es mir überlegen, Frau Anders.«

Doch mit derart vagen Aussichten hatte sich meine Mutter nicht abspeisen lassen. *Keine halben Sachen!* war einer ihrer Lieblingssprüche. In meiner Phantasie startete Leuschner einen letzten Versuch:

»Ist Ihnen überhaupt klar, worauf Sie sich einlassen? Eine Schönheitsfarm aus dem Boden stampfen, als Frau, ganz allein?«

»Wer sollte das sonst machen, als eine Frau?«, entgegnet sie mit einem bösen Funkeln in ihren blauen Augen. Spätestens jetzt begriff Herr Leuschner, dass Bedenkenträger gegen Viktoria Anders keine Chance hatten.

»Das hat gutgetan, mein Großer.«

Sie tätschelte meine Hände, die noch auf ihren Schultern ruhten.

»Ich würde vorschlagen, wir machen für heute Feierabend. Für das blöde Heizöl wird mir schon eine Lösung einfallen. Und du musst jetzt dringend schlafen gehen.«

Ich lag im Bett und lauschte den Geräuschen, die das Haus machte. Am Abend hörte es sich anders an. Es schien, als atmete das Haus tief durch, um selbst zur Ruhe zu kommen. Kein Türenschlagen, keine Stimmen auf Zimmern und Fluren. Ich hörte, wie ein Fenster geschlossen wurde, dann ein paar Schritte, Stille. Von der Heizung war nur noch ein leises Rauschen zu vernehmen. Ein Rauschen, das mit dem

Verbrauch von Heizöl einherging, dem teuren, stinkenden Zeug, das stellvertretend für meine beiden Probleme stand: für die Geldsorgen meiner Mutter und dafür, dass mit mir etwas nicht stimmte. Schade, dass mein Vater nicht mehr lebte, mit ihm würde es gewiss keine finanziellen Probleme geben. Väter arbeiteten viel und verdienten gut. Das war in den Familien meiner Freunde so und so wäre es bestimmt auch bei uns.

Was, wenn mein Vater wieder auftauchen würde? Einfach so. Es hatte eine Verwechslung gegeben, ein anderer Mann seiner Statur war von der Brücke gestürzt. Aber warum hatte er sich dann nicht gemeldet? Klarer Fall: Mein Vater war Agent! Als er aufzufliegen drohte, musste sein Tod fingiert werden, damit die Russen ihn nicht ausschalten konnten. Inzwischen war Gras über die Sache gewachsen und er kam zurück. Mit neuer Identität natürlich. Daher durfte ich ihn nicht Papa oder Vater nennen. Als ehemaliger Top-Spion hatte er finanziell selbstverständlich ausgesorgt und würde als Erstes die große Hypothek ablösen. Blieb noch das zweite Problem: Egal wie intensiv etwas stank – zum Beispiel Heizöl –, ich konnte es nicht riechen. Es war am vierzigsten Geburtstag meiner Mutter gewesen. Ich war sechs Jahre alt und hatte ihr ein Wachsmalkreidebild geschenkt. Es zeigte die Schönheitsfarm und eine Reihe dünnbeiniger Figuren, die meine Mutter, meinen Onkel Fred und mich darstellten. In der linken Ecke strahlte eine leuchtend gelbe Sonne und auf der Rückseite befand sich mein Name. Ich hatte jeden Buchstaben in einer anderen Farbe geschrieben und so groß, dass das Wort »Joachim« gerade eben auf die Rückseite des Bildes passte. Wir frühstückten draußen in der Sonne. Auf dem Tisch befand sich ein kleiner Strauß mit Rosen, die ich in unserem Garten geschnitten hatte. Meine Mutter beugte sich vor, schloss die Augen und steckte ihre Nase zwischen die Blüten. »Mmh, wie die duften«, sagte sie und öffnete die

Augen, »willst du auch mal?« Bis dahin hatte ich es für eines dieser undurchschaubaren Erwachsenen-Rituale gehalten, die Nase in Blumensträuße oder Weingläser zu halten. Kinder lernen durch Nachahmung und im Vertrauen, dass sich der Sinn bestimmter Handlungen früher oder später schon erschließen wird. Zur Begrüßung die Hand geben und einen Diener machen zum Beispiel oder dass man das Besteck nicht einfach in der Faust halten soll. Es gab Regeln, die man befolgte, ohne sie zu hinterfragen. Ich beugte mich vor und hielt meine Nase in den Strauß.

»Und? Was riechst du, Joachim?«

Ich sog die Luft ein. Nichts.

»Wunderbar, wie zart sie duften, nicht wahr?«

Es war ihr Geburtstag und ich wollte ihr die Freude nicht verderben. Also nickte ich und lächelte dazu. Ihr Lob galt ja auch mir, schließlich hatte ich ihr die Rosen geschenkt. Deren *wunderbaren Duft* nicht wahrzunehmen, betrachtete ich als persönliches Versagen. Ich würde mir in Zukunft mehr Mühe geben müssen. Vielleicht konnte man riechen ja lernen, wie Fahrradfahren, bloß, dass ich es bisher versäumt hatte, mich darum zu kümmern.

3.

Sobald ich mit den Schulaufgaben fertig war, was wie heute, selten länger als zehn Minuten in Anspruch nahm, ging ich runter und schaute, ob alles lief. Ich guckte kurz im Büro vorbei, winkte der Sekretärin und sah, dass der Platz meiner Mutter leer war. Dann hörte ich ihre Stimme und lief den Flur mit den Behandlungsräumen entlang. Als ich an dem ersten von drei Perserteppichen vorbeikam, spürte ich, dass ich einen Rückfall bekam: Ich sah die zerzausten Teppichfransen und hörte ihr verzweifeltes Rufen »sieh nur, wie strubbelig wir aussehen! Hilf uns, bevor wir völlig verfilzen, nur dieses eine Mal noch, bitte, bitte!« Mein Verlangen war so unbändig, dass ich mich sofort hinknien musste. Ich begann die Fransen mit leicht gespreizten Fingern zu kämmen, und sofort wich mein schlechtes Gewissen einem vertrauten Wohlgefühl. Tief befriedigt und in dem Bewusstsein, ein wenig Ordnung in diese komplizierte Welt gebracht zu haben, ließ ich meinen Blick über die sauber gekämmten Teppichfransen gleiten. Dann wurde mir schlagartig bewusst, dass ich mir gerade das Rauchen und Biertrinken beibrachte, in wenigen Wochen vierzehn werden würde und an Sunny dachte, während ich die Damen im Saunakeller beobachtete. Ich schwor mir, nie wieder auf das Gejammer der Teppichfransen hereinzufallen.

Sunny – die Tragik unserer Beziehung bestand darin, dass ich fast zwei Jahre jünger war. Mein Schlüsselerlebnis fand unter einem mächtigen, alten Kastanienbaum statt, der sich in einem kleinen Wäldchen unweit von Sunnys Elternhaus befand. Ich erinnere mich nicht daran, wer hoch oben in seinen Ästen eine Schaukel angebracht hatte, aber es war die beste Schaukel der Welt. Allerdings hing sie in Sunnys Hoheitsgebiet. Ich ging trotzdem ab und zu hin. Das Ereignis, das sich wie ein Fußabdruck in den feuchten Zement meiner Erinnerung einprägte, fand an einem Nachmittag im August statt.

»Halt mal an«, sagte sie.

Die Kastanienblätter rauschten über uns und warfen ein Muster aus fleckigem Licht auf den Boden. Ich bremste ab, kam zum Stehen. Sie muss etwa zehn Jahre alt gewesen sein und trug ein weißgrundiges Kleid mit einem Muster aus blauen und roten Blüten darauf. Schon damals verfügte sie über ein erstaunliches Spektrum an weiblichen Gesten. Sie hatte ein Bein angewinkelt, den Arm in die Hüfte gelegt und griff mit der freien Hand nach dem Schaukelseil. Sie schaute mir verwirrend lange in die Augen und sagte dann:

»Küss mich, Darling.«

Dabei kam sie ein Stück näher, hielt mir ihr Gesicht hin und schloss die Augen. Ich wusste nicht, was ich machen sollte. Ich nahm an, wir spielten eine Szene aus einem Hollywood-Film nach. Dann öffnete sie die Augen wieder und sagte:

»Na los, du musst aufstehen und deine Lippen auf meine legen!«

Obwohl sie zwei Jahre älter war, waren wir gleich groß.

»Mach schon«, forderte sie und schloss die Augen erneut. Ich schubste sie weg und lief nach Hause. Verstört, wie ich war, ahnte ich bereits, dass mit Sunny eine Reihe ernsthafter Probleme in mein Leben kommen würde.

Als ich wieder aus meinen Gedanken auftauchte, hörte ich die leise, aber eindringliche Stimme meiner Mutter aus Behandlungsraum Nummer zwei. Ich näherte mich der angelehnten Tür. Die Behandlungsliegen waren zum Fenster ausgerichtet, so dass der Blick unserer Damen in den Buchenwald fiel. Meine Mutter saß neben der Liege.

»Vertrauen Sie meiner Intuition«, sagte sie gerade mit sanfter Stimme. Sie hatte einen winzigen Sprachfehler. Dabei handelte es sich um die Andeutung eines zarten Lispelns, das in krassem Gegensatz zu ihrem dominanten Naturell stand. Bei manchen s-Lauten konnte man ihre Zunge zwischen den Zähnen sehen. Es klang dann wie ein Wispern und erinnerte mich an die Schlange Kaa aus dem Dschungelbuch, wenn sie *Vertraue mir* säuselte.

Alles klar, wenn sie ihre Intuition ins Spiel brachte, konnte es sich nur um eine Typberatung handeln. Typberatung war das Kernelement im Behandlungskonzept meiner Mutter. Und für neue Kundinnen gehörte die »große Typberatung«

zum Standardprogramm. Alles lief natürlich auf den Vorher-Nachher-Effekt hinaus. Ich glaube, meine Mutter hat diese Typveränderungsmasche erfunden. Kein Wunder, ihre Überzeugungskraft glich einem Fliegenstrip. Klebte man erst einmal daran, machte jeder Versuch der Gegenwehr die Sache nur noch aussichtsloser.

Die magische Formel war der Satz »Vertrauen Sie meiner Intuition«. Wenn sie eine Intuition hatte, war das Gesetz. Deshalb handelte es sich bei der Typberatung genau genommen um eine sanfte Gehirnwäsche inklusive Pflegespülung. Meine Mutter verdrehte den Frauen erst den Typ und anschließend würde sich der Charakter schon anpassen, so sah sie das. Wie bei Corinna Hertel, einer zurückhaltenden, konservativ eingestellten Versicherungsfachangestellten mittleren Alters. Nachdem meine Mutter ihr gründlich den Typ verändert hatte, passte die Frau nicht mehr in ihr altes Leben. Zur flotten Biene mutiert, ersetzte sie ihren cremefarbenen Opel Kadett gegen ein Fiat-Spider-Coupé in Ferrari-Rot, machte Urlaub auf Mallorca statt Borkum und landete ein paar Jahre späte bei den Hippies auf Ibiza, wo sie mit einem Bhagwan-Jünger von selbstgefertigtem Silberschmuck und indischen Baumwolltüchern lebte – bis heute!

Meine Mutter war wirklich gut darin, andere zu manipulieren, und ihre Intuition sagte ihr, mit wem sie derartigen Schabernack veranstalten konnte. Bei mir hatte das auch lange funktioniert. Bis zu dem Wintertag, an dem sie mir weismachte, dass eine Wollstrumpfhose unter einer Sportshorts getragen, ein prima Ersatz für eine lange Trainingshose darstellte, die ich aus Kostengründen nicht bekam. Die gesamte Fußballmannschaft plus Trainer lachte sich schlapp über meinen Aufzug, und ich schwor, mir nie wieder einreden zu lassen, was gut für mich sei.

»Glauben Sie wirklich, dass Sie das Beste aus Ihrem Typ machen?«, fragte meine Mutter jetzt. Es folgte ein tiefer Blick in die Augen des Opfers, begleitet von einer Kombination aus mitleidigem Lächeln und – die Augen kurz geschlossen – leichtem Kopfschütteln.

Was sollte die Frau machen? Versuchen, sich gegen das Kosmetik-Know-How meiner Mutter zu behaupten? Besser nicht!

»Was würden Sie mir denn raten?«

Das wars! Ab sofort hatte meine Mutter leichtes Spiel. Wenn die große Typberatung nach ein paar Sitzungen schließlich abgeschlossen war und meine Mutter ihre Schöpfung vor dem bodentiefen Spiegel betrachtete, sagte sie etwas wie: »Ich bewundere Ihren Mut, liebe Frau Soundso! Sie haben sich völlig neu erfunden.«

»Hallo mein Schatz, kann ich was für dich tun?«

»Nichts, alles in bester Ordnung. Ich wollte gerade die Sauna einschalten.«

Als Juniorchef einer Schönheitsfarm musste man täglich Präsenz zeigen, sonst lief das nicht. Außerdem war heute Mittwoch – Saunatag! Ab 16 Uhr musste die Sauna heiß sein, und den Elektroofen zum Vorheizen einzuschalten war seit Kurzem Chefsache.

4.

»Schön, dass Sie uns einmal wieder beehren, Frau Spielhagen! Wir haben Sie schon vermisst.«

Ich mochte es nicht, wenn meine Mutter dieses Brimborium um einen *besonderen Gast* veranstaltete. Ich fände es besser, wenn sie alle Damen mit der gleichen Höflichkeit behandeln würde. Doch das war bei Weitem nicht der Fall. Frau Spielhagen war die Frau eines Hamburger Senators und hatte triple V. I. P.-Status.

»Ich bin so erschöpft, meine Liebe. Sie glauben ja nicht, wie anstrengend das ist, diese ganzen Empfänge, das ständige Repräsentieren. Ich fühle mich völlig ausgelaugt.«

Die Spielhagen ging auf die Sechzig zu und sah alles andere als ausgelaugt aus. Die häufigen Bankette warfen bereits Falten im Bereich ihrer Hüften und Oberschenkel. Jeder anderen hätte meine Mutter einen Vortrag über das Problem vermehrter Fetteinlagerung und Übergewicht bei Damen fortgeschrittenen Alters verpasst und sie anschließend auf Diät gesetzt.

»Und diese Staatsbesuche, die geben mir den Rest. Letzte Woche der Konsul von Sierra Leone und seine Gemahlin. Sie können sich nicht vorstellen, was da alles dranhängt, das ganze Protokoll, die Unterbringung und die Speisefolge. Wenn ich nicht auf alles ein Auge hätte!«

Meine Mutter seufzte. Sie konnte sich sicher gut vorstellen, wovon die Spielhagen redete, weil auch sie auf alles ein Auge haben musste. Doch das sagte sie nicht, sondern schüttelte nur den Kopf und meinte:

»Meine Güte, wie anstrengend das alles für Sie sein muss!«

Sie gab ihr das Gefühl, außerordentlich erfreut darüber zu sein, dass sie uns an ihrem superwichtigen Leben teilhaben ließ. Und die Spielhagen genoss es, genau diese Rolle zu spielen.

»Keine Sorge, wir kümmern uns ja jetzt um Sie. Wie soll Ihre Erholungswoche denn dieses Mal aussehen? Haben Sie besondere Wünsche?«, fragte meine Mutter, die den Damen für gewöhnlich ein Programm nach Gutsherrinnenart verpasste.

»Nun«, sagte die Senatorengattin und warf einen Blick auf die frisch lackierten Nägel, die ihre Wurstfinger zierten, »als Erstes benötige ich eine Konsultation bei Dr. Bärenbeuger. Wenn Sie morgen gleich für einen Termin sorgen würden.«

»Selbstverständlich, ich werde den Doktor sofort informieren.«

Dr. Friedhelm Bärenbeuger fungierte als unser Kurarzt. Der Senior, der schon seit Jahren nicht mehr praktizierte, war für spezielle *Verordnungen* zuständig, die ausgewählten Damen vorbehalten waren. Ich sollte darüber eigentlich nichts wissen, was ich als Juniorchef ziemlich unpassend fand. Immerhin hatte ich herausbekommen, dass es um die Behandlung von nervösen Zuständen ging, die für ältere Damen offenbar typisch waren und eine Prozedur erforderlich machten, die als *manuelle Handhabung zur Verjüngung und Stimulation* bezeichnet wurde. Ein Verfahren, das auf früheren Forschungen von Dr. Bärenbeuger aufbaute und bei korrekter Anwendung tiefenwirksame Entspannung garantierte. Frau Spielhagen wollte während ihres Aufenthalts täglich manuell gehandhabt werden.

»Und dann Gesichtsbehandlungen, und zwar bei Lisa.«

Als ich noch jünger war, habe ich mich darüber gewundert, dass ich unsere Buchhalterin, Frau Braun, und Lisa, die Visagistin, nie zusammen gesehen habe. Nicht in der Mittagspause, nicht beim Kommen oder Gehen und nicht bei der Weihnachtsfeier. Kein Wunder, es handelte sich um ein und dieselbe Person! Obwohl die meisten Gäste früher oder später mitbekamen, dass Lisa Braun nicht nur für die Gesichtsbehandlungen, sondern auch für die Erstellung der Rechnungen zuständig war, bestand meine Mutter darauf, dass sie sich einer Verwandlung unterzog, sobald sie von einem Job in den anderen wechselte. Im Büro trug Frau Braun ihren Kurzhaarschnitt mit Rollkragenpulli und knielangem Rock. Zur Visagistin und damit zu Lisa wurde sie, indem sie sich eine blonde Perücke aufsetzte und den Pulli gegen eine Bluse mit weißem Kittel darüber tauschte. Mutter war der Überzeugung, dass es der Glaubwürdigkeit abträglich war, wenn eine Büroangestellte ein Peeling durchführte. Das Gleiche galt für den umgekehrten Fall: »Man wird ja wohl einer Visagistin nicht zutrauen, sich um die Buchhaltung unseres Hauses zu kümmern.«

Als Visagistin war Lisa außerdem für das Anrühren diverser Kosmetikartikel zuständig, die anschließend in Originalverpackungen umgefüllt wurden – um Kosten zu sparen. Ich selbst hatte das Rezept für eine Peeling-Creme beigetragen. Sie bestand aus Joghurt, reifen Bananen und original Vogelsand, den ich aus dem Vorrat für unsere beiden Wellensittiche abzweigte. Ich hatte lange gebraucht, um das optimale Verhältnis zwischen den drei Zutaten herauszufinden, weshalb es hier auch unerwähnt bleiben muss. Nur so viel: Die Geheimzutat bestand aus zwei Esslöffeln Zitronenessenz, wegen der Haltbarkeit.

Ich mochte Lisa. Vor allem, weil sie mich wie einen Erwachsenen behandelte, wie einen Kollegen. Sie war Anfang dreißig und hatte mir das Schachspielen beigebracht. Manchmal klopfte ich nach dem Abendbrot an ihre Tür und, wenn sie nicht zu müde war, spielten wir eine Partie. Soweit ich weiß, lebte sie allein. Ihre Eltern waren bei einem Unfall ums Leben gekommen, über den Lisa nicht sprach. Der Rest der Familie lebte in der DDR und Lisa fuhr regelmäßig nach drüben, um ihre Schwester und eine Tante zu besuchen. Meine Mutter konnte nicht verstehen, wie sich jemand freiwillig in ein Land begab, das seine Bürger einsperrte und auf Landsleute schoss, die sich das nicht gefallen ließen. Lisa fuhr eine rote Ente und war Stones-Fan.

Die Weiterentwicklung unserer hauseigenen Antifaltencreme war allerdings ins Stocken geraten. Lancôme hatte gerade ein innovatives Produkt mit Kollagen auf den Markt gebracht, das das Bindegewebe zwar spürbar straffte, jedoch sehr teuer war. Lisas Aufgabe bestand darin, unser Produkt entsprechend aufzuwerten. Die Lancôme-Chemiker, das hatten wir über einen Insider erfahren, den meine Mutter aus ihrer Zeit als Avon-Beraterin kannte, verwendeten Kollagene aus Kalbs- oder Schweinehäuten gegen Falten und feuchtigkeitsbindende Hyaluronsäure aus Hahnenkämmen. Die Verarbeitung von Kalbs- und Schweinehäuten brachte unser Labor bereits an seine Grenzen. Unsere Experimente mit Hahnenkämmen gerieten zu einem Desaster. Erst mein Vorschlag, stattdessen über Nacht eingeweichte Gummibären zu verwenden, führte zu einem Durchbruch, zumindest was die Konsistenz betraf. Anschließend kamen die klinischen Tests an die Reihe. Tierversuche waren selbstverständlich tabu, was unsere Möglichkeiten etwas einschränkte. Wir konzentrierten uns auf drei Phasen: In Phase eins cremten Lisa und ich uns das jeweilige Produkt auf den linken Unterarm, ließen es einziehen und warteten circa eine halbe Stunde (gegebenenfalls auch kürzer, falls es stark juckte oder brannte). Anschließend wuschen wir uns gründlich und beurteilten die Wirkung auf unsere Haut. In Phase zwei bestrichen wir die Blätter eines Rhododendrons und ließen die Substanz für 24 Stunden einwirken (das mit dem Rhododendron war meine Idee, weil wir reichlich davon hatten und die Büsche ganzjährig Blätter trugen). Der Test galt als bestanden, wenn das Blatt am nächsten Tag noch dranhing. Phase drei war die klinische Phase, bei der wir unsere Neuentwicklung an den Damen testeten. Selbstverständlich ohne deren Wissen. Phase drei galt als bestanden, falls es in einem Studienzeitraum von einer Woche keine Beanstandungen gab. Kam es zu negativen Hautveränderungen, die eindeutig auf den Gebrauch des neuen Produktes zurückzuführen waren, war es durchgefallen, da legten wir strenge Maßstäbe an. Nach erfolgreichem Abschluss aller drei Phasen galt die Wirksamkeit und Verträglichkeit unserer Neuentwicklung als bewiesen und es erhielt die uneingeschränkte Zulassung. Im letzten Schritt wurde unser Produkt mit einem Hauch der entsprechenden Originalkosmetik verrührt. Vor allem wegen des Dufts, sowie aus moralischen und rechtlichen Gründen. Schließlich sollte niemand behaupten können, dass es sich bei unserer Kosmetiklinie um Fälschungen oder Plagiate handelte. Die Sachen waren höchstens etwas gestreckt.

5.

»Ich überlege, Yoga-Kurse für die Damen einzuführen. Was hältst du davon?«

»Yoga? Was ist das noch?«

»Eine Art Gymnastik, das kommt aus Indien.«

»So Übungen?«

»Körper- und Atemübungen, die Leib und Seele in Harmonie bringen sollen«, dozierte meine Mutter.

»Ist es das, wo man im Schneidersitz sitzt?«

»Es nennt sich Lotussitz.«

Ich verknotete meine Beine zum Lotussitz und legte die Handflächen aneinander. Die Fingerspitzen berührten mein Kinn. Ich zog den Bauch ein und versuchte, einen möglichst geraden Rücken zu machen:

»So?«

»Könnte sein ...«, sie schaute auf. »Ja, gar nicht schlecht.«

»Und wer soll den Kurs geben?« Blöde Frage, meine Mutter natürlich. Sie würde sich ein Buch mit Anleitungen besorgen.

»Wir müssen unsere Damen beschäftigen. Außerdem kommt das gerade in Mode. Yoga, Meditation, Astrologie und diese ganzen Sachen.«

»Und Uri Geller!«, rief ich. Ich war schwer beeindruckt von den Löffeln und Gabeln, die er bei *Drei mal Neun* verbogen hatte und sofort nach der Sendung in unsere Küche geschlichen. Wie viele Zuschauer, hatte auch ich meine telekinetischen Fähigkeiten entdeckt. Ein rabenschwarzer Tag für die Löffel und Gabeln in unserem Land.

»Uri Geller? Dem traue ich nicht über den Weg. Jede Wette, dass der die Löffel manipuliert!«

»Aber da war doch dieser Typ, der die Sachen kontrolliert hat!«

»Dann stecken sie unter einer Decke.«

Meine Mutter durchschaute sofort, wenn jemand versuchte, sie mit irgendwelchem Hokuspokus zu beeindrucken. Musste an der Wesensverwandtschaft liegen.

»Es soll allerdings tatsächlich Leute geben, die sich von Licht ernähren.«

»Wie Pflanzen?«, fragte ich.

»Keine Ahnung, wie die das machen.«

»Menschen können aber keine Photosynthese«, sagte ich.

Meine Mutter bezog mich gern in ihre Überlegungen mit ein. Das bedeutete jedoch nicht, dass ich mitreden durfte. Es war mehr so, dass ihr ein Gegenüber fehlte, vor dem sie ihre Ideen ausbreiten konnte. Einwände oder Kritik waren eher unerwünscht.

»Wenn wir Lichtnahrung anbieten würden, könnten wir viel Geld sparen.«

Die Küche war nach den Hypotheken und dem Heizöl unser größter Kostenfaktor.

»Wenigstens am Wochenende. Wenn sich unsere Damen am Samstag und Sonntag von Licht ernähren würden, könnte Mirella auch ein paar Überstunden abbauen.«

Mirella arbeitete sieben Tage die Woche. Nur Sonntag Vormittag hatte sie frei, da kümmerte sich unsere Putzfrau um das Frühstück für die Damen. Aus unerfindlichen Gründen hatte Mirella stets gute Laune und verrichtete ihre Arbeit zuverlässig und genau. Manchmal half ich ihr. Denn aus Gründen, die ich mir nicht erklären konnte, hatte ich Spaß an allen Arbeiten, die in unserer Küche anfielen. Selbst Kartoffeln oder Möhren schälen fand ich ziemlich befriedigend. Neulich hatte sie mir gezeigt, wie man einen Hefeteig ansetzt, um anschließend einen Streuselkuchen damit zu backen. Mirellas Hobby waren zwei Patenkinder aus Biafra, mit denen sie einen regen Schriftwechsel führte und deren Schulgeld sie zahlte. Unsere Köchin war die einzige Angestellte, an der meine Mutter nie herummeckerte. Über

Menschen wie Mirella sagte sie gern *die braucht das.* Womit sie kundtun wollte, dass die jeweilige Person nicht anders konnte. Das eigentlich Bewundernswerte wurde so zu einer Manie herabgestuft und belächelt. Ihr konnte so etwas natürlich nicht passieren, niemals würde sie Kuchen für den Kirchenkaffee backen oder sich ehrenamtlich in einem Verein engagieren – das *brauchte* sie nicht.

»Aber ich fürchte, wir dürfen den Bogen nicht überspannen. Diät ja, aber ausschließlich Licht essen? Wozu haben wir unsere Zähne?«

Trotz chronischer Geldsorgen fehlte es meiner Mutter nicht am nötigen Pragmatismus. Wenngleich es ihr vermutlich gelingen würde, einige Damen zu überzeugen, so war ihr dennoch klar, dass sie mit Lichtnahrung letztendlich nicht durchkommen würde. Die Spielhagen zum Beispiel würde meine Mutter zum Teufel jagen. Ich dachte an die Meuterei, die es gegeben hatte, als im letzten Winter die Heizung ausgefallen war. Offiziell ein Defekt an einer Pumpe, die angeblich nicht sofort lieferbar war, inoffiziell lag es daran, dass der Öltank leer war. Unser Händler weigerte sich, zu liefern, solange die letzte Rechnung nicht bezahlt war. Am Morgen nach der zweiten unbeheizten Nacht hatte meine Mutter den Damen erklärt, dass das Schlafen in eiskalten Zimmern im Grunde einer Schönheitsbehandlung gleichkam. Durch das Frieren würde der Kalorienverbrauch erhöht, was ganz automatisch zu einem Verschlankungseffekt führe, und die Gänsehaut würde zu einer spürbaren Straffung des Gewebes beitragen.

»Frieren ist ein natürlicher Jungbrunnen«, hatte sie erklärt, wobei ein weißlicher Atemhauch ihren Worten folgte. Zwei Damen hatten ihre Koffer gepackt und unter Protest das Haus verlassen. Am Nachmittag war endlich das Heizöl gekommen, nachdem meine Mutter die Rechnung im Voraus und in bar bezahlt hatte. Das Geld stammte aus einer geheimen Reserve. Ich hatte die beiden Nächte im Speisesaal verbracht. Dort gab es einen Kachelofen, der im Notfall mit Holz befeuert wurde.

»Dieses Mal ist es ernst. Leuschner hat angerufen. Ich muss hin und um Aufschub bitten. Ich kann die große Hypothek nicht bezahlen, wir sind schon vier Wochen im Rückstand.«
Meine Mutter wirkte zerknirscht.

»Wenn Geld reinkommt, muss ich sofort andere Löcher stopfen. Der Einkauf für die Küche, Strom, Telefon und Kosmetika. Mit Mirellas Gehalt sind wir auch im Rückstand. Mir wächst gerade alles über den Kopf.«

»Von irgendwoher kommt doch immer was«, sagte ich, weil sie das immer sagte, und legte meine Hand auf ihre Schulter. Sie drückte sie:

»Du hast ja recht, ich sollte mir nicht so viele Sorgen machen. Ich werde den Leuschner schon rumkriegen.«

Ich ahnte, dass es dieses Mal anders kommen würde. Leuschner hatte offenbar Druck von oben bekommen. Komisch – auch, wenn einer Bankdirektor war, gab es offenbar immer noch jemanden, der ihm Vorschriften machen konnte. Ich strich Bankdirektor von der Liste möglicher Berufe. Genaugenommen lief es so: Wenn wir der Bank das geliehene Geld nicht in den verabredeten Raten zurückzahlten, kündigte die den Kredit und die Summe wurde auf einen Schlag fällig. Da wir die natürlich erst recht nicht zahlen konnten, würde Leuschner für die Zwangsversteigerung der Schönheitsfarm sorgen, um doch noch an seine Kohle zu kommen. Ich hatte erst überlegt, Leuschners Tochter oder wenigstens den Hund zu entführen und auf diese Weise mafiamäßig Druck auszuüben. Da der Typ jedoch einen Chef hatte und der wiederum auch einen und ich die alle nicht kannte, würde das Ganze wenig Sinn ergeben. Außerdem hatte ich zu wenig Erfahrung mit solchen Sachen. Ich musste die drohende Katastrophe auf andere Art abwenden.

Ich lag im Bett und lauschte den Geräuschen, die das Haus machte. Ein Haus, das demnächst zwangsversteigert würde, wenn mir keine Lösung einfiele. Im Gegensatz zu meinem zweiten Problem bestand wenigstens theoretisch die Chance, dass von irgendwoher Geld kommen würde. Mein Geruchssinn hingegen funktionierte nicht, kein bisschen, das war mir heute einmal mehr klar geworden. Ich war der einzige Junge, der vor dem Sportunterricht ganz in Ruhe in der Umkleidekabine gesessen und sich sein Turnzeug angezogen hatte. Ich hatte getrödelt und wunderte mich daher nicht, dass die anderen schon in der Halle waren. Sie hatten dafür allerdings einen guten Grund. Irgendein Idiot hatte eine Stinkbombe geworfen und für den, der riechen konnte, stank es unerträglich nach faulen Eiern. Ich merkte nichts, absolut nichts. Dann war Ralle hereingestürmt. Mit einer Hand hielt er sich die Nase zu, mit der anderen zog er mich in den Flur zur Turnhalle. Er knallte die Tür zu und schrie: »Wo bleibst du denn? Bist du wahnsinnig, bei dem Gestank hier rumzusitzen?« Es dauerte ein paar Sekunden, bis ich begriff, dass ich mitspielen musste. »War doch gar nicht so schlimm,« behauptete ich. »Nicht so schlimm? Ich muss gleich kotzen! Los, komm mit, ich will dich in meiner Mannschaft haben.« Ralle war beim Völkerball mit Wählen dran und ein ungeschriebenes Gesetz sah vor, dass wir uns gegenseitig in die Mannschaft holten. Beste Freunde eben.

Am nächsten Morgen erzählte ich meiner Mutter die Geschichte, doch sie ging nicht so richtig darauf ein. Wir saßen wie immer an dem kleinen Tisch in der Küche und tranken Kaffee. Sie schwarz, ich mit sehr viel heißer Milch. Vor mir lag ein halbes Brötchen mit Bierschinken, aber ich hatte keinen Hunger. Meine Mutter aß morgens nie etwas. Mirella war im Speisesaal und versorgte die Damen. Der große Kühlschrank hatte gerade wieder angefangen, zu brummen.

Ich mochte dieses Geräusch, es klang gemütlich. Meine Mutter reagierte erst, als ich meine Hand auf ihren Unterarm legte und verlangte, sie solle mir jetzt bitte mal zuhören.

»Mama, ich kann nicht riechen! Das ist echt nicht normal!«

»Jetzt beruhige dich mal, Joachim. Das ist doch nicht so schlimm. Sieh es positiv: Du hast diesen Gestank im Umkleideraum schließlich nicht riechen müssen. Ich glaube, du steigerst dich da in etwas hinein.«

Sie tätschelte meine Hand, schob sie von ihrem Arm und stand auf.

»Manche Menschen verfügen über einen sehr guten, andere über einen eher schwachen Geruchssinn. Ich würde mir da wirklich keine Sorgen machen.«

»Aber ich rieche gar nichts! Nichts!«

»Tu mir einen Gefallen, Schatz, und mach mich nicht verrückt damit. Ich habe im Moment wirklich andere Probleme.«

Es war zwecklos, sie nahm mich nicht ernst.

Später ging ich in die Bibliothek, bei der es sich im Grunde nur um ein kleines Lesezimmer für unsere Damen handelte, und schlug im Brockhaus nach. Ich erfuhr, dass der Geruchssinn als olfaktorisches System bezeichnet wird und aus zwei etwa vier Quadratzentimeter großen Schleimhäuten besteht, die im oberen Nasenbereich, der sogenannten Riechzone sitzen. Darin befinden sich Millionen hochempfindlicher Rezeptoren, an denen die Duftstoffe beim Atmen vorbeigeleitet werden. Dockt ein Duftmolekül an einen dieser Rezeptoren an, werden elektrische Impulse an eine ganz bestimmte Stelle im Gehirn weitergeleitet und da entsteht dann die Duftwahrnehmung. Fragte sich nur, was bei mir nicht funktionierte. Entweder waren die Rezeptoren im Eimer oder die Reizleitung irgendwo unterbrochen oder ich hatte einen Hirnschaden, der darin bestand, dass die ankommenden Signale nicht verarbeitet werden konnten. So ähnlich wie bei Ralle mit Mathe. Dem konnte man die Sachen noch so oft erklären, es ging einfach nicht in seinen Schädel. Ich schaute beim Geschmackssinn nach. Da lief es ähnlich, nur dass die Rezeptoren direkt auf der Zunge liegen. Außerdem ist der Geschmackssinn lange nicht so genau. Viel weniger Rezeptoren. Die Zunge hat Bereiche für süß, sauer, salzig und bitter. Schärfe ist wieder was anderes, die nimmt man als Schmerz wahr. Mein Geschmackssinn war zwar auch ziemlich hinüber, ich konnte jedoch minimale Unterschiede wahrnehmen.

Ich beschloss, der Sache auf den Grund zu gehen. Im Selbstversuch. Sofort! Ich ging in die Küche und begann mit süß: Ich nahm einen Teelöffel Zucker in den Mund, kaute knirschend, schluckte – nichts. Zur Sicherheit noch ein Löffel Honig, Fehlanzeige. Sauer: Ich schnappte mir eine Zitrone, presste eine Hälfte aus und nahm einen Schluck. Tatsächlich: Da tat sich etwas. Ein spitzes, reizendes Gefühl. Das war also sauer! Juchhu, ich schmeckte was! Salz: Ich nahm einen Teelöffel, kaute, schluckte – würg! Halskratzen und irgendwie chemisch, voll eklig! Bitter: Ich guckte bei den Backzutaten, fand das Bittermandelaroma und tropfte mir was davon auf die Zunge. Alles klar, das kannte ich von Bier. Es zieht hinten im Gaumen zusammen und geht so schnell nicht wieder weg. Fazit: Ja, ich konnte minimale Unterschiede schmecken. Betonung auf minimal.

6.

Ich schlich in den unbeleuchteten Keller, zog vorsichtig den Stein heraus und beobachtete die Szene. Die Sauna war vorgeheizt, jeden Moment konnte die Tür aufgehen, Timing war jetzt alles! Wenn die Damen in mein Blickfeld gelangten, hatten sie meist einen unserer Frotteebademäntel an. Was dann geschah, war schwer einzuschätzen. Ich wartete. Und wartete. Dann hatte ich die geniale Idee: Was, wenn ich ein paar Freunde mit hierher nahm und Geld dafür verlangte, dass sie einen Blick auf unsere nackten Ladys werfen durften? Sagen wir zwei Mark pro Minute. Wenn ich das straff organisierte, konnte ich locker zwanzig Mark pro Saunatag machen.

Endlich, die Tür ging auf. Sie schlüpfte aus ihren Sandalen und löste den Knoten an ihrem Bademantel. Sesam öffne dich! Ich hatte völlig freie Sicht. Dann drehte sie sich um, präsentierte ihren Rücken und hängte den Mantel an der gefliesten Wand auf, die den Duschbereich vom Saunakeller abtrennte. Mist, schon war sie aus meinem Sichtfeld verschwunden. Ein leises Rauschen verriet, dass sie jetzt unter der Dusche stand. Ich stellte mir vor, wie sie sich einseifte, was mich voll anmachte, weil ich dabei an Sunny dachte. Ich begegnete ihr manchmal in der großen Pause, bevor sie auf den Raucherhof verschwand, zu dem ich keinen Zugang hatte. Sie war schon sechzehn und sah unglaublich sexy aus. Meistens ignorierte sie mich. Wenn sie mir doch mal ein Lächeln schenkte, fühlte es sich an, als würden wir ein Geheimnis teilen.

Das Rauschen verstummte. Die Dame hatte kein Handtuch in den Duschbereich mitgenommen, also würde sie gleich wieder in mein Blickfeld kommen, tropfnass und auf dem Weg zu ihrem Bademantel. Plötzlich blendete mich grelles Licht. Ich blinzelte. Jemand öffnete die Tür und kam die Treppe zum Vorratskeller hinunter. Verdammt, ich saß in der Falle. Auf dem Flur gab es keine Deckung, kein Versteck, nichts. Ich schloss die Lücke im Regal mit einer Dose Ravioli und hielt die Luft an.

»Huch, was machst du denn hier?«

Mirella hatte zwei Töchter und drei Söhne großgezogen, ihr Blick verriet, dass ich jetzt keinen Fehler machen durfte.

Ich zuckte mit den Schultern.

»Äh, eigentlich nichts.«

Ich versuchte an ihr vorbeischlüpfen, doch sie griff nach meinem Arm und zog meine unter dem Pulli verborgene Hand hervor. Ich guckte so zerknirscht wie möglich und zeigte ihr die Tüte Treets. Mirella schob das Kinn vor, kniff die Augen zusammen und kam meinem Gesicht gefährlich nahe. Es war der Versuch einer von Natur aus gutherzigen Person, Strenge zu zeigen, einer Person, die mir gerade auf den Leim gegangen war. Mirella schüttelte den Kopf:

»Das nächste Mal fragst du, bevor du was aus meinem Vorratskeller stibitzt, verstanden?«

Ich wechselte von zerknirscht auf dankbar, während Mirella mir die Treets mit leichtem Schwung in die Rippen drückte. Das nächste Mal musste ich unbedingt Ralle mit hernehmen.

7.

»Herein mit dir«, rief Lisa meist, wenn ich am Abend bei ihr klopfte. Offenbar ging sie davon aus, dass ich es sein musste.

»Ich nehme an, du hast Lust auf ne Runde Denksport«, sagte sie, nachdem ich die Tür geschlossen hatte. Wenn ich ehrlich war, ging es mir nicht so sehr um das Schachspielen. Also, ich mochte es schon, aber ich unterhielt mich auch gern mit Lisa. Sie sagte interessante Sachen und hatte zu vielen Themen eine ungewöhnliche Meinung.

»Schach oder Backgammon?«, fragte Lisa und drehte die Musik leiser. Auf ihrem Plattenspieler, einem Koffergerät in Knallorange, liefen die Stones. Ich mochte die Scheibe nicht besonders, aber das Cover war echt abgefahren. Es zeigte eine Jeans von Nahem. Das Geile war der echte Reißverschluss! Den konnte man sogar auf- und zumachen. Ich zuckte mit den Schultern:

»Entscheide du!«

Backgammon war auch ganz in Ordnung und nicht so langwierig wie Schach.

Lisa hatte sich auf ihrem Bett aufgesetzt und fuhr sich mit beiden Händen durch ihr kurzes Haar. Sie trug einen blauen Trainingsanzug und Wollstrümpfe. Das sah gemütlich aus und erinnerte mich daran, dass ich noch immer keine Trainingshose besaß. Auf dem kleinen Tisch, an dem wir normalerweise spielten, lagen ein Stapel Nylon-Strumpfhosen, mehrere Pullover und zwei Jeans.

»Fährst du am Wochenende zu deiner Schwester?«

Lisa blähte ihre Wangen und ließ die Luft in einem Stoß entweichen.

»Nur wenn die Einreisepapiere morgen ankommen. Ach ja, und ich muss unbedingt tanken. Ich fahr schon auf Reserve.«

Lisas Schwester lebte in der DDR und musste jedes Mal einen Antrag stellen, damit Lisa sie besuchen durfte. Sie musste Gründe nennen, zum Beispiel, dass eine von beiden Geburtstag hatte, jemand aus der Familie heiratete oder beerdigt wurde. Umgekehrt ging gar nichts. DDR-Bürger durften höchstens in den Westen, wenn sie uralt waren. Hatte Lisa endlich die Papiere, musste sie an der Grenze für jeden Urlaubstag 20 Westmark gegen Ostmark wechseln. Zwangsumtausch. Bei jedem dieser Besuche brachte sie ihrer Schwester Klamotten mit, die man in der DDR nicht kaufen konnte.

»Warum ist deine Schwester nicht mit dir in den Westen gegangen?«, fragte ich und nahm die Holzkiste mit den Schachfiguren aus dem Regal. Lisa räumte die Sachen auf das Bett und reichte mir das Schachbrett, das an der Wand gelehnt hatte. Ich setzte mich an den Tisch und fing an, aufzubauen.

»Sie glaubt an den Sozialismus. Als ich in den Westen bin, war sie gerade mit dem Studium fertig und wollte helfen, den jungen Staat aufzubauen.«

Ich wusste, dass Helga Lehrerin an der Polytechnischen Oberschule in Rostock war. Ich nahm je einen weißen und schwarzen Bauern vom Brett und zeigte ihr meine beiden Handrücken. Sie deutete auf den rechten und bekam den Weißen. Ich drehte das Brett so, dass jeder seine Farbe vor sich hatte.

»Warum ist es so umständlich, sie zu besuchen, und warum darf sie nicht hierher, wo sie doch gern dort lebt und mit Sicherheit zurückgehen würde?«

»Gleich zwei Fragen! Also, wie ich das sehe, will die Führung den Kontakt zu den kapitalistischen Nachbarn erschweren. Die befürchten, dass unser Wohlstand bei DDR-Bürgern Begehrlichkeiten weckt. Und wenn wir da ständig mit unseren tollen Westautos, Jeans und Nylons aufkreuzen, wird den Ossis natürlich klar, dass hier einiges besser läuft und dass der Kapitalismus doch nicht so furchtbar sein kann, wie der Kader immer behauptet.«

Ich fragte mich, ob eine Ente drüben tatsächlich Begehrlichkeiten weckte. Lisa zündete sich eine Zigarette an.

»Zweitens: Republikflucht ist nach wie vor ein großes Problem. Da wird nicht drüber gesprochen, aber es gibt eine Menge DDR-Bürger, die sofort verschwinden würden, wenn das möglich wäre. Deshalb sind die bei jedem misstrauisch, der einen Reiseantrag stellt. Selbst wenn das linientreue Genossen sind, man kann ja nie wissen.«

Sie zog den Bauern vor dem rechten Springer ein Feld nach vorn. Ich überlegte kurz und bewegte meinen Bauern vor dem König zwei Felder vor.

»Mich würde es total nerven, wenn ich nicht reisen dürfte.

Ich will unbedingt mal nach Frankreich oder Spanien oder Italien.«

Sie hob eine Augenbraue und zog ihr Pferd.

»Einiges funktioniert ganz gut drüben«, sagte Lisa mit Blick auf das Spielfeld und aschte neben eine leere Blechdose.

»Was denn?«

Ich schob den Bauern ein Feld weiter, so dass er ihren Springer bedrohte.

»Chancengleichheit zum Beispiel.«

Sie wich mit dem Springer aus.

»Handwerker und Bauern verdienen das Gleiche wie Ärzte oder Ingenieure, und deren Kinder gehen alle auf die gleiche Schule. Es gibt keine Gymnasien, erst recht keine teuren Internate.«

Ich deckte meinen gefährdeten Bauern, indem ich einen weiteren vorzog.

»Außerdem gibt es keine Arbeitslosigkeit und die Gleichberechtigung von Frauen steht nicht nur auf dem Papier, sondern findet tatsächlich statt. Zum Beispiel im Berufsleben, weil die Kinder schon früh in die Krippe gehen und beide Eltern die Möglichkeit haben, zu arbeiten oder eine Ausbildung zu machen.«

»Aber was ist mit der Reisefreiheit? Und außerdem will ich den Kriegsdienst verweigern. Ich bin nämlich Pazifist.«

Ich schlug ihren Bauern.

»Manchmal geht es nicht ohne Gewalt, Umsturz, Revolution«, sagte Lisa und schlug meinen Bauern mit ihrer Dame – Angriff! Gleich würde sie ihren rechten Läufer in Position bringen. Ich zog mein Pferd, um den verbliebenen Bauern zu decken.

»Wieso Umsturz? Es geht uns doch ziemlich gut ...«

»Weil wir zulassen, dass Großkonzerne wie Shell, ITT und die Großbanken nach der Macht greifen.«

»Kann man das denn verhindern?«

Ich dachte an die große Hypothek und daran, dass die Bank uns die Schönheitsfarm wegnehmen würde, wenn wir weiter im Rückstand blieben. Lisa hob den Kopf und schaute mir in die Augen.

»Ich glaube, der ungebremste Kapitalismus wird den Menschen am Ende noch viel weniger Freiheit lassen als der Sozialismus. Und deshalb sollte er gebremst werden.«

»Darf ich dich daran erinnern, dass du in einer Schönheitsfarm arbeitest?«

»Alles Tarnung«, sagte Lisa und grinste. Dann drückte sie die Zigarette aus und zog den Läufer aus der Deckung. Ich überlegte, was sie mit Tarnung meinte, und konterte mit meinem Läufer – Schach! Jetzt wurde es spannend. Das liebte ich an dem Spiel: Es war wie unter einer Kuppel, die alles andere abschirmte. Nur wir beide, unsere Gedanken und die Figuren. Ungeteilte Aufmerksamkeit. Schachspielen ist eine ziemlich intime Angelegenheit, hatte Lisa mal gesagt. Sie hatte mir gezeigt, wie man eine Strategie aufbaut, wie man sich verteidigt, um aus der Defensive anzugreifen, wie man seine Figuren entwickelt und als Team in die Schlacht führt. Oft ist es am Ende nur ein einziger Zug, der über das Spiel entscheidet.

Zwanzig Minuten später war ich geschlagen. Im Mittelteil hatte es ziemlich gut ausgesehen, aber dann hatte ich mich zu sicher gefühlt und meine Gegnerin mal wieder unterschätzt. Im Schnitt verlor ich vier von fünf Partien.

Ich verabschiedete mich, schlenderte die breite Treppe zum Foyer hinunter und beschloss, das mit dem Tanken für Lisa zu regeln. Wenn man im Physikunterricht einmal das Prinzip der kommunizierenden Röhren kapiert hatte, eines der seltenen Themen, die einen praktischen Bezug zur Realität boten, war es nicht besonders schwierig, Sprit von einem vollen in einen leeren Tank umzufüllen.

Ich schlich über den Parkplatz und schaute mich um. Glück gehabt, Lisa: Neben deiner Ente steht ein Opel Admiral. Ich schob den Gartenschlauch in den Tank der Limousine, saugte den Sprit an und steckte das andere Ende in den Tankstutzen der Ente. Ich horchte. Kurz darauf hörte ich es gluckern. Ich spuckte den Sprit aus und freute mich an der Vorstellung, wie Lisa mit fast vollem Tank an der nächsten Station hält und der Tankwart blöd guckt, weil so gut wie nichts reinpasst. Als ich im Bett lag, war ich Lisa ganz nah. Es war fast wie eine körperliche Nähe, so als hätten wir uns in einem Ringkampf befunden. Ich war für einen Moment über ihr gewesen, hatte ihre Schultern fest im Griff gehabt, aber am Ende hatte sie mich mit einer überraschenden Beinschere doch noch in die Matte gedrückt.

8.

»Ich könnte das Klavier verkaufen. Immerhin ein Bechstein, angeblich hat es mal einem Neffen von Richard Wagner gehört. Es müsste wenigstens zehntausend Mark wert sein.«

Sie sagte das eher beiläufig, so wie wenn man eine Bemerkung fallen lässt, deren Inhalt nicht so wichtig ist oder wenn man, wie in diesem Fall, etwas herunterspielen möchte, um kein großes Aufsehen zu riskieren.

Meine Mutter hatte bei Leuschner vorgesprochen und war abgeblitzt. Ich fand es ziemlich angeberisch, wenn Leute im Nachhinein behaupteten, sie hätten etwas geahnt. Das war etwas für Klugscheißer. Dieses Mal stimmte es jedoch, leider. Das Klavier war heilig und stellte den Endpunkt einer Reihe von Spar- und Geldbeschaffungsmaßnahmen dar. Wenn das Klavier geopfert werden sollte, stand uns das Wasser wirklich bis zum Hals. Meine Mutter hielt sich von Haus aus für etwas Besseres und das Bechstein-Klavier war Ausdruck davon. Es stammte aus dem Nachlass meiner Großeltern, einer Konzertpianistin und einem Notar, die bis kurz vor Ende des Krieges in Ostberlin gelebt hatten. Sowohl meine Mutter als auch mein Onkel Fred hatten an diesem Instrument Klavierspielen gelernt. Fred hatte später Musik studiert und lebte seit ein paar Jahren in Kalifornien.

Ich erinnere mich dunkel daran, wie mein Onkel mir den Unterschied zwischen den weißen und schwarzen Tasten erklärt hatte. Ich war vielleicht vier oder fünf Jahre alt und saß auf mehreren Kissen, damit ich überhaupt an die Tasten herankam. Dann ging Fred nach Amerika und für Klavierunterricht war kein Geld da. Eine Zeit lang hatte ich mich immer mal darangesetzt und improvisiert doch das gefiel meiner Mutter nicht. »Entweder richtig oder gar nicht«, hatte sie gesagt. Und: »Fürs Rumklimpern ist das Instrument zu schade. Deine Großmutter würde sich im Grabe umdrehen.«

In dem Alter hatte ich gern auf solchen Redewendungen herumgedacht und stellte mir vor, wie meine Großmutter versuchte, sich im Grab umzudrehen. Falls der Sarg groß genug war, könnte das klappen. Aber wie sollte sie mich von da unten gehört haben? Wenn sich meine Mutter mal wieder über mich geärgert hatte und tödlich genervt war, rief sie: »Du bist ein Nagel zu meinem Sarg.« Ich überlegte daraufhin, wie viele Nägel man brauchte, um einen Sargdeckel korrekt zu verschließen, und für welche Anzahl ich bereits gesorgt hatte. Sinnvoll wäre, wenn man gewarnt würde: Noch sieben Nägel, dann hast du sie ins Grab gebracht, oder so. Abgesehen davon fand ich den Spruch ziemlich empörend – wer will schon für den Tod seiner Mutter verantwortlich sein? –, aber so war sie nun mal.

Meine Mutter trommelte mit ihren Fingernägeln auf der Titelseite einer Frauenzeitschrift herum.

»Ich möchte zumindest wissen, was es genau wert ist. Daher habe ich veranlasst, dass das Klavier geschätzt wird.«

Ich war nicht sicher, ob dazu ein Kommentar von mir erwartet wurde. Aber ich wusste ohnehin nicht, was ich sagen sollte. Außer vielleicht, dass mich die ganze Sache ziemlich beunruhigte. Dann fragte ich mich, ob ich auch so an dem Klavier hing und beschloss, mich mal wieder daran zu setzen. Wer weiß, wie lange das noch möglich sein würde. Außerdem mochte ich den weichen, vollen Klang.

Ich liebte es, spät am Abend in unserer Schönheitsfarm herumzuschleichen. Dem Juniorchef stand es jederzeit zu, seine Runde zu machen und nach dem Rechten zu schauen. Schön und schwarz stand es vor mir, untergebracht in einer Nische des Speisesaals und symbolisierte Weltläufigkeit, Kultur und Wohlstand. Ich fischte den Schlüssel aus seinem Versteck und schloss den Klavierdeckel auf. Dann zog ich den Hocker hervor und spielte so leise, wie ich konnte. Vielleicht war es die letzte Gelegenheit. Erstaunlicherweise erinnerten sich meine Finger sofort daran, wie es funktionierte. Es fiel mir sogar besonders leicht an diesem Abend, vielleicht, weil meine Hände inzwischen etwas größer geworden waren.

»Das klingt schön, was ist das?«

Ich hatte bereits bemerkt, dass jemand in den Raum gekommen war. Die Tür knarrte und ich hatte in der Spiegelung des Lacks eine Person hinter mir wahrgenommen. Zunächst fürchtete ich, es könnte meine Mutter sein und war nun froh, dass ich nicht erwischt worden war.

»Ach, ich konnte nicht schlafen und klimpere hier nur ein bisschen herum«, sagte ich. Ich spielte noch ein paar Akkorde und drehte mich um.

»Ich kann auch nicht schlafen und wollte ein paar Schritte vor die Tür gehen. Dann hab ich hier Licht gesehen und war neugierig. Warum spielst du nicht weiter?«

Sie hatte den Bademantel um sich geschlungen und lächelte. Ich starrte sie an. Wäre ich dazu in der Lage gewesen, hätte ich gesagt: »Sie müssen das nicht tun«, denn ich wusste in diesem Moment genau, was passieren würde. Sie löste den Gürtel, griff mit beiden Händen den Saum und öffnete sehr langsam den Bademantel. Sie sagte: »Du siehst überrascht aus. Dabei weißt du doch genau, wie es hier drunter aussieht, nicht wahr?«

Ich blinzelte, verscheuchte meine Phantasie und kam wieder an die Oberfläche.

»Äh, was haben Sie gesagt?«

»Ich fragte, warum du nicht weiterspielst.«

Sie lächelte.

»Ich habe früher auch ein bisschen Klavier gespielt. Aber vor allem Geige. Hausmusik mit den Eltern und meinen Geschwistern.«

Ich drehte mich zurück an das Piano und spielte weiter. Ich erinnerte mich daran, dass sie in einem weißen Opel Manta angereist war, eines meiner Lieblingsautos, und stellte mir vor, wie sie mir den Autoschlüssel hinhält, um mich zu einer Probefahrt einzuladen. Du kannst doch fahren, oder? Es ist ein schöner Sommertag, wir fahren in sanften Kurven an einem See entlang. Sie sitzt neben mir und schaut mich über die leicht heruntergezogene Sonnenbrille hinweg an. Sie lächelt. Statt des Bademantels trägt sie ein buntes Sommerkleid und einen Seidenschal in passendem Design. Als ich mich nach ein paar Minuten wieder umdrehte, war sie verschwunden.

Auf dem Weg in mein Zimmer dachte ich an Lisa und dass ich mich gern mit ihr unterhalten würde. Vielleicht war sie noch wach und hatte eine Idee, wie ich das Klavier retten konnte. Ich ging die Treppe hoch, schlich den Flur entlang und blieb vor ihrem Zimmer stehen. Da war eine Stimme. Vielleicht hörte sie eine Radiosendung. Zumindest würde ich sie nicht wecken. Ich klopfte und lauschte. Die Stimme war weg.

»Bist du das?«, fragte Lisa. Dann hörte ich Schritte. Die Tür ging einen Spalt auf und ihr Gesicht erschien. Es wirkte fremd.

»Heute nicht mehr, ich bin müde«, sagte sie und schon war die Tür wieder geschlossen.

Auf dem Weg in mein Zimmer fragte ich mich, ob das Leben in der *Schönheitsfarm Viktoria* immer so aussehen würde. Bisher hatten wir jede Krise überstanden, bestimmt würde es dieses Mal auch gut gehen, hoffte ich, vor allem, weil ich mir etwas anderes gar nicht vorstellen konnte. Eine Gewissheit, die mir ungefähr so viel Halt bot wie die feuchten Holzdielen auf dem Weg zu unserem Gartenhaus.

Auf lange Sicht konnte nur ein wohlhabender Mann helfen. Genug Kohle mit den Peepshows im Saunakeller zu machen, war unrealistisch, zumal ich das Problem Mirella nicht lösen konnte. Das würde mein kleines Privatvergnügen bleiben. Ein Witwer musste her. Menschen starben, wieso nicht die Ehefrau eines reichen Industriellen? So ein Typ brauchte sehr bald jemanden, der sich um die Villa, die Bediensteten und alles kümmerte. Ich musste nur einfädeln, dass er meine Mutter kennenlernte und sich in sie verknallte. Aber wer käme infrage? Ideal wäre jemand aus der Nachbarschaft. Zum Beispiel die Bornemanns. Er war Direktor von irgendeinem Hamburger Unternehmen im Hafen. Die Autos und der große Bungalow deuteten auf soliden Wohlstand hin. Seine Frau machte allerdings einen recht fitten Eindruck und Tennis war nicht gerade eine Risikosportart. Reiten wäre besser gewesen, da hatte man schon von tragischen Unfällen gehört. Das Hauptproblem war jedoch der Zeitfaktor. So etwas ließ sich nicht von heute auf morgen regeln. Ich brauchte eine Idee, die uns kurzfristig ein paar Tausend Mark einbrachte.

9.

Diese Idee kam mir, als mir der verpickelte Paschke ein Pornoheft zeigte, für das er unglaubliche acht Mark hingeblättert hatte: Ich würde heimlich Nacktaufnahmen machen und als Pin-up-Fotos verticken! Die Frage war bloß: Wie sollte ich es hinkriegen, unauffällig Bilder von den Ladys im Saunakeller zu machen? Sie durch eine Lücke in der Wand zu beobachten war eine Sache, davon Fotos zu schießen eine ganz andere. Doch mein Ehrgeiz war geweckt. Zwei Tage später schlich ich aus meinem Zimmer, die Treppe runter und durchquerte die Küche. Es war kurz nach sechs, als ich die Tür zum Vorratskeller öffnete, die Sauna lief seit einer guten Stunde. Vielleicht hatte ich Glück. Das sonore Brummen des Kühlschranks erstarb, gefolgt von einem kurzen schüttelnd-klapprigem Geräusch, als sich das Aggregat abschaltete. Ich stieg die Kellertreppe herunter, deponierte meine Taschenlampe auf einem Sims und schob ein paar Konservendosen zur Seite. Die Luft hier unten war kühl und feucht. Ich tastete nach dem losen Stein, zog ihn vorsichtig heraus und spähte in den Saunakeller. Das Licht brannte. Dann hörte ich ein gedämpftes Husten. Offenbar befand sich jemand in der Kabine. Ich holte die Minox aus der Tasche und schob die Kamera vorsichtig vor die Öffnung. Die Kamera zu besorgen, war am schwierigsten gewesen. Sie stammte von Ralles Vater. Ralle hatte mir die Sachen mal gezeigt, die Minox, ein winziges Tonbandgerät und einen mattschwarzen Revolver. Sachen, die sein Vater in einer verschlossenen Schublade seines Sekretärs aufbewahrte. Zuerst wollte Ralle den Fotoapparat nicht rausrücken, zu riskant, meinte er. Aber diese Woche war der Alte mal wieder auf Dienstreise und Ralle hatte sich doch noch überreden lassen.

Ich wartete. Länger als zwanzig Minuten hielt man es in der Hitze nicht aus, es würde also nicht mehr lange dauern. Ich dachte an Mirella und wie sie mich vor Kurzem hier unten erwischt hatte. Doch sie hatte jetzt bereits Feierabend, ich konnte mich entspannen. Hin und wieder fragte sie mich, ob ich ihr beim Backen helfen wolle. Das war meist Freitag nachmittags, wenn sie für das Wochenende Blechkuchen machte. Dann half ich ihr, den Teig vorzubereiten. Sie legte mir ein uraltes Kochbuch hin, in dem eine Vielzahl handgeschriebener Rezepte als Lesezeichen steckten. Eines davon hatte jemand auf einem hellblauen Umschlag notiert. Genau dort befand sich das Rezept für den Blechkuchen. Ich nahm die größte Rührschüssel, wog das Mehl ab und bröckelte drei Stück Hefe in eine Mulde, dann kamen Zucker, Milch und zerlassene Butter dazu. Daraus rührte ich den sogenannten Vorteig, der anschließend mit etwas Mehl bestäubt und abgedeckt für eine halbe Stunde gehen musste. Danach kam das Beste: das Kneten. Vor allem, weil ich das mit bloßen Händen machen durfte, denn Mirella duldete keine elektrischen Geräte in ihrer Küche. Kochen sei Handarbeit, sagte sie, wer das nicht kapiere, solle Kellner werden. Dann musste der Teig ein zweites Mal ruhen und gehen. Das hatte etwas Magisches. Da waren diese kleinen Bakterien, futterten den Zucker und machten Kohlensäure daraus, was dazu führte, dass das Teigvolumen immer größer und richtig blasig wurde. Dann kam das Ausrollen, der Zucker, die Mandelblätter und die Butterflöckchen. Kurz bevor die Bleche – meist waren es drei Stück, weil nicht mehr reinpassten – in den vorgeheizten Ofen geschoben wurden, musste ich mit einer Gabel Löcher in den Teig stechen, damit er schön gleichmäßig aufging.

Frischer Zuckerkuchen vom Blech war echt das Größte. Dass es laut Mirella in der ganzen Küche köstlich nach Butter und karamellisiertem Zucker duftete, konnte ich ja nicht riechen, aber wie sich der noch warme Kuchen später im Mund anfühlte, war die Sensation: Der weiche Hefeteig gab beim Reinbeißen herrlich nach und der Zucker knirschte beim Kauen so schön zwischen den Zähnen. Die Pampe verteilte sich überall und hinterließ beim Schlucken einen speziellen, sehr befriedigenden Eindruck.

Überhaupt: Auch wenn ich absolut nichts roch und nur sehr wenig schmeckte, so hatte ich doch eine Reihe von Empfindungen beim Essen. Neben der Konsistenz war da noch der Eindruck von Nahrhaftigkeit, wenn ich zum Beispiel ein weiches Ei aß oder etwas sehr Öliges wie Thunfisch aus der Dose. Ich achtete beim Essen immer auf diese Qualitäten und versuchte, mir ein möglichst differenziertes Urteil über die verschiedenen Bestandteile einer Mahlzeit zu bilden. Nach und nach entwickelte ich dafür eine ganz besondere Sensibilität. Wenn ich nicht wüsste, dass den anderen eine ganze Welt aus Geschmäckern und Gerüchen zur Verfügung stand, wäre ich wahrscheinlich vollkommen zufrieden gewesen mit dem, was ich beim Essen erlebte. Zumal es Menschen gab, deren Ernährung mir ziemlich eintönig erschien. Ralle zum Beispiel hatte drei Lieblingsgerichte: Currywurst mit Pommes, Nudeln mit Tomatensoße und Wiener Würstchen mit Kartoffelsalat. Hin und wieder wurden die Würstchen durch Fischstäbchen ersetzt. Obst und Gemüse mochte er nicht. Er schaufelte sich die Sachen mit einer Geschwindigkeit rein, als würde das Haus brennen und ich bezweifelte ernsthaft, dass er zwischen den Bissen kaute. Wozu braucht so einer einen hoch entwickelten Geruchs- und Geschmackssinn?

Ein Rumpeln stoppte meine Gedanken. Kurz darauf ging die Saunatür auf, und ich hatte eine unserer Damen vor der Linse. Es war die Schlanke mit den dunklen Haaren, die ich vor wenigen Tagen bereits beobachtet hatte, und die spät abends am Klavier erschienen war. Ich hielt den Atem an und drückte den Auslöser, spannte, drückte, spannte, drückte, spannte, drückte, bis sie im Duschbereich verschwunden war. Als sie wenig später wieder ins Blickfeld kam, hatte sie sich bedauerlicherweise ein Handtuch umgeschlungen. Sie griff sich in die feuchten Haare, schüttelte den Kopf und strich sich den Pony zurecht. Ich machte noch ein paar Fotos, um den Film vollzukriegen. Gleich morgen Nachmittag würde ich ihn entwickeln und schauen, ob sich Abzüge lohnten.

10.

Bernd hatte Zivildienst in einer Behinderteneinrichtung gemacht und in Bremen Sozialpädagogik studiert. In unserem Jugendzentrum hatte er eine ABM-Stelle ergattert. Zu seinen Aufgaben gehörten die Organisation der Jugendarbeit, die ehrenamtlich geführte Teestube und das Fotolabor im ersten Stock.

»Du wolltest doch wissen, wie das mit der Solarisation funktioniert?«, fragte er, reichte mir den Schlüssel rüber und schob eine Strähne fettiger Haare hinter sein Ohr. Bernd war Ende zwanzig und zuständig für den Grundkurs, den man absolvieren musste, bevor man das Fotolabor allein benutzen durfte. Den hatte ich gemacht und jetzt wollte ich es auch ALLEIN benutzen.

»Ach, lass mal, das kannst du mir ein anderes Mal zeigen. Ich hab' hier paar dringende Sachen für die Schülerzeitung.«

»Könnte ich dir auch bei helfen. Weißt du, wie Doppelbelichtung geht? Ist echt kreativ, Mann.«

Bernd war 'ne Klette.

»Nee, muss ich allein machen, ist brisantes Material.« Stimmte einhundert Prozent.

Bernd grinste blöd: »Wohl 'n Skandal aufgedeckt? Habt ihr euren Rektor endlich mit der Sekretärin erwischt?«

Sein Lachen klang, als wolle jemand einen Niesanfall unterdrücken. So ähnlich, dachte ich, aber ich grinste nur.

»Hau rein, Alter. Aber denk dran, den Fixierer zu wechseln, sonst hast du keine Freude an den Fotos. Der ist echt verbraucht.«

»Klar, mach ich.«

»Und das verbrauchte Zeug ...«

»... in den braunen Kanister, schon klar.«

Bernd war 'n Öko. Fotochemie in den Ausguss, das ging gar nicht. Zwei Stunden später hatte ich von den drei schärfsten Negativen je fünf postkartengroße Abzüge gemacht und zum Trocknen in der hinteren Ecke der Dunkelkammer aufgehängt. Dann schloss ich die Tür ab und ging in die Teestube runter. Am Mittwoch war Pizzatag. Ich holte mir ein Stück und biss in den nur noch lauwarmen Teig, der Käse zog Fäden und hatte eine gummiartige Konsistenz. Als ich wieder oben ankam, war die Tür zum Fotolabor angelehnt.

»Ist das die Schulsekretärin?«, fragte Bernd und hielt sich eins der Fotos unter die Nase. Dann das nächste.

»Scharfe Braut«, fügte er hinzu.

»Äh, was soll das denn? Was machst du hier?«, ich war echt sauer.

»Hab paarmal geklopft und bin dann mit dem Generalschlüssel rein. Dachte, du bist vielleicht zusammengeklappt«, nuschelte Bernd, ohne von den Fotos aufzublicken.

»Ich fasse es nicht, die sieht aus wie ...«, Bernd ging mit der Aufnahme unter die Deckenleuchte, kniff die Augen zusammen und studierte das Gesicht. Dann schaute er mich an.

»Die sieht aus wie Gudrun Ensslin, nur mit dunklen Haaren ...«

»Wer soll das sein?«, ich stand jetzt neben ihm und schaute ihm über die Schulter.

»Wo hast du denn diese Fotos her? Die Ensslin, das ist 'ne Terroristin, das ist die Freundin von Andras Baader, kapierst du?«

Auf Bernds Gesicht zeichneten sich rötliche Flecken ab.

»Die haben den Baader aus der U-Haft befreit. Ihr Foto ist auf diesen ganzen Fahndungsplakaten. Du weißt schon, Baader-Meinhof-Bande. Die werden gesucht. Da ist sogar ne Belohnung ausgesetzt, 100.000 Mark.«

Ich nahm Bernd die Fotos aus der Hand. Gudrun Ensslin. Klar kannte ich ihren Namen und auch Bilder, kam ja ständig alles in den Nachrichten. Aber war sie das wirklich? Ich musste so ein Plakat finden. In unserer Sparkasse hatte ich neulich eins gesehen. Wenn sie das tatsächlich war – 100.000 Mark!

Ich schaute Bernd in die Augen.

»Du spinnst vielleicht, Alter! Das sind Aktfotos von meiner Cousine Helga. Und die gehen dich gar nichts an! Überhaupt: Du kommst hier rein und schnüffelst in meinen privaten Sachen rum. Was sind das für Kontrollmethoden?«

Bernd kratzte sich am Kopf, dann schob er sich eine Strähne hinters Ohr.

»Die Ähnlichkeit ist verblüffend.«

An der Tür drehte er sich noch einmal um.

»Ich hatte ein paarmal geklopft, bevor ich aufgeschlossen habe, echt jetzt.«

Ich stand vor dem Plakat und las: »Anarchistische Gewalttäter – Baader/Meinhof-Bande«. Die Ensslin entdeckte ich gleich in der ersten Reihe. Ich holte die Fotos aus der Jackentasche und verglich die Gesichter. Tatsächlich, das könnte sie sein. Diese dunklen, tief liegenden Augen, die hohen Wangenknochen. Allerdings hatte sie die Haare dunkel gefärbt und Locken rein gemacht. Unter den Fotos weiterer anarchistischer Gewalttäter stand: »Für Hinweise, die zur Ergreifung der Gesuchten führen, sind 100.000 DM Belohnung ausgesetzt. Mitteilungen, die auf Wunsch vertraulich behandelt werden, nehmen entgegen: Bundeskriminalamt

– Abteilung Sicherungsgruppe – 53 Bonn-Bad Godesberg, Friedrich-Ebert-Straße 1 – Telefon: 0 2229 / 53001« und darunter »Vorsicht! Diese Gewalttäter machen von der Schusswaffe rücksichtslos Gebrauch!« Ich notierte die Telefonnummer und lief nach Hause.

Ich wartete, bis in der Schönheitsfarm alle schliefen. Dann schlich ich ins Büro, zu dem Aktenschrank mit den Aufnahmeunterlagen der Gäste. Damen, die das erste Mal bei uns waren, hatten einen gut sichtbaren Vermerk auf der Karte, damit alle Mitarbeiter wussten, dass sie sich besondere Mühe geben sollten. Meine Mutter war stolz darauf, dass der größte Teil von ihnen zu Stammkundinnen wurde, zumindest für einen gewissen Zeitraum. »Man muss in die Neuen investieren«, sagte sie immer, »damit sie sich bei uns wohlfühlen, uns lieben lernen und immer wieder mit ihrem Besuch beehren.« In den letzten zwei Wochen war nur eine einzige dieser neuen Kundinnen bei uns eingetroffen. Eine Grete Erlenbach, geboren 1. September 1942, wohnhaft in Hamburg. Sie hatte eine Woche gebucht, das hieß, sie würde am Freitag abreisen.

Wenn das die Ensslin ist, dann ist sie bei uns untergetaucht, überlegte ich, außerdem ist Terrorist sein bestimmt ziemlich anstrengend, vielleicht braucht sie tatsächlich ein paar Tage Erholung. Oder sie plant gerade ein weiteres Attentat, irgendwo hier in der Gegend. Äh, oder bei uns? Was ist mit der Spielhagen? Vielleicht macht sie sich an die Frau des Innensenators ran, weil die entführt werden soll. Anschließend fordert die RAF Lösegeld oder die Freilassung von inhaftierten Mitstreitern. Mich fröstelte. Als Erstes musste ich herausfinden, ob sie es wirklich war. Heute war Mittwoch, nur noch zwei Tage. Wie sollte ich das anstellen?

Ich lag im Bett und lauschte den Geräuschen, die das Haus machte. Gudrun Ensslin, alias Greta Erlenbach, lag in Zimmer Nummer acht, ein Stockwerk über mir, in ihrem Bett

und plante die Entführung der Spielhagen. Irgendwo rauschte ein Wasserrohr. Ich sollte die Polizei informieren. Die
Bullen würden eine riesen Aktion daraus machen und mit
Dutzenden Spezialkräften unsere Schönheitsfarm umstel-
len. Wenn sich das Ganze als Fehlalarm herausstellte, würde
meine Mutter mir den Kopf abreißen. Nein, das konnte ich
nicht riskieren. Außerdem fand ich die Frau ziemlich nett.
Ich konnte mir nicht vorstellen, dass es sich um eine skrupel-
lose Terroristin handelte. Ich fasste einen Entschluss: Gleich
morgen Vormittag, wenn alle beim Frühstück sind, werde
ich mich in ihrem Zimmer umsehen, vielleicht entdecke ich
einen Hinweis. Wenn ja, hab ich immer noch genug Zeit,
die Polizei zu informieren.

11.

Glück gehabt, die Putzfrau war gerade mit der Acht fertig
und schloss die Tür ab. Dann rollte sie den Wagen mit den
Reinigungsmitteln vor das nächste Zimmer und schloss auf.
Sie griff nach dem Putzeimer und verschwand aus meinem
Blickfeld. Ich schnappte mir den Schlüsselbund, schloss die
Acht wieder auf und legte es schnell zurück an seinen Platz.
Erst als ich die Tür hinter mir geschlossen hatte, spürte ich
mein Herz schlagen. Ich atmete tief durch. Was suchte ich
hier eigentlich? Ich ging zum Bett und zog die Schublade
vom Nachttisch auf. Taschentücher, eine Armbanduhr und
eine Schachtel mit irgendeinem Medikament. Auf dem Tisch
vor dem Fenster lagen eine Tageszeitung und zwei Bücher.
Unter dem Tisch entdeckte ich einen Koffer aus Aluminium.
Ich zog ihn vorsichtig heraus, schob die Bücher zur Seite und
stellte ihn auf den Tisch. Ich öffnete die beiden Schnappver-
schlüsse und klappte den Deckel zurück. Klamotten, weite-

re Bücher, ein Stoffbeutel mit hochhackigen Schuhen, zwei schmale Gürtel. Ich griff hinein, durchwühlte den Stoff und stieß auf etwas Glattes, Kaltes, Hartes. Meine Hand umschloss den Griff einer Pistole. Dann ging die Tür auf. Ich drehte mich um, die Hand hinter dem Rücken.

»Was hast du in meinem Zimmer zu suchen?«

Die Waffe fühlte sich kalt und schwer an. Mein Herz hämmerte wie verrückt.

»Joe! Du heißt doch Joe, oder?«

Sie kam ein paar Schritte auf mich zu und streckte die Hand aus.

»Gib mal lieber her.«

Ihr Lächeln wirkte nicht besonders glaubhaft, weil ihre Mundwinkel zuckten. Ich stellte mir vor, wie ich den Arm mit der Pistole hochreiße und rufe *Stehen bleiben, sonst werde ich schießen!* oder *Bleiben Sie, wo Sie sind, sonst leg ich Sie um!* oder *Hände hoch oder ich schieße!* Doch da hatte sie schon nach meinem Arm gegriffen und mir die Waffe aus der Hand genommen. Sie hielt sie am Lauf fest, zog das Magazin heraus und warf beides auf das Bett. Dann setzte sie sich ans Fußende und deutete auf den Stuhl in der Zimmerecke neben dem Fenster:

»Hinsetzen!«

Ich zog den Stuhl ein Stückchen vor und setzte mich.

»Also, jetzt mal raus mit der Sprache: Was treibst du hier?«

»Sind Sie das wirklich?«

»Und wenn? Was geht dich das an?«

Ich wich ihrem Blick aus. Sie kniff die Augen zusammen.

»Ist es wegen dem Lösegeld? Geht es darum?«

Ich erzählte ihr, dass meine Mutter das Klavier verkaufen müsste, um die ausstehenden Hypothekenraten zahlen zu können.

»Ja, so läuft das im Kapitalismus. Erst leihen sie dir Geld und dann versklaven sie dich durch überhöhte Zinsforde-

rungen. Und wenn du mit der Rückzahlung in Verzug gerätst, wirst du enteignet.«

»Stimmt. Wenn wir nicht zahlen, wird die Schönheitsfarm
zwangsversteigert.«

Sie griff sich mit beiden Händen in die Haare, strubbelte
darin herum und schaute zur Decke. Dann ließ sie sich auf
das Bett fallen und drehte den Kopf in meine Richtung.

»Was ist dein Klavier denn wert?«

Ich sagte, dass meine Mutter es demnächst taxieren ließe
und davon ausging, dass es wenigstens zehntausend Mark
bringt, weil es sich um ein original Bechstein handelte. Sie
richtete sich wieder auf und strich die Haare glatt.

»Okay, ich mach dir einen Vorschlag: Ich gebe dir zehntausend Mark und du vergisst das mit der Polizei und lässt
mich einfach in Ruhe.«

»Und wenn nicht?«

Sie griff nach der Pistole, schob das Magazin hinein und
ließ beides unter dem Kopfkissen verschwinden. Dann
schaute sie mich wieder an.

»Bist du einverstanden?«

»Unter einer Bedingung: Hier wird niemand umgebracht,
entführt oder sonst was, okay?«

»Ich bin Freitag weg. Freitagvormittag.«

Sie ging um das Bett herum, öffnete den Kleiderschrank
und kramte in einer Sporttasche herum. Anschließend kam
sie zu mir und hielt mir drei Bündel Hundertmarkscheine
hin.

»Hier, das sind etwa zwölftausend, zweckgebunden für
eure scheiß Bank. Die steckst du in einen großen Umschlag
und legst ihn an einen Ort, an dem ihn deine Mutter finden
muss. Klar so weit?«

Davon hatte ich immer geträumt. Meiner Mutter heimlich
ein paar Tausend Mark zukommen zu lassen. Geld, das von
einem mysteriösen Gönner stammte. Jetzt stand er vor mir.

»Sind Sie es nun, oder nicht?«

»Wie kommst du eigentlich darauf?«

Dafür, dass sie mich gerade in ihrem Zimmer und mit ihrer Knarre in der Hand erwischt hatte, war es ziemlich gut gelaufen. Ich sollte ihren Gleichmut nicht auf die Probe stellen, indem ich ihr auch noch von den Fotos erzählte. Also blieb ich ihr die Antwort schuldig.

Wenige Tage später, am 7. Juni 1972, wurde Gudrun Ensslin in Hamburg verhaftet. Die Verkäuferin einer Modeboutique alarmierte die Polizei, nachdem sie in Ensslins Jacke eine Waffe ertastet hatte. Ich erinnerte mich noch genau daran, wie sie kalt und schwer in meiner Hand gelegen hatte. Ein seltsamer Gedanke überkam mich, als ich den Artikel in der Zeitung las: Vielleicht hatte die Pistole einfach keinen Bock mehr gehabt, zu töten, und wollte die Ensslin deshalb verraten. Bei mir hatte die Knarre das auch schon versucht. In dem Artikel stand außerdem, dass die Ermittler im Auto der Terroristin eine große Menge Bargeld gefunden hatten, das vermutlich aus einem Bankraub stammte, den die Baader-Meinhof-Bande verübt hatte.

12.

Am Nachmittag erschien ein älterer Herr in der Rezeption und wollte meine Mutter sprechen. Der Mann trug einen dunkelblauen Anzug und stellte sich als Peter Altmeyer vom Musikhaus Steinway in Hamburg vor. Er hatte eine Aktentasche dabei, die er jetzt öffnete und eine Visitenkarte präsentierte. Auf mich wirkte er missmutig, als müsse er eine unangenehme Pflicht erfüllen.

»Herr Altmeyer, schön, dass Sie es einrichten konnten«, rief meine Mutter schon von Weitem und gab dem Mann die Hand.

»Darf ich Ihnen etwas anbieten, einen Kaffee vielleicht oder ein Selterswasser?«

Altmeyer schüttelte den Kopf:

»Nein danke, wenn Sie mir gleich das Instrument zeigen könnten, wäre ich Ihnen sehr verbunden.«

»Selbstverständlich«, sagte meine Mutter und Altmeyer folgte ihr in den Speisesaal. Dort setzte der Mann eine Brille mit kreisrunden Gläsern und stark gebogenen Bügeln auf und begann, unser Klavier zu inspizieren. Zunächst spielte er sämtliche vorhandene Töne an, lauschte, sinnierte, dann ging es mit ein paar Akkorden weiter. Als Nächstes klappte er den oberen Deckel auf, holte eine Taschenlampe aus seiner Aktentasche und leuchtete hinein, griff hinein, leuchtete wieder. Nach ein paar Minuten drehte er sich wieder zu uns um.

»Ich taxiere dieses Instrument auf fünfzehntausend Mark.«

Ich schaute zu meiner Mutter herüber und las in ihrem Gesicht.

»Fünfzehntausend, ist das nicht ein bisschen wenig?«, fragte sie mit vor der Brust verschränkten Armen. Aber ich kannte sie besser, sie hatte mit einer kleineren Summe gerechnet, da war ich mir sicher. Anderenfalls hätte sie den Mann in der Luft zerrissen, ihm von dem unverwechselbaren Klang des Pianos, den edlen Materialien, aus denen es gefertigt worden war und seiner ehrwürdigen Herkunft vorgeschwärmt, um es schließlich eine Schande zu nennen, dass er es gewagt hatte, für dieses Meisterwerk eine so kleine Summe zu nennen.

»Es tut mir leid, Frau Anders, aber mehr kann ich für das Instrument in dem vorliegenden Zustand nicht bieten. Es gäbe allerdings noch eine zweite Möglichkeit, die mit etwas Glück einen höheren Erlös bringen könnte. Wir würden das Klavier dann in Ihrem Auftrag anbieten. Vielleicht findet sich ein Käufer, der bereit ist, einen höheren Betrag zu zahlen. Das braucht erfahrungsgemäß allerdings etwas

Zeit«, Altmeyer beendete seine Ausführungen mit einem Räuspern.

»Und die Modalitäten?«

»Wenn wir uns auf die genannte Summe einigen können, würde ich den Kaufpreis durch die Buchhaltung unseres Hauses anweisen lassen. Das Klavier wird dann in den nächsten Tagen abgeholt.«

Jetzt musste ich dringend handeln. Den Umschlag hatte ich bereits vorbereitet, aber was sollte ich drauf schreiben? Ich spannte einen Bogen Papier in die Schreibmaschine und schrieb:

— *Streng vertraulich* —

Für Frau Viktoria Anders

Und als Absender:

Stiftung zur Abwendung von Zwangsversteigerungen

Anschließend schnitt ich den Text aus und klebte ihn auf den Umschlag. Dann ging ich ins Büro meiner Mutter und deponierte das Geld auf ihrem Schreibtisch.

13.

Ralle steckte eine Mark in den Automaten, der sich am Vereinsheim unseres Fußballklubs befand.

»Was wollen wir nehmen, Joe?«, flüsterte er, »Stuyvesant oder Ernte 23?«

HB und Krone fanden wir aus irgendwelchen Gründen spießig und an Reval und Roth-Händle, trauten wir uns nicht ran. Sechs Schächte, mehr Auswahl bot die Kiste nicht.

»Ernte 23.«

Ich mochte die orange Packung. Außerdem hatte mein Vater die geraucht. Wir wechselten immer ab, wer aussuchen durfte, und das letzte Mal war Ralle dran gewesen. Ralle zog an der entsprechenden Schublade, nahm die Packung heraus und ließ sie in seiner Jacke verschwinden. Wir blickten uns kurz um und liefen in Richtung Friedhof. Dahinter begann ein großes Waldgebiet. Ein kleiner Hohlweg führte am Zaun entlang hinunter in einen dichten Fichtenwald, in dem sich neben ein paar Fischteichen auch eine Köhlerhütte befand, vor der wir jetzt standen.

»Hier.«

Ralle hielt mir die Packung hin.

»Kannst aufmachen.«

Für eine Mark gab es elf Zigaretten. Das Öffnen der Packung war ein kleines Ritual. Ich entfernte den oberen Teil der Zellophanhülle, ritzte das Steuersiegel mit dem Fingernagel ein und klappte den Deckel zurück. Jetzt war da noch so ein kleines Stück Silberpapier, das den Inhalt verdeckte. Ich zog es ab und hielt Ralle eine makellose Reihe Zigaretten hin. Er nahm sich eine heraus und zündete sie sich mit seinem Sturmfeuerzeug an, das, wie sich zeigte, auch ohne Sturm zuverlässig funktionierte, vorausgesetzt, es befand sich genug Benzin auf der Watte im Tank. Nachdem ich den Hustenreiz überwunden hatte, fand ich das Gefühl in der Lunge ziemlich gut. Dann spürte ich mein Herz schlagen und fühlte mich wach, lebendig und konzentriert. Nikotin machte im ersten Moment immer so eine Art Abenteuerlust. Ich hatte ihm heute die Minox zurückgebracht. Ralle war sofort ins Arbeitszimmer und hatte die Kamera an ihren Platz gelegt. Er wirkte ziemlich erleichtert. Anschließend sind wir los und jetzt war endlich der Zeitpunkt, an dem ich mit meiner irren Geschichte rausrücken konnte.

»Na, Jungs? Krieg ich auch eine?«

Ich sprang zurück und wäre fast über eine Baumwurzel gestolpert. Aus dem Dunkel der Köhlerhütte war ein Typ aufgetaucht. Er sah aus wie ein Penner und grinste, wodurch sichtbar wurde, dass ihm ein Schneidezahn fehlte.

»Wie heißt ihr Jungs?«

Für solche Fälle griffen wir auf unsere Codenamen zurück, man konnte ja nie wissen.

»Ich heiße Mike und das ist Ben«, sagte Ralle, bei dem inzwischen die normale Gesichtsfarbe wiedergekehrt war.

»Soso, Mike und Ben, krieg ich nun eine?«

Ich gab ihm die Schachtel. Dann wollte er Feuer und Ralle reichte ihm das Sturmfeuerzeug. Er zündete sich eine Zigarette an und verstaute beides in der Brusttasche seiner Latzhose. Wir starrten uns an.

»Moment mal«, protestierte Ralle.

»Rauchen is nix für Kinder. Ich tu euch nur einen Gefallen. Ihr solltet mir dankbar sein.«

Sein Lachen klang rasselnd und ungesund. Er spuckte aus. Der Typ war eine bösartige Variante von Catweazle.

»Geben Sie mir wenigstens das Feuerzeug wieder.« Ralle liebte das Teil, obwohl er es selbst irgendwo gefunden hatte. Vielleicht gerade deshalb.

»Damit du Dummheiten anstellst?«

Er schlurfte zurück in die Köhlerhütte und kramte in seinem Rucksack herum. Ralle hielt sich die Nase zu und machte ein Der-stinkt-Gesicht. Ich log Zustimmung. Ein Punkt für meine Geruchstaubheit. Der Penner erschien wieder auf der Bildfläche.

»Wenn man nachts im Wald pennt, muss man auf alles vorbereitet sein.«

Er prüfte die Klinge eines ziemlich großen Fahrtenmessers mit dem Daumen.

»Habt ihr mal n bisschen was über?«

Wir kapierten nicht. Was wollte der Typ noch von uns?

»Gibt Taschengeld für Jungs in eurem Alter. Kommt aus ordentlichen Verhältnissen, das seh' ich doch.«

Ich hatte kein Geld dabei. Ralle vielleicht.

»Könnte dringend ein paar Mark gebrauchen, hab nämlich

Hunger und Durst. Ich behalte auch für mich, dass ich euch beim Rauchen erwischt habe. Was meint ihr?«

Ich wollte gerade »Komm, wir hauen ab« rufen, als der Typ mit seiner freien Hand nach mir griff. Damit hatte ich nicht gerechnet. Ich versuchte auszuweichen, doch er erwischte mich am Handgelenk und zog mich zu sich heran. Ich bekam solche Panik, dass ich wild zu zappeln begann. Das Messer war mir völlig egal. Ich schlug wahllos um mich und traf dabei sein Gesicht. Er schrie »Scheiße!« und löste seinen Griff. Wir rannten los. Ich war so von der Rolle, dass ich schon nach wenigen Metern über irgendetwas stolperte und mich langlegte. Doch ich rappelte mich blitzschnell wieder auf, schlüpfte zwischen ein paar eng stehenden Fichten hindurch und auf einen Abhang zu. Dann stolperte ich erneut, rutschte ein Stück den Hang herunter, und plötzlich war der Typ über mir. »So Bursche, jetzt hab ich dich!« Ich spürte seinen Atem im Gesicht und den Waldboden in meinem Rücken. Scheiße, der macht dich jetzt fertig! Drei Sekunden, drei Sekunden und du bist hinüber. Ich hatte Todesangst. Für ein kurzes Leben sollten drei Sekunden reichen; vielleicht, vielleicht auch nicht. Dann sah ich Ralle, sah sein wutverzerrtes Gesicht und hörte seinen schrillen Schrei, während er sich in vollem Lauf gegen meinen Angreifer schmiss. Ich sah, wie der Penner das Gleichgewicht verlor und sich an Ralle festzukrallen versuchte. In dem Moment trat ich voll zu. Ich erwischte ihn an der Schulter, sah, wie sein Arm in der Luft ruderte. Er verlor jetzt endgültig den Halt, kippte zur Seite und rollte den Hang herunter.

Ralle richtete sich auf, er keuchte:

»Bist du okay?«

Ich griff seine Hand. Der Penner war ein paar Meter abwärtsgerollt und auf dem Waldboden liegen geblieben.

»Der bewegt sich nicht«, sagte ich.

»Vielleicht besoffen.«

»Wir sollten abhauen.«

»Ich will mein Feuerzeug.«

»Hm.«

Wir warteten ein paar Minuten, dann schlichen wir langsam hinunter.

»Scheint ohnmächtig zu sein.«

»Warte lieber mal.«

Ich griff nach einem Ast und näherte mich seinen Beinen. Die Hose war hochgerutscht. Ich setzte den Ast am Unterschenkel an und drückte, erst vorsichtig, dann stärker. Keine Reaktion. Schließlich holte ich aus und schlug zu. Ich sah einen roten Striemen, den mein Schlag auf der Haut hinterlassen hatte.

»Der merkt nichts.«

Ralle näherte sich dem Gesicht. Dann sahen wir das Blut an der Stirn, dass bei genauerem Hinsehen von einer Platzwunde zu stammen schien.

»Wo hat der die denn her?«

Ralle schaute mich an. Falls es möglich ist, dass man einen Blick festhalten kann, dann tat ich das jetzt. Ich spürte, dass wir in diesem Moment eine Verbindung eingingen, eine, die uns so schnell nicht wieder loslassen würde. Die Sekunden verstrichen. Ich zeigte auf den Kopf mit der Wunde. Genau an der Stelle, wo der Penner liegen geblieben war, schaute ein Findling aus dem weichen Waldboden. Ausgerechnet. Es waren nur ein paar Zentimeter, doch das hatte gereicht.

1975

14.

Gemeinschaftskunde. Remel kam in die Klasse, nuschelte »Guten Morgen« und fummelte das Kabel seines Kassettenrekorders in die Steckdose hinter dem Lehrerpult. Noch eine Folge der öden Schulfunksendung, unfassbar! Remel nervte uns seit Wochen mit der Serie »Wir haben's ja, wie lange noch?«. Im letzten Teil seiner Radioaufzeichnungen war es um die Ölkrise gegangen, dass fossile Brennstoffe zu Ende gingen und der Energiehunger der Industrie bald nicht mehr gestillt werden könne. Spätestens dann sei Schluss mit Wohlstand und Wirtschaftswachstum. Vermutlich steckte die Atomlobby hinter dem Lehrmaterial.

Ich sagte Remel, dass ich mal austreten müsse, zeigte Ralle ein schräges Grinsen und verließ den Klassenraum. Ich schlenderte durch den Flur, Remel würde wohl nicht checken, wie lange ich wegblieb. Ich konnte mir also Zeit lassen, was die Aussicht auf eine Selbstgedrehte bot. Im Raucherhof hockte ein Mädchen auf der Bank.

»Hi«, sagte ich. Die Antwort war ein Brummen. Sie kritzelte hinter einem Vorhang von glatten, hellbraunen Haaren in einem Buch herum. Falls das Geräusch mir gegolten hatte, musste es *lass mich in Ruhe* bedeuten. Schwer zu sagen, ob sie schrieb oder zeichnete.

»Alles klar?«

Sie reagierte nicht.

»Was machst du hier?«

Neben ihr lag ein Stoffbeutel mit bunten Fransen. Ich lehnte mich an die Wand, holte meinen Tabak raus und drehte mir eine.

»Hab mich krankgemeldet«, sagte sie schließlich.

Ich konnte ihr Gesicht immer noch nicht sehen. Also schaute ich in den Himmel. Der Innenhof war wie in einem Gefängnis von vier Wänden umgeben. Ein freier Blick war nur nach oben möglich. Ich schickte eine Rauchwolke ins Blaue und folgte dem Kreisen eines Raubvogels, bis er aus meinem Sichtfeld verschwand. In den gegenüberliegenden Fenstern spiegelten sich die Bank mit dem Mädchen, ein Papierkorb aus blauem Stahl, der anspruchslose grüne Bewuchs und der moderne Waschbetonbau mit seinem undichten Flachdach und den depressionsfördernden langen Fluren. Wenn es regnete, stellte der Hausmeister Dutzende Eimer auf, die wir unbemerkt verschoben und uns darüber freuten, dass der Nadelfilz pitschnass wurde. Auf dem Flachdach waren alle paar Meter milchige Oberlichter verschraubt, die einem das Gefühl gaben, sich unter Wasser zu befinden. So wie in der Orion-Basisstation, nur dass wir keine exotische Tiefseewelt mit bunten Fischen zu sehen bekamen. Die Wasserschäden traten vor allem unter diesen Oberlichtern auf, weil sie vermutlich nicht korrekt abgedichtet waren. Sollbruchstelle bei Flachdächern oder einfach Pfusch am Bau. Sollte ich Bauingenieur werden, würde ich mich darum kümmern. Da ich bisher keine besonderen Talente an mir feststellen konnte, hatte ich mir überlegt, die Berufswahl pragmatisch anzugehen. Ich sammelte Erkenntnisse darüber, was gebraucht wurde. Dabei ging ich nicht besonders enthusiastisch vor, aber es war klar, dass ich mich auf irgendeine Art nützlich machen musste. Sicher war nur eines: Ich würde auf keinen Fall in die Schönheitsfarm einsteigen. Die RAF-Kohle hatte zwar gereicht, die Zwangsversteigerung abzuwenden, und es lief derzeit finanziell zum Glück etwas besser, aber dieses überspannte Getue rund um die Damen ging mir inzwischen auf die Nerven, inklusive der Rolle, die meine Mutter dabei spielte.

»Müsste in die 10b, hab aber keinen Bock.«

Die schnell ziehenden Wolkenfetzen erinnerten mich an rückwärts laufende Hunde. Ich kam an die Oberfläche und atmete tief durch. Hatte ich öfter mal, dass ich so in meine Gedanken abtauchte. Es gab Leute, die das sauer machte, weil sie mich wahlweise für verpennt oder arrogant hielten. Konnte ich nicht ändern. War so.

»Hm?«

»Schon gut.«

»Sag schon, ich war in Gedanken ...«

»Ich bin neu an der Schule und soll in die 10b, aber ich hab keine Lust.«

»10b, echt? Da kannst du gleich mitkommen.«

Sie schob eine Vorhanghälfte hinter das Ohr, Fragezeichen auf der Stirn, und biss auf ihren Bleistift.

»Du bist auch in der 10b?«

Ich nickte.

»Und wie heißt du?«

»Tia«, sie kniff ein Auge zusammen, während sie zu mir hochschaute.

»Tia«, wiederholte ich, weil mir der Name gefiel.

»Eigentlich Christiane, aber alle nennen mich Tia. Und du?«

Ich frage mich manchmal, ob es anders gelaufen wäre, wenn ich ihr mehr über mich erzählt hätte. Zum Beispiel, dass ich nicht riechen kann.

In der großen Pause lief mir Frank über den Weg und fing wieder an, mich mit diesem Ohnmachtsding zu nerven. Irgendwer hatte so ein Spiel aufgebracht, bei dem es darum ging, mal eben das Bewusstsein zu verlieren. Merkwürdigerweise hatte sich der Scheiß zu einer Art Mutprobe entwickelt. Ich hätte das gern ignoriert, denn ohnmächtig werden fand ich nicht besonders erstrebenswert. Frank gegenüber als Feigling dazustehen allerdings auch nicht. Frank war in der Parallelklasse und einer, den man auf dem Zettel haben sollte. Klassensprecher und Sportlertyp mit der Körperspannung eines Flummis, der zu viele Kung-Fu-Filme gesehen hatte.

»Ist ganz einfach«, sagte Frank. »Zuerst gehst du in die Hocke und atmest zehnmal ganz tief ein und aus. Nach dem letzten Ausatmen stehst du auf und ich drücke dir mit beiden Armen den Brustkorb zusammen.«

»Und dann?«

»Wirst ja merken, ist ein total geiles Gefühl.«

Leider hatten sich bereits ein paar Schaulustige um uns versammelt. Nur Ralle konnte ich nirgends entdecken. Ich suchte nach einer Möglichkeit, sauber aus der Nummer rauszukommen, musste mir allerdings eingestehen, dass ich den richtigen Moment verpasst hatte. Die Meute wartete auf eine Reaktion. Jetzt bemerkte ich Tia, die sich uns näherte. Sie lächelte.

»Na los, Joe, ich hab's auch gemacht, ist echt der Hammer!«

Mir wurde schon schwindelig, wenn ich ohne mutwillig produzierte Sauerstoffüberdosis aufstand. Aber da musste ich jetzt durch.

»Okay Frank, dann zeig mal, ob du es draufhast.«

Ich hockte mich hin und begann zu atmen.

»Schön tief ein und aus, Alter. Das ist das Wichtigste.«

Nach dem letzten Ausatmen stand ich abrupt auf und spürte, wie mir schwarz vor Augen wurde. Frank, der hinter mir stand, umfasste meinen Brustkorb und drückte voll zu.

Als ich wieder zu mir kam, lag ich auf dem Rücken, über mir Gesichter, die mich anstierten wie einen, der vom Dach gesprungen ist.

»Was hab ich dir gesagt, Alter?! Du warst voll weg, ey!«, Frank tätschelte meine Wangen und lachte.

»Bist du okay?«

Tia war jetzt auch neben mir. Und wie sie mich anschaute! Ich war tatsächlich ohnmächtig geworden und das Wegsacken war sogar ganz geil gewesen. Wie ein kurzer Moment der Schwerelosigkeit. Offenbar war ich gerade die Sensation. Alle wollten wissen, wie es war und ob jetzt wieder alles okay sei.

Genau eine Woche später kam es zu einem schweren Unfall. Stand sogar im Abendblatt, dass ein Schüler unseres Gymnasiums sich bei einem Ohnmachtsspiel schwer verletzt hatte. Bei Roland hatte es mit dem Festhalten nicht so gut geklappt. Der Idiot, der hinter ihm stand, hatte wohl nicht damit gerechnet, dass Roland wirklich ohnmächtig werden würde. Also ist er ihm auf den Fußboden geknallt. Ein Ohnmächtiger rollt sich ja nicht ab, null Reflexe. Also alle Vorderzähne raus, Kiefer mehrfach gebrochen und schwere Gehirnerschütterung. Roland war erst mal weg vom Fenster, sechs Wochen Krankenhaus, mehrere Operationen, Kiefer voll mit Draht und später Gebiss vorne, weil die Zähne am Ende doch nicht wieder angewachsen waren. Roland musste wegen der Fehlzeiten die Klasse wiederholen. Ein halbes Jahr später hat er beim Sprechen immer noch ziemlich genuschelt. Zwischen Frank und mir hatte die Sache etwas verändert. Unser Verhältnis war jetzt entspannter. Frank war einer, der gern Verantwortung übernahm, und es hatte ihm vielleicht geschmeichelt, dass ich ihm Vertrauen geschenkt hatte. Ich war jedenfalls froh, dass er mich nicht mehr bei jeder Gelegenheit provozierte.

»Mensch Remel, schalten Sie endlich den blöden Rekorder ab, das ist doch kein Unterricht. Radio hören können wir auch zu Hause, für den Scheiß brauchen wir hier nicht antanzen.«

Ich lag auf meiner Schlafcouch und schaute den Rauchringen hinterher, die gemächlich in Richtung Zimmerdecke wirbelten. Wie Remel wohl reagieren würde, wenn ich ihn so anmotzte? Um mir solche Sprüche leisten zu können, müsste ich allerdings bessere Noten haben, viel bessere. Hatte ich aber nicht. Wäre echt Selbstmord gewesen. Und unsere Musterschüler? Das waren harmlose Eigenbrötler oder, schlimmer noch, angepasste Arschkriecher. Dabei hätten Leute wie der verpickelte Paschke es sich wirklich leisten können, hin und wirklich mal auf den Putz hauen. Taten sie aber nicht.

Als ich in die zehnte Klasse kam, trafen meine Mutter und ich eine Vereinbarung: Sie ließ mich mit Nachfragen über Schulaufgaben, Klassenarbeiten und Noten in Ruhe und ich versprach ihr, das Abitur zu schaffen. Meiner Mutter kam das sehr entgegen, weil sie ohnehin keine Zeit hatte, sich um meinen Schulkram zu kümmern. Von meiner Seite war es die reine Selbstüberschätzung.

Einen ähnlichen Deal war ich mit meinem Französischlehrer eingegangen. Er ließ mich ebenfalls in Ruhe, würde mir allerdings am Ende des Schuljahres eine Sechs im Zeugnis verpassen. In der Zehnten blieb ich dann sitzen. Um die Sache rund zu machen, hatten drei seiner fiesen Kollegen aus schwachen Vieren Fünfen gemacht (Mathe, Chemie, Geschichte), als wollten sie sagen: Hier, drei Fünfen und eine Sechs, da brauchst du gar nicht erst anzukommen, ist absolut nichts zu machen.

Ich lag im Bett und lauschte den Geräuschen, die das Haus machte. Doch die wohlige Müdigkeit wurde von einer diffusen Angst getrübt. In letzter Zeit wurde ich wieder von diesem Albtraum geplagt. In dem Traum erinnerte ich mich daran, dass ich jemanden getötet hatte. Ich spürte die Schuld, die ich auf mich geladen hatte. Aber noch schlimmer war, dass die Tat nicht gesühnt werden konnte. Es war ja nicht herausgekommen, dass mich die Schuld traf, also schleppte ich die ganze Zeit dieses finstere Geheimnis mit mir herum. Das Perfide an dem Traum war, dass mir die Situation so real vorkam. Ich erinnerte mich daran, dass ich ein Mörder war, der seine Tat bloß verdrängt und vergessen hatte. Seit ein paar Monaten war der Traum auf einmal wieder da. Wenn ich mitten in der Nacht aufwachte, schwitznass und mit diesem Gefühl von ungesühnter Schuld, dachte ich an den Penner im Wald. Wie er Ralle und mich verfolgt und bedroht hatte, wie er über mir gewesen war und ich ihn mit einem Tritt den Hang herunter befördert hatte und er da unten liegen geblieben war. Mit dem Blut an der Schläfe. Wie Ralle kurz gezögert und dann doch in die Brusttasche der Latzhose gelangt hatte, um sein Sturmfeuerzeug herauszuholen. Wir waren am nächsten Tag noch einmal hin, um ihn zu vergraben und unsere Spuren zu beseitigen. Aber er war fort und nichts hatte auf seine Anwesenheit hingedeutet. Das Ganze war uns wie ein böser Traum vorgekommen. Nur, dass es kein Traum gewesen war, echt nicht!

15.

Ossi hatte sich eine baufällige, fensterlose Garage zur Einraum-Wohnhütte ausgebaut. Auf dem riesigen Waldgrundstück befand sich sonst nur ein verfallenes Wochenendhaus, dessen Besitzer es beruhigte, dass jemand vor Ort war, weil er Vandalen fürchtete. Der Typ hatte das alles geerbt. Irgendwann wollte er das Haus abreißen, das Grundstück parzellieren und als Bauland verkaufen, hieß es. Bis dahin zahlte Ossi 20 Mark pro Monat für eine Wohngarage ohne Wasser und Strom. Ich lehnte mein Rad gegen einen morschen Zaunpfahl und klopfte an das Tor.

»Hi Ossi, bist du da drin?«

»Kannst reinkommen!«

Ich zog den Türflügel auf und trat in das Dämmerlicht eines von Kerzen erhellten Raumes.

»Na, alles klar, Alter?«

Seine dünnen, blonden Haare waren zu einem lockeren Pferdeschwanz gebunden.

»Ich wollte gerade 'n Tee machen.«

Ich nickte trotz schwerster Bedenken hygienischer Natur.

»Wie weit bist du?«

Diese Frage stellte ich jedes Mal, wenn ich vorbeikam.

»Mit dem Synthie?«

Der Betonboden war mehrschichtig von alten Teppichen bedeckt und roch vermutlich auch so. Das Meiste hier stammte vom Sperrmüll. Ich wusste das, weil ich ihm geholfen hatte, einige der Sachen herzuschleppen. Für Ossi war Sperrmüll ein besonderes Ereignis, ein Feiertag, an dem ihm die Mitglieder der Gemeinde Geschenke an die Straße stellten. Ossi kicherte und der geschwätzige Kessel begann das Regenwasser über der Gasflamme zum Sieden zu bringen. Er schob eine von Wäscheklammern gehaltene Wolldecke zur Seite, die den Wohnraum von der »Küche« abtrennte und griff zwei Teebecher. Er warf einen Blick hinein, drehte die Becher auf den Kopf und wir sahen etwas Pelziges herausfallen, bevor es zwischen den Teppichlagen verschwand. Hoffentlich nur eine Spinne. Anschließend fischte er ein schwarzbraunes Netz aus einer Tonkanne mit Bambusgriff und schüttelte die Teeblätter auf ein Stück Pappe, neben der sich ein Lötkolben und ein Beutel Tabak befanden.

Ossi deutet auf den Lötkolben.

»Kein Saft derzeit. Nachher vielleicht.«

Die Kerze auf dem Tisch flackerte, als er aufstand und die verbrauchten Teeblätter in einen leeren Blumentopf schüttete. Damit düngte er seine Haschischsetzlinge, die sich unter einer speziellen Leuchtstoffröhre in der hintersten Ecke der Bude befanden. Den Strom zweigte er bei seinem Nachbarn ab, indem er dessen Außenlicht anzapfte. Der Nachteil: Es funktionierte erst, wenn der das Außenlicht einschaltete, was in aller Regel in den Abendstunden der Fall war. Ob die paar Stunden Speziallicht ausreichten, eine Ernte zu ermöglichen?

Auf der Südseite hinter der Garage war im letzten Sommer ein Dutzend Pflanzen herangewachsen, die von der Herbstsonne getrocknet, von Ossi zerkleinert und in verschieden große Schraubgläser abgefüllt worden waren. Die Ernte lagerte ein paar Schritte außerhalb der Hütte in einem alten Kühlschrank, einem Sperrmüllfund, der zwar nicht kühlte, wohl aber als Schrank funktionierte. Ossi goss den Tee auf, und ich hoffte, dass das Wasser lang genug gekocht hatte, um sämtliche Keime zu tilgen, die ich darin vermutete.

Ossis Langzeitprojekt war die Entwicklung eines Synthesizers und nahm den größten Teil eines flachen Tischs ein, auf dem hier alles stattfand. Neben einem Mischpult und einer Reihe von Verstärkern unterschiedlicher Zerlegungsgrade, befanden sich Dutzende von Transistoren, Röhren, Widerstände und Schaltungen darauf, alles eingebettet in ein Gewirr von Kabeln. Ossi schob eine Leiterplatte zur Seite und zog einen Teelöffel aus dem Chaos.

»Ich muss nur noch ein paar Kondensatoren einlöten und dann alles wieder zusammenbauen«, kicherte er.

Ich fand es ziemlich abgefahren, dass jemand in der Lage war, einen Synthesizer selbst zu bauen und dass ich denjenigen persönlich kannte. Mit einem Synthie konnte man sphärische Klänge und monotone, hypnotisierende Rhythmen erzeugen, die einem das Gefühl gaben, in einem Raumschiff durch das All zu gleiten oder auf Drogen zu sein oder beides. Ich hatte mir kürzlich die neue Platte von Tangerine Dream angehört und war total begeistert. Allerdings hatte meine Kohle dafür nicht ganz gereicht.

»Und die Boxen«, fügte er glucksend hinzu. Ossi war mal als Roadie mit einer Band namens Missus Beastly unterwegs gewesen. In der Zeit hatte er zwei mannshohe Lautsprecherboxen gebaut und von allen möglichen Drogen zu viel gehabt. Er war irgendwie drauf geblieben, kicherte unablässig und hatte regelmäßig Flashbacks. Die Boxen bildeten die Unterkonstruktion für eine Art Küchenzeile, auf der, hinter einer Wolldecke verborgen, gerade unser Tee zog. Ossi wirkte früh gealtert und erinnerte mich ein bisschen an Johnny Winter. Nur, dass Johnny Winter nicht so blass war. Wenn es den Begriff des Stubenhockers nicht schon gäbe, für Ossi hätte man ihn erfinden müssen. Wahrscheinlich würde er zu Staub zerfallen, sobald direktes Sonnenlicht auf ihn fiel.

»Die Boxen müsste ich mal checken.«

Ossi schob mir einen Becher Tee rüber. Ich griff nach der Keksdose, in der sich ein Rest Zucker und ein Plastiklöffel befanden. Ossi setzte sich wieder in seine Sofaecke, zog die Beine an und hielt sich den Teebecher unter die Nase.

»Afghanistan«, sagte er in seinen Becher und schaute unter seinen dichten Augenbrauen hervor. Er grinste dämonisch und schlürfte. Die Schönheitsfarm und Ossis Waldhütte stellten den größtmöglichen aller für mich denkbaren Kontraste dar. Und dennoch, das Fehlen jeglichen Komforts, das Chaos und der Dreck strahlten eine gewisse Behaglichkeit aus. Die Behaglichkeit einer versifften Bärenhöhle. Immerhin etwas Eigenes, etwas, in das ihm niemand reinredete.

»In Afghanistan bekommst du für 20 Pfennig ein komplettes Essen inklusive Getränke.«

Ossi schaukelte nahezu unmerklich mit dem Oberkörper, während er auf meine Reaktion wartete. Ich schob die Unterlippe vor während ich ebenfalls an meinem Tee schlürfte.

Ein pelziges Gefühl im Mund war die Folge. Tee war der Tiefpunkt aller Getränke. Ich hatte nichts davon, außer dem Risiko mich daran zu verbrühen. Die Konsistenz gab absolut nichts her. Getränke mit Kohlensäure oder Tomatensaft, da spürte ich wenigstens etwas. Aber heißes Wasser? Einzig, wenn ich ordentlich Zucker reinrührte, trat eine leichte Veränderung ein und das tat ich jetzt.

»Und Dope. Kannst du an jeder Ecke kaufen. Das Hek Schwarzen Afghanen für umgerechnet 30 Mark. Stell dir das mal vor: 30 Mark! Da kriegst du in Hamburg nicht mal ein 5-Gramm-Piece für. Deshalb hängen da auch so viele Freaks rum. Alles voller Hippies, total geil!«

Ein Hek waren 100 Gramm. Aber ich wusste nicht genau, wo Afghanistan lag. Vermutlich hinter der Türkei und dann weiter Richtung Osten. Ossi lehnte sich zurück und schloss die Augen. Er sah aus, als würde er gleich zu einem weiteren Gedankensprung ansetzen.

»Aber ganz schön weit weg«, sagte ich, weil mich das Thema interessierte. Ossi öffnete die Augen. Er guckte mich an, blinzelte ein paar Mal und schloss sie wieder.

»Afghanistan, meine ich.«

Ich hatte es schon erlebt, dass Ossi während meines Besuchs einschlief und zwar so fest, dass ich schließlich einfach gegangen war. Auch jetzt dauerte es einen Moment, bis er wieder an Deck war.

»Afghanistan«, wiederholte Ossi und schaute mich an, »Roger ist mit 'nem alten VW Bus hin. Roger und sein Kumpel Paul. Autoput durch Jugoslawien, Griechenland und die Türkei. Sind schon paar Tausend Kilometer. Im Iran war die Lichtmaschine hinüber, aber sie hatten Ersatzteile und Werkzeug mit. Anders geht das auch nicht.«

Ich stellte mir vor, wie Roger und Paul am Rand einer staubigen Straße unter ihrem VW Bus lagen, während eine Kolonne von Lkw vorbeibretterte.

»In Kabul haben sie die Karre dann verkauft. Haben sich von der Kohle ein Flugticket nach Frankfurt besorgt und war sogar noch was über. Nächstes Jahr wollen die wieder los. Aber dann gleich noch weiter.«

Ossi drehte sich eine Zigarette. Er leckte das Papier an, dann schaute er unter dichten Augenbrauen hervor.

»Durch Pakistan nach Indien. Und dann nach Kathmandu.«

Die letzten drei Silben hatte er ausgesprochen wie einen Zauberspruch: KATH-MAN-DU! Das klang echt magisch. Ich nahm mir vor, Kathmandu in meinem Schulatlas nachzuschlagen. Zu irgendwas musste das schwere Ding ja nützlich sein. Ossi klappte den Deckel seines Feuerzeugs zu und blies den Rauch in meine Richtung. Ich überlegte gerade, ob ich ihn um eine Selbstgedrehte anschnorren sollte, als die Leuchtstoffröhren über den Haschischpflanzen zu flackern begannen. Wahrscheinlich dämmerte es draußen bereits und der Nachbar hatte sein Außenlicht eingeschaltet. In Ossis Garage konnte man echt die Zeit vergessen, ich sollte mich langsam vom Acker machen.

Auf dem Heimweg spürte ich ein seltsames Ziehen und Kribbeln in meinen Eingeweiden. Wie ein leichter Schmerz, der sich auf ungekannte Art gut anfühlte. Kathmandu! Wenn man so etwas das erste Mal erlebt, dann weiß man noch nicht, dass es sich um eine Mischung aus Fernweh und Abenteuerlust handelt. Ich fragte mich, wie es dort sein würde. Aus der Ferne war das Leuten des Kirchturms zu hören. Die Abendluft wurde mit der aufsteigenden Feuchtigkeit merklich kühler, aber sie hatte sich noch nicht so richtig mit der warmen Luft des Tages vermischt. Ich fuhr wie durch einen Marmorkuchen aus unterschiedlichen Luftschichten.

16.

Sunny, die eigentlich Susanne hieß, legte mir ein Stück Krepppapier auf die Brust und befestigte es mit einer Metallklammer. Sunny war im letzten Jahr vom Gymnasium abgegangen. Sie hatte keine Wahl gehabt, weil sie in der Achten schon mal backen geblieben war und die Zehnte wieder nicht geschafft hätte. Beim Abgangszeugnis hatten die Lehrer ein Auge zugedrückt, damit es für die Mittlere Reife reichte. Jetzt lernte sie Zahnarzthelferin bei Dr. Pollmann.

Pollmann pumpte den Stuhl hoch und klappte die Rückenlehne nach hinten. »Was kann ich für Sie tun, junger Mann?«

Dann steckte er mir seine dicken Finger in den Mund, was eine Antwort unmöglich machte. Ich hatte Angst und dachte an Sunnys aufmunternde Worte. Du musst dich einfach ablenken, an was anderes denken, hatte sie gesagt. Vermutlich, weil sie mir angemerkt hatte, was für einen Schiss ich hatte. War mir natürlich peinlich, vor allem, weil ich sie ziemlich klasse fand. Ich konnte nichts dagegen machen, alles an Sunny wirkte sexy. Sie war nicht sehr groß, hatte aber eine tolle Figur. Und wie sie sich bewegte – ich musste mich echt zwingen, ihre Rundungen nicht ständig mit meinem Blick abzutasten. Allerdings war ich ziemlich sicher, dass sie mich als Jungen nicht besonders ernst nahm.

»Ich seh' schon. Schmerzt das?«, fragte Pollmann und klopfte mit dem Schaft seines Werkzeugs gegen einen Backenzahn unten rechts. Ich stöhnte auf, was eine Antwort überflüssig machte und merkte, wie mir Schweiß die Achseln herunterlief.

»Karies«, konstatierte Pollmann, »ein schönes Loch neben der Füllung im Viersechser, das haben wir gleich.«

Er stopfte mir zwei tamponartige Watterollen in die Wange neben den Viersechser und erkundigte sich, wie es bei mir so in der Schule lief.

»Ganz gut.«

Ich klang wie ein Schwerbehinderter, der mit vollem Mund redet. Ich hörte den Bohrer aufjaulen und stellte die Atmung ein. Dann spürte ich etwas an meinem Oberschenkel. Es war eine Hand, die sich langsam, aber sicher aufwärts bewegte. Mein Blick wechselte zwischen den beiden Augenpaaren, die auf mich gerichtet waren. Sunny wirkte konzentriert, aber unbeteiligt. Während sie mir mit einer Hand den Speichel absaugte, war die andere bis kurz vor meinen Schritt gewandert und dort zum Stillstand gekommen. Das meinte sie mit Ablenkung! Ich atmete vorsichtig weiter und konzentrierte mich darauf, die aufkommende Erektion abzubiegen. Wenig später hatte Pollmann in den Tiefen meines Backenzahns eine hochempfindliche Stelle erreicht. Jetzt merkt sie, dass du einen Steifen kriegst, dachte ich, als der Bohrer den Nerv traf. Ich stöhnte auf, während der Schmerz mich wie ein Blitz durchzuckte.

»Jetzt mal gut ausspülen.«

Pollmann nahm seine Gerätschaften aus meinem Mund. Ich spuckte einen Schwung winziger Silberteilchen in das kleine, runde Becken, die sich noch ein paar Mal im Wasserstrahl drehten, ehe sie im Ausguss verschwanden.

»Susanne, wenn Sie dann bitte die Füllung vorbereiten würden.«

17.

Ich setzte mich aufs Fahrrad und fuhr zu den Reihenhäusern, in denen sie wohnte. Die Zahnbehandlung hatte mich völlig aus der Bahn geworfen. Ich konnte an nichts anderes mehr denken: Sunny! Ich musste sie sehen! Ich musste wissen, warum sie das getan hatte. Ihre Hand hatte sich in mein Bewusstsein eingebrannt wie ein Feuermal. Ich musste zu ihr, es gab nichts zu verlieren. Es war einer der ersten warmen Tage und der Fahrtwind fühlte sich samtig weich an. Ich drückte den Klingelknopf. Kurz darauf öffnete Tim, Sunnys kleiner Bruder.

»Die musste noch mal in die Praxis, ein Notfall.«

In seinem Mundwinkel klebte Schokolade. Im Hintergrund hörte ich den Fernseher laufen, den Geräuschen nach, irgendein Trickfilm. Ich könnte mich zu Tim setzen und auf Sunny warten, doch warten war gerade keine Option.

»Alles klar«, sagte ich, schnappte mein Fahrrad und fuhr in Richtung Zahnarztpraxis. Vielleicht kommt sie mir entgegen, dann sieht es wie ein Zufall aus, hoffte ich. Ich erkannte ihr giftgrünes Rad im Fahrradständer, sie musste also noch da sein. Ich beschloss, einen Blick ins Wartezimmer zu werfen, dann konnte ich vielleicht abschätzen, wie lange sie noch beschäftigt war. Ich schlich durch den Flur. Die Tür zum Wartezimmer stand offen, aber es befand sich niemand drin. Der Notfall war also schon in der Mache, konnte nicht mehr lange dauern. Die Geräusche, die ich aus dem Behandlungsraum wahrnahm, klangen tatsächlich nach einem Notfall. Da drinnen stöhnte jemand vor Schmerzen, was fehlte, waren die typischen Zahnarztgeräusche wie das Jaulen des Bohrers. Dann kapierte ich auf einmal, was hinter der Tür abging. Das war kein Schmerz und es handelte sich auch nicht um einen Notfall. Ich legte mein Ohr an die Tür und lauschte weiter. Beide atmeten und stöhnten jetzt im gleichen Rhythmus. Ich schloss die Augen, spürte, wie ich vor Anspannung zitterte. Sunny saß auf einer der weißen Arbeitsflächen, ihr weißer Kittel war aufgeknöpft und das T-Shirt über ihre Brüste geschoben. Pollmann stand vor ihr und fingerte an ihren nackten Dingern herum. Merkwürdigerweise bewegte er sich sonst kaum. Sunny war es, die sich ihm immer wieder entgegenstemmte, wobei sie sich mit einer Hand an der Arbeitsplatte festhielt und mit der anderen Pollmanns Nacken umfasste. Mein Herz prügelte wie verrückt, während in meiner Phantasie die nächste Szene ablief: Jetzt trieben sie es auf dem Behandlungsstuhl. Sunny ritt auf Pollmann, der ihre Brüste umfasste und ...

»Hallo, kann ich Ihnen helfen?«

Ich zuckte zusammen und fuhr herum. Sunny! Sie räumte ein paar Zeitschriften vom Tisch und stapelte sie in ein Regal. Dann grinste sie:

»Ach, du bist das! Am Wochenende ist hier aber nur Notdienst.«

»Und das da drin?«, brachte ich heraus – sie hatte ja sowieso mitbekommen, dass ich an der Tür gelauscht hatte.

»Äh, na ja, wie man es nimmt. Das ist Pollmanns Geliebte. Die kommt gern mal vorbei, wenn er Notdienst hat – Überraschung! Und dann so voll prollig mit Mini und nix drunter, die Schlampe.«

Ich spürte, wie die Hitze sich in meinem Gesicht ausbreitete, wahrscheinlich lief ich gerade knallrot an.

»Wenn die Alte hier auftaucht, mach ich natürlich ganz dezent die Biege. Und du, was machst du hier?«

Okay, das mit dem *zufällig begegnen* hatte sich erledigt.

»Ach, ich hab bei euch vorbeigeschaut und Tim meinte, dass du hier bist.«

Sunny lächelte. Sie schaute mir direkt in die Augen, dann zur Tür, die zum Behandlungsraum führte und hinter der sich unbeschreibliche Dinge abspielten, dann wieder zu mir.

»Und was ist dir gerade durch den Kopf gegangen?«

»Jetzt gerade?«

Sie schüttelte den Kopf: »Nee, ich meine als du an der Tür gelauscht hast.«

»Ach so. Äh, ich hab mich nur ein bisschen gewundert. Klang nach einem Notfall. Aber nach einem, der eine seltsame Behandlung erfordert.«

Sie lachte.

»Eine seltsame Behandlung, so so ... und jetzt?«

»Was jetzt?«

»Was willst du hier?«, sie hob das Kinn, um mich zu einer Antwort zu ermutigen.

»Ich dachte, wir könnten mal was zusammen machen.«

»Du meinst eine Verabredung?«

Sie schien zu überlegen.

»Nächstes Wochenende vielleicht. Samstagabend oder so«

»Gut, nächsten Samstag, das passt prima. Ich hole dich an der Telefonzelle vor dem Friseur ab, okay?«

Ich hatte eine super Idee, wie ich sie beeindrucken konnte. Aber vor allem musste ich das mit den Kondomen durchziehen. Ich musste unbedingt wissen, ob die Dinger passten. Das Problem war: Es bedeutete, welche zu kaufen! Dabei scheiterte ich bereits daran, Klopapier zu erstehen, eine vergleichsweise harmlose Aufgabe. Nicht für mich. Eine Packung Klopapier auf den Kassentisch zu legen und damit zuzugeben, dass ich hin und wieder kacken musste, war ein Albtraum.

Seht her, rief das Klopapier, und zwar so laut, dass jeder im Laden es hören musste, auch das Mädchen in der Warteschlange hinter mir, er benutzt Klopapier und jetzt braucht er dringend Nachschub. Ich will der Frau an der Kasse erklären, dass ich es für unsere kranke Nachbarin besorge, doch, bevor ich zu Wort komme, nimmt sie die Packung, hält sie in die Höhe und brüllt:

Inge, hör mal, das 3-lagige Hakle, was kostet das?

Totenstille. Dann heiseres Gekrächze aus dem Off:

Moment noch! So, Hakle, 3-lagig – die Zweier- oder Sechserpackung?

Antwort von meinem Gegenüber: Zweier! Endlich aus dem Off: 1,49!

Ich will ihr das abgezählte Geld aushändigen, doch die Münzen kleben an meiner Handfläche.

Wenn Klopapierkaufen sich in meiner Phantasie bereits zu einer Qual auswuchs, so waren Präservative die reinste Hölle! Kondome kaufen bedeutete jemandem Wildfremdes zu offenbaren, dass man Sex haben will! Dabei wollte ich doch erst mal nur ausprobieren, ob sie überhaupt passen. Ich überlegte, ob Apotheker, ähnlich wie Ärzte und Anwälte, zur Verschwiegenheit verpflichtet waren, wusste jedoch nicht, wen ich dazu befragen sollte. Immerhin gab es im Nachbarort eine Apotheke, in der ich nicht von einer Frau bedient werden würde. Eine Frau nach Kondomen zu fragen, wäre echt zu viel.

Am Nachmittag stand ich draußen im Nieselregen und wartete auf einen günstigen Moment. Also einen, in dem sich außer mir niemand im Laden befand. In Anwesenheit weiterer Kunden nach Kondomen fragen – ausgeschlossen! Nachdem ich geprüft hatte, dass sich sonst keiner der Apotheke näherte, betrat ich den Laden. Ich schwitzte. Der Apotheker fing meinen flackernden Blick ein und fragte:

»Fromms oder Blausiegel?«

Am Abend dann die Erleichterung. Das Ding passte. One Size Fits All, vielleicht hieß die Scheibe deshalb so.

18.

»65 Millionen Tote. Wo sind die alle geblieben? Ich meine, wie beerdigt man eine so große Zahl von Menschen?«

Herr Bohnemann, für die Schüler einfach Bohne, hatte in der letzten Doppelstunde diesen Antikriegsfilm gezeigt. Über den 2. Weltkrieg, die zerbombten Städte, wie Hitler vor den Nazimassen rumbrüllt und den Völkermord an den

Juden. Wir lagen in meinem Zimmer auf dem Fußboden, den Blick auf die Decke gerichtet, wo nichts zu sehen war, außer einer weißen Wand, die nicht beim Denken störte. Ralle hatte zwei Zigaretten gedreht und hielt mir sein Sturmfeuerzeug hin. Ich zündete meine an und schaute dem Rauchring hinterher, der langsam in Richtung Decke wirbelte. Scheiß Feuerzeug, er benutzte es aus Trotz weiter, obwohl uns beiden klar war, welche Erinnerung daran hing.

»Massengräber«, antwortete Ralle.

Ich versuchte mir 65 Millionen Leichen vorzustellen. Klappte nicht. Ich versuchte es mit 1 Million. Auch nicht. Ralle drehte sich auf die Seite:

»Paschke hat ausgerechnet, dass die Leichen, wenn man sie hintereinandergelegt hätte, eine Reihe ergeben würden, die drei Mal um die Erde reicht. Und das 6.000 Tote auf ein Fußballfeld passen, wenn du sie nebeneinanderlegst. 65 Millionen Kriegsopfer wären dann mehr als 10.000 Fußballfelder voll mit Leichen.«

Paschke war gut in Mathe. Eigentlich müsste der Fachidiot mit 'ner dicken Hornbrille rumlaufen. Tat er aber nicht und sah auch sonst nicht aus wie ein Sonderling. War er aber.

In dem Film wurde gezeigt, wie die Nazis ermordete Juden verbrannt hatten. Verbrannt? Leichen brennen doch nicht richtig! Wie soll das gehen? Wir bestehen schließlich zu 70 Prozent aus Wasser. Haben die Nazis Benzin drüber gegossen? Reicht das? Das muss eher Verdampfen oder Kochen gewesen sein, aber kein Verbrennen. Seltsamerweise half es mir, das Grauen zu ertragen, wenn ich praktische Überlegungen dazu anstellte. Mir wurde trotzdem schlecht. Nach dem Gesetz von der Erhaltung der Masse bleibt die Masse vor und nach einer chemischen Reaktion gleich. Es geht nichts verloren – eine der wenigen interessanten Sachen, die ich aus dem Chemieunterricht mitgenommen hatte. Wenn man einen Menschen verbrennt, verändert er zwar seine Form, aber die chemischen Elemente, aus denen er besteht, bleiben erhalten. Wasser, Kohlenstoff, Kalzium, Schwefel und so weiter landen als feiner Staub in der Atmosphäre.

»Wir haben die eingeatmet, ist ja alles miteinander verbunden. Und die unter der Erde, die sind praktisch Dünger. Da wachsen Pflanzen drauf, von denen wir uns ernähren«, meinte Ralle.

Ich kam langsam auf den Horror. Und dann fing Ralle noch mit diesen Knochenmühlen an. Knochenmühlen, behauptete er, gab es schon seit Anfang des neunzehnten Jahrhunderts.

»Bevor der Kunstdünger erfunden wurde, haben die Bauern Knochenmehl auf ihre Felder gestreut. Da sind jede Menge Mineralstoffe drin, super Pflanzendünger.«

»Aber nicht aus Menschenknochen oder?«

Ralle grinste: »Die haben sogar Massengräber ausgehoben, um da ranzukommen.«

»Ich muss mal an die frische Luft, Alter.«

Draußen sah ich, wie Frau Löhlein mit dem Verdeck ihres leuchtend orangen VW-Käfers kämpfte. Sie kniete auf dem Fahrersitz und stemmte sich gegen das halb geöffnete Dach. Ihr Gesicht war von einer Sonnenbrille beschattet, deren breite Bügel unter einem Kopftuch verschwanden. Sie trug ein kurzes Kleid im Farbton ihres Cabrios, mit dem sie in diesem Augenblick nach hinten schnellte, weil sich die Mechanik doch noch gelöst hatte. Die Löhlein verlor das Gleichgewicht und wäre um ein Haar kopfüber auf der Rückbank gelandet. Jetzt beugte sie sich über die Rückenlehne und kramte nach ihrer Sonnenbrille, was den Blick auf ihren Po freigab. Ralle, der inzwischen auch draußen aufgetaucht war, kicherte leise. Löhlein, jetzt wieder mit Brille und ausgestiegen, zupfte an ihrem Kleid und Kopftuch herum, stieg endlich ein und rauschte ab.

Im Dritten Reich hatte der Führer die Frauen fürs Kinderkriegen mit dem Ehrenkreuz der Deutschen Mutter belohnt. Ich schätze, die Löhlein war so Mitte dreißig, aber in Sachen Kinderkriegen schien sie keine Ambitionen zu hegen. Wahrscheinlich nahm sie die Pille. Vielleicht hatte ihre Mutter ja so eine Urkunde bekommen. Müsste man nur wissen, wie viele Geschwister die Löhlein hatte und ob die Mutter Nazi gewesen war.

»Das waren unsere Eltern und Großeltern«, sagte Ralle, während das leicht asthmatische Geknatter des Boxermotors verklang. Ralle war auch noch bei der Judenvernichtung. Geht nicht so schnell wieder raus aus dem Kopf.

»Meine nicht.«

Ich hoffte, dass das stimmte.

»Nee klar, will ja keiner gewesen sein.«

Echt beruhigend, dass wir hier jetzt die Schönheitsfarm machen, dachte ich, und dass wir da sonst vielleicht immer mal ein paar Juden vergasen müssten, also wenn der Hitler den Krieg nicht verloren hätte. Dann würden in Deutschland jetzt nämlich Arier gezüchtet werden. Aber ein paar Juden würden eben immer wieder mal auftauchen, und die müssten dann weg. Ich wäre Juniorchef in einem Mini-KZ. Ich fühlte mich ein bisschen krank im Kopf. Es durfte echt nie wieder Krieg geben, und ich würde auf keinen Fall zum Bund gehen, no way!

»Wollen wir zu mir gehen?«, fragte Ralle. »Meine Mutter kommt mittwochs jetzt immer später.«

Ralle war, wie ich, Einzelkind und seine Eltern beide berufstätig. Sein Vater kam in der Woche oft gar nicht nach Hause, und seine Mutter besuchte nach dem Job Abendkurse. Ich überlegte, ob ich Ralle von Sunny erzählen sollte, von dem Erlebnis beim Zahnarzt und dass ich wahrscheinlich oder eher mit Sicherheit in sie verknallt war. Andererseits war es vielleicht besser, das erst mal für mich zu behalten, denn ich hatte erhebliche Zweifel, dass es mit Sunny klappen würde.

»Was meinst du, Alter?«

Ralle kannte das, dass ich manchmal in meine Gedanken abtauchte. Zum Glück machte es ihm nichts aus. Er schubste mich dann einfach oder tätschelte mit der ausgestreckten Hand meinen Kopf, so wie jetzt.

»Geht klar, Alter. Super Idee!«

Ich strich mir die Haare glatt und freute mich auf eine gepflegte Hi-Fi-Dröhnung. Zu Ralle zu gehen hatte einen entscheidenden Vorteil: Im Wohnzimmer stand eine richtig geile Stereoanlage. Zweimal 240 Watt aus mannshohen Standboxen hatten einen speziellen Reiz, vor allem wenn man dort statt irgendwelcher Philharmoniker Pink Floyd, Zappa oder Genesis lebendig werden ließ.

»Genau genommen wird sie heute Abend gar nicht mehr auftauchen.«

»Wie jetzt? Sturmfreie Bude?«

»Aber nur bis morgen Nachmittag. Sie geht nach dem Kurs mit ihrer besten Freundin essen und übernachtet dann bei der in Hamburg.«

Typisch Ralle, anstatt eine Spontanfete zu organisieren, gab er sich damit zufrieden, heimlich die Anlage zu benutzen. Na ja, immerhin war er überhaupt damit herausgerückt.

»Ist doch super, Alter! Wie wär's, wenn ich bei dir penne? Dann machen wir uns 'n richtig netten Abend.«

Ralle kniff die Augen zusammen, während er sich mit beiden Händen die dichten lockigen Haare strubbelte. Man konnte erkennen, wie die Engel und Teufel in ihm kämpften. Vielleicht ahnte er auch, in welche Richtung sich die Dinge entwickeln würden.

»Wir sollten es aber nicht zu doll treiben, Alter.«

»Mal sehen.«

Ich schaute kurz bei meiner Mutter rein und kündigte an, dass ich über Nacht bei Ralle bleiben würde.

»Aber nur, wenn ihr morgen früh zur Schule geht. Versprich es mir!«

Ich versprach es. Schließlich war nicht die Rede davon, dass wir es gleich zur ersten Stunde schafften. Nach der großen Pause bedeutete kurz vor zehn. Das konnten wir locker einrichten.

19.

Das Kind einer alleinstehenden Mutter zu sein, hatte zwei entscheidende Vorteile: Erstens nervte kein autoritärer Vater herum wie in der Hälfte der Familien, die ich kannte, und zweitens konnte sich kein Scheidungsdrama abspielen wie in der anderen Hälfte. Väter kamen gestresst von der Arbeit und wenn einer meiner Freunde Mist gebaut hatte, gab es am Abend Ärger. Ralle kannte das und hatte ziemlichen Schiss vor seinem Alten. Entsprechend stellte er sich mit der Stereoanlage an. Ich durfte mich dem Teil gar nicht erst nähern, er selbst ging mit absoluter Vorsicht ans Werk. Jetzt legte er »The Dark Side of the Moon« auf. Genau genommen handelte es sich dabei um ein kompliziertes Ritual. Es begann damit, dass er die Scheibe vorsichtig aus dem Cover zog, auf dem sich ein weißer Aufkleber befand. Darauf vermerkte er mit einem Filzer, wie oft er die Platte schon gehört hatte. A- und B-Seite wurden selbstverständlich getrennt erfasst. Wenn ich es richtig sah, hörte er die A-Seite heute erst zum dritten Mal.

»Ich glaube, du wirst genauso ein Spießer wie deine Eltern.«

Ralle machte seine Notizen. Dann ließ er die LP aus der Hülle gleiten, nahm sie vorsichtig mit Daumen und Mittelfinger entgegen und platzierte sie behutsam auf dem Plattenteller. Anschießend schaltete er das Laufwerk ein. Immerhin, jetzt drehte sich was. Aber waren es auch exakt 33 Umdrehungen pro Minute? Ralle justierte den Pitch-Controler, bis ein kleiner flimmernder Balken scheinbar zum Stillstand kam. Im letzten Akt wurde der Tonarm in Positur gebracht und quälend langsam abgesenkt. Es knackte, als die Diamantnadel die Spur fand. Ralle drehte die Lautstärke herauf. Nichts passierte. Er drehte weiter. Zuerst war nur dieser Herzschlag zu hören. Dann kam das Geräusch eines tickenden Weckers hinzu, schließlich lauter werdende Stimmen und etwas, das wie eine Registrierkasse klang und einen Rhythmus bildete. Jetzt war da ein Lachen und schließlich schrie jemand, bevor endlich eine Woge sphärischer Musik anschwoll und den Raum überflutete. Ein schleppender Rhythmus, der unsere Sehnsucht nach psychedelischen Erfahrungen nährte und von den fabelhaften Drogen kündete, die David Gilmour und seine Jungs zu dieser Musik inspiriert hatten.

Meine Aufgabe bestand darin, uns aus dem Barbestand einen lässigen Drink zu mixen. Das war nicht einfach, denn es galt ein paar Regeln einzuhalten. Ich stellte zwei Longdrinkgläser auf den Tresen und schaute die Spirituosen durch. Ideal war eine Flasche mittleren Pegelstandes, aus der ich jeweils ein halbes Schnapsglas abzweigen konnte, so dass Ralles Vater den Schwund nicht bemerkte. Neue Flaschen anbrechen oder fast leere zu vernichten war selbstverständlich tabu. Außerdem durfte die Ordnung nicht durcheinandergebracht werden. Das hieß, jede Flasche musste nach Gebrauch wieder an ihrem ursprünglichen Standort landen. Als geborenem Wirkungstrinker kam mir diese Art des Mixens entgegen. Ich hob den Bacardi an und stellte ihn wieder zurück. Zu auffällig, weil kaum noch was drin. Daran hatten wir uns beim letzten Mal bedient. Ich musste ziemlich viele Flaschen checken, bis der heutige Cocktail stand: 1/3

Black & White, 1/3 Gordon's Gin und 1/3 Sierra Tequila. Das Ganze aufgefüllt mit O-Saft.

»Super Mischung!« Ralle stellte das Glas auf einem Untersetzer aus Leder ab. Ralle war das perfekte Forschungsobjekt, wenn man die Wirkungsweise von Alkohol studieren wollte. Bereits kurz nach dem ersten Drink wurden die vier rauschtypischen Anzeichen erkennbar, die wir im Biounterricht durchgenommen hatten:

1. Enthemmung: »Vielleicht sollten wir doch 'ne kleine Fete starten, Alter!«

2. Gesteigerte Kontaktfreudigkeit: »Ich ruf jetzt mal paar Leute an. Aber es müssen jede Menge Frauen dabei sein!«

3. Erhöhte Risikobereitschaft: »Jetzt wird die Bar geplündert ...«

4. Selbstüberschätzung: »Erst vernichten wir alle angebrochenen Flaschen und dann machen wir mit den Lagerbeständen weiter!«

Das konnte spannend werden.

Für Spontanpartys dieser Art hatte sich die Telefonkette bewährt. Es war zwar etwas undurchsichtig, was dabei herauskam, funktionierte aber prima. Wer eingeladen wurde, musste eine weitere Person aus seinem Freundeskreis anrufen und so weiter. Wir starteten zwei Ketten, eine mit einem Typen, von dem wir glaubten, dass er Leute kannte, die Drogen nahmen, und eine weitere mit einem Mädchen, das auf dem Pausenhof und im Jugendzentrum stets im Mittelpunkt eines Schwarms von Freundinnen auftauchte.

Zwei Stunden später war die Party in vollem Gange. Die Umgestaltung des Wohnzimmers hatte im Wesentlichen darin bestanden, dass wir die Sitzgruppe aus der Mitte des Raumes an die Seite mit der bodentiefen Fensterfront geschoben hatten – mitsamt dem großen Perserteppich, auf dem sie sich befand. Der so gewonnene Raum diente als Tanzfläche, die jetzt lebhaft genutzt wurde. Ich hatte mich gerade in die Bar zurückgezogen, um mir einen neuen Drink zu mischen, als mir eine Person am Rand der Tanzenden auffiel. Wer hatte die denn hergeschleppt? Die Frau sah aus wie jemand, der sich im Zimmer geirrt hat. Ihr Blick verriet, dass sie für einen Moment nicht sicher war, ob sie ihren Augen trauen sollte. Doch dann schien sie zu begreifen, dass hier genau das passierte, wonach es aussah. Ralles Mutter verschränkte ihre Arme vor dem Oberkörper und stampfte mit dem Fuß auf – eine rührende Geste angesichts einer Lautstärke, bei der selbst flamencotanzende Elefanten unbemerkt geblieben wären. Gleich wird sie den Stecker ziehen, die Leute rausschmeißen und sich dann Ralle und mich vorknöpfen. Neben ihr erschien eine zweite Erwachsene. Und wer war das? Die Frau beugte sich vor und rief Ralles Mutter etwas ins Ohr. Jetzt erkannte ich ein Lächeln auf ihren Gesichtern. Die beiden Ladys bogen zu mir in Richtung Bar ab – Schockstarre.

Ralles Mutter winkte mein Ohr zu sich heran.

»Mach mal die Musik leiser.«

Sie deutete auf die Tanzfläche. Ich stellte die Flasche zurück, während sie sich auf dem Barhocker vor mir niederließ, flitzte zur Anlage und drehte die Lautstärke herunter.

»Wo ist Ralf-Peter?«

Sie fingerte sich eine Zigarette aus der Packung.

Der kotzt vermutlich gerade das Gästeklo voll oder die Garderobe, falls er es nicht geschafft hat, dachte ich.

»Gib mir bitte mal Feuer und uns beiden einen Drink. Und zwar schnell, bevor ich es mir anders überlege!«

Ich schnappte mir zwei Gläser und mixte in Rekordzeit zwei Wodka Bitter Lemon mit Sprite statt Lemon, weil das Schweppes-Zeug alle war. Immerhin kam die Limo aus dem Kühlschrank unter dem Tresen. Ich reichte den Ladys die Gläser rüber. Ralles Mutter warf einen Blick auf die Drinks, dann schaute sie mich an.

»Wie wäre es mit Zitrone? Eine Zitronenscheibe sollte wohl drin sein, wenn ich in meiner eigenen Bar bewirtet werde.«

Wo sollte ich eine Zitronenscheibe hernehmen?

»In der Küche auf der Fensterbank steht eine Schale, da sind welche drin.«

Auf dem Rückweg schaute ich im Gäste-WC vorbei. Ralle kauerte vor der Schüssel. Offensichtlich hatte er das Gröbste hinter sich. Ich überwand den Ekel und betätigte die Spülung:

»Rate mal, wem ich gerade zwei Drinks mixe?«

Ralle machte nicht den Eindruck, als wäre in absehbarer Zeit mit einer Antwort zu rechnen.

»Deiner Mutter und dieser Freundin, bei der sie übernachten wollte.«

Ich hätte mir gern die Zeit gelassen, die Gemütsregungen in Ralles Gesicht zu studieren, doch ich hielt es für klüger, möglichst rasch wieder in der Bar zu erscheinen. Zugegeben, mit den Zitronenscheiben sahen die Drinks professioneller aus. Die Frauen prosteten sich zu.

»Jutta hat mich gerade daran erinnert, dass wir auch mal jung waren. Aber Vorsicht, das heißt nicht, dass ich das hier gutheiße. Und es wäre für uns drei von Vorteil, wenn Ralfs Vater nichts davon mitbekäme, verstanden?«

Ich sah ihr an, dass sie als Nächstes wieder nach ihrem Sohn fragen würde. Doch das erübrigte sich. Ralle kam in die Bar gestürzt. Er rief: »Verarschen kann ich mich allein, Blödmann! Mit so was macht man keine ...»

Lustig, wenn einem was nicht geglaubt wird, weil es so unwahrscheinlich klingt, und dann aber doch stimmt. Ich hatte ihn verarscht, indem ich ihn nicht verarscht hatte. Ralle tat mir ein bisschen leid. Seine Mutter nahm ihn an beiden Schultern, drehte ihn herum und dirigierte ihn in Richtung Küche.

»Wir unterhalten uns nur mal kurz über den weiteren Verlauf der Party«, sagte sie im Weggehen.

»Aber nicht so streng sein!«, rief diese Jutta und drehte sich zu mir um.

»So, dann bist du also Ralfs bester Freund.«

Sie lächelte und nahm einen Schluck von ihrem Drink, während sie mich mit ihren dunklen Augen fixierte. Ich musste an Mrs. Robinson denken. Dabei sah sie gar nicht aus wie Anne Bancroft und ich war schon mit vierzehn größer als Dustin Hoffman mit dreißig. Gleich wird sie mich fragen: *Benjamin, gefalle ich dir nicht?*

»Du bist Joe, stimmt's? Ich bin die Jutta.«

Seltsam, wie sich die Stimmung verändert, wenn man auf einmal zu zweit ist. Eben noch war sie eine Nebenfigur. Jetzt hatte sie 100 Prozent meiner Aufmerksamkeit.

»Möchtest du dich nicht mit mir unterhalten?«

»Oh nein, äh …, ich meine doch, klar, sehr gern. Ich war in Gedanken.«

»Und an wen oder was hast du gedacht, Joe?«

»Ach, ich dachte nur an einen Film.«

»An welchen Film, Joe?«

Ich bin so blöd, warum hab ich das mit dem Film erwähnt?

»Äh, nicht so wichtig. Hab ich außerdem vergessen, also wie der hieß.«

Jutta legte den Kopf auf die Seite. Dann schloss sie ihre Augen bis auf einen winzigen Spalt und fragte:

»Aber du weißt doch bestimmt noch, wer die Hauptrollen gespielt hat?«

Verdammt, wie sollte ich aus der Nummer herauskommen? Mir fiel einfach kein Film ein, den ich in letzter Zeit gesehen hatte, während Jutta mehr und mehr zu Anne Bancroft mutierte.

Jetzt hob sie das Kinn und lachte:

»Ach komm schon! War es ein Liebesfilm?«

Dann der Geistesblitz!

»Ach, jetzt fällt es mir wieder ein«, rief ich, vielleicht eine Spur zu enthusiastisch, »es war Harold und Maude! Genau! An den Film musste ich gerade denken.«

Ich war so froh, aus der Nummer rausgekommen zu sein, dass ich die Veränderung in ihrem Blick zunächst gar nicht zu deuten wusste. Jutta richtete sich auf, holte ein Päckchen Zigaretten aus ihrer Handtasche und legte es vor sich auf den Tresen.

»Würdest du mir eine anzünden, Barkeeper?«

Wenn man gesehen hatte, wie Mrs. Robinson eine Zigarette rauchte, wusste man, dass einem das ziemliche Komplikationen bereiten konnte. Sie griff nach der Packung Atika und zog eine Zigarette heraus.

»Du rauchst doch, oder? Zünde dir ruhig auch eine an.«

Sie schob mir ein Feuerzeug rüber. Wir rauchten. Dann tauchte Ralfs Mutter wieder auf und stellte eine Flasche Sekt auf den Tisch.

»So, mein lieber Joe, jetzt zu dir. Wie ich sehe, habt ihr euch schon bekannt gemacht. Aber ich kann dich nur warnen! Jutta ist frisch geschieden und entsprechend – nennen wir es ...«

»Moment mal, du willst mich vor dem jungen Mann doch nicht schlecht machen, oder?«

»Ich möchte nur weitere Dummheiten verhindern, Schätzchen.«

Jutta rollte mit den Augen. Dann änderte sich ihr Tonfall:

»Und ich dachte gerade, es wäre eine hervorragende Idee, Dummheiten mit ihnen zu machen, *bevor* sie zu den Machos werden, die mir so langsam zum Hals raushängen.«

Dabei hatte sie ihre Freundin am Oberarm zu sich gezogen und mehr oder weniger geflüstert. Ich hatte jedes Wort verstanden, nur nicht, welche Konsequenzen das für mich haben würde.

»Und wessen Idee war das hier?«, fragte Doris, die offensichtlich das Thema wechseln und ab sofort geduzt werden wollte. Sie schob die Sektflasche rüber, womit sie sagen wollte, dass ich mich darum kümmern sollte.

»Also, das hat sich irgendwie so ergeben. War eigentlich nicht direkt geplant ...«

Ich öffnete die Sektflasche und befüllte die beiden Longdrinkgläser.

»So so. Und wo kommen die ganzen Leute her?«

Ich überlegte, ob ich ihnen von der Telefonkette erzählen soll. Seltsamerweise war ich in ziemlich guter Stimmung.

»Ach, ist ja auch egal. Ich hoffe, die Leute amüsieren sich. Für deinen Freund Ralf-Peter war es, glaube ich, nicht ganz so toll. Der ist direkt eingepennt, nachdem ich ihn in sein Bett bugsiert hatte.«

Jemand hatte Samba Pa Ti aufgelegt, ein berüchtigter Nahtanzsong von Santana, der auf Feten üblicherweise die Phase des Knutschens und Fummelns einleitete. Jutta legte ihre Zigarette in den Aschenbecher, ließ sich von ihrem Barhocker gleiten und streckte ihren schlanken Arm in meine Richtung aus.

»Zu diesem Stück muss ich unbedingt tanzen. Und zwar mit dir, Joe!«

Ich zögerte. Sie hatte eine Hand in die Taille gestemmt, wo ein breiter, gelber Kunstledergürtel eine Jeans umschloss, in der eine bunt gemusterte Bluse steckte. Sie war eher der flippige Typ, von dem man sich nicht so recht vorstellen konnte, dass sie schon verheiratet war.

»Was ist? Na komm, tu mir den Gefallen, ja?«

Sie zog mich bis zur Tanzfläche, drehte sich um und legte mir ihre Arme um den Hals. Ich umfasste ihre Hüften, traute mich jedoch nicht unsere Bewegungen zu synchronisieren. Ich spürte mein Herz klopfen. Jetzt hob sie den Kopf, schaute mir in die Augen und zog mich zu sich heran.

»So ist es leichter, einen gemeinsamen Rhythmus zu finden.«

Als ihre Wange an meinem Ohr angekommen war, flüsterte sie:

»Schon besser.«

Wir hatten tatsächlich einen gemeinsamen Rhythmus gefunden. Ich versuchte Juttas Alter zu schätzen. Sie war vermutlich etwas jünger als Ralles Mutter, aber damit immer noch knapp zwanzig Jahre älter als ich. Ihr Körper war weich und geschmeidig. Wahrscheinlich verströmte er einen verführerischen Duft, den Duft eines teuren Parfüms. Mir fiel ein, welche Bedeutung der Geruchssinn für das Paarungsverhalten hatte und ich bedauerte zutiefst, dass er mir fehlte. Andererseits: Pheromone wirkten ja unterhalb der Wahrnehmungsschwelle. Dass ich solche Botenstoffe nicht riechen konnte, musste nicht bedeuten, dass sie keine Wirkung auf mich hatten. Den anderen ging es damit ja genauso. Darüber sollte ich bei Gelegenheit in Ruhe nachdenken.

Als mit *Hope You're Feeling Better* endlich ein fetzigeres Stück einsetzte und wir uns voneinander lösten, wusste ich schon nicht mehr so genau, ob ich wirklich froh war, das hier überstanden zu haben. Jutta tanzte weiter. Sie hatte die Augen geschlossen, ihre Arme über den Kopf gehoben und wiegte ihren Körper zu den Gitarrenläufen von Carlos Santana, der bei diesem Stück fast wie Jimi Hendrix klang. Beide waren in Woodstock aufgetreten. Leider war Hendrix schon ein Jahr später gestorben. Immerhin, Carlos Santana lebte noch, vielleicht hatte er sich bei Jimi ein paar Sachen abgeguckt. Jutta drehte sich und ihre weit ausgestellten Hosenbeine flatterten und dann war ihre Aufmerksamkeit wieder bei mir.

»Kommst du mit zur Bar?«

Sie nahm meine Hand. Doris hatte sich gerade Sekt nachgeschenkt und angelte nun nach ein paar Eiswürfeln, die sich in einem Glasbehälter befanden.

»Hab ich organisiert«, sagte sie und ließ das Eis in ihren Drink gleiten. Dann schob sie das Gefäß rüber.

»Sekt auf Eis. Trinkt man jetzt so, stimmt's Schätzchen?«

Jutta stimmte ihrer Freundin zu und bediente sich ebenfalls an beidem.

»Doris hat mir streng verboten, das Gästezimmer zu verlassen. Aber für den Fall, dass du zu mir kommen würdest, sähe die Sache anders aus. Es liegt also an dir, Joe.«

Manchmal checkt man nicht, wie blöd man gerade aus der Wäsche guckt. In diesem Moment war das nicht der Fall. Ich wusste, dass ich blöd guckte. Sie hatte sehr leise gesprochen, jetzt gab sie mir einen Kuss auf die Wange und verschwand in ihrem Zimmer. Die Party war zu Ende. Ich ging die Treppe hoch ›und öffnete die Tür zu der kleinen Kammer, die als Bügelzimmer fungierte und über ein schmales Bett verfügte, das sich unter einer Dachschräge befand. Hier schlief ich, wenn ich die Nacht bei Ralle verbrachte. Ich legte mich hin und lauschte den Geräuschen, die das Haus machte. Ein anderes Haus mit anderen Geräuschen. Ich war müde und wach, betrunken und nüchtern zugleich und überlegte, wie viel Zeit mir blieb. Ich musste mich entscheiden, und zwar bevor sie eingeschlafen war. Wie lange würde das dauern? Zehn Minuten? Ich schaute auf meine Armbanduhr. Drei Minuten vor zwei.

Als ich am nächsten Morgen aufwachte, wurde mir schlagartig klar, dass ich eine unglaubliche Chance verpasst hatte. Ich war noch keine sechzehn und hätte Sex mit einer richtigen Frau haben können. Mit einer, an die man in meinem Alter überhaupt nicht herankam. Hätte ich das durchsickern lassen, wäre ich über Wochen der absolute Star gewesen. Andererseits, ich hatte bisher nicht einmal einen richtigen Zungenkuss, geschweige denn Petting oder Sex

zustande gekriegt. Vielleicht hätte ich mich total blöd angestellt. Dann würde ich mich jetzt scheiße fühlen. Schwacher
Trost.

Ich schaute auf meine Uhr, verdammt, schon kurz vor
zehn. Die dritte Stunde hatte bereits angefangen und wir
brauchten mindestens 30 Minuten, um zur Schule zu trampen. Dann hörte ich ein Motorengeräusch. Es klang wie der
5er-BMW von Ralles Vater – Shit! Bitte nicht! Der Motor
stoppte, ich klemmte mich ans Fenster, tatsächlich! Die Tür
fiel ins Schloss, dann Schritte, hin und her. Eine weitere Tür
knallte. Jetzt hastete er die Treppe herauf.

»Was ist denn hier los?! Doris! Hallo, ist hier niemand, verdammt?«

Noch eine Tür knallte, dann wurden die Geräusche
dumpfer. Ich hörte einzelne Wortfetzen, Schritte, Poltern.
Sie stritten. Er war auf die Überreste der Party gestoßen und
flippte jetzt aus. Scheiße, als Nächstes würde er sich Ralle
vornehmen.

Auf einmal war es ganz still. Hatte sie ihn davon überzeugen können, dass er sich nicht so aufregen sollte? Dann
ein Schrei, so laut, dass jeder im Haus ihn hören musste. Als
ich im Schlafzimmer ankam, waren Jutta und Ralle bereits
dort. Doris heulte, sie zitterte am ganzen Körper, zeigte auf
ihren Mann und versuchte, etwas zu sagen. Doch vor lauter
Schluchzen konnte ich sie kaum verstehen. Ich hörte heraus,
dass er plötzlich zusammengesackt war. Ralles Vater saß auf
dem Teppichboden, mit dem Rücken an das Bett gelehnt
und starrte in meine Richtung. Doch er schien gar nicht
wahrzunehmen, was um ihn herum los war. Jutta lief zum
Telefon und wählte die Notfallnummer.

Immerhin brauchten wir uns keine Sorgen wegen der
Schule machen, eine Entschuldigung hatten wir.

20.

Meine Mutter bestand darauf, dass sich die Gäste bei uns möglichst umfänglich entspannten. Dazu gehörte, dass es auf den Zimmern weder Fernsehgeräte noch Telefone gab, nichts sollte den Seelenfrieden der Damen stören. Wer mit dem Auto anreiste, war gehalten, die Schlüssel an der Rezeption abzugeben, und bekam diese nur unter Angabe guter Gründe zurück. Anders ausgedrückt, ich verfügte über einen Fuhrpark von erheblichem Ausmaß. Mein Fahrzeugbestand unterlag zwar einem stetigen Wandel, dafür hatte ich jedoch stets eine passable Auswahl, was gelegentliche Highlights wie den Lotus Europa einschloss. Einziger Nachteil: Aus nachvollziehbaren Gründen standen mir die Fahrzeuge ausschließlich in den Nachtstunden zur Verfügung. Da ich weder über einen Pkw-Führerschein noch über das Aussehen eines Achtzehnjährigen verfügte, wäre es ziemlich dreist gewesen, mitten am Tag mit einem *geliehenen* Auto herumzugondeln. Es war Samstagabend, kurz vor einundzwanzig Uhr und auch so noch riskant genug.

Meine Wahl fiel auf einen Alfa Romeo Giulia in Rot, ein Zweitürer mit Ledersitzen und Schiebedach. Ich erkannte den Autoschlüssel mit einem Blick, weil ein Alfa-Emblem daran hing. Draußen trällerte eine Drossel die letzte Strophe ihres Abendliedes, dann war es völlig ruhig. Ich öffnete die Fahrertür und ließ mich in den kühlen, saugenden Ledersitz gleiten. Das sonore Brummen des Reihenvierzylinders übertrug sich auf meinen Körper und kitzelte meine leicht angespannten Nerven. Ich dachte an unsere Slenderton-Geräte, die einen ganz ähnlichen Effekt hatten. Ob Sportwagenfahren das Bindegewebe straffen konnte?

Sunny wartete tatsächlich an der verabredeten Stelle. Als sie den Motor hörte, kam sie aus dem Bushäuschen, winkelte ihren Unterarm an und zeigte ihren ausgestreckten Daumen.

Ich lehnte mich zur Beifahrertür rüber:

»Was kann ich für Sie tun, junges Fräulein?«

»Sehr freundlich, dass Sie halten. Würden Sie mich ein Stück mitnehmen?«, sie blinkerte ein paar Mal mit den Augenlidern, während sie ein übertriebenes Lächeln zeigte. Anschließend fuhr ihre Zungenspitze einmal langsam die Oberlippe entlang und verschwand zwischen zwei violett geschminkten Lippen.

»Und wohin soll es gehen, wenn ich fragen darf?«

»In den Wald, mein Herr.«

»In den Wald?«, ich wusste natürlich, dass das als Scherz gemeint war, war aber trotzdem sprachlos. Jetzt schon.

Sie stieg ein.

»Eine Verabredung, Sie verstehen schon.«

Ihre Haare sahen frisch gewaschen aus. Sie bemerkte meinen Blick.

»Riech mal!«

Sie hielt mir ihren Kopf hin. Ich schnupperte daran und überlegte, wonach ihr Haar riechen könnte.

»Erkennst du's?"

Ich tat, als würde ich überlegen.

»Grüner Apfel.«

»Ach ja, genau!«, log ich und lehnte mich zurück. Das ständige Bemühen, meinen fehlenden Geruchs- und Geschmackssinn zu verschleiern, hatte mich auf eine Idee gebracht. Ich benutzte Begriffe des Seh-, Hör- und Tastsinns, um mir die Bedeutung der verschiedenen Geschmacksrichtungen besser vorstellen zu können. Schärfe zum Beispiel war vielleicht wie der Schmerz, wenn man direkt in die Sonne schaute. Süß verband ich mit sanften, weich klingenden Klavierakkorden. Und ich mochte es, wie Schokolade im Mund warm und weich wurde und sich beim Schlucken leicht ölig anfühlte, vorausgesetzt es handelte sich um gute Qualität. Billigschokolade hinterließ nämlich eine klebrige Fettschicht am Gaumen und kratzte im Hals. Außerdem hatte ich festgestellt, dass ich die adstringierende und leicht betäubende Wirkung von Nelken *schmeckte*, wenn ich sie zerkaute oder die kühlende Frische von Minze, zum Beispiel in Kaugummi. Wie Chilisaucen wirken, hatte ich gelernt, als ich mal mit Ralle und Frank chinesisch essen war. Ich hatte mir von der *Tomatensoße*, die auf dem Tisch stand, einen guten Esslöffel in meine Bratnudeln gerührt und das mit einem Hustenanfall und tränenden Augen bezahlt. Doch ich brauchte einen Hinweis, damit ich wusste, in welche Richtung ein Geschmack ging. Bei Gerüchen war die Sache noch schwieriger. Und Grüner Apfel? Keine Ahnung. Immerhin, ihre Haare fühlten sich schön weich und seidig an und das reichte in diesem Moment vollkommen.

»Wow, wie aufregend! Eine Spritztour in einem geklauten Sportwagen.«

»Äh, eher ausgeliehen«, ich war froh, dass sie das Spielchen aufgegeben hatte.

»Geile Farbe! Hast du den extra hierfür ausgesucht?«

Was sie wohl mit *hierfür* meinte?

»Bekomme ich keinen Kuss?«

Sie beugte sich etwas vor und richtete ihren geschürzten Mund auf mich. Sie hatte die Augen geschlossen. Jetzt öffnete sie sie wieder:

»Keine Angst, nur so zur Begrüßung. Wir wollen es doch nett haben, oder?«

Ich beugte mich nun ebenfalls vor und gab ihr den geforderten Kuss.

»Na bitte, geht doch!«

Sie ließ sich in den Sitz fallen. Dann steckte sie sich einen Streifen Kaugummi in den Mund.

»Was ist, wollen wir?«

Ich legte den ersten Gang ein und fuhr los. An der nächsten Kreuzung bog ich auf die Hauptstraße ab und beschleunigte hinter dem Ortsschild auf 90 Stundenkilometer. Hinter der Bahnbrücke nahm ich Gas weg, schaltete zurück und setzte den Blinker. Dann bog ich in einen Wirtschaftsweg ein.

»Oho, ein Feldweg, was hast du denn vor?«

Ich verschaltete mich prompt, kuppelte und fand den richtigen Gang.

»Wolltest du nicht in den Wald?«

»Aber hier ist kein Wald, nur Wiesen und Felder.«

»Warts ab«, sagte ich und musste abrupt bremsen. Beinahe hätte ich ein Karnickel erwischt.

»Du fährst ganz gut. Ich meine für einen, der noch keinen Führerschein hat.«

Mir war nicht klar, ob ich das als Kompliment verbuchen sollte. Vermutlich eher nicht. Nach ein paar Minuten tauchte das Waldstück im Scheinwerferkegel auf.

»Halt mal hier an!«

Sunny zeigte auf einen kleinen Weg, der zu einer Pferdekoppel führte. Ich legte den Rückwärtsgang ein, setzte zurück und bog ein. Vor einem großen Holzgatter stellte ich den Motor ab und zog die Handbremse an. Weit voraus, unter einer Eiche, konnten wir drei oder vier Pferde erkennen.

»Mach mal das Licht aus, die werden doch voll geblendet.«

Ich schaltete es aus.

»Wusstest du, dass Pferde im Stehen schlafen?«

Kam mir ziemlich unbequem vor. Na ja, die haben immerhin vier Beine, dachte ich, sagte aber nichts. Nach einer Weile konnte ich wieder etwas erkennen. Wie auf einem schlecht belichteten Schwarz-Weiß-Foto, unscharf und schemenhaft.

»Hast du Zigaretten?«

»Nee, aber ich kann uns eine drehen.«

Das Licht reichte gerade eben aus, nur die Klebeseite des Zigarettenpapiers war nicht zu erkennen. Ich leckte eine Seite zur Probe an, es war die richtige. Dann tastete ich nach dem Zigarettenanzünder und drückte ihn rein. Ich hatte bestimmt die Sitze vollgekrümelt. Ich verstaute den Tabak in meiner Jeans. Der Zigarettenanzünder verteilte einen rötlichen Schimmer auf Sunnys Gesicht, der sich verstärkte, als sie an der Selbstgedrehten zog. Sie sah jetzt noch schöner, noch aufregender aus als vorhin. Aber warum sollte sie ausgerechnet mit mir zusammen sein wollen? Mädchen standen auf ältere Typen und ich war fast zwei Jahre jünger als sie. Ich dachte an Ralle und was mit seinem Vater passiert war und an Jutta und die Party. Vielleicht hatte ich doch eine Chance. Ich durfte sie nur nicht verpassen.

»Du hast neulich nicht ernsthaft geglaubt, dass ich es mit Pollmann treibe, oder?«

Sie drehte eine Locke um ihren Zeigefinger und zog an der Selbstgedrehten.

»Nee, nicht wirklich, aber theoretisch wäre es ja möglich gewesen.«

»Theoretisch, zzz...«

Sie entfernte einen Tabakkrümel von ihrer Oberlippe.

»Und? Hat es dich angemacht?«

»Wie angemacht?«

Ich spürte Wärme, die sich in meinen Ohren breitmachte.

»Na, mitzubekommen, wie ich es mit meinem Chef treibe.«

Ich erinnerte mich genau. Ich war gleichzeitig eifersüchtig, verletzt und erregt gewesen. So etwas hatte ich bis dahin noch nie erlebt – ein erschreckendes Gefühl. Und ich würde das unter keinen Umständen zugeben. Wir schwiegen.

»Glaubst du an ein Leben nach dem Tod?«

Sunny blies den Rauch in meine Richtung. Ich dankte dem Schicksal für den Themawechsel und kurbelte das Fenster ein Stück herunter. Feuchte, kühle Luft strömte herein. Mir war gerade eine Antwort eingefallen, als Sunny sich vorbeugte:

»Willst du auch einen Zug?«

Ich streckte meinen Arm aus, doch sie schüttelte den Kopf. Dann nahm sie einen tiefen Zug und beugte sich vor. Mit der freien Hand griff sie in meinen Nacken und zog mich zu sich heran. Der Schaltknüppel zwischen uns drückte mir in die Seite und ich hatte Mühe, ihr aus dem Schalensitz weit genug entgegenzukommen. Doch schließlich legte sie ihre Lippen auf meinen Mund und blies den Rauch vorsichtig in meine Lungen. Es dauerte einen Moment, bis ich kapierte, was sie vorhatte und zuließ, dass sich meine Lungen mit dem Rauch füllten.

»So kann man einen Joint rauchen, wenn wenig Dope da ist. Aber nur mit jemandem, den man gut ausstehen kann.«

Sie ließ sich in ihren Sitz zurückgleiten, schaute zum Dach und nahm einen weiteren Zug. Sie kann mich gut ausstehen! Ich schöpfte ein bisschen Hoffnung. Aber was bedeutete *gut ausstehen*? Darüber würde ich ausgiebig nachdenken müssen.

»Können wir das noch mal machen?«

»Wir können das auch mal ohne Rauch probieren.«

Sie drehte die Scheibe runter und warf die Kippe raus. Auf der feuchten Wiese kann nichts passieren, dachte ich, während sie sich erneut zu mir beugte und ihren leicht geöffneten Mund auf meinen legte. Doch statt mich ihren Atem atmen zu lassen, schob sie mir vorsichtig ihre Zunge in den Mund. Ich ließ meine erst mal, wo sie war. Doch dann leckte sie auffordernd daran und ich machte ein bisschen mit. Das mit den Zungen war seltsam. Ich wusste nicht genau, was ich machen sollte. Es gab einfach zu viele Möglichkeiten. Ich fand es viel intimer, Sunny einzuatmen, aber das wollte sie offenbar nicht mehr. Ihre Hand lag auf meiner Schulter und streichelte meinen Nacken. Unsere Wangen berührten sich leicht. Ich wusste nicht so recht, wie das hier jetzt weitergehen sollte. Was ich sicher wusste, war, dass ich in Ruhe über alles nachdenken musste und dass der Schaltknüppel und die Schalensitze nervten. Beim nächsten Mal würde ich eine Limousine nehmen. Am besten eine mit Automatik und durchgehender Sitzbank vorn. Dann fiel mir ein, was Sunny beim Zahnarzt gemacht hatte. Da wir mit Zungenkuss erst mal fertig waren, fragte ich:

»Würdest du vielleicht noch mal deine Hand da unten hinlegen?«

»Wie bitte?«, rief Sunny und mein Optimismus zerplatzte an der Frontscheibe – BANG! – Totalschaden wegen krasser Selbstüberschätzung!

»Hältst du mich etwa für 'ne Schlampe?«

»Aber beim Zahnarzt ...«

»Das hatte doch rein medizinische Gründe!«

»Ach so, äh, na klar, verstehe. Sorry, war ne blöde Idee.«

»Was denkst du dir eigentlich? Ich hab dir doch erklärt, dass man sich ablenken muss, wenn man Angst vor der Behandlung hat.«

Und ich Idiot hatte drei Kondome in der Hosentasche, DREI! Wie hatte ich nur so bescheuert sein können!

Ich schaltete das Licht aus und verschränkte die Hände hinter dem Kopf. Ich mochte es nicht, wenn es beim Einschlafen stockdunkel im Zimmer war, wenn ich die Augen schließen und wieder öffnen konnte, ohne dass es einen Unterschied gab. Das bereitete mir Unwohlsein. Weil sich die Augen nach dem Lichtausschalten jedoch schnell an die Dunkelheit gewöhnten, konnte man nach einer Weile zum Glück meist doch etwas erkennen. Von irgendwo bahnte sich schließlich eine winzige Lichtquelle den Weg in meine Netzhaut, so wie jetzt und wie vorhin im Auto. Auch wenn das, was man dann erkannte, noch so schemenhaft war, bot es doch eine Orientierung im Raum. Das fand ich beruhigend. Als kleines Kind wollte ich immer, dass ein Licht brennen blieb. Doch ich hatte den Eindruck, als würde es fast unmerklich dunkler. Dann blinzelte ich und das Licht wurde wieder heller. Trotzdem blieb ich misstrauisch.

Ich war mir nicht sicher, ob ich alle Tabakkrümel beseitigt hatte. Ansonsten war es super gelaufen. Ich hatte den Alfa millimetergenau in seine Parkposition gezirkelt. Und nachdem ich Sunny abgesetzt hatte, war ich mit weit geöffneten Fenstern gefahren, um den Zigarettenrauch auszulüften. Eine gewisse Sorgfalt war unumgänglich, wenn ich nicht auffliegen wollte. Ich dachte an das Grüner-Apfel-Aroma in Sunnys Haar und dass es dem Urteil meiner Mutter zufolge eine Beleidigung für jeden echten Apfel darstellte. Es passte gar nicht zu Sunny, die indirekt gesagt hatte, dass sie mich gut ausstehen konnte. *Gut ausstehen* war ein rätselhafter Ausdruck. Jemanden gut ausstehen können, a u s - s t e h e n, gut oder schlecht ausstehen. Je länger ich darauf herumdachte, desto seltsamer kam mir das Wort vor. *Ich kann dich nicht ausstehen*, das war eindeutig, das war vernichtend. Aber gut ausstehen? Klang nicht gerade wie *Ich liebe dich*. Ich sollte mir nicht zu viel darauf einbilden. Obwohl. Dieses Mund-zu-Mund-Rauchen war echt geil gewesen. Wie lange zwei Menschen auf diese Art und Weise wohl hin und her atmen konnten, bis der Sauerstoff verbraucht war? Und der Zungenkuss? Seltsam. Vielleicht brachte es mehr, wenn man schmecken konnte. Zu schade, dass ich es versaut hatte. Auch wenn sie später wieder freundlich gewesen war. Mach dir nichts draus, irgendjemand wird sich schon um deinen Schwanz kümmern, hatte sie zum Abschied gesagt. Ich musste sie möglichst bald wiedersehen.

21.

»Er sabbert, es ist schrecklich. Ich hatte immer Schiss vor ihm, weil er so verdammt wütend werden konnte. Jetzt ist er total im Arsch.«

Ich wusste nicht, was ich sagen sollte. Ralle wich meinem Blick aus. Er tigerte unruhig hin und her, fummelte mal an seinem Hemd, mal an seinen Haaren herum. Dann setzte er sich hin, trommelte mit den Fingern auf der Tischplatte und stand wieder auf. Ralle kam fast jeden Tag vorbei. Seit sein Vater im Rollstuhl saß, hielt er es zu Hause nicht mehr aus.

»Meine Mutter will, dass ich ihn füttere.«

Ralle schaute mir kurz in die Augen.

»Kann ich aber nicht. Er starrt mich dabei an. Ich hab's versucht. Aber es geht nicht. Ich kann das nicht aushalten. Und ich hab immer noch Schiss vor ihm, obwohl er völlig wehrlos ist. Er hasst mich, das spüre ich. Aber das Schlimmste ist, ich will gar nicht, dass er wieder gesund wird. Ich will, dass er möglichst bald stirbt.«

Ich schluckte: »Und deine Mutter?«

»Was meinst du?«

»Will sie ihn auch loswerden?«

Ralle verzerrte das Gesicht. Er packte mich an der Jeansjacke und zog mich ruckartig zu sich heran.

»Spinnst du?! Sie ist seine Frau, du Idiot!«

Er schubste mich mit aller Kraft von sich weg. Fast hätte ich mich hingelegt. Ich wollte ihn fragen, warum er sich so aufregt, hielt aber die Klappe, als ich die Tränen in seinen Augen sah. Den Jähzorn hatte er definitiv von seinem Vater.

»Ich hab geträumt, dass ich ihn quäle«, sagte er leise und zog den Tabakbeutel aus der Jackentasche. Er schaute mich nicht an. Es war mehr ein Selbstgespräch.

»Hab ihn mit heißem Brei gefüttert und ihn angebrüllt, dass er sich nicht so anstellen soll. Zerstampfte Kartoffeln und Möhren mit zerlassener Butter. Aber viel zu heiß. Dann bin ich aufgewacht. Es war mitten in der Nacht und ich hatte tierische Magenschmerzen. Mir war so schlecht, dass ich kotzen musste. Danach ging es mir besser, aber ich konnte ewig nicht einschlafen.«

Ich hätte ihm jetzt gern von Sunny erzählt, fand das aber irgendwie unpassend. Andererseits war es vielleicht gut, wenn ich ihn auf andere Gedanken brachte.

»Du kennst doch Sunny ...«

»Klar, die Zahnarzthelferin von Pollmann. Was ist mit ihr? Du bist verknallt in sie, stimmt's?«

War ja nicht besonders schwer gewesen, das Thema zu wechseln.

»Wir hatten eine Verabredung.«

»Erzähl schon!«

Ralle grinste, dann zündete er sich eine Zigarette an.

»Letzten Samstag. Sie war voll beeindruckt. Hab sie mit einem Alfa aus unserem Fuhrpark abgeholt.«

Eine leichte Übertreibung. Vielleicht hatte sie es aber nur nicht so gezeigt.

»Du hast dir ein Auto geliehen?«, Ralle sprach das G E - L I E H E N extra gedehnt aus.

»So ist es. Wir sind ein bisschen rumgefahren. Dann bin ich in einen Feldweg abgebogen und wir haben uns unterhalten.«

»Mehr ist nicht passiert?«

Ich grinste.

»Nun sag schon!«

»Zungenkuss.«

»Echt? Geil! Und wie ist das so?«

»Na ja, zuerst fühlt es sich seltsam an. Aber dann sehr geil.«

»Und wie ging es weiter?«

»Mehr war nicht drin.«

Dass ich es vermurkst hatte, musste ich ja nicht unbedingt erwähnen.

»Ganz schön versaut, die Alte. Hat bestimmt schon einiges ausprobiert.«

Auf einmal bereute ich, dass ich damit rausgerückt war. Das mit dem Mund-zu-Mund-Rauchen würde ich jedenfalls für mich behalten, und versaut fand ich Sunny auch nicht.

22.

Ossi klebte drei Stück Zigarettenpapier zusammen. Zwei in leicht geöffnetem Winkel und eins quer darüber. Dann brach er den Filter einer Stuyvesant ab, die er bei mir geschnorrt hatte und verteilte den Tabak auf dem Papier.

»Ich brauch hier mal 'n bisschen Licht«, meinte er und zog die leere Weinflasche mit der Kerze zu sich heran.

»Muss mich unbedingt um die Stromversorgung kümmern«, nuschelte er, »mein Nachbar ist übers Wochenende weg und ich hab keinen Saft. Scheiße ist das!«

Er griff zu einem Schraubglas, holte ein paar getrocknete Cannabisblätter heraus und zerbröselte sie über dem Tabak.

»Ein Generator muss her, dann bin ich endlich unabhängig.«

Er hatte ein kleines Stück Pappe zu einem Filter gerollt und auf der schmalen Seite des Joints platziert. Jetzt nahm er das Ganze in beide Hände, rollte es vorsichtig hin und her und brachte es in die charakteristische Tütenform. Dann leckte er das Zigarettenpapier an und klebte den Joint zu. Zum Schluss drückte er die Tabakmischung von der offenen Seite her mithilfe seines kleinen Fingers ein bisschen rein und drehte das Papier zu einer Spitze zusammen. Anschließende hielt er den Joint ins Kerzenlicht, drehte ihn hin und her und lächelte zufrieden.

»Schon mal Gras geraucht?«

Ich hatte damit gerechnet, dass er mich das irgendwann fragen würde. Ich schüttelte den Kopf.

»Und hast du Bock? Erste Pflückung.«

Er entflammte ein gebrauchtes Streichholz an der Kerze und zündete die Tüte an. Er nahm er ein paar tiefe Züge, hielt die Luft an und schaute zur Decke.

»Nur Spitzen mit reichlich Blüten dran«, verkündete er mit dem Ausatmen und reichte mir den Joint rüber.

Ich zog vorsichtig, behielt den Rauch für einen Moment in der Lunge und atmete aus. Es war anders als mit Tabak und brannte in den Bronchien. Ich reichte Ossi den Joint zurück. Ich fragte mich, warum die Dinger immer die Runde machten. Wahrscheinlich wegen des Zusammengehörigkeitsgefühls. Kiffen wäre nicht so cool, wenn sich jeder seine eigene Haschischzigarette drehen müsste. Ossi rauchte, streifte die Asche ab, zog noch mal kräftig und reichte den Joint zurück. Dieses Mal zog ich ein bisschen mutiger und behielt den Rauch länger drin.

Sunny hatte natürlich schon Erfahrungen mit Hasch rauchen. Aber jetzt machte ich die auch und das war gut. Ich prüfte die vorhandenen Sinnesorgane: Bemerkte ich eine Veränderung? Meine Augen funktionierten einwandfrei, keine Farben, keine verzerrten Bilder oder Halluzinationen. Das Gehör? Alles normal, kein Hall, keine imaginären Stimmen. Geruchs- und Geschmackssinn meldeten ebenfalls keine Auffälligkeiten, wie auch. Ich fand es total spannend, dass ich Sinne hatte und sie nutzen konnte, um meine Umwelt zu erforschen. Dann wurde mir klar, dass die Art, wie ich meine Wahrnehmungen überprüfte, wahrscheinlich bereits zur Wirkung gehörte und musste grinsen. Mein Körpergefühl war verändert. Wie in Watte gepackt, aber nicht unangenehm, eher weich und abgedämpft.

»Und?«, fragte Ossi, als er mir den Joint zum dritten Mal hinhielt. Er war schon ziemlich runtergebrannt. Mein Mund war trocken. Ich kicherte leise.

»Alles klar«, sagte Ossi, »dann wollen wir nicht gleich übertreiben.«

Sunny hatte wissen wollen, ob ich an ein Leben nach dem Tod glaubte. Ich war nur nicht dazu gekommen, ihr eine Antwort zu geben. Fraglich, ob es dafür noch eine Gelegenheit geben würde. Meine Antwort wäre jedenfalls eine Gegenfrage gewesen: Warum interessierten sich alle dafür, was nach dem Tod passiert? Mindestens genauso interessant war doch die Frage, wo wir herkommen. Gibt es ein Leben vor der Geburt? Woher stammt mein Bewusstsein und wann setzte es ein? Falls meine Existenz aus einer Kelle voll Ursuppe hervorgegangen ist, würde meine Seele am Ende wieder darin aufgehen? Sich in Ursuppe aufzulösen war vermutlich total geil. Kein Ego mehr, keine Einsamkeit, keine Emotionen. Stattdessen Geborgenheit und Frieden. Ursuppe, unser aller Heimat, Anfang und Ende von allem. Diese und andere Gedanken hüpften über die Oberfläche meines Bewusstseins wie flache Steine über dem Wasser, ehe sie nach ein paar Sprüngen versanken.

»Ich mach uns mal einen Tee«, sagte Ossi zum dritten Mal, ohne sich einen Millimeter zu bewegen. Ich spürte meinen trockenen Mund. Wie lange saß ich schon hier? Ich schaute auf die Uhr. Es war halb fünf. Ich sollte mich langsam auf den Weg machen. Mein Blick fiel auf ein Taschenbuch, das auf dem Tisch lag. Der Umschlag zeigte einen Mann in rostroter Kleidung, der sich durch eine surreale Landschaft auf den Betrachter zubewegte. Das Gesicht war nicht zu erkennen, weil der ganze Kopf grellweiß leuchtete.

»Was ist das für ein Buch?«

Ossi wirkte konzentriert. Vielleicht lauschte er dem Geräusch, das die Erde beim Drehen macht. Vielleicht wartete er auf den Impuls, der die Zubereitung des Tees anstoßen würde. Oder er meditierte. Die Zeit fühlte sich klebrig an.

»Das Buch«, er schaute kurz hoch. »Die Lehren des Don Juan. Es geht um einen Anthropologen, der bei einem Yaqui-Indianer in die Lehre geht.«

Die Antwort kam so verzögert und mit so viel Platz zwischen den Worten, dass ich einen Moment brauchte, um sie in einen Zusammenhang zu bringen.

»Und was lernt er?«

Ossi strich sich eine blonde Strähne aus dem Gesicht, griff nach dem Tabak und begann, sich eine Zigarette zu drehen.

»Sie rennen wochenlang in der Wüste rum, suchen nach bestimmten Kraftorten und führen Rituale mit bewusstseinserweiternden Drogen durch«, sagte Ossi nun wieder in normaler Geschwindigkeit. Geradezu rasant.

»Was für Drogen denn?«

»Mescalin zum Beispiel. Ist in Kakteen drin, die in Mexiko wachsen. Nennt sich Peyote. Der Typ, der das Buch geschrieben hat, dreht total ab und erlebt wahnsinnige Sachen. Don Juan hilft ihm, in eine andere Wirklichkeit einzudringen, was nur Zauberern und echten Kriegern möglich ist.«

»Was für Sachen?«

»Wenn er in der anderen Wirklichkeit ist, kann Castaneda das energetische Wesen der Dinge erkennen. Im Grunde besteht nämlich alles, was wir sehen, aus Millionen von bunt leuchtenden Fasern.«

Ossi kicherte.

»Wir auch?«

»Klar. Wir sind so Energiebündel. Aber auch Pflanzen und selbst Steine bestehen aus Energiefasern.«

»Wow!«

Ich fragte, ob er mir das Buch leihen würde, aber das wollte er nicht.

»Vielleicht gehe ich nach Mexiko und werde ein Brujo.«

»Ein Brujo?«

»Das ist die mexikanische Bezeichnung für Zauberer oder Medizinmann.«

Ich versuchte, mir eine andere Wirklichkeit vorzustellen, deren Wesen sich in Form von Energiefasern zeigte und in der selbst Steine irgendwie lebendig waren. Steine!

»Ich mach uns mal einen Tee«, sagte Ossi.

Später las ich das Buch selbst und für ein paar Wochen lang wollte ich ebenfalls ein Yaqui-Indianer werden.

23.

»Er ist tot. Es fühlt sich an, als hätte ich ihn umgebracht. Ich habe seinen Tod herbeigewünscht, verstehst du?«

Wir lagen auf dem Teppichboden in meinem Zimmer und starrten an die Decke.

Ich wusste mal wieder nicht, was ich sagen sollte. Ich hätte ihm das gern ausgeredet, aber wie? Mir fiel ein, was ich über Schuldgefühle gelesen hatte.

»Schuldgefühle bringen nichts.«

Ich verschränkte meine Hände unter dem Kopf.

»Es nützt keinem was, wenn man die hat, sagen Psychologen.«

»Meine Mutter sagt auch, wir dürfen uns keine Vorwürfe machen. Das liegt bei denen in der Familie. Sein Vater und seine ältere Schwester hatten das auch. Die Schwester lebt noch, ist aber halbseitig gelähmt und kann kaum sprechen. Mein Opa ist daran gestorben, als ich noch klein war. Kann mich nicht an ihn erinnern.«

Wenn es in der Familie liegt, dann gilt es auch für dich, dachte ich, sagte jedoch nichts. Da wird Ralle sicher selbst draufgekommen sein.

»Vielleicht war es ja besser so für ihn. Ich meine so als Erlösung.«

»Hm«, machte Ralle und schaute mich kurz an. »Wäre jedenfalls ein Pflegefall geblieben, hat der Arzt gesagt.«

Ralle drehte sich auf die Seite, winkelte den Arm an und legte seinen Kopf in die Hand. Er trommelte mit den Fingerkuppen auf seiner Wange herum.

»Jetzt kann ich mir endlich ein Schlagzeug besorgen.«

Puh, ich war echt happy, dass er das Thema wechselte. Seit ich Ralle kannte, trommelte er auf allem herum. Es war seine Art, Stress abzubauen, seine innere Unruhe in den Griff zu kriegen. Dass jetzt Musik daraus werden sollte, war irgendwie komisch.

»Paschke kennt einen, der ein gebrauchtes Ludwig verkaufen will.«

Ludwig war so was wie Gibson oder Fender bei Gitarren, also *die* Marke, wenn es um Schlagzeuge ging.

»Und was soll es kosten?«

»800 Mark.«

»Ganz schön teuer!«

»Ist kein Problem, hab schon mit meiner Mutter gesprochen.«

»Nicht schlecht, Alter!«

Doris konnte ihrem Sohn derzeit keinen Wunsch abschlagen. Verständlich. Geld schien ja kein Thema zu sein. Ich musste mir eingestehen, dass ich ein bisschen neidisch war. Ich drehte mich ebenfalls auf die Seite. Für einen Moment schauten wir uns in die Augen.

»Rate, wo ich gestern war.«

»Bei Sunny. Und ihr habt genau da weitergemacht, wo ihr neulich aufgehört habt.«

Ich spürte, dass der Wunsch, sie wiederzusehen, eine Art Schmerz verursachte.

»Nicht? Bedauerlich.«

Ralle schob die Oberlippe vor. Er ließ sich wieder auf den Rücken fallen.

»Dann bei diesem Typen im Wald, Ossi oder wie der heißt.«

Ralle war bisher nur einmal mit gewesen, aber an dem Tag war Ossi nicht zu Hause gewesen.

»Und? Hat er seinen Synthesizer endlich zum Laufen gebracht?«

»Nee, das nicht. Aber wir haben einen Joint geraucht.«

»Einen Joint? Auch nicht schlecht!«

»Ich hab dir doch erzählt, dass er das Zeug heimlich hinter seiner Hütte anbaut. Gestern haben wir einen fetten Joint geraucht.«

»Und wie ist das so?«

»Schwer zu beschreiben, auf jeden Fall ziemlich geil. Müssen wir unbedingt mal machen, das wird bestimmt super.«

»Und wo bekommen wir das her?«

»Ich könnte Ossi fragen, ob er uns was abgibt.«

»Oder vertickt.«

Verbotene Sachen machen sorgte für eine spezielle Verbindung. Wie Wurzelwerk in einem Waldboden. Wir sprachen nicht drüber, aber seit der Sache mit dem Penner hatte sich das noch verstärkt.

24.

Die Kellertür war angelehnt. Den Lärm hatte ich schon von der Garage aus gehört. Ich blieb einen Moment stehen. Der Rhythmus war nicht schlecht und er hielt einigermaßen den Takt. Nur bei den eingestreuten Trommelwirbeln passte das Tempo nicht, er blieb knapp hinter dem Rhythmus zurück. Ich lief die Außentreppe herunter und öffnete die Tür. Ralle saß im Rollstuhl seines Vaters und hämmerte wie wahnsinnig auf seine Schießbude ein. Als er mich bemerkte, fegte er mit einem Wirbel über alle Trommeln hinweg und verkündete:

»Wir gründen eine Band!«

Eine Band gründen war natürlich total geil, jeder Junge in unserem Alter wollte Mitglied einer Rockband sein. Das Problem war: Ein Sechzehnjähriger, der seit drei Wochen ein gebrauchtes Schlagzeug besaß, war noch keine Band. Andererseits: Das war mal ein Anfang! Zumal uns mit dem ehemaligen Büro von Ralles Vater ein perfekter Übungsraum zur Verfügung stand. Das Fehlen eines Übungsraums war eines der großen Hindernisse für aufstrebende Rockbands. Das andere war das Unvermögen der Musiker. Und das Eine bedingte das Andere. Talent vorausgesetzt.

»Und dies ist unser Übungsraum!«

Ralle deutet mit seinen Sticks auf die Fläche vor seiner Bassdrum.

»Dir ist klar, dass ich kein Instrument spiele, oder? Außer ein bisschen Klavier vielleicht.«

»Richtig. Das bedeutet, du brauchst eine Gitarre. Und einen Verstärker.«

»Und woher soll ich die nehmen?«

Ralle legte die Schlagzeugstöcke auf der Snare ab, griff nach dem Tabakbeutel in der Brusttasche seines Jeanshemdes und schaute zu mir hoch.

»Ich hab mir was überlegt. Mein Cousin hat einen Les-Paul-Nachbau und einen Verstärker. Aber er benutzt beides nicht, weil er für ein Jahr in die USA geht.«

»Schüleraustausch?«

»Korrekt.«

»Und er würde mir das Zeug leihen?«

Ralle zündete sich die Selbstgedrehte an und reichte mir den Tabak rüber.

»Klar. Der hat eh keinen Bock mehr auf Gitarre. Fährt jetzt voll auf Basketball ab, spielt im Verein und so. Ich hab ihn gestern angerufen, du kannst ihm beides abkaufen. Er will 350 Mark für das Set und die Kohle hat Zeit, sagt er. Ist noch so'n Fußpedal dabei.«

»'N Wah-Wah?«

»Hm, so ein Verzerrerteil wie Hendrix hatte.«

Ich begann, mir ebenfalls eine zu drehen, und stellte mir vor, wie ich meine schulterlangen Haare nach hinten warf, einen schrillen Akkord in die Saiten schlug und mit dem Fuß das Verzerrerpedal bediente, während das Publikum vor der Bühne tobte. Ich zündete die Zigarette an und inhalierte.

»Was ist mit Frank? Hat der nicht einen Bass?«

»Nee, aber sein Bruder spielt Bass in einer Band. Er besitzt einen original Fender-E-Bass und Bassverstärker. Vielleicht hat er Bock, bei uns einzusteigen. Oder er leiht Frank den Kram.«

In dieser frühen Phase kam es nicht darauf an, ob und was jemand spielen konnte. Entscheidend war, ob jemand ein rockbandtaugliches Instrument besaß oder wenigstens Zugriff darauf hatte. Ach ja, und ganz wichtig: der Bandname!

»Auch schon 'ne Idee, wie wir uns nennen könnten?«

Ralle grinste, sein Blick folgte dem Rauchring, den er gerade produziert hatte.

»Na klar. Pass auf, ich hab drei Vorschläge: Dirty Colours, Deep Blue oder Heavy Water. Was meinst du?«

Ich schloss die Augen und prüfte den Klang der Bandnamen vor meinem inneren Ohr.

»Warum nicht Deep Water?«

»Hm«, überlegte Ralle, »macht Sinn. Deep Water klingt geil und macht Sinn.«

Es war der 24. April 1975, als am frühen Nachmittag unsere Band gegründet wurde. Die Formation hieß Deep Water und bestand aus E-Gitarre, Bass und Schlagzeug. Der Bassist wusste allerdings noch nichts von seinem Glück und was für Musik wir spielen würden, musste sich zeigen.

25.

Der Tag, an dem sich alles änderte, war ein Samstag im Juni und begann damit, dass ich auf einen Anruf wartete. Das Problem bestand darin, dass ich mir nicht sicher war, ob es diesen Anruf geben würde. Ich hatte Sunny zufällig (Ehrenwort!) beim Bäcker getroffen, was eine kurzzeitige Wortfindungs-Amnesie zur Folge hatte. Obwohl ich sie nur schafsblöd anstarrte, hatte sie gemeint, dass wir ja mal wieder was zusammen machen könnten, und dass sie sich nach dem Frühstück vielleicht melden würde. Das warf eine Reihe von Fragen auf:

Was meinte sie mit »zusammen machen«?

Wann war »nach dem Frühstück«?

Wie wahrscheinlich war ein Anruf, der mit dem Attribut »vielleicht mal melden« behaftet war?

Und die Entscheidende: Hatte sie mir meinen Ausfall verziehen?

Ich lag auf meiner Schlafcouch und wartete. Eine Fliege, die ich seit ein paar Minuten beobachtete, sah mir zu. Vielleicht hatte sie mein Anblick abgelenkt, jedenfalls war sie gerade in ein Spinnennetz geraten, das sich in der oberen Fensterecke befand. Auf einen Anruf warten war die Hölle. Man konnte weder aufs Klo gehen, geschweige denn duschen und schon gar nicht das Haus verlassen. Hörte man es klingeln und kam eine Sekunde zu spät, wusste man nicht einmal, wer es versucht hatte! Die Fliege startete einen weiteren Versuch, sich aus ihrer klebrigen Umklammerung zu lösen. Von der Spinne keine Spur. Wenn die nicht auftauchte, würde ihr Opfer verhungern. So wie ich, wenn das Telefon nicht bald klingelte. Eine quälend lange Stunde später klingelte es tatsächlich. Es war Sunny, die absagte. Ihre Eltern hätten sich spontan überlegt, an die Ostsee zu fahren, nach Timmendorf. Sie und ihr Bruder müssten mit. Vielleicht würde es morgen klappen. Ich versuchte, das positiv zu sehen. Immerhin hatte sie angerufen, und es bestand die Aussicht auf ein Treffen am Sonntag. Wäre ich ihr egal oder Schlimmeres, hätte sie sich gar nicht erst gemeldet. Ich beschloss, erst mal rauszugehen, schließlich war ich nicht mehr ans Telefon gekettet.

Als ich durch das Foyer in Richtung Haupteingang schlenderte, passierte es: Die Offenbarung erschien in Gestalt eines bunt bemalten VW Busses, der direkt vor unserer Schönheitsfarm hielt. Ich ging raus. Auf den Seitentüren befand sich ein mehrfarbiges Peace-Zeichen, umgeben von Blumen und ineinander verschlungenen Ornamenten, deren bunte Ausläufer die Fenster umrahmten. Vorn leuchtete ein großes, gelbes Auge, das aus einer Pyramide herausschaute, die wiederum von einem Regenbogen umrankt war. Selbst die Stoßstangen waren bunt lackiert und die Radkappen zierten Hanfblätter auf pinkfarbenem Grund. Jetzt ging die Seitentür auf und ein Typ stieg aus. Seine Haare waren zu einem Pferdeschwanz gebunden, er trug weite, weiße Hosen und ein verwaschenes Jeanshemd. Aber was ich richtig geil fand, war die Wildlederweste mit den langen Fransen. Das sah extrem lässig aus. Aus dem Bus winkten mir ein paar freakig gekleidete Leute zu. Sie lachten und trugen Stirnbänder. Besonders auffallend war eine Farbige, deren Frisur mich an das Musical Hair erinnerte. Jetzt erkannte ich die Musik. Im Auto lief ein Song von Crosby, Stills, Nash & Young.

Für mich war es wie der Besuch einer höheren Zivilisation, wie ein Raumschiff mit freundlich gesinnten Außerirdischen, die gelandet waren, um uns ihre überlegene Kultur des friedlichen und toleranten Miteinander zu bringen, die bewusstseinserweiternde Drogen nahmen und freie Liebe praktizierten. Ganz egal, wer diese Typen waren und was sie antrieb: So wollte ich sein, solche Freunde wollte ich haben, so sollte mein zukünftiges Leben aussehen. Am liebsten wäre ich sofort eingestiegen. Doch dann trafen zwei bohrende Fragen mein euphorisiertes Bewusstsein: Wie lange wird es dauern, bis meine Haare schulterlang sind und wie kann ich meine Mutter davon überzeugen, dass ich nie wieder zum Friseur gehen werde? Scheiß egal, ich werde ein Hippie, komme was wolle! Ich spürte ein Glücksgefühl, das so unvermittelt eintrat, wie das Jauchzen am höchsten Punkt einer Schaukel, wenn man sich für eine Millisekunde in der Schwerelosigkeit befindet.

»Melde dich bei Judi, falls du nächste Woche mit nach Amsterdam willst«, hörte ich eine weibliche Stimme rufen, dann wurde die Tür geschlossen. Der Typ schickte ein Peace-Zeichen in Richtung VW Bus, schulterte seinen Seesack, griff nach einem Lederkoffer und kam auf mich zu. Was wollte der hier? Das konnte nur ein Irrtum sein. Er hatte die Schönheitsfarm mit einer Hippie-Kommune verwechselt. Doch als sich unsere Blicke trafen, dämmerte es mir.

»Du bist Joe, oder? Wie geht es dir, Mann?«, fragte der Typ.

»Onkel Fred?«

»Was denkst du denn, Alter?«, lachte Fred.

Ich grinste unschlüssig, weil ich nicht sicher war, wie ich meinen Onkel begrüßen sollte. Für In-die-Arme-Laufen war ich zu alt und die Hand geben erschien mir extrem uncool. Fred nahm mir die Entscheidung ab. Er stellte sich vor mich hin, legte seine Hand auf meine Schulter und meinte:

»Schön, dich zu sehen! Bist groß geworden. Ein echter Teen.«

Etwas in seinem Blick irritierte mich.

»Und wo ist deine Mutter?«

Ich drehte mich um, schaute ins Foyer und sah, wie sie dastand und zu uns herüberschaute. Aber anstatt herauszukommen, verschwand sie im Büro.

»Hallo Vicki!«

Vicki!? Ich hatte ewig nicht gehört, dass meine Mutter so genannt wurde. Und ich glaube, sie mochte das auch nicht besonders.

»Es gibt Leute, die ihren Besuch vorher anmelden, wenn sie nach Jahren einfach so auftauchen«, sagte meine Mutter mit vor der Brust verschränkten Armen.

»Ich bin schon seit ein paar Wochen wieder in Europa. Aber ich wusste nicht, ob ich überhaupt herkommen würde.«

Meine Mutter wirkte unschlüssig. Ich konnte nicht einschätzen, ob sie wütend war oder ob sie sich freute. Das verunsicherte mich und ich fragte mich, was Wut und Freude ergeben, wenn man beide Gefühle mischt. Später würde ich feststellen, dass es so ist wie mit Wasser und Öl: Man kann beides mischen, aber es trennt sich sofort wieder und die Wut schwimmt immer oben.

»Was hast du vor? Hat es einen Grund, dass du hier aufkreuzt?«

»Es gibt Leute, die sich freuen, wenn ihr Bruder zu Besuch kommt.«

Fred grinste.

»Komm schon, entspann dich! Und lass dich umarmen Schwesterherz.«

Er packte sie und drückte sie an sich.

»Kalifornien war eine tolle Erfahrung. Unglaublich, wie normal es dort ist, schwul zu sein. Das ist sonst nirgendwo auf der Welt so, deshalb sind ja so viele Homosexuelle dort. Aber es ist auch eine Art Getto und irgendwie war es nicht meine Heimat.«

»Dann willst du also in Deutschland bleiben?«

Sie hatte die Umarmung zugelassen, ging aber nun wieder auf Abstand.

»Ich weiß nicht, ob ich es hier aushalte. Aber die Zeit in den USA ist vorbei, denke ich.«

»Falls du hier bei uns bleiben möchtest, wirst du dich nützlich machen müssen. Ich könnte Hilfe gebrauchen. Allerdings muss ich mich auf dich verlassen können.«

Fred hob die Schultern. Er öffnete seine Handflächen mit den langen, ebenmäßigen Fingern und ging zwei Schritte auf Viktoria zu.

»Was glaubst du? Du denkst, ich habe da rumgehangen, bis mittags gepennt und Drogen genommen, stimmt's? War aber nicht so. Ich hab Musik studiert, bin jeden Morgen zur Uni und hatte zwei Jobs, um mein Studium zu finanzieren. Ich habe jeden Nachmittag Klavierunterricht gegeben und an drei Tagen pro Woche in einem Plattenladen ausgeholfen.«

Er fing eine Strähne seiner langen braunen Haare ein und schob sie hinter das Ohr.

»Mein Psychiater sagt, es ist wichtig, die Rollenverteilung zwischen Geschwistern aufzulösen. Du bist meine große Schwester, du hast dich früher um mich gekümmert, mich auch beschützt, weil du älter bist und weil du ein ganz anderes Wesen hast. Inzwischen sind wir beide erwachsen. Ich habe viele Jahre in den Staaten gelebt, habe ein Studium abgeschlossen. Es wird Zeit, dieses Große-Schwester-Kleiner-Bruder-Ding hinter uns zu lassen, verstehst du?«

Meine Mutter atmete tief durch, während sie ihren Bruder fixierte. Dass sie nicht gleich antwortete, nicht gleich eine Erwiderung parat hatte, war ungewöhnlich.

»Willst du sagen, ich kann mich auf dich verlassen?« Sie hatte ihre Arme wieder vor der Brust gekreuzt. »Du weißt, was du mir versprochen hast, nicht wahr?«

Für einen kurzen Moment wich Fred diesem Blick aus. Dann schaute er ihr wieder in die Augen.

»Und du wirst dieses Versprechen halten, nicht wahr?«

Fred nickte.

»Dann sag es, sag, dass du dein Versprechen halten wirst.«

»Ja, ich werde es halten«, stöhnte Fred, »mach dir keine Sorgen.«

26.

Ich lag im Bett und lauschte den Geräuschen, die das Haus machte. Irgendwo knackte ein Heizungsrohr, erst ganz dumpf, dann wurde der Klang langsam heller. Onkel Fred war erst mal in Lisas Zimmer eingezogen, weil die Urlaub hatte. Ob er auch noch wach lag? Fred war vor ein paar Jahren nach Kalifornien gegangen. Ich war mir nicht sicher, ob ich ihn wiedererkannt hätte, wenn er mir woanders begegnet wäre. Es waren viele Jahre vergangen, seit ich mit ihm am Klavier gesessen hatte. Ich glaube, es war kurz nach meiner Einschulung, als Fred sich auf den Weg nach Amerika gemacht hatte. Ich hatte geahnt, dass es mit seiner Homosexualität zu tun hatte, auch wenn darüber nicht gesprochen wurde. Jetzt war er plötzlich wieder im Lande und mit ihm wehte eine kräftige Brise Kalifornien in unser aller Leben.

Ich träumte mich zu den Leuten in dem bunt bemalten VW Bus. Diesem fabelhaften Raumschiff mit dem Peace-Zeichen, den ausufernden Ornamenten und dem leuchtend gelben Auge, das aus einer Pyramide herausschaute, die wiederum von einem Regenbogen umgeben war. Meine Haare wurden von einem Stirnband zusammengehalten, sie wehten im Fahrtwind. Wir waren auf dem Weg nach Kathmandu oder Marokko und der Kassettenrekorder spielte einen Song von Crosby, Stills, Nash & Young. Ich würde bewusstseinserweiternde Drogen nehmen und freie Liebe praktizieren – allerdings nur mit Frauen.

Was bin ich für ein perverser, verklemmter Wurm gewesen, dass ich heimlich in unseren Keller geschlichen war und unsere Damen beobachtet hatte? Gut, dass das alles hinter mir lag. Schuldgefühle waren sowieso scheiße, das hatte schon dieser Freud erkannt. Hippies waren frei und tolerant, sie experimentierten mit Drogen und lebten in Kommunen. Ich brauchte dringend einen Schlaf- und Rucksack und etwas Geld, damit ich nach Marokko, Afghanistan oder Indien trampen konnte. Und ich wollte wissen, wie es ist, in San Francisco zu leben.

Kurz darauf fand ich mich in einer bunten Unterwasserwelt wieder. Ich schwebte durch einen exotischen Korallengarten, überall Fische. Ich genoss die Schwerelosigkeit. Da schaltete sich mein Verstand ein: Wie sollte ich hier unten Luft bekommen, Luft zum Atmen? Irgendetwas sagte mir, dass ich Vertrauen haben musste. Wenn ich jetzt in Panik geriete, wäre alles vorbei. Der Sauerstoffmangel wurde unerträglich. Ich nahm meinen Mut zusammen, und meine Lungen füllten sich mit Wasser. Ich spürte, wie mein Blut wieder mit Sauerstoff versorgt wurde. Es funktionierte! Ich fühlte mich gleichzeitig frei und geborgen in dieser poppig bunten Unterwasserwelt. Dann entdeckte ich eine Schildkröte. Mir fiel auf, dass ihre scheckig-braune Zeichnung der einer Giraffe ähnelte. Die Kröte tauchte zwischen unfassbar farbigen Fischen hindurch zum Riff hinunter. Jetzt wurde mir klar, wo sie hinwollte und was das für mich bedeutete: Die Schildkröte war meine Verbündete und sie hatte es auf einen violett schimmernden Kristall abgesehen. Sie schnappte ihn sich und verschwand aus meinem Gesichtsfeld. Auf einmal wusste ich, was zu tun war. Ich tauchte am Riff entlang und entdeckte weitere dieser auf besondere Art schimmernden Kristalle. Ich pflückte einen nach dem anderen, führte sie zu meinem Bauch und nahm die Energie in mich auf. Ein Gürtel aus schimmernden Kristallen entstand, der mir enorme

Kraft spendete und mich unverwundbar zu machen schien. Doch dann verloren meine Lungen die magische Fähigkeit, Sauerstoff aus dem Wasser zu ziehen. Ich musste zurück nach oben. Ich bewegte mich mit ein paar kräftigen Schwimmstößen in Richtung Oberfläche, doch ich zappelte nur unbeholfen, weil meine Arme nicht so wollten wie ich. Die Luft wurde immer knapper, ich schlug verzweifelt um mich und wachte mit einem tiefen Atemzug auf. Mein Herz hämmerte wie verrückt und meine Bettdecke lag auf dem Fußboden. Dieser Traum blieb mir in lebhafter Erinnerung. Ich konnte meinen Emotionen nachspüren und wusste, dass er etwas Besonderes bedeutete.

Seit mein Onkel wieder da war, wirkte meine Mutter entspannter. Zuerst hatte sie eher ablehnend auf die Rückkehr ihres Bruders reagiert, doch schon bald schlug sie Fred gegenüber einen freundlicheren Ton an. Vielleicht hatte es ein klärendes Gespräch zwischen den beiden gegeben. Jedenfalls stellte sie ihn neuen Gästen als ihren Bruder und »Mädchen für alles« vor. Das sagte sie tatsächlich und es schien Fred nicht einmal etwas auszumachen. Meine Mutter brauchte nicht lang, um zu erkennen, dass unsere Damen von Fred begeistert waren. Fred war besser als Yoga und Meditation zusammen, er konnte zuhören, war freundlich und aufmerksam. Aber sein größter Trumpf war die Gelassenheit, die er ausstrahlte und die jeden einnahm. Mit Ausnahme meiner Mutter, die das provozierte. Früher oder später bekamen unsere Gäste natürlich mit, dass Fred schwul war. Sobald ihnen das klar wurde, begannen sie noch hemmungsloser, mit ihm zu flirten. Es schien sie anzuspornen, als müssten sie sich etwas beweisen. Gleichzeitig wogen sie sich in Sicherheit, denn es konnte ja nichts passieren. Fred fesselte unsere Damen in zweifacher Weise: Sie betrachteten ihn als Herausforderung und als Verbündeten.

Auch für mich hatte sich die Situation verändert. Ich fühlte mich irgendwie freier und lockerer. Da war noch eine weitere Person, jemand, der zur Familie gehörte und meiner Mutter helfen konnte, wenigstens als Zuhörer und Gesprächspartner. Die Probleme waren damit vermutlich nicht gelöst, doch ich fand es nicht mehr so bedrohlich, wenn das Geld mal wieder knapp wurde. Was solls, dann wird der Laden eben dichtgemacht. Ist nicht mein Leben, ist nicht mein Ding.

Und dann die geile Musik! Fred kaufte sich ständig neue Platten. Er war in Kalifornien auf vielen Konzerten gewesen, zum Beispiel bei Zappa und den Mothers of Invention, bei Grateful Dead, den Allman Brothers und Carlos Santana, der mit John McLaughlin und dem Mahavishnu Orchestra das Album *Love, Devotion, Surrender* aufgenommen hatte. Manchmal hörte er Crosby, Stills and Nash. Wenn er neue Scheiben aus Hamburg mitbrachte, sagte er mir Bescheid und wir hörten sie zusammen an.

27.

»Wie ist es so in Kalifornien?«

»Vor allem nicht so spießig wie hier«, sagte Fred, »die Leute sind voll locker drauf. Jeder macht sein Ding und keiner stört sich dran. Die Amis sind extrem tolerant. Und in der Freakszene erst recht. Du lernst ständig neue Leute kennen, hängst mit denen ab und hast eine gute Zeit. Ist nicht nur für Leute wie mich klasse. Ist für jeden super, der kein langweiliges Spießerleben führen will.«

»Wow, klingt echt gut!«

Es schien Fred nichts auszumachen, dass er schwul war, er redete ganz normal darüber. Trotzdem war es mir unangenehm, über das Thema zu sprechen. Fred schien meine Gedanken zu lesen:

»Ist dir peinlich, dass ich schwul bin, oder?«

Ich fand Schwulsein okay. Aber wenn ich ehrlich war, musste ich zugeben, dass ich ziemlich froh darüber war, selbst normal veranlagt zu sein. Ich hatte genug damit zu tun, mir klar darüber zu werden, wie Sex mit einem Mädchen funktionierte. Da gab es nämlich noch ein paar offene Fragen.

»Nee, das nicht. Können wir trotzdem über was anderes reden?«

»Klar, kein Ding. Ich möchte nur, dass du mit deiner Sexualität möglichst unbefangen umgehst. Also, falls du Fragen hast, kannst du dich gern an mich wenden. Ich bin zwar schwul, aber ich bin trotzdem ein Mann, verstehst du?«

Jetzt hätte ich ihn doch gern was gefragt. Nämlich ob er es mal mit einer Frau probiert hatte. Ich konnte mir einfach nicht vorstellen, wie es ist, andere Jungs erregend zu finden und bei Frauen überhaupt nichts zu spüren. Außerdem gab es Menschen, die »bi« waren. Aber ich hatte ja selbst vorgeschlagen, das Thema zu wechseln. Also fragte ich, ob er in San Francisco in einer Band gespielt hatte.

»Na klar. Alle Musiker dort spielen in irgendeiner Band. Viele sogar in mehreren. Außerdem wird ständig gejammt.«

»Gejammt?«

»Bei 'ner Jamsession treffen sich Musiker zum Improvisieren. In vielen Klubs läuft das so. Erst tritt eine Band auf und anschließend wird gejammt. Jeder, der Bock hat, kann mitmachen.«

Fred kramte herum, dann hielt er mir eine Tüte hin.

»Ich hab hier noch was für dich, ein kleines Mitbringsel. Hab ich neulich ganz vergessen.«

Ich zog eine bestickte Lammfellweste und ein Jeanshemd heraus. Wow, ich war echt begeistert. Ich probierte die Weste an. Es war so ein Teil, bei dem das lange Fell nach innen und das bestickte Leder nach außen zeigte. Gab es auch als Mantel, aber eine Weste fand ich geiler.

»Gefällt sie dir? Ist aus Afghanistan.«

»Ja, sehr geil. So eine wollte ich schon lange haben!«

Das Jeanshemd war von Wrangler und mit Druckknöpfen, echt klasse. Immerhin, meine neue Weste hatte schon mal lange Haare.

Ich hing jetzt öfter bei ihm rum, um mit ihm Musik zu hören und ihn über seine Zeit in Kalifornien auszufragen. Ich glaube, meine Mutter fand das nicht so klasse. Manchmal kam sie einfach rein, als wolle sie kontrollieren, was wir machten. Vielleicht dachte sie, dass Fred einen schlechten Einfluss auf mich hatte. Immerhin hatte er Drogenerfahrungen, und die gingen vermutlich über Cannabis hinaus.

28.

»Wie geht es deiner Mutter?«

»Die ist ganz schön merkwürdig drauf. Also eigentlich superlocker und so, vor allem, was mich betrifft. Sie macht mir null Vorschriften. Fast bisschen beängstigend«, sagte Ralle.

»Dass sie dir keine Vorschriften macht, findest du beängstigend?!«

»Vielleicht muss ich mich erst dran gewöhnen.«

»Und was meinst du mit merkwürdig drauf?«

Ralle kam mir ein bisschen durcheinander vor.

»Merkwürdig finde ich zum Beispiel, dass sie mit Jutta zu diesem Guru fliegen will.«

Jutta! Verdammt, es versetzte mir einen Stich, dass ich in der Nacht nicht zu ihr gegangen war. Ich Feigling.

»Äh, zu Bhagwan?«

Fred hatte mir von einem Inder erzählt, zu dem Leute aus der ganzen Welt reisten. Es ging darum, den Sinn des Lebens zu finden. Man sollte auf Konsum und Karriere verzichten, sein eigenes Ego töten und so zur Erleuchtung kommen. Und zur freien Liebe natürlich. Kein Wunder, dass alle darauf abfuhren. Sogar erwachsene Frauen wie Doris und Jutta, fuck!

»Ja genau, zu Bhagwan. Stell dir vor, sie wird sein Jünger und bleibt in Indien.«

Ich zuckte mit den Schultern. Ich fand die Stimmung hier klasse, seit sein Vater tot war. Es war wie in der Waschmittelwerbung: Auf einmal war der Grauschleier weg und alles leuchtete wieder klar und frisch, vor allem Doris. So eine Mutter hätte ich gern gehabt, sie war gut drauf, so wie eine durchgeknallte Freundin. Mit dem Alten war auch gleich der Ernst des Lebens begraben worden. Alle hatten mächtig Schiss vor ihm gehabt, er hatte sie spüren lassen, dass er der Boss war. Immerhin, er hatte sich für sie abgerackert und die Kohle rangeschafft. Jetzt übernahm seine Lebensversicherung den Part.

»Na endlich! Das wurde echt Zeit.«

Ralle stöhnte, als wir das Knattern der Herkules hörten. Frank hatte den Auspuff kurz hinter dem Krümmer abgesägt, um sein Mofa schneller zu machen. Trotzdem warteten wir seit einer halben Stunde auf ihn. Immerhin hatte er eine Flasche Wodka dabei, die er demonstrativ auf der Holzkiste abstellte, die als Tisch diente.

»Konnte ich bei meinem Bruder abzweigen.«

Er lehnte den Gitarrenkoffer an die Bassbox.

»Der klaut die Buddeln dauernd bei Edeka und blickt nicht mehr durch seine Bestände.«

»Moskovskaya, geiler Stoff.«

Ralle schob die Unterlippe vor, während er das grüne Etikett hin und her drehte. Neuerdings mischten wir Wodka mit Apfelsaft, und zwar im Verhältnis eins zu drei. Das hatte Frank sich von seinem älteren Bruder abgeguckt. Der Vorteil war, man schmeckte den Alkohol kaum, doch das Zeug knallte wie Sau. Für mich machte es eh keinen Unterschied. Ralle holte eine Flasche Apfelsaft und Gläser und mischte uns drei Awo. Anschließend fingen wir an, zu spielen. Es hatte sich gezeigt, dass Frank und ich unsere Verstärker ziemlich weit aufdrehen mussten, um gegen das Schlagzeug anzukommen. Das trieb den Geräuschpegel gewaltig in die Höhe. Genau genommen konnte man ja auch auf einem Schlagzeug etwas leiser spielen, doch das war Ralle nicht beizubringen. Er nickte zwar, wenn ich ihn darauf aufmerksam machte, aber nach wenigen Takten bearbeitete er seine Schießbude wieder, als müsse er einen Dämon austreiben.

»Was meinst du?«, brüllte Frank, während Ralle weiter das Schlagzeug traktierte.

»Bei den Akkordwechseln müssen wir zusammenspielen«, brüllte ich in die unvermittelt eingetretene Stille.

»Wenn ich zum Beispiel von a-Moll zu G-Dur wechsele, wäre es super, wenn dein Basslauf mit einer Quinte zum neuen Akkord endet. Zum Beispiel so ...«

Ich spielte Franks Lauf auf meiner Gitarre, allerdings eine Oktave höher. Frank guckte, als spräche ich chinesisch.

»Leute, wenn hier jeder sein eigenes Zeug spielt, klingt das doch total scheiße. Pass auf, ich spiel den Lauf noch mal.«

Ich hatte das zu Hause am Klavier ausprobiert. Da spielt die linke Hand auch oft die Bassbegleitung zu den Akkorden und muss auf die Wechsel reagieren. Frank spielte die Tonfolge nach, die zu meinem Griffwechsel von a-Moll zu G-Dur passte. Dann versuchten wir es gemeinsam. Doch er verpatzte ein paar Mal hintereinander den Einsatz, er hatte es einfach nicht im Ohr, wann er mit seinem Basslauf loslegen musste.

»Du nervst!«, maulte Frank und schaltete seinen Verstärker ab.

»Merkt ihr denn nicht, wie scheiße das klingt?«

Ich schaute von einem zum anderen.

»Lass mal 'ne Pause machen«, meinte Ralle und griff nach dem Tabak. Wir stellten unsere Instrumente ab und drehten uns Zigaretten. Frank füllte die Gläser auf. Wir prosteten uns zu.

»Auf Deep Water«, rief Ralle und trank sein Glas in einem Rutsch leer. Dann trommelte er mit den Fingern auf der Holzkiste herum.

»Geil, ich komme immer besser in den Rhythmus rein.«

Allerdings checkst du nicht, dass wir gerade eine Krise haben, dachte ich, hielt jedoch die Klappe. War eigentlich egal, wie es klang, Hauptsache wir hatten Spaß. Und den hatten die beiden.

»Wir brauchen unbedingt ein Sofa«, sagte Ralle, während er sich auf den ausrangierten Teppich niederließ, den ich bei meiner Mutter abgestaubt hatte. Ich betrachtete die Fransen und konnte nicht verstehen, dass ich mal so darauf abgefahren war, da Ordnung reinzubringen. Ich versuchte, mich zu erinnern, wie befriedigend es gewesen war, die verzottelten Fransen mit den Fingern durchzukämmen. Doch es gelang mir nicht, was mich irgendwie melancholisch stimmte. Das war ein anderer Joe gewesen.

»Wir haben eins in der Garage«, sagte Frank jetzt, »soll beim nächsten Sperrmüll mit weg. Und einen Sessel.«

»Ein Sofa? Geil! Was für eins denn?«, fragte Ralle.

»Braunes Leder, ziemlich rissig und verschlissen, aber sonst noch ganz okay.«

»Klingt doch super! Dann lass uns das Zeug herschaffen.«

Als wir nach ein paar Selbstgedrehten wieder loslegten, versuchte Frank es noch einmal mit dem Basslauf. Vielleicht war es Zufall, dass es dieses Mal klappte, vielleicht war er doch nicht so unmusikalisch und es bestand noch Hoffnung.

»Was meint ihr, wir könnten mal 'ne kleine Party veranstalten.«

»Hier?«, fragte Frank.

»Na klar, muss ja mal eingeweiht werden, die Bude.«

Ich fand es ein bisschen gespenstisch, schon wieder eine Party in diesem Haus zu feiern, sagte aber nichts, weil ich gut fand, dass Ralle auf solche Ideen kam. Wir waren schließlich noch am Leben und Ralles Vater würde es nicht mehr kratzen. Trotzdem. Das Gefühl blieb. Tia hatte mir neulich erzählt, dass sie gern auf die Party gekommen wäre, aber an dem Abend nicht konnte. Ich hatte ihr erklärt, dass es eine Spontanaktion gewesen sei und versprochen, beim nächsten Mal Bescheid zu sagen. Inzwischen hatten natürlich alle mitbekommen, was am nächsten Morgen passiert war und ich bezweifelte, dass die Leute große Lust auf eine Fete bei Ralle hatten.

»Und die Instrumente?«, fragte ich.

»Das Schlagzeug schieben wir an die Seite, den Rest genauso«, sagte Ralle.

»Wir könnten versuchen, die Stereoanlage über die Gitarrenverstärker laufen zu lassen. Das fetzt bestimmt! Dann brauchen wir die riesen Boxen nicht hier runter schleppen.«

Frank behauptete, dass er einen Lötkolben besaß und in der Lage sei, kaputte Verstärker zu reparieren. Vielleicht sollte ich ihn mit Ossi bekannt machen, dann könnte er ihm bei dem Synthie helfen. Wäre ziemlich geil, wenn wir ein paar sphärische Klänge unter den Lärm legen könnten. Würde unserem Sound einen spacigen Touch verleihen. Und den brauchten wir dringend, damit das Ganze nicht so schrottig klang. Außerdem hatte Ossi Banderfahrung, wenn auch nur als Roadie. Und dann war da ja noch das Gras. Vermutlich kämen wir mit ein paar Joints besser drauf, als mit Wodka, also bandmäßig, überlegte ich und ahnte in meinem Awo-Rausch, dass Ossi eine zentrale Rolle bei unserem Band-Projekt spielen sollte.

In der Nacht hatte ich seit Langem mal wieder diesen Albtraum. Das Schuldgefühl, jemanden getötet zu haben, erdrückte mich. Aber noch schlimmer war, dass die Tat nicht gesühnt werden konnte, dass ich die Schuld ewig mit mir herumtragen musste. Als ich aufwachte, klebte das T-Shirt an meiner Brust und ich musste wieder daran denken, dass wir diesen Penner auf dem Gewissen hatten. Ich brauchte lange, um wieder einzuschlafen.

29.

Sa. 21. Juni um 16 Uhr
Deep Water
Live & Open Air
The Forest-Concert
– Eintritt frei –

Frank hatte irgendwo die Silhouette von Jimi Hendrix abgezeichnet und vergrößert. Sie diente als Hintergrundmotiv. Den Text hatten wir aus den Buchstaben verschiedener Ausgaben der Bildzeitung zusammengebastelt, was dem Plakat den Charakter einer Lösegeldforderung verlieh. Aber egal. Ich hatte davon 50 Abzüge auf dem Kopiergerät der Schönheitsfarm erstellt. Die hatten wir in der Schule und im Jugendzentrum verteilt und an diverse Bushaltestellen und Laternenpfähle geklebt. Alles andere würde sich herumsprechen. Musste es auch, denn kein Schwein wusste, wer Deep Water war, und wir hatten vergessen, anzugeben, wo genau das Konzert stattfinden würde – das einzig Beruhigende an der Aktion. Vermutlich würden nicht einmal zehn Leute auftauchen und es würde mehr so eine öffentliche Bandprobe werden, was eher unseren Fähigkeiten entsprach. Soweit meine krasse Fehleinschätzung.

Samstagnachmittag. Meine Hände zitterten bereits beim Versuch, die Gitarre zu stimmen. Die Farbe von Franks Gesichtshaut changierte zwischen eierschalenfarben und nebelgrau. Selbst Ralle wirkte angespannt. Ich beneidete ihn ein bisschen, denn er konnte seine Nervosität gleich an seinem Schlagzeug auslassen. Ossi wirkte am coolsten. Kein Wunder, erstens verfügte er über jahrelange Konzerterfahrung, wenn auch als Roadie, und zweitens war er total stoned. Ossi war unser Trumpf, mit seinem abgefahrenen Synthie-Sound würde niemand rechnen.

Ossi war es auch, der meinte, wir müssten vor dem Auftritt unbedingt Musik über die Anlage laufen lassen. Nicht sehr laut und irgendwas Harmloses, nur damit schon mal so ein bisschen Backgroundfeeling da war. Er hatte dafür eine Kassette mit Songs von Joni Mitchell zusammengestellt und die lief gerade. Ich sprang von dem Ackerwagen, der uns als Bühne diente, und lief ein paar Schritte in den Wald, um meine Blase zu entleeren. Arne, der Sohn des einzigen Bauern im Ort, hatte für zehn Mark unsere gesamte Ausrüstung hierhergeschafft, inklusive einer Kiste Bier. Wir hatten alles auf seinen staubigen Ackerwagen geladen und uns dazu gesetzt. Anschließend hatte Arne den Traktor davor gespannt, uns aus dem Dorf gezogen und war, wie verabredet, in einen Sandweg abgebogen, der in den Wald führte. Nach etwa 500 Metern hatten wir unser Ziel erreicht, eine kleine Lichtung, die sich durch eine Wegkreuzung ergab. Leider war es ihm nicht gelungen, den Anhänger auf ebenem Grund abzustellen, weshalb unsere Bühne eine deutliche Schlagseite aufwies. Dann hatte Arne den Traktor abgekoppelt, den Anhänger mit Keilen gegen Wegrollen gesichert und war zurückgefahren. Offenbar interessierte er sich nicht für Livemusik. Gegen 22 Uhr wollte er den Anhänger wieder abholen.

Eigentlich musste ich gar nicht pinkeln, es fühlte sich nur so an, weil ich aufgeregt war. Ich hörte den Generator brummen. Ossi hatte sich das Teil von einer Baustelle »geborgt«, wie er das nannte, um sich von seinem Nachbarn unabhängig zu machen. Eine Dauerleihgabe, die wir mit ein paar Styroporplatten gedämmt hatten und die uns jetzt mit Strom versorgte. Als ich zurück auf den Anhänger kletterte, waren die ersten Gäste angekommen. Zwei Typen aus unserer Parallelklasse und zwei Mädchen, die ich schon mal im Jugendzentrum gesehen hatte. Ich schaute auf meine Uhr, halb vier. Dann hörten wir Motorengeräusche und registrierten eine Staubwolke, die sich hinter einer Gruppe von Mofas bildete. Wenig später waren sie hier, fünf Leute aus dem Nachbarort. Einer winkte mir zu, es war Norbert aus dem Bio-Leistungskurs. Wir waren zusammen in einer Projektgruppe, die ein Referat zum Thema Photosynthese ausarbeiten sollte. Nach und nach sammelten sich immer mehr Jugendliche auf der Waldlichtung vor dem Ackerwagen. Zehn vor vier und es waren bereits über 50 Leute da. Ich erkannte Tia neben einem Mädchen, das ich noch nie gesehen hatte. Etwas weiter hinten lehnte Gina an einem Baum und winkte, als sich unsere Blicke trafen. Und wo war Sunny?

Ich schaute zu Ralle rüber. Er saß bereits startklar hinter seiner Schießbude und fummelte an seinem Stirnband herum, das im Grunde keine Funktion hatte, weil seine Haare dafür noch nicht lang genug waren.

»Okay Leute, rauchen wir noch eine und dann gehts los, oder?«

Frank hatte inzwischen wieder etwas Farbe im Gesicht, was vermutlich an der dritten Flasche Bier lag, die er in der letzten halben Stunde geleert hatte. Ossi hockte hinter seinem Mischpult und machte den Eindruck, als hätte er mit der ganzen Sache nichts zu tun. Immerhin einer, der cool blieb. Ich hatte mir ein paar Zigaretten auf Vorrat gedreht, fingerte eine davon aus meinem Tabakbeutel und zündete sie an. Von wegen zehn Leute. Ich atmete den Rauch aus, ließ meinen Blick über die Menschenmenge schweifen. Das waren bestimmt 100, wenn nicht mehr – verdammt! Ich erinnerte mich an das Gefühl, wenn man den höchsten Punkt einer Achterbahn erreicht hat, kurz bevor der Wagen in die Tiefe abkippt und auf die erste Steilkurve zurast.

»Los jetzt«, sagte Ralle und drückte seine Zigarette auf dem blechverkleideten Boden des Ackerwagens aus, »bringen wir es hinter uns.«

Da sich keiner eine Ansage überlegt hatte, ging ich zum vorderen Bühnenrand und nahm das Mikrofon:

»Hallo Leute, wir sind Deep Water.«

Nichts passierte. Ich schob den kleinen Regler auf On, löste eine kreischende Rückkoppelung aus und wiederholte meine Ansage:

»Hallo Leute, wir sind Deep Water.«

Pause, dann mickriger Applaus.

»Am Schlagzeug Ralle Richter, am Synthesizer Ossi Neumüller, am Bass Frank Brockmann und an der Gitarre ...«, ich hüstelte, weil ich unsicher war, wie man sich selbst vorstellte, »äh, also an der Gitarre Joe Anders, das bin ich.«

Ein paar Leute klatschten. Ich fummelte das Mikrofon zurück in die Halterung und gab Ossi ein Zeichen. Der schob ein paar Regler hoch und bediente zwei Tasten auf seinem Keyboard. Wir hörten ein tiefes, leicht pulsierendes Rauschen, das aus dem Inneren einer Raumstation zu kommen schien, dann kam ein sphärischer Dauerton hinzu, der von einer synthetisch klingenden Meeresbrandung übertönt wurde – das Signal für Frank, der mit einem Basston einstieg, den er fortlaufend wiederholte. Das klang zwar monoton, aber gar nicht mal schlecht. Jetzt bloß nichts verändern! Doch da war Ralle schon mit der Bassdrum eingestiegen, dumm, dumm, dumm, dumm. Jetzt würde er gleich zu einem Wirbel über die Tomtoms ansetzen und dann mit seinem Standardrhythmus fortfahren, dem einzigen, den er beherrschte. Das war mein Einsatz. Ich spielte zwei offene Akkorde im langsamen Wechsel ...

Mann, war das geil! Ich war Teil von etwas Größerem. Ich spürte ein Kribbeln, das wie Kohlensäure, sprudelnd und blubbernd an meiner Wirbelsäule aufstieg, um irgendwo in meinem Hinterkopf aufzuschäumen. Wir waren eine Band, wir spielten unter freiem Himmel und hatten sogar Zuschauer. Jetzt durften wir nur nicht aus dem Rhythmus kommen, wie bei den letzten Proben. Ich traute mich nicht, ins Publikum zu schauen. Ich kontrollierte die Finger meiner linken Hand und war froh über jeden Takt, den unser filigranes Klanggebilde überdauerte. Es war wie Fliegen. Die Achterbahn hatte mich aus der Kurve katapultiert, doch ich hatte die Arme ausgebreitet und schwebte nun in einem weiten Bogen über der ganzen Szenerie. Dann verabschiedete sich Frank mit einem holprigen Lauf in die falsche Tonart, Ralle hackte, als könne er so noch etwas retten, wie verrückt auf seine Schießbude ein und ich ließ einfach den letzten Akkord offen ausklingen, um die Sache noch halbwegs elegant zu beenden. Dazu hob ich für alle sichtbar die rechte Hand als Zeichen, dass wir mit dem nächsten Takt gemeinsam aufhören. Allerdings schaute niemand hin. Also endete es mit einem unfreiwilligen Schlagzeugsolo, das Ralle erst abbrach, als er merkte, dass außer ihm niemand mehr im Spiel war. Entsprechend lahm fiel der Applaus aus. Von ein paar Pfiffen konnte man nicht einschätzen, ob sie als Unterstützung oder Kritik gemeint waren.

Eigentlich war geplant gewesen, diesen Song über wenigstens fünfzehn Minuten auszuwalzen. Jetzt blieben uns nur noch zwei Stücke. Ich lugte unauffällig ins Publikum und erkannte Thomas, Franks älteren Bruder, von dem unsere Bassanlage stammte. Neben ihm stand ein langhaariger Typ, dessen Arm auf einem Gitarrenkoffer ruhte. Er schien zu mir rüberzuschauen, was mir ein seltsames Unbehagen bereitete. Später würde ich behaupten, dass ich es in diesem Moment geahnt hatte. Doch wer ehrlich zu sich selbst ist, muss zugeben, dass nicht jedes seltsame Gefühl, das man mal hat, sich später als Vorahnung herausstellt. In diesem Fall lag ich allerdings richtig.

Als wir mit unserem zweiten Stück begannen, spürte ich die Angst, dass wir es erneut verbocken würden, mehr als deutlich. Jeder von uns spürte sie, außer vielleicht Ossi. Selbst Ralle wirkte ein bisschen gehemmt. Wir hatten einfach zu wenig Zeit zum Proben gehabt. Ralle hatte vorgeschlagen, einfach zu jammen, falls irgendwas schieflaufen würde. Er hatte nicht kapiert, dass freies Improvisieren noch viel schwerer war, als ein paar einfache, im Übungsraum geprobte Stücke zu reproduzieren. Jammen ist zwar ein Spaß für die beteiligten Musiker, jedoch nicht für die Zuhörer, sagte Radko. Nur absolute Profis, meinte er, seien in der Lage, ein Publikum mit improvisiertem Zusammenspiel zu begeistern. Jetzt kam das Stück, bei dem es auf das Zusammenspiel von Frank und mir ankam. Bass und Rhythmusgitarre mussten bei den Akkordwechseln eine Harmonie bilden. Erstaunlicherweise klappte das ein paar Takte lang ganz gut. Selbst Ralle hielt das Tempo und wurde weder schneller noch lauter. Doch dann rutschte Ralle ein Stick aus der Hand und beim Versuch, den zu angeln, verlor er den zweiten. Das Schlagzeug erstarb jäh, worauf Frank und ich ebenfalls verstummten. Erst jetzt hörte man, dass Ossis Synthesizer seltsam quäkende Töne absonderte. Das Publikum pfiff und buhte.

»Hey Jungs, ich glaub, es wird Zeit, dass ihr mal 'ne kleine Pause macht. Wir lösen euch solang ab, wenn's recht ist.«

Thomas war zu uns auf die Bühne gesprungen. Er nahm seinem Bruder den Bass aus der Hand und sagte:

»Du bist echt peinlich, Alter.«

Dann erschien der langhaarige Typ mit dem Gitarrenkoffer, packte seine Klampfe aus, legte sich den Gurt um.

»Darf ich?«, fragte er, als er mein Kabel aus dem Verstärker zog und durch sein eigenes ersetzte. Jetzt erkannte ich, dass es eine original Gibson Les Paul war. Ich hasste ihn!

»Hey Leute, kurze Umbaupause, geht gleich weiter«, tönte es aus den Lautsprechern, während ich meine Gitarre verstaute. Ich ließ mich von der Bühne rutschen. Irgendjemand klopfte mir auf die Schulter und sagte etwas Nettes, doch ich konnte nicht erkennen, wer, weil ich Tränen in den Augen hatte. Tränen der Wut, die ich verbergen wollte. Ich schaute auf den Waldboden, als würde ich etwas suchen und verschwand hinter ein paar dicken Tannenstämmen. Ich hörte eine kurze Ansage von dem Langhaarigen, der die neue Band als *Turn Back* vorstellte. Dann legten sie los. Es dauerte keine drei Takte, da hatten alle begriffen, dass die Jungs eine andere Liga waren. Sie spielten doch tatsächlich *Smoke on the Water* von *Deep Purple*. Der langhaarige Typ an der Rhythmusgitarre hatte es echt drauf und er konnte auch noch singen, verdammt! Die Leute waren zunächst in eine Art Schockstarre geraten, applaudierten nach dem Stück umso heftiger. Später brachten sie »Lady in Black« von »Uriah Heep« und ein paar andere geile Songs, die ich schon mal im Radio gehört hatte, aber nicht zuordnen konnte.

Ich konnte sehen, wie Sunny den Typen anhimmelte. Das Problem waren nicht die paar Griffe, das würde ich in ein paar Wochen auch draufhaben. Aber die Haare, für so eine Matte würde ich mit Sicherheit mindestens ein Jahr brauchen – fuck!

»Die Arschlöcher haben uns zur Vorgruppe degradiert, zur Vorgruppe unseres eigenen Livekonzerts«, Ralle war ziemlich sauer, vor allem auf den Dicken, der jetzt an seiner Schießbude saß und einen sauberen, treibenden Rhythmus hinlegte.

Nach einer halben Stunde nahm Thomas das Mikro und fragte: »Hey Deep Water, wie sieht es aus, wollt ihr euer nächstes Set spielen?«

Vereinzelte Buh-Rufe und Pfiffe aus dem Publikum.

»Oder sollen wir hier weiter die Stimmung anheizen?«

Jetzt wurde gejubelt. Wir hatten uns inzwischen hinter der Bühne versammelt. Ossi, der gerade einen Joint fertig gedreht hatte, schaute auf und meinte:

»Ich könnte den Generator abstellen, dann ist hier Schluss mit lustig.«

Wir wechselten vielsagende Blicke.

»Aber eigentlich finde ich es ganz geil, was die machen ...«, fügte er hinzu und zündete den Joint an.

Ralle zuckte mit den Schultern und meinte: »Wir sollten an die Leute denken. Die haben echt Spaß, glaub ich.«

»Okay«, meinte Ossi, »dann lass uns mal 'n Rohr rauchen und uns entspannen. Was meint ihr?«

Als wir ein paar Stunden später aus dem Wald kamen, war die Sonne gerade untergegangen. Das Motorgeräusch des Traktors vermischte sich mit dem Rumpeln des Anhängers zu einem monotonen Klanggebilde. Ich lehnte an einem der Verstärker und fragte mich, ob Sunny unseren Auftritt mitbekommen hatte. Ich hatte sie erst entdeckt, nachdem wir von der Bühne runter waren. Vielleicht war sie mit Franks Bruder und seiner Band aufgekreuzt. Auf jeden Fall stand sie auf den Typen mit der Les Paul. Ich hatte mitbekommen, wie sie ihn die ganze Zeit anlächelte. Später war sie mit den Jungs losgezogen, keine Ahnung wohin. Konnte mir auch egal sein. Ich sollte langsam kapieren, dass ich keine Chance hatte. Jedenfalls war es kein Wunder, dass sie sich nicht mehr gemeldet hatte. Ich dachte an den rötlichen Schimmer auf ihrem Gesicht, an ihre Lippen auf meinem Mund und ihren Rauch in meinen Lungen und wälzte mich in dem Schmerz, den das auslöste. Im letzten Abendlicht erschienen die schnell ziehenden Wolken wie rückwärts laufende Hunde.

30.

In der Schülerzeitung wurden wir als Helden gefeiert. Roland ließ es in seinem Artikel *(Umsonst zusammen draußen: Ein neues Woodstock in der Nordheide?)* so aussehen, als hätten wir ein riesiges Festival organisiert und unsere neu gegründete Band als Vorgruppe präsentiert. Als Hauptakt sei dann *Turn Back* aufgetreten und habe das Publikum total mitgerissen. Weit über 500 Leute (ich hatte etwa 90 gezählt) hätten die nicht kommerzielle Veranstaltung besucht und eine super Zeit zusammen verbracht. Der Autor hoffe auf eine baldige Fortsetzung und dankte der Schülergruppe um Joe Anders für das außerordentliche Engagement. Waren das die Spätfolgen seines Ohnmachtsunfalls? Oder war es seine Auffassung von Journalismus?

Es war die letzte Woche vor den großen Ferien und in der Schule war nicht mehr viel los, weil die Zeugniskonferenzen bereits gelaufen waren. Ralle hatte nach der zweiten Stunde die Biege gemacht. Seine Mutter hatte ihn abgeholt, nach Hamburg, Klamotten kaufen. Ich war noch bis nach der Vierten geblieben, weil ich Kunst ganz gut fand und weil mir die Söhrensen leidtat. Die Kunsttante hielt mich für begabt, was mir schmeichelte und vielleicht sogar ein bisschen stimmte. Bloß, dass eine Eins in Kunst auf dem Gymnasium noch weniger zählte als in Sport und Kunstlehrer im Kollegium null ernst genommen wurden. Immerhin, wir durften Plattencover entwerfen und mitgebrachte Musik dazu hören, was die wöchentliche Doppelstunde zu meinem Highlight im gesamten Stundenplan machte.

Ich ging mit Tia den Radweg entlang. Wir hatten den Schulbus verpasst und beschlossen, nach Hause zu trampen. Einer der Busfahrer war ein cholerischer Spanier, der sich einen Spaß daraus machte, älteren Schülern vor der Nase wegzufahren, so wie heute. Das *Chamäleon* hatte einmal mitten auf der Strecke zwei Siebtklässler rausgeschmissen, weil sie sich wegen eines Kartenspiels gestritten hatten. Sein eines Auge war auf die Straße gerichtet, doch das andere beobachtete die Schüler permanent im Rückspiegel.

»Ich fand euch klasse, neulich im Wald.«

»Echt?«

Ich hatte sie zwar im Publikum entdeckt, aber anschließend nicht mehr auf sie geachtet.

»Wieso seid ihr nach Turn Back nicht noch mal auf die Bühne?«

Weil wir uns nach den beiden vergurkten Stücken nicht mehr getraut haben, weil es ohnehin eine Scheißidee war, so schnell aufzutreten und weil wir überhaupt nicht damit gerechnet hatten, dass dermaßen viele Leute aufkreuzten. Eigentlich müssten wir den Jungs von Turn Back dankbar sein, dass sie die Situation gerettet haben. Sonst wären wir nämlich komplett ausgebuht worden. Das wäre eine ehrliche Antwort gewesen.

»Weil die Typen uns einfach von der Bühne gedrängt haben«, sagte ich stattdessen.

Ich wich ihrem Blick aus, weil ich wusste, dass man es mir ansah, wenn ich log.

»Ich dachte, das wäre abgesprochen gewesen. Hm, dann war das ziemlich unfair von denen, oder?«

»Die haben es wenigstens drauf.«

»Sie spielen geile Songs, von Deep Purple und so. Das finden natürlich alle klasse. Ihr habt immerhin was Eigenes gemacht.«

Monotones Gerumpel mit psychedelischem Synthie-Rauschen drunter war echt was Eigenes, fand ich auch. Tia strich sich eine Strähne ihrer langen braunen Haare hinter das Ohr und blinzelte ins Gegenlicht. Das wäre jetzt der Moment, sich zu verabschieden, denn wir waren an der Kreuzung

angelangt, auf der wir in verschiedene Richtungen weiter-
mussten. Ich versuchte, meine Chancen bei ihr abzuschät-
zen, und schämte mich dafür. Sie war so total anders als
Sunny, kein Vergleich. Irgendwie stand sie drüber. Sie war
eher schön als sexy, eher ernsthaft als herausfordernd, eher
unergründlich als selbstbewusst. Und man konnte mit ihr
schweigen, wie sich gerade zeigte. Ich nahm mir vor, darüber nachzudenken. Wir gingen weiter, ich allerdings in die
falsche Richtung.

Das Wetter war super, nur ein paar flockige Wolken zogen über den tiefblauen Himmel, und ab und zu streichelte
ein warmer Luftzug unsere Haut. Wenn ich ein Auto hörte,
drehte ich mich um und hielt den Daumen raus. Aber es kamen nicht viele Fahrzeuge und es hielt niemand an. Wollten
wir überhaupt, dass ein Auto hielt? Vielleicht wollten wir lieber hier den Radweg neben der Straße entlanggehen und uns
unterhalten oder zusammen schweigen. Manchmal berührten
wir uns leicht, an der Schulter oder an den Armen. Bald würden wir das Abitur haben und frei sein. Aber was bedeutete
das? Was bedeutete Freiheit? Freie Meinung, freie Entscheidung, freie Liebe … Freiheit war auch, wenn man einfach aussprach, was man gerade dachte. Ungefiltert, einfach so.

»Hast du schon mal darüber nachgedacht, wieso es *miteinander gehen* heißt?«, fragte ich, weil ich gerade genau das
dachte und mir beweisen wollte, dass ich frei war.

»Was bedeutet das denn für dich?«, fragte Tia.

»Miteinander gehen?«

Sie nickte.

»Dass man zusammen ist, so als Paar, weil man verliebt ist.
Ich frage mich nur, was das mit *gehen* zu tun hat?«

Tia schwieg ein paar Sekunden, während sich unsere Hände
kurz berührten. Dann blieb sie stehen und schaute mich an.

»Es heißt ja auch *durch dick und dünn gehen* oder *durch das Leben gehen*. Oder man fragt *Wie geht es dir?* In Vergänglichkeit

steckt es ebenfalls. Ich glaube, Gehen steht im übertragenen Sinn für das Leben. Es vergeht. Und wenn man das mit jemandem teilt, dann geht man zusammen.«

Das war eine ziemlich plausible Antwort. Doch das sagte ich nicht, sondern bewunderte dieses schöne, ernste Gesicht, in dem ein Lächeln lag, das so gar nichts spöttisches hatte. Wir gingen weiter und ich war froh, dass sie mich nicht gefragt hatte, warum ich sie das gefragt hatte.

»Ich frage mich, ob man nur in eine Person verliebt sein kann«, sagte Tia nach einer Weile.

Gute Frage und ziemlich treffend, weil ich in Sunny verliebt war und mich gerade in dich verliebe. Vielleicht muss ich mich aber erst von Sunny entlieben, damit ich mich in dich verlieben kann. Oder kann man tatsächlich in zwei Personen gleichzeitig verliebt sein? Frei wäre ich, wenn ich das jetzt aussprechen würde. Doch dazu reichte mein Mut nicht. Den hatte ich nämlich gerade zusammengekratzt und damit Tias Hand ergriffen. Mein Herz klopfte, als ich danach fasste und es klopfte stärker, als sie den leichten Druck erwiderte. Erst am Abend, als ich noch einmal darüber nachdachte, wurde mir klar, dass es vielleicht Tia war, die sich bereits verliebt hatte.

Jetzt, wo wir uns an den Händen hielten, fingen wir automatisch an zu schlendern. Das Ziel hatte an Bedeutung verloren. Wir gingen schweigend an einem Feld entlang und genossen es, miteinander verbunden zu sein. Hin und wieder drückte ich ihre Hand fast unmerklich und freute mich, wenn sie den Druck erwiderte. Am liebsten wäre ich jetzt stehen geblieben, um sie zu küssen. Doch mein Mut war fürs Erste verbraucht, und ich wollte auf keinen Fall etwas Unüberlegtes tun, wieder alles kaputtmachen. Zwischen dem Getreide und dem Fahrradweg wuchs eine Mischung aus wildem Mohn und Kornblumen. Irgendwo über uns zwitscherte und zirpte ein Vogel. Es klang hektisch und aufgeregt. Tia meinte, das wäre eine Feldlerche. Die Männchen würden im Flug, in großer Höhe singen, um ihr Revier zu markieren. Dann bremste neben uns ein Auto. Der Fahrer kurbelte die Scheibe herunter und rief:

»Was soll das denn werden?«

Tia hatte meine Hand fallen lassen. In dem Opel Kadett saß ein Typ in Bundeswehrklamotten.

»Händchen halten mit so einem? Nicht dein Ernst, oder?«

»Mein Bruder.«

Tia wich meinem Blick aus.

»Ich muss dann mal.«

Der Typ stieß die Tür auf und sie stieg ein. Der Kadett startete mit quietschenden Reifen und entfernte sich rasch, während Tias Bruder die Gänge hochjagte. Auf dem Heck des Wagens erkannte ich den W-15-Aufkleber. 15 Monate Grundwehrdienst – wie konnte man nur so blöd sein!

31.

»Wir könnten eine Spritztour machen, so wie neulich ...«

Mit einem Anruf von Sunny hatte ich nun wirklich nicht gerechnet. Entsprechend unklar war mir, wie ich auf den Vorschlag reagieren sollte.

»Warum nicht«, sagte ich, mehr um Zeit zu gewinnen.

»Super! Dann holst du mich um acht ab?«

Das war eigentlich zu früh, viel zu früh. Jetzt im Sommer wurde es erst gegen zehn richtig dunkel. Viel zu riskant.

»Na klar, dann bis nachher.«

Vor einer Woche wäre ich noch total ausgeflippt über den Anruf. Mein Herz klopfte, aber es klang anders.

Ich hatte mich für ein weißes Mercedes Coupé entschieden, vor allem, weil es in zweiter Reihe ganz hinten auf unserem Parkplatz stand. Die Hauptsache war, dass niemandem auffiel, wenn ich wegfuhr. Kurz vor acht startete ich den Motor und rollte leise vom Gelände der Schönheitsfarm. Niemand bemerkte etwas. Dann holte ich Sunny ab.

»Schickes Auto!«

Sie stieg ein und gab mir einen Kuss auf die Wange. Ich bog auf die Hauptstraße ab und beschleunigte. Automatikfahren war erste Klasse.

»Und, fahren wir wieder in den Wald?«

»Warum nicht.«

Es war noch hell, als wir ausstiegen. Die Abendsonne stand weit über dem Horizont und fühlte sich warm auf der Haut an. Die Pferde waren verschwunden. Vielleicht im Stall oder es wurde gerade auf ihnen geritten.

Der Mercedes war zum Knutschen und Fummeln viel besser geeignet. Sunny machte jedoch nicht den Eindruck, als suchte sie körperliche Nähe. Ich spürte ihre weichen Lippen auf meinem Mund, wie sie mir ihren Atem gegeben und ich den Zigarettenrauch aus ihren Lungen entgegengenommen hatte. Das war unfassbar gewesen. Jetzt löste das nur eine diffuse Traurigkeit aus. Vielleicht kann man tatsächlich nur in eine Person verliebt sein.

»Sag mal, würdest du mich nachher in die Stadt fahren?«

»Klar, warum nicht.«

Ich hatte längst kapiert, dass sie gar nichts von mir wollte. Und jetzt benutzte sie mich als Taxi.

»Ich bin mit einer Freundin verabredet. Wir wollen noch auf 'ne Fete, die ein Freund von ihr macht.«

Auf der Fahrt schwiegen wir. Das heißt, nicht ganz. Sunny summte leise vor sich hin.

Ich fragte mich, wie das jetzt laufen sollte. Sie wird wohl nicht davon ausgehen, dass ich ein paar Stunden auf sie warte und sie anschließend nach Hause bringe. Aber sie wird mich auch nicht fragen, ob ich Bock hab, mitzukommen.

»Du kannst mich am Jugendzentrum rauslassen.«

Ich bog in eine Seitenstraße ab, weil ich nicht auf dem Parkplatz vor dem Haupteingang halten wollte, und fuhr durch ein Wohngebiet. Etwa 50 Meter vor dem hinteren Teil des Gebäudes stoppte ich.

»Das war echt nett von dir, Joe.«

Nett sein war das Letzte, was ich wollte, echt der Abgrund. Auf der Rückfahrt bemerkte ich einen VW Passat hinter mir. Er folgte mir bis in den Ort und dann den kleinen Weg zur Schönheitsfarm hinauf. Als ich den Mercedes eingeparkt hatte, stieg ein Mann aus dem Fahrzeug. Er trug eine Lederjacke und setzt sich eine weiße Mütze auf, während er auf mich zuging.

»Macht es Sinn, dich nach einem Führerschein zu fragen?«

Ich schüttelte den Kopf.

»Wohnst du hier?«

Ich bejahte und hatte dann auch eine Frage an den Zivilbullen. Sie lautete:

»Warum haben Sie mich eigentlich verfolgt?«

»Du bist in der Dämmerung ohne Licht gefahren.«

Ich schloss die Augen und biss mir auf die Lippe.

»Na ja, irgendwas musst du ja noch in der Fahrschule lernen, oder?«

Ich fasste das mal als Kompliment auf.

Meine Mutter hatte den Bullen milde gestimmt, wen wundert's. Er hatte ihr unter vier Augen ins Gewissen reden wollen, von wegen *Sie müssen Ihrem Sohn jetzt aber mal Grenzen setzen. Jugendliche in dem Alter brauchen eine harte Hand, sonst gleiten die in die Kriminalität ab.* Doch sie war ihm zuvorgekommen, hatte ihm erklärt, dass ich Halbwaise und sie Witwe sei. *Die attraktive Witwe mit der Schönheitsfarm, der manchmal eben alles über den Kopf wuchs.* Da war er eingeknickt, hatte Abstand davon genommen, die Besitzerin des Mercedes über den Vorfall in Kenntnis zu setzen und zur Erstattung einer Anzeige zu bewegen. War ja nichts passiert. Die Anzeige wegen Fahrens ohne Führerschein könne er jedoch nicht so einfach fallen lassen, da müsste der Filius mit ein paar Wochenenden Sozialdienst rechnen. Würg!

Sunny hatte ich bei dem Verhör natürlich nicht erwähnt. Auch meiner Mutter gegenüber nicht. Ich blieb dabei, dass mich einfach die Lust auf eine Spritztour mit einem Mercedes gepackt hätte, weil das so ein tolles Auto sei und mit Automatik. Das konnte der Bulle natürlich nachvollziehen, war ja auch mal jung gewesen. Dann hatte er mir ewig ins Gewissen geredet, was alles hätte passieren können und dass ich bei einem Unfall vielleicht Unschuldige mit reingerissen und mein eigenes und das Leben anderer zerstört hätte, bla bla.

Meine Mutter war echt sauer. Ich sag mal so: Sargnagel! Sie hätte ja wohl genug Probleme und dass wir von einem Tag auf den anderen pleite gewesen wären, wenn ich den Mercedes an einen Baum gefahren hätte. Ab sofort wurden die Autoschlüssel der Damen eingeschlossen, keine Ahnung wo. Interessierte mich nicht. Spätestens wenn ich volljährig war, würde ich meinen Rucksack packen und nach Kathmandu trampen. Apropos Rucksack: So ein Teil musste ich mir jetzt wirklich mal besorgen!

32.

»Wer ist das Mädchen neben Tia?«

Ralle hielt sich den Teebecher vors Gesicht und deutete mit seinen Augen in die Richtung ihres Tisches.

»Die war neulich auch dabei.«

Wir vermieden es, von dem Konzert im Wald zu sprechen.

Das Gleiche galt für die Panne mit dem *geliehenen* Mercedes. Ralle meinte bloß, dass es sich bei Sunny offenbar um ein echtes Miststück handelte.

»Und, kennst du sie?«

»Warum? Gefällt sie dir?«

»Kann schon sein ...«

»Wir können ja rüber gehen.«

»Zu spät«, flüsterte Ralle und setzte den Becher ab.

Die Mädchen waren gerade aufgestanden und kamen auf unseren Tisch zu.

»Hi!«

Tia setzte sich auf den freien Stuhl neben mir. Ihre Freundin zog einen Hocker vom Nebentisch rüber.

»Wir haben keinen Bock auf die Spastis, die gerade reinkommen.«

Sie deutete auf die Tür des Jugendzentrums.

»Wäre nett, wenn ihr uns mal kurz in ein Gespräch verwickeln könntet, damit die gar nicht erst auf die Idee kommen, uns anzubaggern. Okay?«

»Und wer bist du?«, fragte Ralle.

»Paula, beste Freundin von der da ...«

Sie knuffte Tia in die Seite und lachte. Zwei Typen in Armeeparkas schlenderten durch den Raum, guckten zu uns rüber und setzten sich dann an den frei gewordenen Tisch. Sie beobachteten uns.

»Und wer sind die Typen?«, fragte ich, obwohl ich wusste, dass es sich um die Klintworth-Brüder handelte. Sportlich, gute Tennisspieler, gingen in Harburg auf ein Gymnasium am Stadtrand. Der Jüngere war in unserem Alter, der andere ein Jahr älter und letztes Jahr Kreismeister.

»Die gehen auf die gleiche Schule wie ich. In Harburg. Langweiler, alle beide«, sagte Paula, »bilden sich sonst was ein, weil Daddy Vorstand bei der Phönix ist und sie eine fette Villa in Marmstorf haben.«

»Wir könnten rausgehen, wollen wir?«, meinte Tia.

Ralle und ich nickten. Draußen flüsterten sich die Mädchen etwas zu, fingen an zu kreischen und rannten in Richtung Stadtpark voraus. Als wir sie endlich eingeholt hatten, saßen sie auf einer Bank am Mühlenteich. Es war so windstill, dass sich die Bäume und der tiefblaue Sommerhimmel gestochen scharf im Wasser spiegelten.

»Wir könnten zu mir gehen, die neue Genesis hören«, meinte Ralle.

Dann kickte er einen herumliegenden Ast in den Teich und zerstörte das Bild. Zwei Enten flogen auf, zogen in einem weiten, flachen Bogen über das Wasser, um auf der gegenüberliegenden Seite erneut zu landen. Wir setzten uns rechts und links neben die Mädchen. Tia und Paula hielten sich bei den Händen. Tia drehte den Kopf zu mir und lächelte. Die Spiegelung nahm wieder Formen an.

»Ihr habt die Lamb Lies Down on Broadway?«, fragte Paula.

Ralle nickte. Wir hatten inzwischen die Anlage seines Vaters in unseren Übungsraum geschafft. Doris hatte die großen Standboxen schon lange doof gefunden und sich für das Wohnzimmer eine schicke, flache Kompaktanlage mit kleinen Lautsprechern angeschafft. Tia und Paula schauten sich an. Tia flüsterte ihrer Freundin etwas ins Ohr. Dann nickten beide und wir machten uns auf den Weg.

Ein neues Doppelalbum in angemessener Lautstärke durchzuhören war ja nicht gerade kommunikativ. Entscheidender Vorteil der Aktion: Es gab einen Grund, sich zu viert auf das Ledersofa zu quetschen, weil dort der Stereoeffekt am besten war. Allerdings musste einer von uns ungefähr alle 20 Minuten zum Plattenspieler, um die Scheiben umzudrehen. Paula hatte sich das Cover geschnappt und las den Text. Das Doppelalbum handelte von einem Jungen namens Rael, der in New York seltsame, albtraumhafte Abenteuer erlebt und am Schluss seinem Bruder John das Leben rettet. Ich hatte den Arm um Tia gelegt und betrachtete es als schicksalhaft, dass sie ihre Hand in dem Moment auf meinen Bauch legte, als Peter Gabriel sang:

I got sunshine in my stomach
Like I just rocked my baby to sleep

Ich spürte die Wärme ihres Körpers, die Wärme ihrer Hand auf meinem Bauch. Dann lehnte sie ihren Kopf an meine Schulter. Würde ich mich jetzt zu ihr drehen und sie anschauen, würden wir uns küssen, da war ich mir hundertprozentig sicher. Doch das wollte ich gar nicht. Ich war zufrieden mit dem, wie es in diesem Moment war. Ich dachte an all das, was ich ihr erzählen würde, was ich sie fragen könnte, die Gedanken, die ich mit ihr teilen wollte und ihre Gedanken, die sie mit mir teilen wollte. Wie wir uns unser ganzes bisheriges Leben erzählten – so musste sich Verliebtsein anfühlen. Klarer Fall. Ich würde ihr sogar erzählen, dass ich nichts riechen kann, nichts riechen und nichts schmecken, irgendwann vielleicht.

Tia kuschelte sich an mich und seufzte. Kaum auszuhalten. Dann hob sie den Kopf, schnupperte an meinem Hals und flüsterte:

»Du riechst gut.«

Ich erwiderte die Geste und sog die Luft ein.

»Du auch.«

Eben war ich noch eins mit ihr gewesen, mit ihr und der ganzen Welt. Jetzt fühlte ich mich ausgeschlossen, weil mir etwas fehlte, von dem ich nicht einmal wusste, was es bedeutete.

33.

Wir warteten mal wieder auf Frank. Wir hatten beschlossen, die Ferien zu nutzen, um viel zu proben, möglichst jeden Tag.

»Wenn die Schule wieder losgeht, werden wir das Wahnsinnskonzert hinlegen.«

Ralle drehte sich eine weitere Zigarette auf Vorrat. Ich wusste nicht, wie er das hinkriegte, aber er konnte beim Schlagzeugspielen rauchen, ohne, dass ihm der Qualm in den Augen brannte.

»Betrachtet es mal so: Da wir bei unserem ersten Konzert komplett untergegangen sind, rechnet jetzt keiner damit, dass wir es voll draufhaben. Die kommen, um uns wieder auszubuhen, und dann werden wir sie mit unserem irren Sound wegblasen. Hab ich recht?«

Was für ein Selbstbewusstsein! Bisher hatte ich nicht den Eindruck, dass wir es voll draufhatten. Klar, wir machten Fortschritte, schließlich trafen wir uns seit zwei Wochen fast täglich. Aber die waren nicht so gigantisch, dass ich derart optimistisch wäre. Jetzt hörten wir ein lautes Knattern. Frank kam weiterhin zu spät, was auch eine Form von Zuverlässigkeit darstellte, wie er fand. Er hatte seinem Bruder die Bassgitarre abgekauft und übte viel, so dass unser Zusammenspiel immer besser wurde.

»Hey, passt mal auf, ich hab 'ne Idee«, rief Frank statt einer Begrüßung. »Wir laden die Typen von neulich zu unserem nächsten Konzert ein und dann spielen wir die mit ihren mickrigen Uriah Heep und Deep Purple-Stücken an die Wand. Was meint ihr?«

Ich schüttelte den Kopf: »Lass mal nicht gleich übertreiben. Wir können froh sein, wenn wir unser Programm ohne Pannen runtergespielt kriegen. Schön auf dem Teppich bleiben, Alter.«

Frank hatte ein Sechserpack Bier mitgebracht. Er riss die Pappe auf, zog zwei Flaschen raus und hebelte mit der einen, den Kronkorken der anderen auf: Plopp! Dann reichte er mir die Flasche und öffnete die nächste. Als wir alle versorgt waren, stießen wir an.

»Auf Deep Water«, murmelten wir mehr oder weniger synchron.

Ralle schaute mich an:

»Auf dem Teppich bleiben, find ich gut. Wenn es nach mir geht, sollte es allerdings ein fliegender Teppich sein. Einer, der uns ganz nach oben bringt. Was meint du?«

Ich musste lachen: »Von mir aus. Also bleiben wir auf einem fliegenden Teppich. Was immer das bedeuten mag.«

»Vor allem bedeutet es, dass wir unsere Energie voll in die Band stecken, und es den Leuten beim nächsten Auftritt so richtig zeigen«, sagte Ralle und hielt uns seine Flasche hin. »Lasst uns versprechen, dass wir das zusammen durchziehen.«

Frank und ich nickten und wir stießen ein zweites Mal an. Ich fand es ein bisschen albern, dass Ralle so ein feierliches Ding daraus machte.

»Ich hab deine Mutter im Supermarkt getroffen, Joe«, meinte Frank. »Sie hat so komisch geguckt, als sie mich mit dem Sechserpack gesehen hat.«

Meine Mutter war immer noch sauer. War mir nur recht. Ich hatte sowieso keine Lust, Zeit mit ihr zu verbringen. Sollte sie ruhig ihr Ding machen. Ich hoffte nur, dass die Spritztour neulich mir nicht den Führerschein versauen würde. Ralle kannte einen Typen, dem war eine zweijährige Sperre aufgebrummt worden. Der war allerdings das zweite Mal erwischt worden. Mein Traum war ein alter VW Bus. Und dann mit Tia, Ralle und Paula ab Richtung Kathmandu.

»Was ist eigentlich mit Ossi los?«

»Der hat keinen Bock, seinen Synthie hierher zu schleppen, weißt du doch«, sagte ich und nahm mir vor, Ossi bald mal wieder zu besuchen.

»Wenn er zur Band gehören will, sollte er aber Bock haben.«

»Ich glaube nicht, dass er besonders großen Wert darauf legt. Ist nicht der Typ, der unbedingt irgendwo dazugehören will.«

»Stimmt. Sonst würde er kaum in dieser abgelegenen Hütte hausen.«

Frank stellte seine leere Flasche ab.

»Geht ja auch ohne Synthie«, meinte Ralle und setzte sich ans Schlagzeug.

»Klar geht es ohne«, sagte Frank und stöpselte seinen Bass ein.

»Ist halt ein besonderer Sound mit ’ner abgefahrenen Atmosphäre, weil die Töne so spacig klingen.«

»Ich wollte sowieso mal wieder bei Ossi vorbeischauen. Ich frag ihn, wie er zu unserem Bandprojekt steht«, versprach ich. Dann legten wir los.

34.

Tia hatte vorgeschlagen, dass ich sie mal besuchen könnte. Sollte ich? Ich wollte sie gern wiedersehen, aber bei ihr zu Hause? Ich ärgerte mich darüber, dass ich nicht mutiger war, und beschloss, mit dem Rad hinzufahren. Wenn ich die Abkürzung durch den Wald nahm, dauerte es höchstens zwanzig Minuten. Und wenn sie nicht da war, fuhr ich eben zurück. In der Nacht war ein Gewitter durchgezogen und dann hatte es bis zum Nachmittag geregnet. Jetzt stand die Sonne bereits im Westen, der Wald dampfte und machte schmatzende Geräusche. In einer Pfütze badeten zwei Amseln und flogen zeternd auf, als ich vorbeifuhr. Es war immer noch warm.

Ich weiß nicht warum, aber ich war mir vom ersten Moment an unsicher. Tia stand in der Tür, und es war klar, dass sie mich reinbitten würde. Doch das *Komm doch rein* klang eher wie *Ich weiß nicht, ob das eine gute Idee ist.* Als ich in ihrem Zimmer saß, fühlte sich die Situation noch beklemmender an. Es war viel einfacher, sich zu unterhalten, wenn man in Gesellschaft war, so wie im Jugendzentrum, auf einer Party oder auf dem Schulhof. Vorhin gab es noch tausend Sachen, über die ich mit Tia sprechen wollte, jetzt fiel mir absolut nichts ein.

»Was meinst du, wie findet Ralle die Paula? Denkst du, er findet sie vielleicht gut?«

Tias Blick sagte mir, dass sie die Frage bereits bereute. Wahrscheinlich ging es ihr so wie mir. Immerhin, eine Gemeinsamkeit. Was war mit der Freiheit, ehrlich zu sein? Wenn ich ehrlich wäre, würde ich jetzt etwas sagen wie: *Sorry, aber ich glaube, das bringt heute nichts. Denk dir bitte nichts dabei. Ich verschwinde wieder und wir versuchen es ein anderes Mal, okay?*

»Kann schon sein.«

Ich fand es blöd, für andere Leute Beziehungen anzubahnen. Aber ich musste zugeben, dass es mich ebenfalls interessierte, ob Paula Ralle gut fand. Schon wegen des Traums von der gemeinsamen Tour mit dem VW Bus.

»Und Paula?«

Tia lächelte. Sie ließ ihren Kopf ein kleines Bisschen hin und her pendeln und meinte: »Kann schon sein.«

Auf einem Tisch, hinten an die Wand gelehnt, befand sich eine Glasvitrine mit diversen kleinen Fläschchen. Tia öffnete die Tür, griff nach einem und hielt es mir hin:

»Magst du das? Patschuli. Benutzen jetzt alle.«

Ich zog den winzigen Korken heraus und schnupperte an dem Duftöl.

»Ganz interessant«, log ich und stellte die Flasche auf den Tisch zurück. Klar hatte ich von Patschuli gehört, aber ich hatte natürlich keine Ahnung, wie es roch. Ich wusste nur, dass Ralle es ekelerregend fand.

»Und dieses hier?«

Au ja, Düfte raten, so hatte ich mir das vorgestellt. Ich nahm das nächste Fläschchen entgegen und merkte, dass ich schlechte Laune bekam. Ich wollte nicht mit diesem scheiß Unvermögen konfrontiert werden, warum kapierte sie das nicht?

»Rate mal!«

Ich schnupperte.

»Sandelholz?«

Sie schüttelte den Kopf.

»Jasmin vielleicht? Oder Rose?«

»Lemon Grass. Ich dachte, das ist einfach, weil es nach Zitrone riecht.«

Ihr Lächeln wirkte hilflos. Sie tat mir leid.

»Tja, ist wohl nicht so mein Ding.«

Tia schien zu begreifen, dass wir so nicht weiterkamen. Sie stellte die Fläschchen zurück und schloss die Glastür.

»Ich kann uns einen Tee machen? Ich hab schwarzen Tee mit Brombeere oder Himbeere. Ach ja, und Earl Grey.«

»Nein danke, ich hab gerade keinen Durst.«

Wo sollte das hinführen? Tee war für mich heißes Wasser, ganz egal, welches Aroma sich darin verirrt hatte. Tia ließ die Schultern fallen. Wenn ich mich jetzt auf den Weg machte, konnte ich noch bei Ralle vorbeifahren. Wir hatten schließlich Ferien.

»Ich weiß nicht, ist irgendwie seltsam heute. Ich hab mich gefreut, dass du vorbeikommst. Aber jetzt ...«

Es war kaum auszuhalten. Wie sie mich anschaute. Ich hat-

te mich nach ihrer Nähe gesehnt, sie küssen wollen, stattdessen blockte ich alles ab.

»Dachte, ich guck einfach mal rein, weißt du. Muss auch
noch zur Bandprobe.«

Ein Schatten kroch in den Raum. Wie wenn sich ein Vorhang schließt oder eine Wolke vor die Sonne schiebt. Das
Leuchten in ihren Augen war verschwunden, einfach weg-
gefiltert. Ich hatte es vermasselt. Auf dem Rückweg war ich
traurig und verwirrt. Ich starrte auf mein Leben, auf meine
seltsamen Gefühle und bekam es mit der Angst zu tun.

35.

Ich lag im Bett und lauschte den Geräuschen, die das Haus
machte. Ich hörte die Wasserspülung in einem der Zimmer
über mir. Irgendwann würde ich die letzte Nacht hier verbringen, das letzte Mal wach liegen und den Geräuschen
lauschen. Vielleicht schon bald. Wozu warten, bis ich volljährig war? Ich konnte mir einen Rucksack besorgen, ein
paar Sachen reinpacken und verschwinden. Ich war frei.
Was hielt mich davon ab? Ich dachte an Ralle und die Band,
an Viktoria und Fred und an Tia. Warum habe ich es ihr
übel genommen, dass sie mich mit meiner Unfähigkeit konfrontiert? Wieso bin ich nicht ehrlich gewesen? Was ist so
schlimm daran? Ich muss zu ihr fahren, ich muss mich entschuldigen, ihr sagen, wie sehr ich mich nach ihr sehne. Es
ist doch ganz einfach: Ich sage ihr, dass ich in sie verliebt
bin. Was habe ich zu verlieren? Nichts! Gleich morgen fahre
ich hin und erkläre ihr, warum ich so abweisend gewesen
bin. Den Rest der Nacht versuchte ich auszuhalten, wer ich
war.

Ich trat in die Pedale und wiederholte diesen einen Satz:

»Tia, mir ist klar geworden, dass ich mich in dich verliebt habe, und deshalb möchte ich mit dir zusammen sein.«

Ich hatte kaum geschlafen, war schon kurz nach acht aufgestanden und hatte an nichts anderes denken können, als ihr meine Liebe zu gestehen. Um zehn hatte ich es nicht mehr ausgehalten. Tias Mutter kam an die Tür.

»Tia ist kurz los zur Post, um ein Päckchen für mich aufzugeben. Komm ruhig rein, sie müsste in ein paar Minuten wieder da sein.«

Ich saß in Tias Zimmer und spürte wieder diese seltsame Stimmung. Vielleicht lag es an dem Raum. Ich sah mich um. War doch albern, ein Zimmer für meine Stimmungen verantwortlich zu machen. Mein Blick schweifte über den Tisch mit der Vitrine. Die Schublade war nicht ganz geschlossen.

Ich dachte an Sunny, an ihre freche, selbstbewusste Art. Sie war herausfordernd und wusste genau, was sie wollte. Abgesehen davon, dass sie nicht in mich verliebt war, machten sie diese Eigenschaften ein bisschen berechenbar. Trotzdem hätte ich sie gern beeindruckt, und es hatte mich gekränkt, dass sie mich ausgenutzt hatte, aber mein Herz hatte das nicht erreicht. Bei Tia war das anders. Sie wirkte immer etwas nachdenklich, vielleicht sogar eigensinnig und ein bisschen geheimnisvoll. Was wird sie wohl in zehn Jahren machen? Ich konnte sie mir als junge Ärztin oder Anwältin vorstellen. Oder als Lehrerin. Irgendetwas Bedeutungsvolles, etwas, das Verantwortungsgefühl und Weitsicht erforderte. Und ich? Wenn ich ehrlich war, ich hatte keine derartigen Ambitionen. Außerdem kannte ich sie gar nicht genug, um zu wissen, was für ein Beruf sie interessierte. Vielleicht will sie ja gar nicht studieren, sondern lieber eine Ausbildung zur Goldschmiedin machen oder das Töpferhandwerk erlernen. Mein Blick blieb erneut an der Schublade hängen. Durch den Spalt erkannte ich einen rötlichen Schimmer. Ich spürte es in meinem Brustkorb hämmern, als ich sie vorsichtig weiter herauszog und das Tagebuch entdeckte. Ich lauschte, doch es war völlig ruhig im Haus. Bitte, lass Tia jetzt nach Hause kommen, jetzt sofort, ich kann der Versuchung nicht länger widerstehen. Meine Hände zitterten, als ich den Deckel anhob. Die erste Seite. Sie hatte einen Totenkopf gezeichnet, darunter stand: »Kein Zutritt, streng privat!« Ich klappte das Buch wieder zu und atmete tief durch. Ich lauschte. Bitte, komm nach Hause, jetzt! Noch immer Totenstille. Ich zählte langsam bis zehn, dann gab ich auf. Ich begann zu blättern, bis ich zu der ersten Seite kam, auf der ich meinen Namen entdeckte. Ich hielt den Atem an:

Montag 5. Mai: Blöd, dass ich so kurz vor den Ferien noch in die neue Schule soll. Ich hab auf dem Raucherhof einen Typen aus meiner neuen Klasse kennengelernt. Joe Anders. Ich glaube, er kommt sich ziemlich cool vor. In der Schule machen sie dieses seltsame Ohnmachtsspiel. Man muss ganz tief atmen, dann wird einem der Brustkorb zusammengequetscht und man verliert für einen Moment das Bewusstsein – die spinnen doch! Was soll daran toll sein? Bei so was würde ich nie mitmachen. Dieser Joe hat natürlich mitgemacht. Ich sah, wie er auf dem Boden lag. Scheint ein ziemlicher Angeber zu sein.

Samstag 21. Juni: Heute war ich mit Paula beim Open-Air-Konzert von Deep Water. Das ist die Band von Joe. Der Auftritt war superpeinlich. Ich versteh nicht, wie man so was machen kann, die hatten scheinbar überhaupt nicht geübt. Jedenfalls haben sie sich dauernd verspielt. Ein krasser Fall von Selbstüberschätzung. Dann kam zum Glück noch eine zweite Band auf die Bühne und die hatten es drauf. Sie spielten »Smoke on the Water« von »Deep Purple« und »Lady in Black« von »Uriah Heep«. Paula steht auf den Gitarristen, sagt sie, ein langhaariger Typ. Auf mich wirkte er arrogant.

Dienstag 24. Juni: Joe wollte mich heute nach der Schule unbedingt nach Hause begleiten. Wir hatten den Bus verpasst und sind an der Landstraße entlanggelaufen. Irgendwann hat er einfach meine Hand genommen und darüber geredet, was es bedeutet, wenn man zusammen geht. Ich fürchte, er bildet sich ein, dass ich in ihn verknallt bin. Zum Glück kam Ludwig vorbei und hat mich mitgenommen. Der Blödmann dachte natürlich, dass ich mit Joe zusammen bin, weil er mitgekriegt hat, dass er meine Hand hielt. Erst war er total sauer, aber dann hab ich ihm erklärt, dass es von Joe ausging. Ich muss lernen, Nein zu sagen, meint Ludwig. Falls Joe wirklich denkt, dass ich in ihn verliebt bin, werde ich ihm sagen müssen, dass das nicht der Fall ist. Außerdem wirkt er noch ziemlich unreif.

Donnerstag 26. Juni: Paula und ich waren heute Nachmittag im Jugendzentrum. Mal in Ruhe Tee trinken und quatschen. Dann kamen zwei Jungs aus Paulas Klasse rein. Paula hatte keinen Bock auf die und wir sind schnell rüber zu Joe und Ralle. Wir sind dann mit denen los. Hoffentlich bilden die sich nicht gleich was drauf ein. Man muss echt höllisch aufpassen mit den Jungs, sonst denken die gleich, man wäre in sie verknallt. Ich hab mit Paula gewettet, ob Joe mich küssen wird. Dann hätte ich ihm eine gescheuert. Hat er aber nicht, sein Glück.

Freitag 27. Juni: Heute Abend geh ich mit Paula zum Beat-Abend ins Jugendzentrum. Das wird bestimmt super. Hauptsache Joe und Ralle nerven uns nicht. Okay, wir haben die beiden gestern ein bisschen ausgenutzt, weil wir die Typen aus Paulas Schule loswerden wollten. Aber das heißt ja nicht, dass wir uns jetzt ständig von denen anbaggern lassen müssen. Falls doch, werde ich diesem Joe mal richtig die Meinung sagen ...

Ich klappte das Buch zu und schob es in die Schublade zurück. Warum hatte sie nicht geschrieben, wie wir bei Ralle waren und die neue Genesis gehört haben? Was war ich für ein Idiot? Warum hatte ich nicht die Finger davongelassen? Aber das Schlimmste war: Ich hatte mich in Tia getäuscht! Sie war kein Stück in mich verknallt. Im Gegenteil, sie fand mich nervig und unreif! Warum hatte sich das nur so gut angefühlt. Wie konnte ich so verpeilt sein? Tia hatte recht. Ich bildete mir ein, cool zu sein, dabei litt ich unter massiver Selbstüberschätzung und benahm mich total unreif. Gut, dass ich wenigstens nicht versucht hatte, sie zu küssen. Die Abfuhr hatte ich mir erspart. Ich hörte Schritte. Dann ging die Tür auf. Tias Mutter.

»Möchtest du vielleicht eine Tasse Tee, Joe?«

Das gleiche Lächeln. Kein Wunder. Ich konnte ihr nicht in die Augen schauen, schüttelte den Kopf, stand auf.

»Ich muss dann mal, tut mir leid.«

»Was tut dir leid? Willst du nicht noch einen Moment warten? Tia würde sich bestimmt freuen ...«

Von wegen, dachte ich und verschwand aus dem Haus.

36.

»Ich fand das gar nicht so schlecht neulich ...«

»Wovon sprichst du?«

Mich wunderte ein bisschen, dass Fred mich bisher noch nicht auf die Spritztour mit dem Mercedes angesprochen hatte.

»Euren Auftritt im Wald ...«

»Du warst da?«

»Hab mich im Hintergrund gehalten. Wollte nicht, dass es dich nervös macht.«

Ich wich seinem Blick aus.

»Wir hatten nicht genug Zeit zum Üben.«

»Stimmt, es fehlte die Sicherheit, da müsst ihr dran arbeiten. Aber der Sound ist klasse!«

Das verdammte Tagebuch. Vielleicht hätte ich noch eine Chance gehabt. Wenn wir besser gespielt hätten, wenn es uns gelungen wäre, das Publikum mitzureißen, dann wäre Tia vielleicht begeistert gewesen und hätte sich in mich verliebt. Zumindest hätte sie mich nicht verspotten können.

»Aber das ist nicht der Grund, warum du mich sprechen wolltest, oder?«, fragte ich.

Was war bloß mit Fred los, der Typ sah ja furchtbar aus.

»Nein, das ist es nicht.«

Fred wirkte auf einmal nervös und unsicher. Seine Hände führten ein Eigenleben, er fummelte an seinem Hemdkragen, an seiner Hose, an seinen Haaren herum, das volle Ich-weiß-nicht-wie-ich-es-dir-sagen-soll-Programm.

»Ich habe mitbekommen, dass du nicht riechen und kaum etwas schmecken kannst. Stimmt das?«, fragte er schließlich und ich nickte. Fred schluckte. Jetzt war er es, der meinem Blick auswich.

»Das könnte etwas mit mir zu tun haben.«

Seine Stimme klang wackelig.

Ich spürte einen leichten Stoß. Dann schwankte der Boden, als stünde ich auf einer Eisscholle, die sich vom Ufer gelöst hat. Ich hörte mein Herz klopfen, mir wurde schwindelig.

»Ich habe nur ein einziges Mal mit einer Frau geschlafen.«

Er sprach so leise, dass ich ihn nur mit Mühe verstehen konnte.

»Mit einer Frau, die mir beweisen wollte, dass ich nicht schwul sei. Sie wollte mir zeigen, wie es geht, damit ich meine Angst verliere. Leider war es die einzige Frau auf der Welt, mit der das nicht hätte passieren dürfen. Aber ich habe sie geliebt und ich wollte sie nicht enttäuschen. Außerdem hatte sie bis dahin immer mit allem recht gehabt.«

Das war der Moment, an dem ich eine Bewegung im Halbdunkel wahrnahm. Aus dem Sessel hinter der Buddha-Figur löste sich eine Gestalt. Sie schaute mich an.

Die Zeit bringt früher oder später alles ans Licht, dachte ich, und, dass sie immer neue Findlinge gebiert. Groß und schwer wie eine ungeheuerliche Wahrheit, die das Schicksal für viele Jahre im Dunkeln gelassen hat, stehen sie in der Welt. Ich schaute zwischen meinen Eltern hin und her und sah, dass sie weinten.

Anschließend erlebte ich eine Art Schockzustand, der sich dadurch auszeichnete, dass ich mich nicht bewegen konnte, während mein Hirn mit Hochgeschwindigkeit arbeitete.

Fred konnte nicht mein Vater sein, er war schwul. Falls er tatsächlich mein Vater war, wären meine Eltern Geschwister – das geht ja gar nicht! Oder doch? Inzucht, verdammt, meine Mutter hatte mit ihrem Bruder Inzucht getrieben, was für eine Sauerei! – Fred konnte nicht mein Vater sein, er war schwul. Falls er tatsächlich mein Vater war, wären meine Eltern Geschwister – das war pervers ... Diese Gedanken liefen als Endlosschleife durch meinen Kopf, bis ein Überhitzungsschutz die Notabschaltung auslöste. Plötzlich erfüllte völlige Leere mein Bewusstsein. Ich starrte meine Mutter an.

»So, nun ist es raus. Tu dir einen Gefallen, mach dich deswegen nicht verrückt. Es ist nun mal passiert, ich kann es nicht rückgängig machen.«

Nicht verrückt machen? Zu spät.

Rückgängig machen?

Komisches Gefühl, wenn man sich fragt, ob es einen besser nicht geben sollte, würde ich später überlegen. Im Moment war ich Stein. Schwer. Glatt. Kalt. Tot.

»Er hat mir versprochen, dass es unser Geheimnis bleibt. Ich hätte sonst ...«

Sie stockte und hielt sich die Hände vor das Gesicht. Dann schüttelte sie den Kopf: »Aber man kann sich auf meinen Bruder einfach nicht verlassen.«

Ich hätte sonst ... abgetrieben, hatte sie sagen wollen. Aber so was kann man seinem Kind nicht sagen. Fred wollte das nicht, und deshalb hat meine Mutter mich behalten. Genaugenommen hat nicht meine Mutter, sondern Fred mir das Leben geschenkt. Dafür musste er ihr schwören, dass er sein Wissen mit ins Grab nimmt. Als meinem Onkel und Vater klar geworden war, dass er sein Versprechen nicht halten konnte, kam es zum Streit. Das war der Zeitpunkt, als Fred nach Kalifornien ging. Und ich habe immer gedacht, dass er wegen seiner Homosexualität nach San Francisco gegangen ist.

In meiner Parallelklasse gab es ein behindertes Kind. Ein Junge, dessen Arme fehlten. Hände hatte er, aber er konnte nicht viel damit anfangen, weil sie direkt an den Schultern saßen. Den Scheiß hatte er einem Beruhigungsmittel zu verdanken, das seine Mutter während der Schwangerschaft geschluckt hatte. Wenn ich an Georg dachte, schämte ich mich dafür, dass ich mich wegen meines lächerlichen Defekts grämte, für den es nicht einmal eine medizinische Bezeichnung gab. Was sollte das sein? Geruchsblind, geschmackstaub, duftgelähmt? Keine Ahnung. Jedenfalls half mir der Gedanke an Georg heute nicht.

37.

Niemanden sehen zu wollen ist so eine Sache. Schwer durchzuhalten, die ganze Zeit allein im Zimmer zu hocken. Aus einem kumpelhaften, schwulen Onkel war ein kumpelhafter, schwuler Vater geworden. Nicht gerade das, was man sich wünschen würde, wenn man die Wahl hätte. Väter sind Identifikationsfiguren für ihre Söhne, sie sollten daher nicht unbedingt schwul sein. Ich fragte mich, ob ich auch ein bisschen schwul war, weil man das vielleicht erben konnte. Konnte man? Eher nicht, dachte ich, obwohl ich etwas hypochondrisch veranlagt war und mir leicht unheilbare Krankheiten einbildete. Aber schwul? War ja keine Krankheit, eher so ein abartiger Sonderfall. Allerdings unheilbar, wie sich gezeigt hatte. Wer weiß, vielleicht würde sich später doch noch herausstellen, dass ich auf Männer stand. Ich musste auf alles vorbereitet sein. Immerhin war ich nicht verkrüppelt oder geistig behindert, wenn ich von dem fehlenden Geruchssinn absah, Glück gehabt. Inzucht unter Geschwistern, das konnte voll danebengehen, hatte ich im Brockhaus nachgelesen. Was das für mich als potenzieller Vater für Konsequenzen haben würde, wurde mir erst später klar.

Und dann war da noch die Sache mit Tia. Ich wusste momentan gar nicht, was schlimmer war. Scheiße, warum hatte ich in dem Tagebuch gelesen und scheiße, wieso verachtete sie mich? Ich konnte nicht verstehen, warum sie mir etwas vorgespielt hatte. Ich verstand gar nichts. Klar war nur eins: Sie liebte mich nicht. Aber ich hatte sie geliebt und mit ihr zusammen sein wollen. Das hatte sich gut und richtig angefühlt. Und jetzt fühlte es sich so an, als würde ich verrückt werden. Aber das aller, aller Schlimmste war: Ich konnte sie nicht darauf ansprechen! Ich konnte das nicht aufklären! Wieso hast du meine Hand gehalten, wieso hast du dich an mich geschmiegt, wieso sagst du, dass ich gut rieche, wenn du mich aufdringlich und unreif findest? Fragen, die hässliche Brandblasen auf meiner Seele hinterließen. Wollte ich Antworten, musste ich ihr beichten, was ich getan hatte. Dann würde alles noch schlimmer.

Es klopfte an meine Tür.

»Lass mich in Ruhe!«

Ich wusste, wer das war, und hatte beschlossen, noch ein bisschen durchzuhalten.

»Ich möchte mit dir reden.«

Fred klang weinerlich. Er öffnete die Tür einen Spalt und schaute herein.

»Komm rein und mach die Tür zu.«

»Ich bin dein Vater«, sagte Fred, nachdem er die Tür geschlossen hatte.

»Na und? Willst du jetzt so was wie Erziehung nachholen?«

»Es tut mir leid, wie es gelaufen ist.«

»Mir auch! Tu mir einen Gefallen, mach da jetzt kein riesen Ding draus. Ich lege keinen großen Wert auf einen schwulen Vater. Um ehrlich zu sein, mein toter Vater war mir lieber. Der war immerhin Pilot.«

Fuck, jetzt glaubte ich das schon selbst. Ich ärgerte mich darüber, dass ich so neben der Spur war. Im Grunde war doch gar nichts passiert. Deine Eltern sind Geschwister und haben mehr oder weniger aus Versehen miteinander geschlafen und – peng! – bist du dabei rausgekommen. Reg dich ab, Alter, ist doch nichts dabei. Ist nun mal passiert, hatte meine Mutter gesagt, Scheiße passiert eben, so war das. Was wäre die Alternative gewesen? Sie hätten mich weggemacht und dann gäbe es mich gar nicht. Ich atmete tief durch. Was blieb, war ein schwer zu ergründendes Unbehagen darüber, dass meine Eltern etwas Verbotenes getan hatten und dass dieses Verbot aus guten Gründen bestand.

»Okay, aber ich möchte, dass du mir wenigstens zuhörst. Danach kannst du entscheiden, wie es weitergehen soll. Einverstanden?«

Fred stand mit dem Rücken zur Wand. Dann ging er in die Hocke und lehnte sich an. Er war Anfang vierzig, hatte lange, leicht gelockte Haare und große braune Augen in einem markanten, männlichen Gesicht. Vielleicht würde ich in fünfzehn Jahren genauso aussehen. Schon jetzt sagten alle, ich käme nach meinem Onkel – fuck!

»Es ist so, Joe, ich weiß nicht, ob du dir das vorstellen kannst, aber es ist verdammt schwer, mit so einer Lüge zu leben. Ich habe schlimme Schuldgefühle deswegen. So was macht dich früher oder später krank. Irgendwann habe ich es nicht mehr ausgehalten und mir geschworen, dass ich dir die Wahrheit sagen werde. Aber als ich Viktoria von meinem Entschluss erzählte, ist sie total ausgerastet. Sie bestand darauf, dass ich mein Versprechen halte und so bin ich nach Kalifornien gegangen. Doch das hat natürlich nichts verändert. Deshalb habe ich eine Psychotherapie angefangen. Mein Arzt hat mir dringend geraten, die Sache aufzuklären, damit ich meine Schuldgefühle überwinden kann.«

Fred schaute in seine Hände, als habe er sich dort irgendwelche Stichpunkte notiert.

»Und dann sind da noch meine Vatergefühle. Gerade, weil ich schwul bin und weiß, dass ich keine weiteren Kinder haben werde, tut es mir weh, dass ich dieses Vaterding nicht ausleben konnte, die ganzen Jahre lang. Ich weiß, dass das egoistisch ist, zumal mir klar war, was für ein Schock es für dich sein muss, zu erfahren, dass deine Eltern Geschwister sind. Diese Zwickmühle drohte, mich wahnsinnig zu machen.«

Irgendwie tragisch. Ich war merkwürdig distanziert, als ginge es hier gar nicht um mich. Ich sah Freds dunkle Haut und dachte, dass ich auch so schnell braun wurde, dass mein angeblicher Vater untersetzt, blass und blond gewesen war und dass ich ihm kein Stück ähnlichsah, mich darüber aber nie gewundert hatte. Eigentlich konnte jeder sehen, dass wir Vater und Sohn waren. Andererseits ist eine starke Familienähnlichkeit zwischen Onkel und Neffe unverdächtig. Ich stellte mir vor, dass Fred gar nicht schwul sei und ich bei ihm in Kalifornien aufgewachsen wäre, zusammen mit meiner Stiefmutter. Jetzt wären wir auf Besuch in Deutschland und meine lesbische Tante würde mir erzählen, dass sie in Wahrheit meine Mutter sei. So, Alter, jetzt drehst du langsam durch, echt kein Wunder.

»Hallo! Joe, hörst du mir zu?«

Ich starrte ihn an.

»Kannst du ein bisschen nachvollziehen, wie es mir gegangen ist?«

Ich war ohne Vater aufgewachsen und das war bis vor wenigen Stunden super gelaufen. Jetzt war hier die Kacke am Dampfen und ich sollte auch noch Verständnis zeigen!?

»Du hättest den Scheiß für dich behalten sollen. Es war nämlich alles bestens, ich hatte null Probleme damit, keinen Vater zu haben. Aber das schnallst du nicht, oder? Du musstest es dir von der Seele reden, alles klar. Und hast du dir mal überlegt, wie sich das für mich anfühlt?«

Fred hatte die Knie angezogen und die Hände davor verschränkt. Ich sah, wie Tränen über sein Gesicht liefen. Ich schaute auf seine schlanken, langen Finger und dachte daran, wie gut das Arschloch Klavier spielen konnte. Absurderweise spürte ich ein bisschen Stolz darüber, dass mein Vater Pianist war. Außerdem tat er mir leid.

»Jetzt krieg dich mal wieder ein«, sagte ich, weil ich mich auch gerade wieder eingekriegt hatte, »ich versteh ja, dass du das loswerden musstest. Aber für mich fühlt sich das jetzt echt scheiße an, und zwar so richtig!«

Ich merkte, dass ich gar nicht wirklich sauer auf ihn war. Das war der Moment, in dem sich meine Wut auf meine Mutter richtete. Ich konnte mir vorstellen, wie sie sich in den Kopf gesetzt hatte, ihren Bruder vom Schwulsein zu kurieren. Es passte ihr einfach nicht, wenn die Dinge nicht so liefen, wie sie es sich vorstellte. Sie hatte gedacht, dass sie ihren Bruder manipulieren könnte. Ich musste sie zur Rede stellen.

»Es tut mir leid«, wiederholte Fred und erhob sich.

»Du hättest mich mit nach Kalifornien nehmen sollen. Ich wäre in San Francisco aufgewachsen und auf einem Crosby, Stills, Nash & Young-Konzert gewesen.«

»Das hätte deine Mutter wohl kaum zugelassen«, meinte Fred und ging. Immerhin, Tia und ich waren mit Sicherheit keine Geschwister. Ich wünschte, ihr all den Scheiß erzählen zu können, und das machte mich traurig, weil ich wusste, dass das nicht passieren würde. Vielleicht ist es so, wenn einem das Herz bricht: Ein dunkler, stumpfer Schmerz, der die Lebenskraft aus einem herausquetscht, bis einem alles egal ist, bis man einfach aufgibt. Immerhin, ich war offensichtlich nicht schwul, noch nicht!

38.

»Ich möchte mit dir reden.«

Ich schloss die Tür. Meine Mutter schob die Unterlagen zur Seite, winkelte die Ellenbogen an und legte ihren Kopf in beide Hände. Sie lächelte. Seit Freds Beichte waren wir uns aus dem Weg gegangen. Falls sie vorhatte, die Sache auszusitzen, hatte sie sich verrechnet.

»Und? Worüber möchtest du reden?«

»Das weißt du genau.«

Sie richtete sich auf, strich ihren Rock glatt und kam um den Schreibtisch herum.

»Dachtest du, es geht jetzt einfach so weiter?«

Sie seufzte. »Du solltest es nie erfahren.«

»Hab ich aber.«

Sie schüttelte den Kopf.

»Scheiße, wenn mal was nicht nach Plan läuft, stimmt's?«

»Spar dir deine Unverschämtheiten. Ich habe uns etwas aufgebaut, dir ein Zuhause gegeben, das war nicht leicht, hörst du?«

Ich sah die winzigen Härchen auf ihrer Oberlippe, sie zitterten leicht.

»Du wolltest diese Lüge also mit ins Grab nehmen, oder was?«

»Pah!«, stieß sie hervor.

Doch dann lächelte sie auf einmal. Nein, diese Blöße würde sie sich nicht geben. Sie versuchte, sich zusammenzureißen.

»Ich wollte das Richtige tun ...«

»Als du deinen Bruder verführtest?«

»Halt deinen Mund!«, rief sie und holte zu einer Ohrfeige aus.

Ich hielt den Augenkontakt: »Du manipulierst die Menschen, weil du glaubst zu wissen, was gut für sie ist. Was für eine Anmaßung!«

Sie schaute weg: »Du bist ungerecht.«

»Du hältst dich für etwas Besseres und glaubst, es sei dein Recht, den Leuten ins Leben zu pfuschen. Wieso kannst du die Menschen nicht so lassen, wie sie sind?«

»Die Damen kommen doch gerade hierher, damit ich sie verwandele. Das ist genau, worum es hier geht! Offenbar hast du überhaupt nichts verstanden«, sie schaute mir wieder in die Augen.

»Es mag eine Illusion sein, aber sie wünschen sich ja gerade, anders zu sein. Schöner, schlanker, selbstbewusster, aber vor allem begehrenswert. Meinst du, ich wüsste nicht, dass man die Menschen nicht einfach so ändern kann? Aber wenn sie sich nach ein oder zwei Wochen bei uns im Spiegel betrachten, wenn ich ihnen bestätige, was für einen tollen neuen Typ sie aus sich gemacht haben, dann glauben sie das und sind glücklich. Das ist unsere Magie.«

Ich konnte nachvollziehen, wie sich der Leuschner gefühlt haben musste, als er meiner Mutter das Darlehen für die Schönheitsfarm gewährte. Er hatte einfach keine Chance gehabt, es abzulehnen. Ich wusste wieder, wofür ich sie immer bewundert hatte. Sie verfügte über eine unerschütterliche Überzeugungskraft und sie war eine echte Kämpfernatur.

»Und weil die Magie nicht ewig hält, kommen sie wieder her und das Spiel beginnt von Neuem.«

Fast hätte ich zugelassen, dass wir vom Thema abkamen.

»Ich glaubte mein ganzes Leben lang, mein Vater wäre von der Werratalbrücke gestürzt. Ich habe mir das vorgestellt, wie er da herunterfällt. Diese drei Sekunden, bis es aus war.«

»Paul ist ja auch auf diese schreckliche Art ums Leben gekommen.«

»Aber er ist nicht mein Vater. Der Mann hat nichts mit mir zu tun! Stattdessen ist es mein Onkel. Kannst du dir vorstellen, wie sich das anfühlt?«

»Was meinst du?«

»Das Ergebnis von Inzucht zu sein.«

»Deshalb wäre es besser gewesen …«

»Ich hab es aber erfahren und es erklärt, warum ich nichts riechen kann.«

Sie ließ die Schultern fallen: »Es tut mir leid.«

Sie hatte geflüstert.

»Ich bin eine Missgeburt, verstehst du, ihr habt eine Missgeburt gezeugt.«

Die Ohrfeige kam so unvermittelt, dass ich im ersten Moment gar nicht begriff, was passiert war. Es war, als hätte ich einen elektrischen Schlag bekommen. Meine Mutter sah auch ganz erschrocken aus. Peng! Hand ausgerutscht. Merkwürdige Redewendung. Später würde ich darüber nachdenken, dass man oft nicht erkennt, wenn etwas das letzte Mal passiert. Doch bei dieser Ohrfeige war mir sofort klar, dass es die letzte war, die ich von meiner Mutter kassiert hatte. Sie rieb die Hände aneinander und schaute ihnen dabei zu.

»Ich glaubte wirklich, dass Fred nur der Mut fehlte. Er war so unsicher. Ich wollte ihm einfach zeigen, dass nichts dabei ist, dass er nichts zu befürchten hat. Ich glaubte, wenn er es mit jemandem tut, zu dem er Vertrauen hat, jemand, der ihn nicht auslacht oder verspottet, dann würde er die Angst davor verlieren.«

»Du hättest das nicht tun dürfen.«

»Ich wollte ihm helfen, das schwöre ich dir. Und als du dann da warst, habe ich versucht, es zu verdrängen. Ich habe mir gesagt, dass es keinen Sinn hat, mir dauernd Vorwürfe zu machen. Und als Fred nach Amerika gegangen war, habe ich einfach nicht mehr daran gedacht.«

Ich versuchte, mich in ihre Lage zu versetzen, was nicht gelang. Ich konnte mir einfach nicht vorstellen, wie es ist, ein Kind zu erwarten, das man mit seinem Bruder gezeugt hatte. Ging nicht.

Meine Mutter bewegte sich zur Tür. Bevor sie das Büro verließ, drehte sie sich noch einmal um.

»Du solltest es für dich behalten. Es ist schlimm, dass du es erfahren musstest, und es tut mir aufrichtig leid. Aber es wäre besser, wenn du dieses Geheimnis für dich behältst. Besser für uns alle.«

Ich ahnte noch nicht, dass dies das Schlimmste war: dass ich mit niemandem darüber reden konnte.

39.

Ich hätte gern alle Teppichfransen dieser Welt mit meinen Fingern durchgekämmt. Diese Ordnung wiederherzustellen war eine so sinnvolle wie notwendige Aufgabe und sie versprach eine tiefe Befriedigung. Nur funktionierte das leider nicht mehr, und das wusste ich schon seit Langem. Die verzottelten Fransen in meinem Leben ließen sich nicht einfach glatt kämmen. Ich sollte mich damit abfinden.

Seit ich denken konnte, hatte ich geglaubt, dass mein Vater von einer Brücke gestürzt war, dass ich Halbwaise war. Ich hatte versucht, mir jede Einzelheit vorzustellen. Aus welcher Höhe er gefallen ist, ob er bei Bewusstsein war, wie lange der Sturz gedauert hatte und was er in den letzten Sekunden seines Lebens gedacht hatte. Das war meine Wirklichkeit gewesen. Auf einmal war alles anders, ich war in eine andere Wirklichkeit geraten, in ein beschissenes Paralleluniversum, in dem ich das Ergebnis von Inzucht und daher ohne Geruchssinn geboren worden war. Wer weiß, was sich noch für Defekte einstellen würden.

Es dauerte ein paar Tage, bis ich merkte, dass es nicht so weiter gehen konnte. Ich konnte es nicht ertragen, mit meiner Mutter und Fred unter einem Dach zu leben. Ich hatte mir immer gewünscht, einen Vater zu haben, aber das hier war was anderes. Die beiden erinnerten mich ständig daran, dass etwas nicht stimmte, und zwar ganz und gar nicht. Es war die Nacht, in der ich meinen Rucksack packte – scheiß auf die Volljährigkeit.

Es war schon weit nach Mitternacht, aber es brannte noch Licht im Keller. Der dumpfe rhythmische Lärm, den Ralle im Übungsraum produzierte, erfüllte die Luft.

»Ich wollte mich verabschieden«, sagte ich.

»Wie, verabschieden?«

Ralle kam hinter dem Schlagzeug hervor.

»Ich muss weg.«

»Wie weg?« Ralle musterte meinen Rucksack.

»Richtig weg!«

»Du willst mich verarschen ...«

Dabei hatte er sofort kapiert, dass ich es ernst meinte.

»Nee, ist ernst gemeint. Ich hau ab.«

Ralle schob die Schlagzeugstöcke zur Seite und griff nach dem Tabakbeutel.

»Du hast versprochen, dass wir das mit der Band durchziehen. Dass wir es den Leuten zeigen!«

»Ich weiß. Aber ich hab echt andere Probleme.«

»Was für Probleme, Alter?«

»Kann ich nicht darüber sprechen, tut mir leid!«

»Was?! Wie meinst du das denn? Hast du Mist gebaut?«

Ich wich seinem Blick aus.

»Ist es wegen Tia?«

Das mit dem Tagebuch hätte ich ihm vielleicht sogar erzählt.

»Und wo willst du hin, verdammt?«

»Keine Ahnung. Ich muss weg von hier.«

»Alter, du willst uns doch nicht ernsthaft mit der Band hängen lassen ...«

Ralle hatte nichts mit meinen Problemen zu tun, ihn traf keine Schuld.

»Dann ... Shit!«

Er wandte sich ab, ich ging.

War besser so. Nichts zu machen.

Christiania

40.

Eine fernöstliche Weisheit sagt, der Weg ist das Ziel. Darüber hatten wir mal in Werte und Normen gesprochen, bei Kreidner, einem jungen Referendar. Ich hielt den Daumen raus, während die Fahrzeuge vorbeirasten und den dreckigen Sprühregen über der Fahrbahn zum Tanzen brachten. Von oben kam seit Stunden Nachschub. Werte und Normen, eine Art Religionsunterricht für Atheisten, war eines dieser Laberfächer wie Sozialkunde. Wir behandelten den Buddhismus, und ich sollte ein Referat über den Spruch halten. Der Weg ist das Ziel. Damit war gemeint, dass man in der Gegenwart leben soll, ist ja klar. Also nicht irgendwelche fernen Ziele anpeilen und sich dafür abstrampeln, sondern im Hier und Jetzt leben und das genießen. Ich hatte überlegt, welche Ziele Sinn hatten und war auf das Abitur gekommen. Logisch. Das war es ja, wonach wir strebten. Allerdings war der Weg dahin alles andere als ein Genuss. Das Abi war eher so ein Augen-zu-und-durch-Ziel, eines, das man erreicht, wenn man dranbleibt, obwohl es längst keinen Bock mehr bringt. In dem Referat hatte ich daher die Frage gestellt: Wenn der Weg das Ziel ist, hat es dann überhaupt Sinn, sich Ziele zu setzen? War es dann nicht besser, sich einfach den Weg entlang treiben zu lassen? Die Kunst bestand darin, sich auf den Weg einzulassen und auf alles, was einem so begegnete. Für chronische Verlierer war der Spruch eine super

Entschuldigung. So nach dem Motto: Das Ziel? Wen juckt's? Es kommt schließlich auf den Weg an. Aber dann sollte der Weg auch Bock bringen. Vor allem, wenn man das Ziel, so wie ich, gar nicht erreichen würde. Egal.

Mein neues Ziel hatte ein Fünfmarkstück ausgesucht. Amsterdam oder Kopenhagen? Der Adler lag oben und damit war klar, dass ich nach Kopenhagen trampen würde. Ich nahm den Heiermann von meinem Handrücken, steckte ihn zurück in meinen Brustbeutel. Jetzt stand ich an der Autobahnraststätte Stillhorn, kurz vor Hamburg, und hoffte, dass ein Fahrzeug hielt, das in Richtung Fehmarn auf der Vogelfluglinie unterwegs war. An einem warmen, sonnigen Tag wäre das mit dem Weg als Ziel klar gegangen. Bei Dauerregen eher nicht. Ich schüttelte meinen Parka, hob den Rucksack auf und ging zur Raststätte zurück. Zu blöd: Wenn man völlig durchnässt ist und es am nötigsten hätte, mitgenommen zu werden, halten die Leute nicht an, weil man völlig durchnässt ist. Im Vorraum zur Raststätte traf ich einen anderen Tramper. Er saß auf seinem Rucksack und hielt sich ein Schild vor die Brust. Beides hatte er mit Folie gegen den Regen geschützt. Auf dem Schild standen nur die Buchstaben DK für Dänemark. Außerdem trug er eine weite Regenjacke. Nicht zu übersehen, dass er deutlich besser ausgerüstet war als ich.

»Warum Kopenhagen?«

Ich hatte mich neben ihn gehockt und von meinem Ziel berichtet. Ich erklärte ihm, dass ich nach Afghanistan oder Indien wollte, aber erst 16 war und noch keinen Reisepass hatte, nur einen Personalausweis. Ohne Begleitung einer volljährigen Person und der Einwilligung der Eltern durfte man als Minderjähriger eigentlich gar nicht ins Ausland, hatte ich herausgefunden. Die Einwilligung hatte ich mir selbst ausgestellt, mit der Schreibmaschine und auf dem schicken Briefpapier der Schönheitsfarm. Die Unterschrift meiner Mutter hatte ich ganz gut drauf, meine Version zierte bereits diverse Zeugnisse. Lisa hatte mir einmal von Christiania erzählt, einem autonom verwalteten Stadtteil von Kopenhagen, in dem Aussteiger und Freaks lebten. Das erzählte ich dem Typen jetzt.

»Du willst nach Christiania?«

Bert kam aus Kassel und meinte, dass es keinen Sinn hat, sich zu zweit an die Straße zu stellen, weil die Leute, wenn überhaupt, nur eine Person mitnahmen. Und dass er bei dem Regen lieber hier im Eingangsbereich saß, weil wenn er Glück hatte, vielleicht ein Lkw-Fahrer vorbeikam, der ihn nach der Pause ein Stück mitnahm. Wenn man erst mal so richtig nass sei, sagte er und warf einen Blick auf die Pfütze, die sich unter mir gebildet hatte, könne man es ohnehin vergessen.

»Ja, nach Christiania, soll total klasse sein. Warst du mal dort?«

Er schüttelte den Kopf: »Ich will zum Festival.«

»Welches Festival?«

»Das große Festival in Roskilde! Kraan und Ravi Shankar treten auf. Außerdem Procol Harum, Weather Report und Magma.«

Ich kannte keine der genannten Gruppen. Kraan und Weather Report, die Namen hatte ich schon mal gehört, aber ich wusste nicht, welche Art von Musik sie machten.

41.

Einen VW Bus wie diesen konnte es nur einmal geben, das war klar. Und als ich die Frau mit dem Afrolook entdeckte, war ich ganz sicher.

»Hallo, sag mal, habt ihr vor ein paar Wochen Fred zur Schönheitsfarm gebracht?«

Die Frau zog sich gerade das T-Shirt über den Kopf. Es schien ihr nichts auszumachen, dass ich ihre Brüste sehen konnte.

»Bin verschwitzt vom Tanzen«, sagte sie, während sie sich mit ihrem Shirt die Achseln trocken rieb. Dann kramte sie ein kariertes Hemd aus einem Rucksack und zog es an.

»Na klar, jetzt erkenne ich dich.«

Sie hielt mir die Hand hin.

»Stimmt, wir haben Fred bei euch abgesetzt. Ich bin Judi.«

Mir fiel auf, dass die Innenflächen ihrer Hände gar nicht richtig schwarz waren.

»Bist du mit Fred hier?«

Sie knöpfte das Hemd weiter zu. Ich schüttelte den Kopf und dachte an ihre Brüste, die nun wieder verborgen waren. Sie setzte sich in die Tür und ließ die Beine baumeln. Anschließend griff sie in die Gesäßtasche ihrer abgeschnittenen Jeans und zog einen Tabakbeutel hervor. Sie blinzelte gegen die Sonne und deutete auf den Platz neben sich.

»Willst du dir eine drehen?«

Ich stellte meinen Rucksack ab und setzte mich neben sie. Ich hätte gern ihr Haar angefasst. Stattdessen betrachtete ich die Fransen an ihrer Jeans. Die waren kurz und sahen ziemlich ordentlich aus. Jetzt wusste ich, dass ich die richtige Entscheidung getroffen hatte. Der VW Bus war der Beweis. Nach Christiania konnte ich immer noch trampen. Ich spürte die Nachmittagssonne in meinem Gesicht und war glücklich. Auf dem Festivalgelände tummelten sich junge Leute in bunten Klamotten, sie tanzten, lachten, hielten sich an den Händen und küssten sich. Und ich hatte den VW Bus gefunden mit den Leuten, die ich bewunderte und die all das verkörperten.

»Und welche Bands hast du gehört?«, fragte sie und gab mir Feuer.

»Noch gar keine. Bin gerade erst angekommen.«

»Getrampt?«

Ich nickte und zog an der Selbstgedrehten.

»Die anderen sind an der Bühne, da spielt gleich Magma.«

»Magma?«

»Eine Band aus Frankreich. Aber ich steh nicht so drauf, zu dunkel.«

»Dunkel?«

»Ja, die Musik klingt wie 'ne Geisterbeschwörung oder so. Mir ist das zu mystisch, irgendwie negativ. Außerdem finde ich es blöd, wenn so'n Kult daraus gemacht wird.«

Ich sah in ihre dunklen Augen und stellte fest, dass ich mich bereits in sie verliebt hatte. Dann dachte ich an Tia und wünschte, sie wäre auch hier. Man kann ganz bestimmt in mehr als eine Person verliebt sein, vollkommen klar. Wenn überhaupt, dann musste man die Frage umgekehrt stellen: Warum sollte man nur in eine Person verliebt sein können? Wir sind schließlich keine chemischen Moleküle, deren Reaktionsfreudigkeit erlischt, sobald sie eine stabile Verbindung eingegangen waren. Ich musste lachen, weil mir ausgerechnet ein Vergleich aus der organischen Chemie eingefallen war. Wie gut diese Judi wohl Fred kannte? Wusste sie, dass er mein Vater war?

»Worüber lachst du?«

»Ach, nur so. Ich freue mich, dass ich euch hier getroffen habe.«

Judi lachte ebenfalls.

»Wo willst du pennen?«, fragte sie und deutete auf meinen Schlafsack.

»Keine Ahnung.«

»Hast du ein Zelt?«

Ich schüttelte den Kopf.

»Kann sein, dass es heute Nacht Gewitter gibt, dann siehst du in deinem Schlafsack alt aus. Von mir aus kannst du im Bus pennen. Kannst dich vorn quer über die Sitze legen.

Hab ich schon gemacht, geht ganz gut.«

Dann kamen zwei Leute auf uns zu. Die Frau winkte.

»Das sind Piet und Maria, die waren neulich auch dabei.«

»Schaut mal, wer hier sitzt: Das ist Joe, der Neffe von Fred aus der Schönheitsfarm«, sagte Judi und versetzte mir einen sanften Stoß mit dem Ellenbogen. Piet wischte sich die Hände an seiner verwaschenen Jeans ab. Sein Oberkörper war nackt und seine Füße steckten in Ledersandalen.

»Sorry, hab mir gerade die Hände gewaschen. Tatsächlich, ich erkenne dich wieder! Was ist mit Fred? Ist er hier?«

Ich schüttelte die noch feuchte Hand, dann meinen Kopf.

»Nee, der ist nicht mit.«

Ich glaubte, dass dieser Piet am Steuer gesessen hatte, als sie Fred bei uns abgesetzt hatten. Ich war nicht sicher. Aber an Maria erinnerte ich mich. Sie hatte aus dem Wagen gesehen und uns zugewinkt. Jetzt trug sie ein weites, weißes Oberhemd mit einem breiten Ledergürtel. Auf dem Kopf hatte sie einen Strohhut, an dem eine Feder steckte. Piet öffnete die Beifahrertür und kramte einen Film aus dem Handschuhfach. Dann zeigte er auf seine Kamera:

»Wollt ihr nicht mit zu Magma? Ist total geil! Ich will Fotos machen.«

Judi schüttelte den Kopf. Ich war unschlüssig. Mich interessierte schon, welche Musik sie machten, aber wenn sie nicht mitging, wollte ich auch nicht.

»Ich komme vielleicht später nach.«

»Wir haben ein paar Franzosen kennengelernt«, sagte Piet. »Vielleicht setzen wir uns nach dem Auftritt noch zu denen ans Lagerfeuer. Da ist eine Frau aus Béziers dabei, die mich total antörnt.«

Maria hatte sich einen dunkelgrauen Pullover geschnappt und winkte mir zu, während die beiden wieder Richtung Bühne verschwanden.

»Ist er dein Freund?«

Judi zuckte mit den Achseln. Wir saßen immer noch nebeneinander. Unsere Knie berührten sich.

»Kann schon sein«, meinte sie. Dann sprang sie auf, griff in ihre Hosentasche und zeigte mir einen Geldschein.

»Ich hab Hunger! Wollen wir uns Hotdogs holen? Ich zeig dir, wo der Stand ist.«

Wir bummelten über das Gelände. In der Ferne war die Bühne zu erkennen und man hörte die Musik, ein basslastiger Rhythmus, der hin und wieder durch mehrstimmigen Gesang unterbrochen wurde. Wir gingen auf eine Reihe von Buden zu, in denen verschiedene Sachen angeboten wurden. Getränke, T-Shirts, Silberschmuck, Kaffee und Kuchen, Sandwiches, Obst und Gemüse und vieles mehr. Judi blieb vor einem Stand mit indischen Tüchern stehen, an dem auch Duftöle und Räucherstäbchen angeboten wurden. Sie schaute einen Stapel bunter Tücher durch, schlang sich ein paar davon um die Hüften und schaute mich an. Das gefiel mir. Die Leute dachten vielleicht, dass wir ein Paar seien.

»Das mit den Grüntönen steht dir gut.«

Ich ging zu der Frau an dem Stand, fragte was es kostete, und gab ihr die zehn Kronen. Neben ihr stand ein Mädchen mit Zöpfen. Es hielt sich an Mamas Rock fest. In der anderen Hand hatte es einen Lolli. Ich drehte mich zu Judi um. Sie legte sich das Tuch über die Schultern, kam auf mich zu und küsste mich auf die Wange.

»Okay, aber dann lade ich dich zum Hotdog ein!«

Hotdogs essen ist gar nicht schlecht. Man hat sehr unterschiedliche Eindrücke. Da sind die knusprigen Röstzwiebeln, das weiche Brötchen und die knackige, mit Gurkenscheiben bedeckte Wurst. Das ergibt beim Kauen eine interessante Mischung. Wenn ich gefragt werde, welche Soße drauf soll, wähle ich Mayonnaise, weil mir die am nahrhaftesten vorkommt. In der dänischen Majo sind zusätzlich noch irgendwelche kleinen Stückchen, fein gehackte Zwiebeln oder so. Außerdem macht es Spaß, anderen beim Hotdogessen zuzuschauen. Judi lief die Soße aus beiden Mundwinkeln. Beim Versuch, sie mit der Zunge einzufangen, fiel ihr eine Gurkenscheibe aus dem Mund. Sie suchte auf dem Boden danach und musste lachen, weil in dem heruntergetretenen Gras schon diverse Gurkenscheiben herumlagen. Dann grinste sie und zeigte auf die Majo, die mir an der Nase klebte. Am Schluss muss man aufpassen, dass einem die restliche Wurst nicht aus dem Brötchen flutscht, weil der letzte Bissen ziemlich frustrierend ist, wenn die Wurst fehlt. Als wir fertig waren, schauten wir den anderen Leuten zu. Die meisten versuchten erst mal, den Mund so weit aufzusperren, dass der Hotdog ganz reinpasste. Doch den wenigsten gelang das. Dann wurde entweder geknabbert oder aufgeklappt. In beiden Fällen eine tückische Angelegenheit, weil aus dem aufgeklappten Brötchen alles Mögliche herausfallen kann. Den größten Eindruck hinterließ ein stämmiger Typ mit Lederjacke und seetüchtig schwankendem Gang. Er schien der Anführer einer Motorradgang zu sein. Fünf Leute, alle in schwarzer Montur. Er nahm den Hotdog von seinem Kumpel entgegen, streckte seinen Hals vor und schob sich das ganze Ding in einem Stück rein. Wir sahen uns an.

»Er hat nicht einmal gekaut«, kicherte Judi hinter vorgehaltener Hand.

Auf dem Rückweg fasste sie mich plötzlich um die Taille.

»Du gefällst mir!«

Ich sah ihr in die Augen. Sie erriet meine Frage.

»Weil du nicht so viel redest. Du bist aufmerksam, aber du musst nicht zu allem deine Meinung sagen.«

Wir schlenderten über das Festivalgelände, und ich dachte über das Kompliment nach. Aufmerksam sein und nicht zu viel reden, dachte ich, alles klar.

»Und außerdem siehst du echt gut aus«, sagte sie, ohne mich anzuschauen.

Es wurde bereits dunkel, als wir wieder am Bus ankamen. Maria und Piet waren noch nicht zurück. Als die Luft feucht und kühl wurde, schlossen wir die Türen und Judi zündete zwei Teelichter an. Eines stellte sie auf das Armaturenbrett, das andere ließ sie in ein kleines Glas fallen und stellte es auf dem Deckel einer Holzkiste ab, die sich hinter den Vordersitzen befand. Dann zog sie eine angebrochene Flasche Rotwein zwischen den Polstern hervor. Mir fiel ein, dass ich in meinem Rucksack noch einen Beutel mit Erdnüssen hatte, die holte ich heraus. Wir hockten auf der Matratze, die den hinteren Teil des Busses bedeckte. Judi warf mir ein großes Kissen rüber, das ich mir in den Rücken schob. Sie machte es ebenso. Wir saßen uns gegenüber, reichten die Weinflasche und die Nüsse hin und her und unterhielten uns.

»Wie hast du meinen Onkel kennengelernt?«

»Fred? Den kenne ich durch eine Cousine, die in San Francisco Gesang studiert. Sie hat mit Fred in einer Jazzband gespielt. Ich hab sie letztes Jahr im Sommer besucht und deinen Onkel kennengelernt. Ein feiner Kerl und ein super Pianist. Das weißt du, oder?«

Ja, das wusste ich, obwohl ich Fred schon lange nicht mehr Klavier spielen gehört hatte. Genau genommen gar nicht, seit er wieder in Deutschland war. Eigentlich schade. Früher hatte ich ihm jedenfalls immer gern zugehört und inzwischen hatte sich sein Spiel sicher noch verbessert.

»Du möchtest bestimmt wissen, warum ich so gut Deutsch kann, stimmt's?«

Ich nickte, obwohl ich es nicht so wichtig fand. Da sie es perfekt sprach, war sie vermutlich hier geboren, dachte ich und sagte das auch.

»Stimmt. Mein Vater arbeitet für das Militär in Wiesbaden.«

»Ist er Amerikaner?«

»Afroamerikaner. Und meine Mutter stammt aus Norditalien.«

Sie hatte das »Afroamerikaner« auf eine Weise betont, die mich vermuten ließ, dass sie stolz auf seine Herkunft war.

»Dann haben sie sich in Deutschland kennengelernt?«

»Auf einem Fest in der Clay-Kaserne. Meine Mutter hat da als Köchin gearbeitet. Sie dachte, er sei Pilot und wollte sich unbedingt mit ihm verabreden. Als sie dann erfuhr, dass er bloß Lkw fährt, hatte sie sich schon in ihn verliebt und es war ihr egal.«

Sie warf ihr Kissen neben mich und rückte auf meine Seite herüber. Der Bus machte die Bewegung mit. Es dauerte einen Moment, bis es aufhörte zu wackeln. Ich hatte mich auch verliebt, dachte ich und, dass eines unserer Kinder in zwanzig Jahren vielleicht jemandem erzählen würde, dass Judi und Joe sich 1975 auf dem Musikfestival in Roskilde kennengelernt hatten. Kinder – das Problem war, dass Kinder überhaupt keine gute Idee waren, denn unsere Kinder würden vermutlich nicht riechen und schmecken können. Ich betrachtete Judis Profil im Kerzenlicht und stellte sie mir als Mutter vor. Hin und wieder waren Stimmen von Leuten zu hören, die draußen vorbeigingen, und dann war da noch ein dumpfes Wummern, das von der Bühne ausging.

Judi drehte sich zu mir und strich mit der Hand über meine Wange.

»Warum schaust du mich so an?«

»Wie denn?«

»So ernst. Bist du traurig?«

Ich überlegte, ob ich ihr erzählen sollte, dass ich abgehauen war. Doch dann würde sie wissen wollen, warum.

»Ich bin abgehauen. Von zu Hause, meine ich ...«

Sie zog mich zu sich heran. Ich spürte ihren Körper an meinem und dachte an ihre Brüste und dass ich sie gern berühren würde. Ihre Haare waren weich und kitzelten im Gesicht. Sie streichelte meinen Nacken und flüsterte:

»Ich bin auch mal abgehauen, von zu Hause, meine ich.

Wissen deine Leute denn, wo du bist und dass es dir gut geht?«

Ich schüttelte den Kopf.

»Meinst du nicht, dass sie sich Sorgen machen? Ich würde mich mal melden und denen sagen, dass es dir gut geht. Ist besser, auch für dich.«

Im Grunde war es gar kein Flüstern. Ihre Stimme war nur sehr leise und was sie sagte, war richtig. Die machten sich Sorgen, ganz bestimmt sogar.

»Gibt es hier denn irgendwo Telefonzellen?«

»Klar, ich zeig dir wo. Gleich morgen früh, okay?«

Ich vergrub mein Gesicht tiefer in ihren Haaren und atmete tief durch. Dann erreichte ich ihren Hals. Ich küsste ihn sanft und spürte, wie mir eine Träne von der Nasenwurzel tropfte. Als sie die Feuchtigkeit bemerkte, hob sie den Kopf und sah mich an.

»Alles klar?«

Sie fuhr mit ihrem Zeigefinger an meiner Oberlippe entlang, verweilte kurz am Mundwinkel und folgte dann der Kontur meiner Unterlippe. Sie schob ihre Fingerkuppe ein Stück zwischen meine Lippen, als wollte sie sie öffnen. Schließlich kam sie mit ihrem Kopf ganz nah und strich mit der Nasenspitze an meinem Mund entlang, bis ihre Lippen auf meinen lagen. Ihre Finger streichelten meine geschlossenen Augenlider, dann meine Ohren, während ihre Zunge dem Weg ihres Zeigefingers folgte, bis ich meinen Mund öffnete und ihre warme, weiche Zunge spürte. Wir ließen uns auf die Seite gleiten und versuchten unsere Klamotten loszuwerden, ohne uns voneinander zu lösen. Wir zogen uns die T-Shirts über die Köpfe und unsere Zähne stießen aneinander, als sich unsere Münder wiederfanden. Sie bemerkte meinen Ständer, griff danach und lenkte mich. Wie feucht es war, feucht und warm. Dann war ich in ihr, doch ich wagte nicht, mich zu rühren. Eine Weile lagen wir still da.

Schließlich sagte sie etwas, das ich nicht verstand, und begann sich zu bewegen. Ich spürte, wie sich ihre Hüften an mich schmiegten, leicht kippten, zurückwichen, sich wieder an mich drängten, während sich ihr Bauch mit dem Atem wölbte und entspannte. Meine Lust glitt wie ein führerloses Boot über Stromschnellen, bis sie auf einen Felsen traf, mit der Gischt emporschnellte und in die Tiefe stürzte. Ich hatte nicht einmal ihre Brüste berührt.

Judi hatte sich neben mir zusammengerollt. Ich streichelte ihren Rücken und lauschte dem Regen, der auf das Dach trommelte. Ich hatte Sex gehabt, richtigen Sex mit einer Frau, die ein paar Jahre älter war als ich. Ich spürte ihre Wärme. Wir hatten uns vereinigt und wir würden es wieder tun. Ich liebte sie. Das Leben war wunderbar. Ich fuhr mit der Hand über ihre Hüfte und bemerkte eine Unebenheit. Ich folgte einem Grad, der halbmondförmig zum Oberschenkel führte.

»Was ist das?«

Ich küsste ihre Schulter.

»Nur eine Narbe«, sagte sie. Dann griff sie nach meiner Hand, zog sie an ihren Bauch und hielt sie dort fest.

»Was für eine Narbe, ich meine, woher hast du sie?«

Sie ließ meine Hand los und zog das Kissen weiter unter ihren Kopf.

»Das war vor drei Jahren in Heidelberg. Auf dem Gelände der US-Armee explodierten zwei Bomben. Überall flogen Sachen herum, Glassplitter und Metallteile. Ich war mit meinem Vater verabredet, wollte ihn gerade vom Dienst abholen, als es knallte. Die Sprengsätze waren in zwei Autos versteckt. An einem war ich gerade vorbeigegangen. Ich wurde durch die Luft geschleudert und irgendwas hat meinen Oberschenkel aufgeschlitzt. Drei Tote und viele Verletzte, überall Blut. Ich hab drei Wochen im Militärkrankenhaus gelegen, weil mein Oberschenkelhals was abgekriegt hatte. Hab Glück gehabt, dass das Gelenk heil geblieben ist, sonst wäre ich jetzt gehbehindert.«

Ich hätte gern noch einmal die Narbe gestreichelt, aber Judi ließ meine Hand nicht los.

»Das ist ja schrecklich. Wer macht denn so was?«

»Terroristen. Aus Protest gegen den Vietnamkrieg.«

Sie atmete schneller.

»Ich war auch gegen diesen beschissenen Krieg. Aber die Opfer dieses Anschlags waren Mitarbeiter und Soldaten. Befehlsempfänger, keine Politiker oder Generäle.«

Ich wusste nicht, was ich sagen sollte. Was für Terroristen, wollte ich fragen, aber dann wurde es mir klar. Die RAF hatte Anschläge auf US-Militäreinrichtungen in Deutschland verübt. Es mussten RAF-Leute gewesen sein.

»Wann war das denn?«

»Am 24. Mai '72 um kurz nach sechs Uhr abends. Ich hatte ein neues Kleid an. Es war völlig zerfetzt.«

Das war vor drei Jahren. Wenige Wochen später ist die Ensslin bei uns erschienen. Vielleicht war sie daran beteiligt gewesen. Sie haben die Anschläge gemacht, sich anschließend getrennt und sind untergetaucht. Aber warum töten sie Leute, die gar nichts zu sagen haben? Es hatte ihnen offenbar gereicht, dass diese Menschen für das US-Militär arbeiteten. Ich würde die Ensslin gerne fragen, warum sie Judi das angetan hat.

»Und dein Vater?«

»Dem ist zum Glück nichts passiert.«

Judi hob den Kopf und rückte das Kissen zurecht.

»Ich bin müde, Joe, lass uns schlafen, ja?«

Ich nickte und blieb lange wach.

Am nächsten Morgen war Judi fort. Ich schob den Schlafsack zur Seite und richtet mich auf. Auf den Vordersitzen rekelte sich jemand, gähnte und kurbelte das Fenster herunter. Es war Maria.

»Ich muss pinkeln«, sagte sie, öffnete die Tür und verschwand. Ich war allein und schaute mich in dem VW Bus um. Die Gardinen bestanden aus bunt gemustertem Stoff mit einer Reihe kleiner Elefanten am unteren Rand. Der Himmel war mit Holz verkleidet, bis auf ein Dachfenster, das einen Spalt offenstand. Ich schob die Gardine zur Seite und sah ein paar Leute mit Handtüchern und Kulturbeuteln vorbeikommen. Irgendwo musste es Waschgelegenheiten geben, vielleicht sogar Duschen. Ob ich Bert noch einmal wiedertreffen würde? Eigentlich hatte ich es ihm zu verdanken, dass ich jetzt hier war. Ich war unschlüssig gewesen, ob ich mich ihm anschließen oder weiter nach Christiania trampen sollte. Doch dann war ein Typ in der Raststätte aufgetaucht, der zufällig auch auf das Festival wollte. Er hatte gefragt, ob wir uns an den Spritkosten beteiligen würden, ich fand das fair. Damit war die Entscheidung gefallen. Wir fuhren in einem Renault R4, der so verrostet war, dass ich durch die Löcher im Bodenblech auf die Straße gucken konnte. Der Motor machte beim Beschleunigen seltsam knisternde Geräusche und beim Bremsen wurde das ganze Fahrzeug durchgeschüttelt. Erstaunlicherweise erreichten wir das Festivalgelände dennoch ohne Panne. Der Typ am Steuer hieß Wilfried und erinnerte mich ein bisschen an Bernd aus dem Jugendzentrum. Wilfried war Lehrer, allerdings arbeitslos, weil es viel zu viele Pädagogen gab. Deshalb lebte er schon seit ein paar Jahren von der Sozialhilfe. Er meinte, wenn das System ihm keine Arbeit gab, dann sei es schon okay, dass es auf diese Art für seinen Lebensunterhalt sorgte. Er war zweiunddreißig, doch ich fand, er sah deutlich älter aus. Vielleicht lag es an dem Vollbart oder an den dünnen, langen Haaren, die nur noch kranzförmig vorhanden waren. Wir hatten uns kurz nach der Ankunft verabschiedet und keinen Treffpunkt verabredet. Eher unwahrscheinlich, dass einer der beiden mir hier noch einmal über den Weg läuft, dachte ich, bei den vielen Leuten. Dann klopfte es und die Seitentür ging auf. Es war Judi, sie lächelte und hielt mir eine Papiertüte und einen Becher hin.

»Kaffee und Brötchen.«

Ihre Haare waren unter einem Handtuch verschwunden, sie hatte geduscht. Der Pappbecher war so heiß, dass ich ihn nur am oberen Rand festhalten konnte. Ich schlürfte vorsichtig und stellte fest, dass ich großen Durst hatte.

»Wir können Milch dazugeben, dann ist der Kaffee nicht mehr so heiß«, sagte Judi und griff in die Holzkiste hinter dem Fahrersitz. Sie schnupperte an der Milchtüte.

»Scheint noch okay zu sein.«

Ich überlegte, auf welche Art ich herausfinden konnte, ob Milch sauer geworden war. Das Haltbarkeitsdatum war ein Hinweis. Irgendwann bildeten sich dann Flocken und Klümpchen. Ich hatte mal den ganzen Mund voll davon gehabt, weil ich aus einer angebrochenen Tüte getrunken hatte. Ich nahm ein paar Schluck von unserem Milchkaffee und biss in ein mit hellem Mohn bestreutes Brötchen.

»Danke«, sagte ich zu der Frau, die ich liebte. Aber was war mit Piet? War Judi mit ihm zusammen? Kann schon sein, hatte sie gesagt. Offenbar hatte er die Nacht bei den Franzosen verbracht. Vielleicht mit dieser Frau aus Béziers. Ich fragte mich, was freie Liebe bedeutete. Dass jeder tat, worauf er Lust hatte? Dass jeder mit jedem Sex haben durfte und niemand eifersüchtig wurde? Und wenn man doch eifersüchtig wurde? Was machte man dann? Ich hasste die Vorstellung, dass Piet mit Judi schlief. Ich wollte sie nicht mit Piet teilen. Mit Piet nicht und mit sonst niemandem.

»Schönheitsfarm Viktoria, Sie sprechen mit Frau Anders. Was kann ich für Sie tun?«

»Hallo Mama«, sagte ich. Ich hätte beinahe aufgelegt, so klar und deutlich hörte ich ihre Stimme. Es war, als stünde sie direkt neben mir. Eine kräftige Böe trug ein paar Fetzen Musik von der Hauptbühne herüber.

»Herrgottnochmal! Wo steckst du denn?«

»Es geht mir gut.«

»Aha. Und hast du mal an mich gedacht? Wie es mir geht?«

An dem Punkt hätte ich auflegen sollen. Stattdessen warf ich ein weiteres Fünf-Kronen-Stück in das Münztelefon und sagte, dass es mir leidtäte.

»Wie kannst du mir so was antun?«

»Ich hab es zu Hause nicht mehr ausgehalten.«

»Kannst du dir vorstellen, welche Sorgen ich mir mache? Ich habe mir sonst was für furchtbare Dinge ausgemalt, die dir zugestoßen sein könnten. Ich hab seit Tagen kein Auge zugetan.«

Ich, ich, ich, dachte ich, sie redet nur von sich. Und sie redet mir sargnagelmäßige Schuldgefühle ein.

»Sag jetzt endlich, wo du bist, Joachim!«

»Ich bin auf einem Musikfestival.«

»Auf einem Musikfestival? Ich fasse es nicht! Du kommst sofort zurück, hörst du?! Joe, hörst du mich?«

»Ich melde mich wieder, Mama. Mach's gut.«

Ich legte auf. Sie hatte es tatsächlich geschafft, dass ich mich schlecht fühlte.

Judi, Piet und Maria saßen auf einer Decke in der Sonne. Piet hatte einen Filzstift in der Hand. Auf einer Pappe stand: *ZU VERKAUFEN!* Ich schaute Piet über die Schulter: *Campingbus, Bj. 63, 8 Monate TÜV, Motor läuft super.* Piet dachte nach. Er beugte sich vor und schrieb *VB 650 Mark.* Dann stand er auf, begrüßte mich mit einem Kopfnicken und schob mich zur Seite. Er öffnete die Tür auf der Fahrerseite und legte die Pappe hinter die Windschutzscheibe.

»Du willst ihn verkaufen?«

Piet klopfte mir auf die Schulter.

»Wir fliegen nächste Woche nach Bombay.«

Offenbar war mir anzusehen, dass ich nicht so genau wusste, wo Bombay liegt.

»Indien, Alter. Wir wollten uns den Rest des Jahres dafür Zeit nehmen und ganz gemütlich mit dem Camper fahren. Erst mal Jugoslawien, dann durch Griechenland und die Türkei, den Iran und Afghanistan ...«

»Geht aber nicht«, sagte Maria, »Piet hat doch noch einen Studienplatz bekommen. Für das Wintersemester.«

»Medizin. Ich muss am 1. Oktober in Heidelberg sein, zum Semesterbeginn. Deshalb nehmen wir das Flugzeug. Dann bleiben uns immerhin noch drei Monate.«

»Und wann geht es los?«

»Nächsten Mittwoch«, sagte Piet, »von Kopenhagen aus.«

Judi saß im Schneidersitz auf der Decke und betrachtete ihre geöffneten Handflächen. Dann schaute sie zu mir hoch.

»Du fliegst auch mit?«

»In vier Tagen geht es los«, sagte sie.

Ich war erst sechzehn und hatte keinen Reisepass. Damit war die Sache gestorben. Ich schaute auf das von bunten Blumen und ineinander verschlungenen Linien umgebene Peace-Zeichen auf der Seitentür und sagte:

»Ich kaufe ihn. Du kannst das Schild wieder rausnehmen.«

Ich wollte nicht einmal über den Preis verhandeln. Wenn ich den Bus hatte, konnte ich Judi nahe sein und das würde mir helfen, die drei Monate zu überstehen. Der Bus würde mein neues Zuhause sein, weil das, was ich darin erlebt hatte, mir das Gefühl gab, irgendwo angekommen zu sein.

Piet ließ sich auf die Decke fallen, dann drehte er sich auf den Rücken und verschränkte die Arme hinter dem Kopf.

»Wie alt bist du, Joe?«

»Sechzehn.«

»Dann hast du also noch keinen Führerschein.«

»Na und?«

Piet lachte: »Du willst ein Auto kaufen, obwohl du keinen Führerschein hast?«

Ich dachte an die Anzeige wegen Fahrens ohne Führerschein und dass ich vielleicht eine Sperre aufgebrummt kriegen würde. Ich sollte nicht so negativ denken.

»In zwei Jahren werde ich einen haben.«

»Und bis dahin?«

Ich zuckte mit den Achseln.

»Ich muss ja nicht selbst fahren.«

Piet lachte: »Na klar, du engagierst einen Chauffeur!«

Es ärgerte mich, dass er sich über mich lustig machte.

»Ich könnte Tramper fragen, ob sie den Bus fahren. Viele von denen haben einen Führerschein, aber kein Auto. Stimmt doch!«

Piet grinste: »Ganz schön clever, Joe. Mal 'ne andere Frage: Hast du überhaupt so viel Kohle?«

Für einen Moment überkamen mich Zweifel, ob ich tatsächlich 650 Mark für den Bus hinblättern sollte. Ich hatte 800 Mark von dem Geld übrig, dass die Ensslin mir gegeben hatte. Drei Bündel mit Hundertmarkscheinen. Insgesamt 12.800 DM. Ich hatte mir vorgenommen, die 800 Mark für einen besonderen Anlass aufzuheben. Jetzt war er gekommen. Das Geld befand sich zusammen mit den Nacktfotos in meinem Brustbeutel. Den holte ich nun aus meinem Rucksack. Ich zählte sieben Scheine ab und hielt sie Piet hin. Er schaute auf das Geld.

»Langsam glaube ich, dass du es ernst meinst. Eigentlich kann es mir ja egal sein, Hauptsache, du fährst ihn nicht gleich zu Schrott, okay? Ich hänge nämlich an der Kiste.«

Als der Joint bei mir ankam, dachte ich an Ossi und wie ich das erste Mal Gras geraucht hatte. Viele Dinge passierten jetzt das erste Mal. Wenn ich alt war, würde es umgekehrt sein. Irgendwann würde ich das letzte Mal Sex haben, ein

Festival besuchen, Auto fahren, ein Buch lesen und schließlich den letzten Atemzug tun. Aber bis dahin würde noch
viel Zeit vergehen. Ich gab den Joint weiter, atmete aus und
schaute in die Runde. Mein erstes Auto. Piet meinte, das
müsse gefeiert werden. Er hatte ein Piece Schwarzen Afghanen von den Franzosen abgestaubt und einen Joint gebaut,
der jetzt die Runde machte. Zeit. Ich hatte unfassbar viel
davon. Ich nahm einen tiefen Zug, behielt ihn in der Lunge,
atmete aus und zog erneut. Zeit. Ein ganzes Leben davon.
Und sie verging wahnsinnig langsam. Meine Gedanken waren klebrig und zogen Fäden, das machte mir ein bisschen
Angst. Doch als ich realisierte, was gerade mit mir passierte, musste ich lachen. Ich war das erste Mal richtig stoned.
Nicht nur bekifft, sondern total vollgedröhnt. Judi lächelte
mich an. Doch ich fand keine Verbindung zu ihr. Sie schien
unerreichbar weit weg zu sein. Ich würde mich gern zu ihr
setzen, mich frisch und schnell und wach fühlen. Doch ich
fühlte mich schwer. Ich hätte mich gern gehäutet wie eine
Schlange, aber mir fehlte die Kraft. Stattdessen wurde ich
von meinem Lachen geschüttelt. Die anderen lachten jetzt
auch. Es war wie eine Vibration hinter meinem Bauchnabel.
Eine Vibration, die ich nicht kontrollieren konnte und die
mich lachen ließ, wie ich noch nie zuvor gelacht hatte.

Als ich am nächsten Morgen aufwachte und mich auf-
richten wollte, spürte ich einen stechenden Schmerz. Maria
lehnte an der offenen Tür, sah mein verzerrtes Gesicht und
grinste: »Na, Muskelkater? Kommt vom Lachen. Du hattest
den totalen Lachflash gestern. Dachte schon, du drehst völlig
ab. Hast dich gar nicht mehr eingekriegt.«
Ich hatte einfach nicht aufhören können, obwohl mir
schon alles wehtat. Ich erinnerte mich, dass ich zur Seite
gekippt war, mir den Bauch gehalten und immer weiter gelacht hatte, bis ich vor Erschöpfung eingeschlafen war. Und

ich wusste, dass ich den VW Bus gekauft hatte, und dass die drei übermorgen nach Indien fliegen würden. Ich sah aus dem Fenster.

»Wo sind die anderen?«

»Duschen gegangen. Sie bringen Brötchen mit.«

Ich sah sie über die Wiese schlendern, sie hielten sich an den Händen. Piet trug einen Stoffbeutel über der Schulter und Judi hatte sich ein Handtuch zu einem Turban um die Haare gewickelt.

»Na, gut gelandet?«

Piet strich mir über den Kopf.

»Der Schwarze Afghane ist echt der Hammer, oder?«

Judi zeigte auf meinen Bauch: »Muskelkater?«

Ich musste lachen. Mann, wie das zwickte!

»Hier, wir haben Brötchen mitgebracht.«

Sie hielt Maria die Tüte hin, die eines herausnahm und die Tüte weiterreichte. Piet wischte das Messer im Gras ab, halbierte sein Brötchen und strich sich Margarine darauf. Dann gab er mir das Messer. Wir saßen auf einer Wolldecke und frühstückten.

»Ich muss dir noch zeigen, wo ich die Fahrzeugpapiere versteckt habe.«

Piet reichte mir ein Glas Marmelade, in dem ein Plastiklöffel steckte.

»Von mir aus brauchst du den Wagen nicht gleich umzumelden. Versicherung und Steuern sind bis Ende des Jahres bezahlt. Kleine Zugabe.«

Judi biss von ihrem Brötchen ab. Ob sie Piet von unserer Nacht erzählt hatte? Machte es ihm nichts aus, dass sie mit mir geschlafen hatte? Hatten Hippies eine Art Philosophie? Gab es Regeln, an die man sich halten musste? Wie sahen die aus? Oder brauchten sie keine Regeln, weil sie frei waren? Ich wollte frei sein, ich wollte so wie sie sein und ich wollte Judi für mich allein haben. Wie kann man verliebt sein und es okay finden, dass diese Person mit anderen Leuten rummacht? Kann man das lernen? Ich war vielleicht nur zu unerfahren.

Alles ging so schnell. Ich war mit Judi, Piet und Maria zusammengekommen, sie waren wie eine neue Familie. Doch jetzt ließen sie mich schon wieder zurück. Ich lag auf der Matratze und heulte. In meinem Kopf ging alles durcheinander. Ich sollte nach Hause fahren. Die Sommerferien waren noch nicht zu Ende, ich würde nicht einmal zu spät zur Schule kommen. Ich konnte versuchen, das Abi zu schaffen und mit Ralle und Frank weiter in unserer Band spielen.

Doch ich konnte mir nicht vorstellen, wieder in der Schönheitsfarm zu leben und täglich daran erinnert zu werden, dass meine Eltern Geschwister waren. Was war das für eine Familie? Total krank! Irgendwie musste ich damit klarkommen. Aber ich musste nicht dort leben, echt nicht!

Ich konnte sogar verstehen, dass meine Mutter es vor mir hatte geheim halten wollen. Ich hatte immer geglaubt, die Wahrheit sei das Wichtigste im Leben, die Wahrheit sei die Kämpferin gegen Lüge und Betrug. Doch meine Wahrheit hatte alles andere zu einer Lüge gemacht. Die Geschichte meiner Herkunft war eine Lüge. Alles, woran ich geglaubt hatte, war eine Lüge. Jetzt kannte ich die Wahrheit. Und was brachte mir das? Es ging mir schlechter als vorher. Viel schlechter. Und ich war dazu verdammt, diese Lüge für mich zu behalten, sie weiter zu hüten. Darüber hinwegkommen, den Scheiß verarbeiten? Unmöglich. Ich musste nach vorn schauen, mein eigenes Leben leben. Die Frage war nur: Wie sollte dieses Leben aussehen?

42.

Piet und Maria waren bei den Franzosen. Judi hatte gesagt, dass sie früh schlafen gehen wollte, weil wir morgen sehr früh nach Kopenhagen aufbrechen mussten. Es war geplant, dass ich sie zum Flughafen begleite und dort den Bus übernehme. Ich musste nur jemanden finden, der mich in den Stadtteil Christiania fuhr oder das Risiko eingehen, den Bus einfach selbst zu fahren.

Ich hatte vorgegeben, müde zu sein, weil ich in Judis Nähe sein wollte. Judi hatte ihren Rucksack bereits gepackt. Jetzt stellte sie den Wecker auf sechs Uhr.

»Ich wäre gern länger geblieben. Aber ich möchte unbedingt nach Indien und der Flug ist nun mal gebucht.«

Sie klemmte den Wecker zwischen Matratze und Holzverkleidung und ließ sich auf das Kissen fallen.

»Klasse, dass du den Bus übernimmst. Was willst du eigentlich in Christiania?«

Ich wollte ihren Busen berühren. Ich wollte, dass es noch einmal so war wie in der ersten Nacht. Christiania war mir egal. Ich legte mich neben sie und griff nach ihrer Hand.

»Wenn ich einen Reisepass hätte, würde ich mitkommen.«

»Du siehst schön aus, wenn du so traurig guckst. Was für ein schöner, ernster junger Mann.«

Ich legte mein Gesicht in ihre Hand und hoffte, dass sie mich liebkosen würde. Doch sie rührte sich nicht. Ich ließ ihre Hand los und streichelte ihre Schulter.

»Nicht. Mir ist jetzt nicht danach«, sagte sie, als meine Hand ihren Busen erreichte. Ich beugte mich vor und küsste sie. Doch sie drehte ihr Gesicht weg:

»Lass das bitte, ich möchte nicht.«

Ich verstand nicht: Warum lehnte sie mich ab? Ich wollte sie, alles an mir wollte sie. Es war wie ein Sog und es fühlte sich vollkommen richtig an. Sie hatte mir eine ganz neue Welt eröffnet. Sie hatte mich in sich aufgenommen. Wie konnte sie mich auf einmal ablehnen? Du musst es doch auch spüren, dachte ich. Ich muss dich einfach berühren, ich muss deine Haut streicheln, dann wirst du merken, was los ist, dann wirst du es selber merken. Dass wir zusammengehören, dass wir uns vereinigen müssen, dass es das ist, was uns glücklich macht.

»Mach es nicht kaputt, bitte Joe.«

Sie schob meine Hand weg und drehte sich zur Wand.

Ich lag auf dem Rücken und lauschte den Geräuschen, die das Festival machte. Den Geräuschen von zehntausend Menschen, zwei Bühnen und einer Autobahn, die direkt am Gelände vorbeiführte. Ich hörte den rhythmischen Applaus, der die Band zu einer Zugabe bewegen sollte. Später hörte ich Schritte und die Tür wurde geöffnet. Maria und Piet. Sie legten sich zu uns und flüsterten noch eine Weile miteinander. Dann war es wieder ruhig. Ich beobachtete die Schatten, die mit dem Mondlicht über meinen Schlafsack zogen, wie rückwärts laufende Hunde. Mit jedem Zentimeter schwand meine Hoffnung. Mein Leben nahm keine Gestalt an.

43.

Ich stand neben dem VW Bus und hielt ein Pappschild in der Hand auf dem »Til Christiania« stand. Eine Frau mit kurzen grauen Haaren und einem kleinen Lederkoffer kam auf mich zu. Die Handtasche hing ihr um den Hals, baumelte vor ihrer Brust.

»Til Christiania? Du kan komme med mig.«

Sie zeigte mit der freien Hand in Richtung Parkhaus. Ich schüttelte den Kopf und zeigte auf den Bus:

»Ich suche jemanden, der mich mit diesem Bus hinfährt.«

»Du er tysk? Du sugst jemand, der dig med diese Bus til Christiania bringe. Jeg forstår.«

Sie nahm mir den Filzstift aus der Hand und überlegte einen Moment. Dann nahm sie das Schild und schrieb oben drüber »Der kører mig på denne bus«. Anschließend fügte sie an das »Til Christiania« ein Fragezeichen an.

»Så, nu skulle det fungere.«

Sie drückte mir das Schild in die Hand. Ich schaute ihr hinterher und war sicher, dass es sich um eine Lehrerin handelte. Als sie am Parkhaus angelangt war, drehte sie sich noch einmal um und winkte mir. Sie rief etwas. Ich nahm an, dass es viel Glück bedeutete. Ich lächelte und spürte, dass sie mir nahe war. Judi hatte sich nicht noch einmal umgedreht. Sie hatte mich umarmt, auf die Wange geküsst und gesagt:

»Wenn das Schicksal es will, werden wir uns wieder treffen, Joe.«

»Wenn«, hatte ich erwidert, weil ich das für eine ziemlich vage Aussicht hielt. Dann hatten die drei ihre Rucksäcke genommen und waren im Gedränge des Flughafens verschwunden.

Ich hörte das Dröhnen einer startenden Maschine. Vielleicht saßen sie da drin und freuten sich auf Indien. Jemand zeigte auf das Schild und kam näher. Der Typ erklärte mir, dass er einen Kollegen habe, der hier im Flughafen arbeitete und in Christiania wohnte. Im Laufe des Gesprächs stellte sich heraus, dass diese Person, ein gewisser Børre, in knapp zwei Stunden Feierabend hatte und dann normalerweise mit der S-Bahn nach Hause fuhr. Fynn versprach mir, seinem Kollegen Bescheid zu sagen. Falls ich bis dahin niemand gefunden hätte, könne mich Børre nach Christiania bringen, ich würde ihn an seiner orangefarbenen Weste und der Nickelbrille erkennen.

Als Børre endlich auftauchte, hatte ich gerade einem weiteren Typen klargemacht, dass ich den Bus nicht verkaufen will. Es war bereits der Dritte, der nach dem Preis fragte.

»Aha, der Deutsche mit dem VW Bus.«

Børre drückte mich an sich. Dann ging er um den Bus herum, klopfte hier und da auf das Blech und blieb schließlich vor der Seitentür stehen. Er schaute sich die Bemalung an und folgte den fließenden Formen mit den Fingern.

»Gefällt mir. Was soll er kosten?«

Ich fasste mir an den Kopf.

»War nicht ernst gemeint. Dänen stehen auf deutsche Autos, vor allem auf VW Busse. Echt 'n schönes Teil.«

»Wie kommt es, dass du so gut deutsch sprichst, Børre?«

»Meine Mutter ist Deutsche. Ich war sechs Jahr alt und hieß Bernd, als wir nach Dänemark sind.«

»Bernd?«

Børre zuckte mit den Schultern. »Klingt ganz ähnlich, oder?«

Fand ich nicht so »Und du lebst in Christiania?«

»So ist es. Und du? Willst du jemanden besuchen?«

Er öffnete die Fahrertür und setzte sich ans Steuer. Ich schwang mich auf den Beifahrersitz und deutete auf das Zündschloss, in dem der Schlüssel steckte. Am Lederband, das daran hing, baumelte ein winziger Troll mit wuscheligen Haaren.

»Nee, ich kenne ja niemanden, der dort lebt. Außer dich jetzt.«

Ich registrierte die Furchen auf seiner Stirn und ergänzte:

»Eine Freundin hat mir von Christiania erzählt. Das ist doch dieser selbstverwaltete Stadtteil, oder?«

Børre nickte.

»Ich will mir das mal anschauen. Spricht etwas dagegen?«

»Alles klar. Nee, spricht nichts gegen. Dachte nur, du willst jemanden besuchen. Wenn du möchtest, kann ich dir nachher alles zeigen.«

Er drehte den Schlüssel und der Bus machte einen Satz nach vorn.

»Ach ja, die Kupplung!«

Børre startete einen weiteren Versuch.

»Ich krieg das schon hin, bin länger nicht gefahren«, sagte er, als er meinen Blick sah. Im Stadtverkehr würgte Børre beim Anfahren mehrmals den Motor ab.

»Wie weit ist es denn?«

Ich überlegte, ob es nicht besser war, selbst zu fahren.

»Nur ein paar Kilometer.«

Børre schaltete krachend in den nächsten Gang.

»Wir sind jetzt auf der Amagerbrogade und die fahren wir immer geradeaus bis über den Stadsgraven. Dann geht es rechts in die Prinsessegade und schon verlassen wir Europa und befinden uns in der Freistadt Christiania.«

Ein paar Minuten später waren wir da.

»Wir haben hier keine Autos. Brauchen wir auch nicht. Aber wenn du in dem Bus pennen willst, kann ich das besprechen, und dann darfst du damit reinfahren. Erst mal parken wir hier vorn.«

Børre stellte den Bus auf einem kleinen Platz zwischen einem total verrosteten Krankenwagen und einem Kleintransporter ab, auf dessen Ladefläche sich kaputte Möbel stapelten. Wir stiegen aus.

»Hast du deinen Führerschein in Dänemark oder Deutschland gemacht?«, fragte ich.

»Führerschein? Wozu? Ich hab ja kein Auto.«

Børre warf mir den Schlüssel zu. Ich schaute Børre hinterher, der sich bereits in Richtung Eingang bewegte, hob den Troll auf und schüttelte den Staub aus seinen Haaren. Kurz darauf passierte ich das Tor. Auf einer Holzbohle, die hoch oben zwischen zwei Totempfählen angebracht worden war, stand in großen Buchstaben *Christiania*.

Børre wollte mich bei Agnes anmelden. Ich folgte ihm über ein parkartiges Gelände, vorbei an ein paar baufälligen Häusern. Einige waren notdürftig renoviert worden, was sich vor allem am Einsatz von bunten Farben zeigte. Sie schienen bewohnt. Andere Gebäude gammelten düster und halb verfallen vor sich hin.

»Hier gibt es noch viel zu tun«, sagte Børre, als wir an einer dieser Ruinen vorbeikamen. Sämtliche Fenster waren zerbrochen, die Tür fehlte ganz und aus dem kaputten Dach schauten zwei junge Birken hervor. Wenig später blieb er vor einem zweigeschossigen Backsteinbau stehen. Die Fassade war mit bunten Motiven bemalt. Wir standen vor einer blutroten Sonne, die hinter einem blauvioletten Gebirge unterging. Im Vordergrund befand sich ein gewaltiger Baum, in dessen Stamm sich der Hauseingang verbarg. Børre trat ein und winkte mir. Ich schaute hinauf und sah, dass aus dem Fenster im ersten Stock eine Flagge wehte, rot mit drei gelben Punkten. Die hatte ich mehrfach auf dem Gelände gesehen. Ich folgte ihm durch einen dunklen Flur und gelangte in einen großen Raum, der gleichermaßen als Küche und Wohnzimmer zu dienen schien. Eine Frau stand barfuß an einer Arbeitsfläche und putzte Möhren. Sie trug ein kariertes Hemd und eine helle Pumphose aus grobem Stoff. Børre sprach dänisch. Ich hörte, dass mein Name fiel. Sie unterbrach ihre Arbeit, putzte sich die Hände an einem Handtuch ab und kam auf mich zu. Sie war vielleicht Mitte dreißig und hatte das Gesicht einer Bäuerin, braun gebrannt mit vielen kleinen Fältchen. Die Haare waren zu einem Zopf geflochten und hochgesteckt – ein Fall für die große Typberatung. Agnes reichte mir die Hand.

»Jeg er Agnes, varmt velkommen, Joe.«

Ich ahnte, was sie gesagt hatte.

»Danke, Agnes«, sagte ich.

Nun wandte sie sich wieder an Børre.

»Jeg håber, han ikke løb væk. Vi vil ikke have problemer med hans forældre.«

»Sie fragt, ob du zu Hause weggelaufen bist. Nicht, dass wir Ärger mit deinen Eltern bekommen.«

»Nein, nein, ich hab Ferien. Eine Freundin hat mir von Christiania vorgeschwärmt. Es interessiert mich einfach, wie ihr hier lebt. Vielleicht schreibe ich einen Artikel für meine Schülerzeitung in Deutschland«, log ich, während Børre übersetzte.

Jetzt lächelte Agnes. Ich glaube, sie war erleichtert. Jedenfalls kümmerte sie sich nun wieder um die Möhren, während sie weiter mit Børre sprach.

Als wir draußen waren, erklärte mir Børre, was besprochen worden war.

»Du kannst deinen Bus für ein paar Tage auf dem Bauwagenplatz abstellen. Wie gesagt, auf dem Gelände wird nicht Auto gefahren. Du kannst den Bus hinstellen, aber dann muss er da stehen bleiben. Klar so weit?«

Ich nickte.

»Wer ist sie?«

»Sie ist eine der Gründerinnen. Sie war dabei, als das Gelände vor ein paar Jahren besetzt wurde.«

»Dann ist sie so was wie die Chefin hier?« Ich dachte an meine Mutter.

Børre lachte: »Ne, so was gibts hier nicht. Die Gemeinschaft bestimmt über alles. Jede Woche gibt es ein Treffen und was dort entschieden wird, ist für alle bindend.«

Wir bogen in eine schmale Gasse ab und gelangten auf eine belebte Straße. Die Sonne fiel durch das Buchenlaub und warf fleckige Schatten auf das Kopfsteinpflaster. Wir wichen einer Frau auf einem Fahrrad aus, die einen Anhänger hinter sich herzog. Darin saß ein Junge, er hielt einen schwarzen Hund im Arm und lachte, weil sie so durchgeschüttelt wurden. Ich blieb stehen und versuchte, all das aufzunehmen. Ich sollte Tagebuch schreiben, dachte ich, während eine kräftige Brise die Schattenflecken zum Zittern brachte.

»Ich habe sie gebeten, dich und deinen Bus beim nächsten Meeting zur Sprache zu bringen. Sie wird sich dafür einsetzen, dass du ein Weilchen bleiben darfst, denke ich. Ach ja, sie bat mich, dir unsere Regeln zu erklären.«

»Regeln?«

»Ja, Regeln. Keine Sorge, es sind nur drei und die sind ziemlich simpel: Wir dulden keine Gewalt, keine Waffen und keine harten Drogen. Wer dagegen verstößt, muss Christiania verlassen.«

Ich schaute zu dem rot-weiß gestreiften Bauwagen rüber, neben dem ich meinen Bus geparkt hatte, und zog die Gardinen zu. Dabei fiel mein Blick auf die Reihe kleiner Elefanten, schweifte über die Fächer in der Verkleidung der Seitentür und blieb auf der Kiste hängen, in der sich ein Gaskocher und ein paar Küchenutensilien befanden. Piet hatte mir gezeigt, wie der Kocher funktionierte und wie man die Kartuschen wechselte. Ich ließ mich auf die Matratze fallen und überlegte, ob die drei wohl schon in Indien gelandet wären. Ich schaute zur Holzverkleidung hoch. Wie lang würde es wohl dauern, bis ich beim Einschlafen nicht mehr an diese eine Nacht denken musste? Ich richtete mich noch einmal auf und schob das Dachfenster einen Spalt auf. Dann kroch ich in meinen Schlafsack und dachte an zu Hause. Ich dachte an Ralle und an Tia und musste grinsen, als mir auffiel, dass Tia eigentlich Christiane hieß und ich jetzt in Christiania war, der einzigen autonomen Freistadt auf der ganzen Welt. Ich wünschte, Tia wäre bei mir. Sie passte hierher, bestimmt würde es ihr gefallen. Ich sah sie vor mir, wie sie auf mich zuging, mir die Hand reichte und wir durch die Freistadt gingen. Ich konnte einfach nicht begreifen, dass sie mich für einen Angeber hielt. Vielleicht wollte ich es nur nicht wahrhaben. Vielleicht hatte sie mir nur etwas vorgespielt. Aber warum hatte es sich dann so gut angefühlt? Kann man wirklich so blind sein, wenn man in jemanden verknallt ist? Dann kam mir ein irritierender Gedanke: Ich würde mich gern an ihren Geruch erinnern, obwohl ich keine Ahnung hatte, was das bedeutete. Außer, dass der Geruch einen Teil der Nähe ausmachte. Du riechst gut, hatte sie gesagt und sich an meinen Hals geschmiegt. Dass ich ihren Geruch niemals wahrnehmen würde, bereitete mir körperlichen Schmerz.

<h2 style="text-align:center">44.</h2>

Børre kam nach der Arbeit vorbei und fragte, ob ich mit ihm zu Abend essen wollte. Er wohnte in einem kleinen Holzhaus im Mælkevejen, dem dänischen Wort für Milchstraße. Nebenan befand sich eine Fahrradwerkstatt. Hier konnte jeder herkommen, der etwas an seinem Fahrrad zu reparieren hatte.

»Falls du keine Einwände erhebst, würde ich Bratkartoffeln mit Spiegeleiern machen«, sagte Børre und stellte seinen Lederbeutel auf dem Küchentisch ab. Ich half ihm, die kalten Kartoffeln zu pellen, die ihm eine Nachbarin an die Tür gehängt hatte.

»Wenn hier jemand etwas übrighat, dann wird das einfach weitergegeben. Mona von gegenüber zum Beispiel, die kocht immer gleich einen großen Topf voll, wenn sie Kartoffeln macht. Dann sind hier alle für ein paar Tage versorgt. Weiter oben am Kanal haben sie Hühner. Da hab ich am Wochenende die Wasserleitung repariert und zwei Dutzend Eier dafür bekommen.«

Børre holte zwei Pfannen aus einem offenen Regal und stellte sie auf den Gasherd.

»Ich hab Installateur gelernt. Ist ganz nützlich hier, weil die meisten sich mit so was nicht auskennen.«

Als wir gerade zu essen begonnen hatten, kam ein dürrer Typ herein.

»Hallo Gunnar«, sagte Børre und schob einen Hocker in seine Richtung. Doch Gunnar blieb in der Mitte des Raumes stehen und drehte seinen vogelartigen Kopf blitzschnell in alle Richtungen. Es wirkte, als würde er von einem unsichtbaren Insekt umkreist. Als sein Blick auf mich fiel, stand er auf einmal ganz still und stierte mich sekundenlang aus tief liegenden Augen an. Ich hatte noch nie jemanden gesehen, der so abgemagert aussah. Ich musste an den Film denken, den uns Bohnemann in Geschichte vorgespielt hatte.

»Nun setz dich schon.«

Børre zeigte auf den Hocker.

»Kannst mitessen, Bratkartoffeln mit Spiegeleiern.«

Gunnar schüttelte den Kopf.

»Was macht der hier?«, fragte er, ohne mich aus den Augen zu lassen.

»Das ist Joe. Der ist auch aus Deutschland«, sagte Børre und an mich gewandt: »Gunnar kommt aus Frankfurt.«

»Muss erst checken, ob sie mir gefolgt sind.«

Gunnar hielt sich die Handflächen an die Schläfen. Dann schloss er für ein paar Sekunden die Augen.

»Seit ein paar Stunden sind sie wieder hinter mir her«, sagte er und setzte sich neben Børre.

»Aber hab sie abgeschüttelt.«

Ein Lächeln huschte über sein Gesicht. Dann nahm er sich ein paar Bratkartoffeln und aß sie direkt aus der Hand.

»Sie wollen, dass ich kooperiere. Sie wollen, dass ich ihnen alles erzähle. Wer hier untergetaucht ist und was sie als Nächstes planen.«

»Gunnar ist davon überzeugt, dass zwei deutsche Geheimagenten hinter ihm her sind. Er hat früher mal mit ein paar Leuten von der RAF zu tun gehabt und ist aus Frankfurt weg, als er mitgekriegt hat, dass er überwacht wird.«

»Die waren in meiner Wohnung. Haben mich komplett verwanzt, auch das Telefon. Ein paar Mal waren die da, immer wenn ich weg war. Haben mich beobachtet, sind dann rein. Ich weiß das, weil ich ihnen Fallen gestellt hab.«

Gunnar rieb sich mit dem Handballen die Armbeuge. Er sprach schnell und so leise, dass ich Mühe hatte, ihm zu folgen. Er rückte mit seinem Hocker näher an mich heran.

»Ist ganz einfach. Hab immer ein langes Haar von mir in die Tür geklemmt, wenn ich die Wohnung verriegelt habe.«

Er drückte ein imaginäres Haar in einen imaginären Türrahmen und schaute mich an. Seine Pupillen waren so geweitet, dass kaum etwas von der Iris zu sehen war.

»Und dann?«, fragte ich.

»Wenn ich wieder nach Hause kam, war das Haar weg. Also sind die drin gewesen.«

»Und wie sind die reingekommen?«

»Nachschlüssel. Wahrscheinlich vom Hausmeister. Der mochte mich sowieso nicht.«

»Hier bist du sicher, Alter.«

Gunnar schüttelte den Kopf und lachte, was eher wie ein Husten klang.

»Schön wär's!«

Dann stand er auf, legte sich die Handflächen auf die Schläfen und schloss für einen Moment die Augen, bevor er ohne ein Wort verschwand.

»Total durchgeknallt«, sagte Børre, »immer auf Droge und voll die Paranoia. Heute ging es noch. Manchmal wird er aggressiv, dann solltest du ihm lieber aus dem Weg gehen.«

»Was für Drogen?«, wollte ich wissen. »Gras?«

Børre lachte: »Kiffen tun wir hier alle mal, du nicht? Ne, ne, Gunnar hängt an der Nadel.«

»Heroin?«

»Ist leider ein Problem hier. Die Gemeinschaft will niemanden ausgrenzen, nur weil er süchtig ist. Wir sind für die

Legalisierung von Shit und Marihuana. Aber harte Drogen wollen wir nicht, weil die Leute daran kaputtgehen.«

Børre stellte unsere Teller zusammen, dann kratzte er die letzten Kartoffeln aus der Pfanne.

»Kaputte Typen wie Gunnar bringen das Heroin hier rein. Immer mehr Leute fahren darauf ab und gehen vor die Hunde. Im Grunde müssten wir die rausschmeißen.«

Auf dem Weg zu meinem Bus hörte ich jemanden Gitarre spielen und eine weibliche Stimme singen. Es klang wie ein Song von Cat Stevens. Es dämmerte bereits, als ich den Platz mit den Bauwagen überquerte. Ich sah zwei Gestalten in grauen Jacken, die im Schatten einer Buche standen und bereute, dass ich keine Taschenlampe dabeihatte. Als ich den Bus erreichte und mich noch einmal nach ihnen umschaute, waren sie verschwunden.

Ich lag im Bett und lauschte den Geräuschen, die die Freistadt Christiania machte. Von der Musik war kaum noch etwas zu hören, hin und wieder schob eine schwache Böe ein paar Töne durch die Nachtluft. Ich vernahm ein Rauschen, das von der Stadt kommen musste. Dann lachte jemand, vermutlich in einem der Bauwagen neben mir. Ich war froh, dass ich Børre kennengelernt hatte. Er war für das Be- und Entladen der Flugzeuge zuständig, hatte er mir erklärt. Zurzeit arbeitete er in der Frühschicht, was bedeutete, dass er bereits um sechs Uhr anfangen musste. Dann kam die erste Maschine. Aus Helsinki. Im nächsten Monat wurde gewechselt. Und dann dieser Gunnar ... Børre meinte, dass er nicht mehr lange leben würde. Entzug schaffte er nicht, er hatte es dreimal versucht und war dreimal rückfällig geworden. Morgen würde ich mir eine Taschenlampe kaufen. Und ein Heft, damit ich mit meinem Tagebuch beginnen konnte. Ach ja: und ein paar Postkarten.

45.

Ich war jetzt schon fast vier Wochen hier und dachte mal wieder darüber nach, wie ich mich nützlich machen konnte. Ich nahm einen Zug von dem Joint und lauschte einer Lerche, deren zirpender Gesang aus dem tiefblauen Nichts über mir zu kommen schien. Auf Schule hatte ich keinen Bock mehr und mit dem Tischlerhandwerk hatte es auch nicht hingehauen. In Christiania gab es eine Schmiede, eine Tischlerwerkstatt, eine Töpferei und einen Goldschmied, der eigentlich Friseur war. Vielleicht sollte ich das mal versuchen. Schmuck herzustellen konnte ich mir jedenfalls eher vorstellen als Tontöpfe. Ich schaute in den Himmel und sah eine einzelne Wolke vorbeiziehen. Entspann dich, dachte ich und nahm einen weiteren Zug, du hast Zeit, viel Zeit. Warum solltest du dir Stress machen? Der Weg ist das Ziel. Und wenn das so ist, dann darf der Weg auch verschlungen sein, Umwege eingeschlossen. Ich lebte im Hier und Jetzt. Und im Hier und Jetzt war ich stoned. Der Schwarze Afghane half prima dabei, Ziele aus den Augen zu verlieren.

Ich hatte ein paar Tage in der Tischlerei mitgemacht, weil ich die Idee klasse fand, mit Holz zu arbeiten. Holz ist ein lebendiger Werkstoff. Eine Woche lang hatte ich Material hin und her geschleppt, alten Lack von Möbeln, die aus dem Sperrmüll stammten, runtergeschliffen und am Abend die Werkstatt gefegt. Am fünften Tag fragte ich den Meister, ob ich auch mal was anderes machen könnte. Er schüttelte bloß den Kopf und meinte, da muss jeder Lehrling durch, in den ersten Monaten stünden Hilfsarbeiten auf dem Programm. Doch auf solche Augen-zu-und-durch-Ziele hatte ich keinen Bock mehr, und das hab ich ihm auch gesagt. Dann hätte ich ja auch gleich das Abitur machen können. Also bin ich nicht mehr hingegangen. Ich blinzelte in die Sonne, die zwischen zwei Wolken hindurchschien. Eine Sonnenbrille wäre nicht verkehrt, dachte ich und beschattete meine Augen mit der Handfläche. Ich hatte eine kaputte Leiter aus der Tischlerei mitgenommen und die fehlenden Sprossen repariert. Jetzt lehnte sie am Bus. Dann hatte ich ein paar alte Bretter zusammengenagelt und an dem Dachgepäckträger befestigt. Wenn das Wetter gut war, so wie heute, schnappte ich meinen Schlafsack, stieg die Leiter hoch und legte mich da oben in die Sonne. Heute Abend fange ich endlich mit dem Tagebuch an, dachte ich, bevor ich einnickte.

46.

Mittwoch, 13. August, kurz nach zehn Uhr

Lucas und Naja von der Theatergruppe Solvognen bieten mir eine Rolle an. Es ist ein Stück über eine anarchistische Gemeinschaft, in dem gezeigt wird, dass die Abwesenheit von Regeln ebenfalls eine Regel ist. Und zwar eine, die die Freiheit des Einzelnen genauso beschneidet wie alle anderen Regeln. Ich soll einen Landwirt spielen, der die Auflösung von Hierarchien zwar okay findet, aber trotzdem fordert, dass Leute, die im Kuhstall arbeiten, seinen Anweisungen folgen. Damit stellt er das Wohl der Kühe auf die gleiche Stufe mit den Interessen des Kollektivs, was zu Konflikten in der Gruppe führt. Ich werde ablehnen, obwohl ich Naja ziemlich attraktiv finde. Ich hab einfach keinen Bock auf diesen intellektuell überfrachteten Mist.

Donnerstag, 14. August, 23 Uhr

Gestern Abend das Castaneda-Buch zu Ende gelesen. Ich werde Geld sparen und mir ein Flugticket nach Mexiko kaufen. Leider gibt es keinen Direktflug von Kopenhagen, man fliegt über New York, sagt Børre. Allerdings bezweifelt er, dass es Don Juan wirklich gibt. Er glaubt, dass Ein *Yaqui-Weg des Wissens* eher als Roman verstanden werden sollte. Aber selbst, wenn es Don Juan gäbe, wäre es nahezu aussichtslos, den Zauberer zu finden. Ich sage, wenn es mein Schicksal ist, dann finde ich ihn. Der Schwarze Afghane knallt unglaublich. Hab am Nachmittag mit Naja ein Rohr geraucht und bin immer noch total stoned. Naja findet mich gut, aber sie will keinen Sex. Sex mit Männern würde automatisch eine Form der Unterdrückung darstellen, weil der Mann in die Frau eindringt. Deshalb hat Naja lieber Sex mit Frauen, obwohl sie nicht lesbisch ist, sagt sie. Als sie mich küsst, weiß ich nicht, was ich mit meiner Zunge machen soll. Ihre ist ziemlich aktiv. Ich glaube, sie ist nicht mein Typ.

Samstag, 16. August, nachmittags
Überall laufen hier Kinder herum und machen, was sie wollen. Keiner ermahnt sie, der ganze Stadtteil ist ein großer Abenteuerspielplatz. Einige wirken etwas verwahrlost in ihren schmuddeligen Klamotten und mit ihren kleinen, dreckigen Gesichtern. Gestern: Vor dem Badehuset läuft eine große Session. Ich schätze, da sind an die dreißig Leuten dabei. Alle spielen irgendein Instrument oder singen. Viele haben Trommeln dabei, und ständig gehen Joints rum. Als es dunkel wird, höre ich ein Mädchen nach ihrer Mutter rufen. Die Kleine heißt Lona und ist höchstens sechs Jahre alt. Sie gehört zu Nele, die ständig auf Droge ist und in einer Kommune am Ende der Pusher Street wohnt. Als Lona ihre Mutter findet, kommt es zum Streit, weil Nele weiterfeiern will. Ich schaue in Lonas Augen und sehe eine Mischung aus Wut und Angst. Sie ist müde und will nach Hause. Aber sie will nicht ohne ihre Mutter schlafen gehen.

Sonntag, 17. August, 2:30 Uhr

Heute lerne ich Svea und Robin kennen. Sie beklauen Touristen. Handtaschen, Kameras, Rucksäcke. Svea lenkt die Leute ab und Robin greift zu. Sie haben immer Geld und sind sehr großzügig. Sie leihen mir 100 Kronen, weil ich schon wieder pleite bin. Ich muss mir unbedingt einen Job besorgen. Touristen beklauen kommt allerdings nicht infrage. Sie leben in einem der Bauwagen. Ist total gemütlich da drin, alles mit Teppich ausgelegt und ganz viele Kissen. Ich verbringe den ganzen Abend bei den beiden. Wir lachen und rauchen viel und spielen Mensch ärgere Dich nicht.

Mittwoch, 20. August, nach Mitternacht

Es regnet die ganze Nacht. Jetzt dampft alles und die Sonne kommt wieder durch. Børre sagt, das dänische Parlament hat beschlossen, Christiania im Frühjahr zu räumen. Das Gelände gehört dem Verteidigungsministerium und die Besetzung durch die jungen Leute ist illegal. In Christiania herrschen gesetzlose Zustände und das müsse nun endlich beendet werden. Bei der Versammlung überlegen sie, durch welche Aktionen sie die Räumung verhindern können. Am wichtigsten ist es, sagt Børre, die Öffentlichkeit über den Plan der Regierung zu informieren und für die Solidarität der dänischen Bevölkerung zu sorgen. Ich glaube nicht, dass ich im Frühjahr noch hier bin. Trotzdem fände ich es schade, wenn das hier zerstört wird.

Freitag, 22. August, 23:00

Habe endlich Postkarten geschrieben. An Ralle, an Fred und an Tia. Mal sehen, ob sie antworten. Karten schreiben ist seltsam. Man hat zu wenig Platz, um wirklich etwas zu sagen. Die typischen Urlaubsgrüße sind total öde. Liebe Dingsda, mir geht es super, hier ist alles ganz toll. Morgen gucke ich mir das und das an. Ich hoffe, es geht dir gut, dein

Joe – echt entbehrlich. Andererseits eignet sich eine Postkarte nicht wirklich dafür, was von Bedeutung rüberzubringen. Für die an Tia brauche ich lange. Ich will ihr sagen, dass es mir gut geht. Außerdem soll sie wissen, dass ich in Christiania bin, der autonomen Freistadt von Kopenhagen, und dass ich hier gut klarkomme, von wegen unreif! Also schreibe ich, wie das Leben hier so ist, was für Leute hier leben und, dass ich mir einen alten VW Bus gekauft habe, in dem ich hause. Den Bus hab ich gestern Abend noch umgeparkt, weiter hinten, in den Schatten. Wenn morgens die Sonne auf das Dach scheint, wird es schon um 9 Uhr knall heiß hier drin. Jetzt kommt die Sonne erst ab 11 Uhr hinter den Buchen hervor und ich kann in Ruhe ausschlafen.

Samstag, 23. August, früher Abend

Agnes steht auf einmal vor der Tür. Du bist ja immer noch hier, meint sie. Ich hab inzwischen ein bisschen Dänisch gelernt und erkläre ihr, dass ich gern noch ein paar Wochen bleiben würde. Wer sich an unsere Regeln hält und auch sonst keinen Ärger macht, sagt sie, kann bleiben.

Sonntag, 24. August, weit nach Mitternacht

Komme gerade von Svea und Robin. Wir haben ein paar Joints geraucht und uns über Castaneda unterhalten. Robin ist überzeugt davon, dass Don Juan existiert. Castaneda ist schließlich Anthropologe und alles, was er in der Wüste erlebt hat, ist tatsächlich passiert, sagt er. Svea hat ein blaues Auge. Die beiden hatten sich am Neuen Königsmarkt einen Touristen ausgeguckt, der auf einer Parkbank saß und döste. Robin wollte gerade mit seiner Kamera abhauen, als der Typ plötzlich aufschreckt und ihn festhält. Als Svea dazwischengeht, kriegt sie im Handgemenge einen Ellenbogen ins Gesicht. Das Auge ist ziemlich zugeschwollen. Auf dem Jochbein zeichnet sich ein blauviolettes Veilchen ab. Später fangen die beiden an, rum zu knutschen. Ich will gehen, aber ich bin einfach zu stoned. Als sie anfangen, sich auszuziehen, rolle ich mich auf die Seite und schaue mir die Lavalampe genauer an. Ein flaschenförmiger Glaskörper, der unten von einer Glühlampe beleuchtet und gleichzeitig erwärmt wird. Mein Blick folgt dem trägen Pulsieren der wachsartigen Formen, die sich in einer Flüssigkeit auf und ab bewegen. Von Zeit zu Zeit löst sich eine neue Blase, steigt langsam auf, wabert an anderen vorbei und verschmilzt oben mit den auf gleichem Weg abgekühlten Formen. Kleine Kunstwerke, denke ich und höre Svea seufzen. Individuen, die geboren werden, anderen Schöpfungen begegnen, dann abkühlen und dabei wieder heruntersinken, bis sie sich im Urgrund des Wachses erwärmen und schließlich darin auflösen, um kurz darauf wieder neu zu entstehen.

Ist so das Leben? Hinter mir stöhnen jetzt beide. Sind wir auch solche Schöpfungen, die sich aus einer Ursuppe entwickelt haben, eine Reise antreten, in der wir mehr und mehr zu einer individuellen Form erstarren, um uns am Ende wieder aufzulösen? Ein kleines perfektes Universum. Ich spüre die Wärme dieser Erkenntnis in mein Bewusstsein eindringen, wie eine Wachsblase durch meinen Organismus aufsteigen, spüre, wie sie sich auflöst, um mit mir zu verschmelzen, mich zu durchdringen und meine Lust zu wecken. Vollkommene Ruhe breitet sich aus. Mein Atem geht langsam und gleichmäßig, während Svea und Robin sich vereinigen. Die Zeit verfließt träge, wie Honig in einer Sanduhr. Ich fahre mit der Zunge über meine Lippen und bemerke, dass ich einen trockenen Mund habe. Ich will etwas trinken, doch ich kann in mir keinen Impuls finden, der dazu führt, dass ich mich bewege. Ich höre sie flüstern und drehe mich um.

»Willst du nicht mitmachen?«, fragt eine sanfte Stimme wie aus großer Entfernung. Das schwache Licht der Lava-lampe beleuchtet die ineinander verschlungenen Körper. Ein

Busen löst sich aus dem Schatten und schmiegt sich an eine behaarte Brust.

Montag, 25. August, 22:30 Uhr

Heute bin ich ins Badehuset. Das Badehaus ist erst vor ein paar Monaten fertig geworden, sagt Børre. Man kann sich waschen, duschen und sogar eine Sauna benutzen, die von einem Holzofen beheizt wird. Von außen sieht das Gebäude schmuddelig und alt aus. Innen ist alles neu und sauber. In der Sauna gibt es ein Fenster, das den Blick auf einen Innenhof freigibt. Ich lasse das Bild unscharf werden und fixiere die Glasscheibe, auf der der Wasserdampf zu dicken Tropfen kondensiert und herunterrinnt wie der Schweiß auf meinem Rücken. Ich muss lachen, als mir einfällt, dass ich Nacktfotos von Gudrun Ensslin besitze. Die sitzt jetzt im Knast. Tut mir leid für sie. Keine Ahnung, was sie außer der Baader-Befreiung noch angestellt hat. Falls sie was mit dem Anschlag in Heidelberg zu tun hat, hat sie es verdient. Trotzdem. Sie ist nett zu mir gewesen. Wenn die wüsste, dass ich von einem Teil ihres Geldes den Bus gekauft habe. Ist ihr wahrscheinlich egal, hat andere Probleme. Beim Rausgehen treffe ich Børre. Er fragt, ob ich ihm beim Brot helfe. Er bäckt samstags immer Sauerteigbrot. Mal sehen, vielleicht gehe ich hin. Mit Mirella Blechkuchen zu backen hat jedenfalls immer Spaß gemacht. Mirella fehlt mir auch. Eigentlich fehlen mir alle, sogar meine Mutter, irgendwie.

Dienstag, 26. August, kurz vor Mitternacht

Jemand hat mir einen Brief hinter das Wischerblatt geklemmt. Wahrscheinlich Agnes. Bei ihr landet jedenfalls die Post für Leute, die in Christiania keine feste Adresse haben. »An den hübschen Joe, Dänemark, Kopenhagen, Freistadt Christiania«, dahinter in Klammern: »Wohnt in einem bunt bemalten VW Bus« und als Absender »Judi aus Bombay

(Indien)«. Das Kuvert ist im gleichen Stil gestaltet wie der Bus: Alles voller Blumen und verschlungener Linien, die ausufernde Ornamente bilden und deren bunt mäandernde Ausläufer das Feld mit der Adresse wie ein Fenster umrahmen. Obwohl mein Herz wie wild klopft, will ich die Vorfreude noch etwas auskosten und warte bis zum Abend. Ich baue mir einen kleinen Joint, rauche und öffne den Brief mit meinem Taschenmesser. Meine Finger berühren die violette Tinte auf dem hauchdünnen Luftpostpapier:

Bombay, 2. August 1975
Lieber Joe,
wir sind jetzt seit zwei Wochen in Bombay. Die Stadt ist beeindruckend: unfassbar groß, laut, bunt, schön, hässlich, arm, reich, gleichzeitig bezaubernd und furchterregend. Die Menschen sind sehr freundlich, aber alle wollen meine Haare anfassen, vor allem Frauen und Kinder. Das nervt! Ich schlinge mir deshalb ein Tuch um den Kopf. Ist sowieso besser, wegen dem vielen Staub und Dreck. Viele Menschen hier leben in schlimmer Armut, ich habe noch nie so viele Bettler gesehen: Junge, Alte, Kranke, Frauen, Männer und Kinder. Diese Menschen haben kein Zuhause, sie schlafen unter Planen, Wellblechverschlägen oder in Kartons oder unter Brücken und baufälligen Gebäuden. Busse und Bahnen sind total überfüllt, aber Taxifahren ist sehr günstig, wenn man zuvor den Preis aushandelt. Manche Viertel sind märchenhaft prunkvoll mit Parkanlagen, Palmen und Palästen. Die Kontraste sind echt schwer auszuhalten. Gestern musste ich heulen, weil ich den Anblick der bettelnden Kinder nicht mehr ertragen konnte. Und dann der Lärm von zigtausenden knatternden Mopeds, klingelnden Fahrrädern und hupenden Taxis, das kannst du dir nicht vorstellen. Übermorgen wollen wir weiter an der Küste

entlang in Richtung Goa. Piet hat Zugtickets besorgt. Das hat Stunden gedauert, weil man ewig Schlange stehen muss, sich nur auf Englisch verständigen kann und das Reservierungssystem ziemlich undurchschaubar ist. Ich hoffe, wir müssen nicht auf dem Dach sitzen. Maria hat sich den Magen verdorben und pendelt seit drei Tagen zwischen Bett und Klo. Wir schlafen in einem Youth Hostel in einem Sechs-Bett-Zimmer. Heute geht es ihr schon ein bisschen besser, ich hoffe, sie erholt sich bis zu unserer Weiterreise.

Und du? Fühlst du dich wohl in Christiania? Hast du nette Leute gefunden? Oder bist du vielleicht schon wieder zurück in Deutschland? Ich denke häufig an dich und hoffe, dass du mich nicht vergessen hast. Ich hab dich ziemlich gern, aber das hast du ja gemerkt. Wir hatten nur zu wenig Zeit, leider! Und an dem Abend vor unserer Abreise war ich einfach zu gestresst, um mich auf dich einzulassen. Ich weiß, du warst enttäuscht, aber versuche bitte, mich zu verstehen. Ich wollte keine halben Sachen machen. Vor allem nicht bei Sachen, die mir wichtig sind – so wie du.

Liebe Grüße auch von Piet und Maria, deine Judi

PS: Ich habe eine große Bitte. Ich habe ein Buch mit Aufzeichnungen meiner Großmutter im Bus vergessen. Es befindet sich in einem Fach unter der Matratze. Ich habe es von meiner Mutter bekommen und hänge sehr daran. Würdest du bitte darauf aufpassen, bis wir uns irgendwann einmal wiedersehen?

Ich bereue, dass ich stoned bin. Wenn ich gekifft habe, sind meine Gefühle unscharf und trübe. Als würde ich ihr Foto durch eine Milchglasscheibe betrachten. Morgen werde ich den Brief noch einmal lesen, ganz in Ruhe. Ich werde sie wiedersehen, das steht jetzt fest. Ich bin glücklich. Ich bin müde. Gute Nacht Judi. Ich gehe ins Bett.

Mittwoch, 27. August, vormittags

Gleich am Morgen schaue ich nach dem Buch. Unter der Matratze (ganz hinten) entdecke ich eine kleine Klappe und darunter ein Fach, in dem das Buch liegt, eingewickelt in einen bunten Stofffetzen. Es ist handgeschrieben (alles auf Italienisch) und es sind Zeichnungen drin. Ich denke, es handelt sich um ein Kochbuch. Zwischen einigen der vergilbten Seiten entdecke ich linierte Zettel in einer anderen Schrift und auf Deutsch. Vermutlich Übersetzungen, vielleicht von Judis Mutter. Auf den vorderen Seiten scheinen keine Rezepte zu sein, nur Text. Die Schrift sieht sehr fein und ordentlich aus. Die Zeilen gerade wie mit dem Lineal gezogen. Ich liebe dieses Buch. Es ist ein Schatz. Ich will wissen, was drinsteht. Ich muss mir ein Lexikon besorgen. Anschließend lese ich den Brief noch einmal. »Ich denke häufig an dich und hoffe, dass du mich nicht vergessen hast. Ich hab dich ziemlich gern.« Wie oft werde ich diesen Brief lesen? Ich werde jedes Mal einen Strich auf das Kuvert machen. So wie Ralle, der notiert, wie oft er eine neue LP hört. Ist albern, werde ich trotzdem machen.

Donnerstag, 28. August, 23 Uhr

Lexikon Italienisch-Deutsch bestellt. Wird ein paar Tage dauern. Im großen Buchladen in der Strøget gibt es natürlich nur Wörterbücher in Italienisch-Dänisch. Schaue mir anschließend einige Bildbände über Indien an. In einem Buch finde ich ein paar Seiten über Bombay. Ich verziehe mich in eine Ecke und schaue mir alles genau an. Auf einem Foto ist eine Kreuzung mit Hunderten von Mopeds, Fahrrädern und Autos abgebildet, und ich kann mir den Lärm vorstellen, den Judi beschrieben hat. Ein anderes Foto zeigt eine prunkvolle

Straße mit Palästen und Gärten. Vor einem Palast mit vergoldeten Dächern stehen zwei Wächter mit Gewehren und Turbanen auf dem Kopf. Im Vordergrund steht eine junge Frau mit schwarzen, glänzenden Haaren und einem roten Punkt auf der Stirn. Ich suche nach den vielen Bettlern, finde jedoch nur ein Foto von einem bunten Marktplatz, auf dem es von Menschen nur so wimmelt.

Freitag, 29. August, am frühen Abend

Habe in einem Delikatessenladen folgende Zutaten besorgt: Anissamen, Koriandersamen, Fenchelsamen, getrocknete Tomaten und grobes Meersalz. Das Olivenöl konnte ich mir nicht leisten. Ich werde versuchen, ein Brot aus dem Kochbuch zu backen. Das Rezept (»Pane speziato di Rivergaro« = Gewürzbrot aus Rivergaro) habe ich auf einem der Zettel gefunden, die zwischen den Seiten stecken und ins Deutsche übersetzt sind.

Samstag, 30. August, nach Mitternacht

Das Gewürzbrot ist gut geworden, obwohl es nicht als Sauerteigbrot, sondern als Hefebrot gedacht ist. Ich habe die ganzen Gewürze zusammen mit dem groben Meersalz in einen Mörser gegeben und zerstoßen. Statt des Olivenöls habe ich Sonnenblumenöl genommen, das bei Børre rumstand. Die getrockneten Tomaten sollten mit kochendem Wasser übergossen werden und quellen. Dann hab ich alles mit einem Kilo von dem Sauerteig vermischt und den Laib noch einmal zwei Stunden gehen lassen. Der Trick beim Sauerteig: Børre füllt von dem Teigansatz immer etwas in ein Schraubglas ab und bewahrt es im Kühlschrank auf. So hat er für das nächste Brot gleich das Triebmittel. Mein Brot ist super aufgegangen. Beim Backen duftet es himmlisch, meint Børre. Ich tue natürlich so, als ob ich das auch rieche. Agnes ist ebenfalls begeistert. Sie schreibt sich sogar das Rezept auf. Später kommen Naja und Lukas von der Theatergruppe dazu und noch ein paar andere. Alle essen frisches Brot mit Butter. Naja erinnert uns daran, dass morgen Abend die Premiere ist. Vor dem Schlafengehen lese ich Judis Brief noch einmal.

Montag, 1. September, 23 Uhr

Habe meine letzten Kronen für das Lexikon ausgegeben und gleich ein paar Zeilen übersetzt. Die geschwungene Überschrift ganz am Anfang bedeutet »Liebe geht durch den Magen« (L'amore ama il buon cibo). Anschließend schreibt Judis Großmutter, dass nach dem frühen Tod ihres geliebten Guglielmo all ihre Liebe in die Zubereitung guten Essens geflossen sei, damit es der Familie an nichts mangelte. Ihren Kindern musste sie versprechen, dass sie die vielen Rezepte, die sie alle nur im Kopf aufbewahrte, einmal niederschreiben würde. Doch es dauert ein paar Jahre, bis sie schließlich dazu kommt, denn »zwischen Reden und Tun liegt das Meer« (Tra il dire e il fare c'è di mezzo il mare). Aber nun, in ihrem sechzigsten Lebensjahr will sie ihr Versprechen endlich einlösen, denn »die Zeit ist eine Feile, die geräuschlos arbeitet« (Il tempo è una lima che lavora in silenzio), weshalb man nie wissen könne, wann der Schöpfer einen zu sich ruft. Ich blättere zum Ende des vorderen Teils, den sie mit »Eugenia Rosselli« unterzeichnet hat (Rivergaro, il primo Agosto 1965). Eugenia Rosselli, was für einen tollen Namen sie hat und was für eine fantastische Enkelin. Dann habe ich einen Einfall: Liebe geht durch den Magen, hat Eugenia geschrieben, natürlich! Also werde ich für Judi kochen. Und zwar die besten Rezepte aus dem Buch ihrer Großmutter. Ich werde alle Rezepte übersetzen und nachkochen. Die Frage ist nur, wie soll ich herausfinden, ob die Sachen auch schmecken?

Die Premiere gestern Abend war langweilig. Ich kann mit Theater sowieso nichts anfangen. Außerdem ist mein Dänisch nicht gut genug. Ich verstehe die meisten Dialoge nur halb oder gar nicht und gebe nach einer halben Stunde auf. Den Landwirt spielt jetzt eine große, schlanke Frau, die ich nicht kenne. Die Kühe werden durch schwarz-weiß bemalte Pappkartons dargestellt. In einem scheint ein Kassettenrekorder zu stecken, der lautes Muhen abspielt. Ich bin froh, dass ich nicht mitgemacht habe. Anschließend gibt es eine kleine Feier mit Bier und Rotwein. Naja ist ruhig und zurückhaltend – nüchtern. Auf der Feier ist sie betrunken und fummelt an mir herum. Aber sie merkt irgendwann, dass ich keine Lust habe, und geht mit Lukas weg.

Dienstag, 2. September, 23 Uhr

Ich sitze in der offenen Seitentür und rauche einen kleinen Joint. Ich schaue hoch in die Buchen. Da sitzen neuerdings zwei Elstern drin und machen hässliche Geräusche. Ich könnte einen Stein nach ihnen werfen. Aber das sollte ich besser lassen, wer weiß, wo der runterkommt. Irgendwo verbrennt jemand Laub. Ich sehe die Rauchschwaden über das Gelände kriechen. Ein Hund läuft vorbei, er stoppt an einem der Bauwagen, schnuppert und hebt das Bein. Dann trabt er an der Hecke entlang und verschwindet. Hunde können tausendmal besser riechen als Menschen, aber schlechter sehen. Außer im Dunkeln, da sehen sie besser, allerdings nur schwarz-weiß. Sie haben also ein völlig anderes Bild von der Welt. Mehr so ein differenziertes Riechbild. Wenn ich Peyote nehme, verwandele ich mich vielleicht in einen Hund, so wie Castaneda, und kann alles Mögliche riechen, viel besser als ein Mensch. Was wir sehen, ist ohnehin eine Illusion, sagt Don Juan. Wenn wir in diese andere Wirklichkeit vordringen, können wir das energetische Wesen der Dinge erkennen, und dann sehen wir eine Welt, die aus Millionen von bunt leuchtenden Energiefasern besteht. Ich überlege, was Wahrnehmung bedeutet. Eigentlich sind es nur elektrische

Impulse, die von den verschiedenen Nervenzellen aus an unser Gehirn weitergeleitet und dort zu Illusionen zusammengesetzt werden, zu Bildern, Geräuschen und Gerüchen. Das nennen wir dann sehen, hören, riechen und schmecken. Ralle hat mal gesagt, einige Philosophen behaupten, es gäbe keinen schlüssigen Beweis dafür, dass außer dem einzelnen Menschen, der etwas wahrnimmt, noch irgendetwas anderes existiert. Ohne mich als wahrnehmendes Subjekt verschwindet die Welt. Und es gibt keinen Beweis dafür, dass sie ohne mich existiert. Ein beunruhigender Gedanke. Dann fügen sich die elektrischen Impulse, die Millionen von Nervenzellen aus meinen Netzhäuten an mein Gehirn senden, zu einer höchst irritierenden Illusion zusammen: Fred steht vor mir! Ich überlege kurz, ob es Fred wirklich gibt, also auch ohne mich als wahrnehmendes Subjekt. Doch das hindert ihn nicht daran, mich anzusprechen. »Du hast uns echt Sorgen gemacht, Alter!«, sagt Fred, noch bevor ich ihn fragen kann, wo er auf einmal herkommt.

»Ich hab gestern die Karte gekriegt und mich gleich heute Morgen in den Zug gesetzt. Hab nach dir gefragt und ein Typ mit Zopf und Nickelbrille hat mich zu dem VW Bus geschickt. Und der Bus kommt mir ziemlich bekannt vor. Das ist der von Piet und Judi, oder?«

Freds Haare sind kürzer, etwa kinnlang, und er trägt keinen Zopf. Er möchte, dass ich mit ihm zurück nach Deutschland komme. Aber ich lehne ab. Als ich ihm versichere, dass ich mir da einhundert Prozent sicher bin und das wirklich ernst meine, scheint er erleichtert. Fred sagt, dass Viktoria sehr darunter leidet, dass ich weg bin. Er will wissen, ob es mir gar nichts ausmacht, dass ich jetzt kein Abitur bekomme, von wegen Zukunftschancen und so. Ich bin sicher, dass meine Mutter ihn geschickt hat, und sage, dass ich vielleicht eine Lehre mache. Fred fragt, ob er ein paar Tage bleiben kann. Ich halte das für keine gute Idee. Ich bin ja gerade weg, weil ich nicht ständig daran erinnert werden will, welchen Umständen ich meine Existenz verdanke. Ich überwinde mich, das auszusprechen, und er sieht es ein. Fred tut mir leid. Er hat Schuldgefühle und will es wieder gutmachen. Doch er weiß nicht wie. Und ich? Im Grunde mag ich ihn. Nur nicht als Vater.

Vielleicht schreibe ich ihm einen Brief. Es wäre wirklich besser gewesen, wenn ich es nie erfahren hätte. Verdammter Mist! Ich hasse meine Mutter! Warum hat sie uns das angetan? Als wir uns verabschieden, fragt Fred, was er Viktoria sagen soll. Ich weiß es nicht. Ich muss jetzt erst mal mein eigenes Ding machen. Er soll ihr sagen, dass es mir gut geht. Dass ich mich hier wohlfühle und irgendwann wieder nach Hause komme, versprochen.

Mittwoch, 3. September, 20 Uhr

Ich werde Børre anbieten, dass ich für ihn und ein paar Leute koche. Ich werde zu Beginn etwas Einfaches machen, einen gemischten Salat und ein Nudelgericht aus dem Buch von Eugenia. Ich will Fred schreiben. Er hat es verdient, dass ich ihm sage, was ich über unsere Beziehung denke. Dass ich sie tragisch finde. Überhaupt Tragik ... Das ist, wenn man es drehen und wenden kann, wie man will und es trotzdem für alle Beteiligten scheiße bleibt.

Freitag, 5. September, 4 Uhr morgens

Ich übersetze das Kochbuch. Allmählich geht es etwas schneller, vor allem bei den Zutaten, weil ich inzwischen weiß, wie Olivenöl, Butter, Pfeffer, Salz und die ganzen Gemüsesorten auf italienisch heißen (Zwiebeln und Knoblauch sind zum Beispiel cipolle e aglio). Auch bei vielen Zubereitungsschritten schlage ich jetzt nicht mehr jedes Wort nach. »Brasare a fuoco basso« heißt zum Beispiel »bei geringer Hitze andünsten« und bei Pasta-Gerichten kommt häufig die

Formulierung »metti in molta acqua bollente e salata«, das bedeutet »in reichlich kochendes, gesalzenes Wasser geben«. Jetzt ist es schon fast Morgen und ich habe über dreißig Rezepte übersetzt. Hole Judis Brief hervor, bin aber zu müde, um ihn noch einmal zu lesen. Lege ihn stattdessen unter das Kopfkissen.

Samstag, 6. September, Mitternacht

Das Essen ist super angekommen. Eigentlich ist Kochen überhaupt nicht schwer. Ich war vormittags auf dem Gammeltorv, einem Marktplatz in der Altstadt, und habe Gemüse gekauft von dem Geld, das Fred mir dagelassen hat. Ich liebe Obst und Gemüse! Ein Stückchen Paprika zum Beispiel explodiert beim Kauen zu Tausenden von feinen Wassertropfen, während Tomaten gleich eine ganze Reihe von unterschiedlichen Eindrücken bieten. Da ist dieser etwas glitschige, innere Teil mit den feinen Kernen, dann das Fleischige und schließlich die dünne, aber feste Schale. Auf Tellern angerichtet, sieht das alles schön bunt und appetitlich aus. Zum Salat sieht das Rezept eine Soße aus Zucker, Meersalz, Pfeffer, Senf, Olivenöl und Himbeeressig vor. Den Essig habe ich nirgends gekriegt. Eugenia schreibt, dass einen guten Koch die Fähigkeit zur Improvisation (»la capacità di improvvisare«) auszeichnet. Also verrühre ich einen Teelöffel Himbeermarmelade mit Obstessig und gebe anschließend die übrigen Zutaten dazu. Statt Olivenöl nehme ich wieder das Sonnenblumenöl. Für die Nudelsoße dünste ich reichlich rote Zwiebeln und Knoblauch an, dann gebe ich Zucker und Salz und vier Dosen geschälte Tomaten dazu und lasse sie einkochen. Einkochen bedeutet, dass man alles leicht köcheln lässt, zwischendurch immer mal rührt und wartet, bis die Hälfte der Flüssigkeit weg ist. Dann kommen Kapern, Sardellen in Salzlake aus der Dose und diverse getrocknete Kräuter dazu. Eugenia nennt das Rezept »Spaghetti alla

Puttanesca«. »la puttana« bedeutet »die Prostituierte«. Keine Ahnung, warum sie es so genannt hat. Die Nudeln koche ich im geräumigen Kartoffeltopf von Børres Nachbarin. Nudeln und Soße werden eigentlich mit frischem Basilikum (gab es auf dem Markt nicht, hab ein Bund Schnittlauch genommen) und frisch geriebenem Parmesankäse angerichtet. Dazu gibt es Leitungswasser und Rotwein. Den hat Børre besorgt. Insgesamt sind wir zu acht und alle sind begeistert. Agnes fragt mich später, ob ich schon mal daran gedacht habe, das professionell zu machen. Ich verstehe zuerst nicht, wie sie das meint. Sie findet, ich sollte eine Lehre als Koch machen.

Sonntag, 7. September, 20 Uhr

Ich bin im Badehaus mit dem kleinen Zeh an einem Vorsprung hängen geblieben. Der Schmerz treibt mir die Tränen in die Augen. Wie kann ein winziges Körperteil nur so höllisch wehtun? Ich gehe trotzdem in die Sauna. Der Zeh schwillt anschließend an und ist so empfindlich, dass ich den Fuß nicht in die Schuhe bekomme. Ich humpele zu meinem Bus zurück und sehe schon von Weitem, dass die rechte Seitenscheibe aufgehebelt wurde. Drinnen das reinste Chaos. Alles ist durchwühlt. Der Kassettenrekorder, das restliche Geld und mein Schlafsack sind weg. Aber das Schlimmste: Sie haben das Kochbuch mitgenommen. Wieso das Kochbuch? Ich kann lange nicht einschlafen, weil ich mich frage, wer das gewesen ist. Dann beschleicht mich ein übler Verdacht. Svea und Robin! Wenn sie Touristen beklauen, beklauen sie vielleicht auch ihre Freunde. Sie haben mitbekommen, dass ich zum Badehaus bin und die Gelegenheit genutzt, den Bus auszuräumen. Dann fällt mir ein, dass sie mir Geld geliehen haben. Sie waren hilfsbereit und freundlich zu mir. Ich schäme mich und muss heulen. So schlecht habe ich mich lange nicht gefühlt. Dass Eugenias

Kochbuch weg ist, macht mich total fertig. Es ist, als wäre die Verbindung zu Judi zerstört. Wie sollte ich jetzt lernen, ihre Liebe zu gewinnen, und wie wird sie verkraften, dass ich nicht besser auf ihr Buch aufgepasst habe? Hätte ich es bloß in seinem Versteck gelassen. Dann wäre es garantiert nicht gestohlen worden. Wenigstens das Tagebuch ist noch da. Und Judis Brief, den ich darin aufbewahre. Ich lese ihn noch einmal und fange wieder an zu heulen. Ich tue etwas, das ich schon sehr, sehr lange nicht gemacht habe: Ich bete.

Montag, 8. September, 23 Uhr

Børre sagt, ich kann froh sein, dass der Bus noch da ist. Ich sage, dass ich es nicht verstehe. Wer beklaut denn Leute, die so gut wie nichts besitzen? Børre kramt in einer alten Holztruhe herum und findet einen Schlafsack. Ich erzähle ihm die Geschichte mit dem Kochbuch. Er klopft mir auf die Schulter und sagt, dass es ihm leidtut. Manchmal geht das Leben ziemlich brutal mit einem um, meint er und erzählt, dass ihm mal eine Gitarre geklaut worden ist, die er auf einer Reise nach Südspanien gekauft hat. Eine handgearbeitete Flamencogitarre, für die er seine gesamten Ersparnisse hingeblättert hatte. Er hofft nur, dass sie bei jemandem gelandet ist, der sie zu schätzen weiß. Am schlimmsten wäre es, sagt er, wenn das Instrument irgendwo herumstehen würde. Ich bezweifle, dass Eugenias Kochbuch bei jemandem landen wird, der die Rezepte zu schätzen weiß.

Mittwoch, 10. September, nach Mitternacht

Ich hab Mist gebaut, richtigen Mist. Bin zu Svea und Robin rüber. War einsam, wollte mich unterhalten und vielleicht was rauchen. Also komme ich da rein, hallo und so, Svea freut sich, Robin baut gerade einen Joint. Willst du mitrauchen? Sehr gern, passt doch, alles easy. Ich setze mich also auf den Teppich und dann ... Dann sehe ich es. Liegt direkt vor mir. Mein Magen krampft zusammen, mein Herz hämmert, die Wut schäumt hoch. »Ihr habt mich beklaut!«, brülle ich und springe auf. Robin lässt den Joint fallen, springt ebenfalls auf. Ich soll hier nicht ausflippen, Mann! Ob ich auf Paranoia bin oder was! Wir stehen uns gegenüber. »Freunde beklauen«, brülle ich weiter, »das ist ja wohl das Allerletzte!« Ich sehe Robins verzerrtes Gesicht. »Raus hier«, brüllt er zurück, »verschwinde, bevor ich dir eine verpasse!« In der Sekunde begreift Svea, worum es geht. Als sie nach dem Buch greifen will, schlage ich zu. Robin, von Svea kurz abgelenkt, sieht meine Faust zu spät. Seine Nase macht ein hässliches Geräusch. Er geht zu Boden, greift sich ins Gesicht und sieht das Blut. Dann kippt er zur Seite und ist weg. Knock-out, lucky Punch. Svea ist zusammengesunken, wimmert, starrt mich an. Ich nehme das Buch und will gehen. Sie hebt die Hand, zeigt auf das Buch und flüstert: »Hab ich gefunden, lag im Gebüsch am Kanal.« Ich brauche einen Moment, um das zu kapieren. Erst als ich wieder in meinem Bus sitze, wird mir klar, was passiert ist. Die Diebe haben es weggeschmissen! Sie haben das Buch nach Geldscheinen durchsucht. Und als sie merken, dass nur ein paar Zettel herausfallen, haben sie es einfach ins Gebüsch geworfen, verdammt ...

Donnerstag, 11. September, 21 Uhr

Die Farbe meines kleinen Zehs wechselt von Violett über Blau und Grün nach Gelb. Ich kann noch immer keine geschlossenen Schuhe tragen, obwohl ich ihn seit über einer Woche mit der Salbe eincreme, die mir Agnes vorbeigebracht hat.

Freitag, 12. September, 22 Uhr

Schon wieder Agnes. Ob sie mal kurz reinkommen darf. Sie guckt so. Es wird eine Versammlung geben, wegen der

Prügelei. Ich sage, dass es gar keine war. Ich hab Robin eine verpasst, zu Unrecht, das ist alles. Ob Børre mir die Regeln nicht erklärt hat? Doch, schon. Nun, offensichtlich hast du dagegen verstoßen. Wir dulden keine Gewalt. Friedlich miteinander umzugehen, auch wenn es mal einen Konflikt gibt, ist eine der wenigen Regeln. Ob mir klar ist, dass ich Robin die Nase gebrochen habe? Ich erkläre ihr, dass ich wütend geworden bin, weil ich glaubte, dass er mich bestohlen hat. Hat er aber nicht, oder? Nee. Aber es sah so aus. Es scheint, dass du deine Emotionen nicht unter Kontrolle hast. Das finde ich schlimm. Aber noch schlimmer finde ich, dass du einfach weggegangen bist. Robin war bewusstlos, das ist gefährlich. Du hättest dich wenigstens um ihn kümmern sollen, nicht wahr? Ich nicke. Also, es wird eine Versammlung geben. Wenn sich niemand für mich einsetzt, werde ich ausgeschlossen. Dann muss ich Christiania innerhalb von drei Tagen verlassen. Agnes wirkt traurig. Sie wird sich nicht für mich einsetzen, leider, sagt sie. Wenn ich mich wenigstens um Robin gekümmert hätte, dann ja. Aber so. Er hätte an seinem Blut ersticken können oder sonst was. Zum Glück geht es ihm schon wieder ganz gut. Ein paar Tage im Krankenhaus noch und dann ...

Als ich allein bin, muss ich wieder heulen. Klar hätte ich mich um Robin kümmern müssen. Hab ich aber nicht. Ging einfach nicht. Warum? Alle fragen mich das, verdammt! Ich weiß es selber nicht. Ich würde gern noch einmal für alle kochen. An dem Abend fühlte ich mich geborgen, war Teil einer Gemeinschaft. Ich wünsche mir, dass Judi zurückkommt und mit uns allen isst. Sie könnte hier bei mir bleiben. Wir besorgen uns einen Bauwagen und leben zusammen. Hoffentlich schreibt sie bald wieder. Ich warte jeden Tag darauf. Und wenn sie mich wegschicken? Wenn dann ein Brief kommt? Ich müsste ihr eine neue Adresse geben, doch ich weiß nicht einmal, wohin ich ihr schreiben soll!

Jetzt wird mir was klar: Ich schreibe ihr die ganze Zeit! Ich schreibe der Frau, die ich liebe. Das Schicksal hat nämlich Mist gebaut. Es hat uns aus Versehen gleich wieder getrennt. Aber wir werden uns wiedertreffen und dann bleiben wir zusammen. Und Tagebuch schreibe ich, damit du erfährst, wie es mir in der Zwischenzeit gegangen ist. In der Zwischenzeit. Genau.

Samstag, 13. September, 9 Uhr morgens

Werde schon um acht wach und stehe direkt auf. Seltsames Zeug von der Schule geträumt, aber ich kann mich an nichts Konkretes erinnern. Die Sonne schickt streifiges Licht durch den Morgendunst. Ich gehe raus und habe das Bedürfnis, mich zu bewegen. Also laufe ich einmal um das ganze Gelände herum. Dabei bin ich fast für mich allein. Nur ein paar Kinder spielen in der Morgensonne. Seit mir klar ist, dass ich dir schreibe, Judi, hat sich etwas verändert. Sobald ich damit anfange, sehe ich dich hier sitzen und in meinem Tagebuch lesen. Das Tagebuch der Zwischenzeit. An manchen Stellen machst du kleine Geräusche, ein kurzes Lachen, ein Staunen, ein Seufzen. Dann schaue ich dir kurz über die Schulter, um zu sehen, an welcher Stelle du gerade bist. Die Zwischenzeit ist dann lange vorbei.

Sonntag, 14. September

Mein kleiner Zeh ist wieder angeschwollen und schmerzt. Ich hätte gestern nicht so weit laufen sollen.

Dienstag, 16. September, um die Mittagszeit

Ich starre auf die Karte und verstehe gar nichts. Ich lese sie noch einmal: »Lieber Joe, ich habe mich riesig über deine Nachricht gefreut. Was du über Christiania schreibst, klingt echt spannend. Ich verstehe nur nicht, warum du so plötzlich weg bist. Ich fand es schön mit dir, aber dann war auf einmal alles anders. Kommst du gar nicht zurück in die Schule? Hier wundern sich alle, wo du bleibst. Pass auf dich auf, deine Tia.«

Wie kann sie mir so eine Karte schreiben? Sie hält mich für einen Angeber, sie findet mich nervig. Kann eine Frau so falsch sein?

Freitag, 19. September, 23 Uhr

Robin ist gestern aus dem Krankenhaus gekommen. Svea hat einen Traktor organisiert, der den Bauwagen weggezogen hat. Sie haben ihn ans andere Ende des Platzes gestellt, weil sie nichts mehr mit mir zu tun haben wollen. Kann ich verstehen. Heute Abend ist die Versammlung. Alle sind sich einig, dass ich Christiania verlassen muss. Nur Børre setzt sich für mich ein, er verbürgt sich für mich. Weil hier alle Entscheidungen als Konsens getroffen werden, reicht es, wenn ein Bewohner anderer Meinung ist. Børre lässt sich nicht umstimmen. Also wird eine Art Bewährung vereinbart. Wenn ich noch einmal Mist baue, dann muss ich die Gemeinschaft sofort verlassen. Es gibt allerdings eine Bedingung. Ich muss eine Erlaubnis meiner Eltern vorlegen, dass ich hier leben darf. Die Bewohner fürchten, dass es bald wieder eine Razzia gibt. Das hängt vor allem mit dem Drogenverkauf in der Pusher Street zusammen. Falls die Bullen feststellen, dass hier Minderjährige leben, kriegen sie Ärger, sagt Agnes. Die tolerieren, dass sie weiche Drogen konsumieren, aber sie mögen es nicht, wenn Kinder das tun. Ich hasse sie dafür, dass sie mich als Kind bezeichnet. Ich zeige Børre meine Reiseerlaubnis. Komischerweise misstraut er der Unterschrift. Sie sieht gefälscht aus, sagt er. Dann gibt er mir einen Tipp: »Lass dir eine beglaubigte Kopie vom Pfarramt ausstellen. Wenn das Siegel des Kirchenamtes drunter ist, wird es damit keine Probleme geben.«

Mittwoch, 24. September, 11 Uhr am Morgen

Ich gehe zum Pfarramt der Sankt Markus Kirke im Forch-hammersvej. Wenn ich längere Strecken zurücklege, fängt mein Zeh immer noch an, zu schmerzen. Ich klingle an der Tür des roten Backsteinbaus. Eine Frau mit blonden, kurzen Haaren öffnet. Ich frage, ob ich den Pfarrer sprechen kann. Sie nickt und bittet mich herein. Als sie fragt, worum es geht, checke ich, dass sie der Pfarrer ist, und erkläre ihr das mit der Beglaubigung. Kein Problem, sagt sie und nimmt mich mit in ihr Büro. Sie legt meine Reiseerlaubnis auf ein Fotokopiergerät. Anschließend nimmt sie zwei verschiedene Stempel, setzt sie unter die Kopie und unterschreibt das Ganze. Sie schiebt mir die Unterlagen herüber, lächelt und fragt, ob sie noch etwas für mich tun kann. Ich zögere kurz. Dann gebe ich ihr den Brief von Judi und frage, ob ich auch davon eine Kopie bekommen könnte. Ich hänge an dem Brief und die dünnen Luftpostblätter fangen bereits an, sich aufzulösen. Sie nickt und kopiert alle drei Seiten. Anschließend heftet sie sie zusammen, schneidet von den vorderen Blättern einen Teil der unteren Ecken ab und setzt ihren Stempel so darüber, dass auf allen drei Seiten ein Teil davon zu sehen ist. Ich erkläre ihr, dass sie die Kopien nicht beglaubigen muss, dass ich nur eine Kopie haben möchte.

Misforståelse, sagt sie und lacht. Sie hat eine schöne Stimme, bestimmt kann sie gut singen. Ich muss auch lachen, nämlich darüber, dass ich jetzt eine amtlich beglaubigte Kopie von Judis Brief habe. Zum Glück will die Pastorin kein Geld von mir.

Der Rückweg führt über die große Fußgängerzone. Mein Fuß schmerzt so, dass ich eine Pause einlege. Ich kaufe mir von meinen letzten Kronen einen Hotdog und muss an Judi denken. Warum schreibt sie nicht? Ich warte jeden Tag auf einen Brief. An einem Brunnen sitzt ein Bettler. Vor ihm liegt eine Blechbüchse, in der sich ein paar Münzen befinden. Als ich daran vorbeigehe, greift er danach, schüttet sich das Geld in die Hand und lässt es in der Brusttasche seiner Latzhose verschwinden. Wir gucken uns an. Er grinst und mir fällt auf, dass ihm ein Schneidezahn fehlt. Er spuckt auf den Boden. Dann sehe ich die Narbe, quer über die Stirn bis zur Schläfe. Sie stammt von einer Platzwunde und ich weiß genau, wo er sich die geholt hat!

Donnerstag, 25. September, 24 Uhr

Ich schreibe Ralle, dass der Penner lebt, dass ich ihn ausgerechnet in Kopenhagen in einer Fußgängerzone gesehen habe. Jahrelang habe ich immer wieder Albträume deswegen gehabt. Und nun stellt sich heraus, dass er lebt. Was für ein Arschloch. Gott sei Dank! Am Nachmittag bringe ich Agnes die beglaubigte Kopie meiner Reiseerlaubnis vorbei. Sie fragt, ob ich mich schon bei Robin und Svea entschuldigt habe. Hab ich nicht. Aber ich verspreche ihr, hinzugehen. Will ich auch, aber nicht ohne das Geld, das ich ihnen schulde.

Samstag, 27. September, nach Mitternacht

Ich muss irgendwie an Kohle kommen. Børre hat mir fünfzig Kronen geliehen, dabei ist klar, dass ich ihm das Geld nicht zurückzahlen kann. Wovon? Judi hat noch immer nicht geschrieben. Ich liege auf meiner Matratze und stelle mir vor, wie sie vor einer prachtvollen Tempelanlage in der Sonne sitzt und mir einen langen Brief schreibt. Dass sie sich von Piet getrennt hat und bald zurückkommt. Dass Piet in Indien bleiben will, um die traditionelle indische Heilkunst zu erlernen (dauert mindestens zehn Jahre). Dass sie nicht nach Frankfurt, sondern direkt nach Kopenhagen fliegen wird, um möglichst bald bei mir zu sein. Dass sie es kaum erwarten kann, mich zu sehen. Im Traum verschmelzen Judi und Tia zu einer Person, an das, was dann passiert, kann ich mich leider nicht erinnern.

Montag, 29. September, halb zwölf Uhr nachts

Es ist kalt und regnet viel. Ich gehe in einen Secondhandladen in Vesterbro, das ist ein Viertel in der Altstadt, um zu
gucken, was eine gebrauchte Jeans kostet. Meine fällt leider
auseinander. Ich habe versucht, die Risse an den Knien zu
reparieren, aber die Flicken halten nicht, weil der Stoff darunter schon zu dünn ist. An den Nähten entstehen nach
kurzer Zeit neue Löcher. In meiner Größe ist leider nichts
da. Beim Stöbern wundere mich darüber, dass da auch ganz
neue Hosen herumliegen. Das bringt mich auf eine Idee.
Ich habe eine Lösung für meine finanziellen Probleme gefunden.

Dienstag, 30. September, 22 Uhr

Liebe Judi, ich bin ein Dieb! Heute Nachmittag gehe ich
in ein Kaufhaus in der Fußgängerzone und klaue eine Jeans.
Anschließend verticke ich sie sofort wieder in dem Secondhandladen in Vesterbro. Vom Erlös kaufe ich mir Dope und
bin den größten Teil des Tages stoned. Ich finde nämlich,
dass ich das Recht dazu habe. Das Schicksal hat mir übel
mitgespielt, jetzt hole ich mir einfach, was ich brauche. Svea
und Robin beklauen Touristen, ich beklaue Warenhäuser.
Für eine Jeans bekomme ich 40 Kronen, das sind ungefähr
10 Mark. Verkauft werden die für 70 bis 80 Kronen. Bøge
Bentsen, der Besitzer, weiß genau, wo die Sachen herkommen, scheint ihm aber egal zu sein. Mein Glück! Endlich
bin ich nicht mehr pleite! Bald werde ich meine Schulden
zurückzahlen.

Donnerstag, 2. Oktober, 23 Uhr

Schmeiße meine alte Jeans weg, Totalschaden. Jetzt ist
auch noch der Reißverschluss hinüber. Fällt mir trotzdem
schwer. Zumal die Neue, eine 501, mir hart und kratzig vorkommt. Werde das Teil hundertmal waschen müssen, bis die

so bequem ist wie die Alte. Ich hole das Kochbuch aus dem Versteck, weil ich noch ein paar Rezepte übersetzen will, aber dann bin ich doch zu bekifft und müde und gehe früh ins Bett. Auf manche Seiten hat Eugenia einfach nur einen Spruch geschrieben. Weisheiten wie »Chi conosce il trucco, non l'insegna« – »Wer den Trick kennt, behält ihn für sich«.

Freitag, 3. Oktober, 11 Uhr morgens

Der Schwarze Afghane ist ein geiles Zeug. Hab mir gleich zum Frühstück einen kleinen Joint gebaut. Es gibt nämlich was zu feiern: Meine Haare sind gerade eben lang genug, um einen Zopf zu binden. Das erste Mal in meinem Leben! Das Haargummi rutscht zwar leicht ab, aber, wenn ich mich nicht zu viel bewege, hält es eine Weile.

Nachher werde ich Børre das Geld bringen und ein Piece von dem Afghanen dazulegen, als kleines Dankeschön. Wenn es mit den Jeans weiter so läuft, hab ich bald ein kleines Polster zusammen. Als Nächstes bekommen dann Svea und Robin ihre Kohle zurück.

Samstag, 4. Oktober, nach Mitternacht

Børre freut sich über die Kohle und das Dope. Er fragt mich, ob ich einen Job habe. Ich denke an Eugenias kleine Weisheiten und erzähle ihm, dass mein Onkel mir Geld geschickt hat. Wir sitzen am Küchentisch und trinken Kaffee aus dickwandigen, selbstgetöpferten Bechern. Ich frage, ob ich mal wieder kochen soll. Er fragt, ob ich schon bei Svea und Robin war. Er meint, das soll ich mal als Erstes machen und dann sehen wir weiter. Børre schiebt mir eine Zeitung rüber, ob ich mitbekommen habe, dass Helmut Schmidt wiedergewählt wurde. Es ist eine Ausgabe der Süddeutschen. Kauft er ab und zu in einem Kiosk am Flughafen. Beim Blättern fällt mir ein Foto auf. Es zeigt Gudrun Ensslin und Andreas Baader. Sie trägt Jeans und T-Shirt, er eine coole Sonnenbrille und ein offenes Jeanshemd. Er sieht superlässig aus, sie hat irgendwelche Unterlagen in der Hand, wirkt ernst. Ihre Augen sind groß, der Blick starr, ihr Gesicht hohlwangig. Wie es aussieht, kommt er wesentlich besser mit der Haft klar. Ich lese, dass sie seit über drei Jahren im Gefängnis sitzen, und dass die RAF immer wieder mit Hungerstreiks gegen die Haftbedingungen protestiert.

Unter dem Foto steht, dass in Stammheim am vergangenen Dienstag der Prozess gegen führende Mitglieder der RAF fortgesetzt wurde. Im Text wird auf eine Erklärung der RAF eingegangen, die Gudrun Ensslin im Gerichtssaal verlesen hat. Darin werden die Haftbedingungen als Gehirnwäsche und Folter bezeichnet, als gezielte Strategie zur Zerstörung der politischen Identität. Die Isolationshaft folge letztlich dem Plan, die Angeklagten zu vernichten. Ich schaue mir das Foto noch einmal an und befürchte, dass der Plan aufgeht. Dann denke ich an Judi und die drei Todesopfer aus Heidelberg und frage mich, ob es so was wie Gerechtigkeit geben kann.

Und ich? Ich sollte mich mal mit der RAF beschäftigen. Mit dem ganzen Anti-Zeugs, Antiimperialismus, Antikapitalismus, Antifaschismus, anstatt Jeans zu klauen. Levi's ist wahrscheinlich auch so ein Großkonzern, der seine Mitarbeiter ausbeutet. Ich frage mich, was für Jeans Baader und Ensslin auf dem Foto tragen und ob sie sich Gedanken darüber machen, wer die Baumwolle dafür gepflückt hat, unter welchen Bedingungen ehemalige Sklaven heute in den Südstaaten leben. Wir haben das mal in Sozialkunde durchgenommen, anhand einer Fotoreportage in einer Ausgabe der National Geographic, die die Lebensbedingungen in den afroamerikanischen Gettos gezeigt hat. Unser Lehrer meinte, wenn den jungen Leuten klar wäre, in welchem Elend die Farbigen leben, die die Baumwolle für die Jeans produzieren, dann müssten sie die Klamotten eigentlich boykottieren.

Sonntag, 5. Oktober, 22 Uhr

Es kostet mich echt Überwindung, zu Svea und Robin zu gehen. Ich gebe Robin die 100 Kronen und sage, dass es mir leidtut. Er sagt gar nichts. Ich versuche zu erklären, warum ich so ausgerastet bin. Robin fixiert mich. Ansonsten zeigt er keine Reaktion. Dann fragt er, ob er mir auch mal die Nase brechen darf. Was soll ich dazu sagen? Kann sein, dass er das ernst meint. Schon klar, ich bin hier nicht willkommen und gehe wieder. Sveas verzerrtes Lächeln. Als sich unsere Blicke treffen, denke ich an ihre ineinander verschlungenen Körper. Robin ruft mir etwas hinterher, aber ich bin mir nicht sicher, ob ich ihn richtig verstehe. Es klingt wie: Im Dunkeln immer schön aufpassen, Alter.

Montag, 6. Oktober, nach Mitternacht

Offenbar hat es sich herumgesprochen, dass man in der Klude Hytte fabrikneue Jeans zum halben Preis kaufen kann. Das belebt das Geschäft. Allerdings ist die Auswahl ziemlich begrenzt. Heute nimmt mich Bøge Bentsen zur Seite und erklärt mir, dass er für eine Levi's 501 in einer bestimmten Größe zehn Kronen drauflegen kann. Ich erkläre, dass ich ihm für zwanzig Kronen Aufschlag jede verfügbare Größe besorge. Wir einigen uns auf fünfzehn. Ab sofort liefere ich auf Bestellung. Jedes Mal, wenn ich ihm eine Jeans bringe und 55 Kronen kassiere, legt er einen Zettel dazu, auf der er die nächste Bestellung notiert hat. Mit zwei bis drei Touren pro Woche komme ich finanziell super klar. Ich besorge die Jeans meistens in Illums Bolighus oder im Magasin Du Nord, das sind zwei große Kaufhäuser, die in der Strøget, einer Fußgängerzone in der Innenstadt liegen. Von Christiania aus sind es etwa zwei Kilometer, die ich bei gutem Wetter zu Fuß laufe. Ich erreiche die Fußgängerzone vom Konsens Nytorv aus, dem neuen Königsmarkt. Ich trage einen weiten Pullover. Sobald ich mich unbeobachtet fühle, schiebe ich kurz den Pulli hoch und wickele mir die Jeans um die Taille. Anschließend schlendere ich aus dem Laden.

Dienstag, 7. Oktober, 15 Uhr

Als ich erwischt werde, beobachtet mich der Kaufhaus-detektiv nicht das erste Mal beim Klauen. Mir ist der Typ auch längst aufgefallen. Er sieht nur dermaßen bescheuert aus, dass ich ihn für minderbemittelt hielt. Ich beachte ihn gar nicht, wenn er mal wieder in der Klamottenabteilung herumlungert, mit seiner tief in die Stirn gezogenen Pudel-mütze und dem dümmlichen Gesichtsausdruck. Ich denke echt, das ist einer von den geistig Behinderten, die man hier häufig rumlaufen sieht. Aber es ist seine Masche: Da ihn die Kunden für einen Trottel halten, fällt niemandem auf, dass er der Privatbulle ist. Erst als er plötzlich hinter mir steht und mir mit geübtem Griff den Arm verdreht, ist klar, was läuft. In einem muffigen Hinterzimmer muss ich meinen Pulli ausziehen und die Jeans abgeben. 200 Kronen Strafe oder Anzeige. Der Typ rechnet natürlich nicht damit, dass ich zahlen kann. Kann ich aber. Ich muss eine Erklärung unterzeichnen, die ich nicht verstehe, und bekomme ein Jahr Hausverbot. Er macht mir klar, dass er beim nächsten Mal die Polizei holt und verpasst mir zum Abschied einen kräf-tigen Tritt in den Arsch. Ich finde das okay und beschließe, das Magasin Du Nord von der Liste meiner Geschäftspartner zu streichen. Am Nikolaj Plads hat vor Kurzem ein neu-er Jeans-Laden aufgemacht. Die haben sich auf junge Leute spezialisiert. Mal sehen, vielleicht werde ich dort in Zukunft meinen Geschäften nachgehen.

Mittwoch, 8. Oktober

Børre fragt, ob ich Lust habe, mal wieder zu kochen. Er ist Freitag mit Naja, Lukas und Agnes verabredet. Wenn ich möchte, soll ich dazukommen und für alle ein Abendessen zubereiten. Børre gibt mir 200 Kronen für den Einkauf. Ich soll mir war Schönes ausdenken. Ich hole das Kochbuch aus dem Versteck und übersetze ein paar Rezepte. Ich habe es eine Weile nicht in der Hand gehabt und bin sofort wieder begeistert, vor allem von den vielen Zeichnungen. Eugenia hatte wirklich Talent. Ich denke daran, dass Judi längst wieder zurück sein müsste. Piet hat doch schon am 1. Oktober sein Medizinstudium begonnen. Ich fange an, daran zu zweifeln, dass sie sich meldet. Vielleicht ist das Buch alles, was mir von Judi bleibt. Vielleicht sind die beiden gerade in eine Wohnung in Heidelberg gezogen, Piet wird Arzt und dann heiraten sie und bekommen Kinder. Und in zwanzig Jahren taucht sie dann in der Schönheitsfarm auf, als Arztgattin, die sich eine Beauty-Woche bei uns gönnt. Wie ätzend.

Donnerstag, 9. Oktober, früher Abend

Vorhin eine Jeans ausgeliefert. Bøge Bentsen hat eine 501 bestellt, in Größe 36/30. Gar nicht so leicht zu bekommen. Erst in diesem neuen Laden am Nikolaj Plads fündig geworden. Frage mich, wer so einen Hintern hat. Ich stecke das Geld ein und will gerade verschwinden, als ein junges Mädchen den Laden betritt. Sie bleibt vor mir stehen und lächelt. Kennen wir uns, frage ich, doch sie schüttelt den Kopf. Tysk, fragt sie, weil sie meinen Akzent bemerkt hat. Ihre blonden Haare sind zu Zöpfen gebunden und ihre Hände stecken in einer blau-weiß gestreiften Latzhose. Ich nicke und will gehen. Doch sie zupft an meinem Ärmel, ich soll mal kurz warten. Also lehne ich mich an das Geländer neben der kurzen Treppe, die zum Ausgang hochführt und sehe, wie Bøge ihr die 501 in die Hand drückt. Anschließend verschwindet sie in der Kabine. Lustig, jetzt weiß ich, wer den Hintern zu der 36/30 hat.

»Und, steht sie mir?«, will das Mädchen wissen. Sie hebt ihr Shirt hoch und dreht sich im Kreis. Na klar, denke ich, die hab ich schließlich für dich ausgesucht! Dabei stelle ich fest, dass sie a) einen hübschen Busen hat und dass b) ihr Hintern gar nicht so groß ist. Sie ist etwas kräftig gebaut, aber die Proportionen stimmen. Sie zahlt und folgt mir aus dem Laden.

So, jetzt wüsste ich ja, wie sie aussieht, meint sie und lacht. »Und? Gefalle ich dir?« Sie drückt sich die Tüte mit der Latzhose an die Brust, während sie auf meine Antwort wartet. Sonst bräuchten wir jetzt nämlich gar nicht weiterzumachen. Weiter machen womit, frage ich. Na, mit Kennenlernen, sagt sie. Ist sie wirklich so selbstbewusst, oder ist das ihre Masche? Vielleicht beides. Du sagst, was du denkst, finde ich gut, sage ich und sie lächelt. Und sonst, will sie wissen, denn sie ist nicht ganz zufrieden. Die Hose steht dir ausgezeichnet, sage ich. Jetzt lacht sie, verrät mir, dass sie Bente heißt, und greift nach meiner Hand.

Freitag, 10. Oktober, nach Mitternacht

Eugenia schreibt: »Der Fisch will drei Mal schwimmen: im Meer, im Öl und im Wein« (»Il pesce vuole nuotare tre volte: nell'acqua, nell'olio e nel vino«). Ich habe einen Eintopf in ihrem Buch gefunden, der mit drei Sorten Fisch und Weißwein zubereitet wird. Außerdem gehören rein: Fenchel, Knoblauch, Porree, Staudensellerie, Paprika und Fleischtomaten. Gewürzt wird mit Lorbeerblättern, Safran, Pfeffer und Salz. Am Schluss werden geröstete Pinienkerne und gehackte Petersilie darüber gestreut. Dazu frisch gebackenes Weißbrot (ist mir zu aufwendig, hole ich vom Bäcker). Bei den Fischsorten muss ich improvisieren, weil es auf dem Markt keine Dorade gibt. Der Händler empfiehlt Lachs, Seeteufel, Rotbarsch. Als ich ihm sage, dass es für einen Eintopf ist, gibt er noch zwei Hände voll Miesmuscheln dazu. Als ich bei Børre ankomme, ist Agnes bereits da. Sie hilft beim Auspacken der ganzen Sachen und beim Putzen des

Gemüses. Wir machen schon mal eine Flasche Weißwein auf und kochen zusammen. Agnes singt dänische Lieder, von denen ich kein Wort verstehe. Sie sagt, das liegt am Dialekt. Sie stammt von der Insel Bornholm und die war lange von den Schweden besetzt. »Das hat abgefärbt«, sagt sie und lacht, »Schweden und Norweger verstehen uns besser als die meisten Dänen.« Ich finde es klasse mit Agnes. Als die anderen kommen, sind wir ein bisschen betrunken. Agnes hat mir ein Kinderlied beigebracht. Es handelt von Krølle-Bølle, einem Troll mit wilden Locken, der auf Bornholm sein Unwesen treibt. Vor allem, indem er Kinder erschreckt, die sich dem Meer zu sehr nähern. Der Eintopf kommt super an, alle loben uns. Wir sind ein bisschen stolz und freuen uns, dass es allen schmeckt. Für Leute zu kochen, macht echt Spaß. Das hat was Ursprüngliches, was Elementares. Ich frage mich, warum ausgerechnet ich das so empfinde.

Nach dem Essen erzählt Lucas, dass das Dänische Nationalmuseum ein Buch über das alternative Stadtviertel Christiania machen will. Eine Reihe von bekannten Stadtplanern und Architekten sind begeistert von der Idee. Sie unterstützen das Projekt, weil sie finden, dass dieses einmalige soziale Experiment dokumentiert werden muss, bevor es verschwindet. Naja regt sich darüber auf, dass den Intellektuellen nichts Besseres einfällt. Die sollen gefälligst Solidarität zeigen und sich unserem Kampf gegen den Räumungsbeschluss anschließen, findet sie.

Børre erklärt, dass vor zwei Jahren eine Abmachung zwischen den Besetzern, dem Parlament und dem Verteidigungsministerium getroffen wurde. Danach sollte ein Ideen-Wettbewerb für die zukünftige Nutzung des Geländes ausgeschrieben werden. Das sei allerdings nie passiert. Doch das Entscheidende ist, sagt Børre: »Die Abmachung besagt, dass wir hierbleiben dürfen, bis dieser Ideen-Wettbewerb abgeschlossen ist. Wenn sie jetzt räumen, verstoßen sie dagegen, und genau das müssen wir den Leuten sagen. Viele Menschen wollen, dass sich die Gesellschaft verändert. Sie trauen sich nur nicht. Deshalb lieben sie uns, weil wir den Mut haben, weil wir uns der Herausforderung stellen.« Børre klingt, als würde er eine Rede vor dem gesamten dänischen Volk halten.

»Wir müssen der Öffentlichkeit klarmachen, dass wir hier ein Experiment für ein anderes Leben durchführen, das soziale Experiment einer Gemeinschaft auf den Prinzipien der Freiheit.«

Lucas gibt ihm recht. Er findet auch, dass wir für mehr Öffentlichkeit sorgen sollten. Er kennt einen Reporter bei der Tageszeitung Politiken und kann vielleicht dafür sorgen, dass ein offener Brief abgedruckt wird. Naja findet, dass eigentlich schon alles Wichtige gesagt ist, man müsse es jetzt nur noch aufschreiben und bei der nächsten Gruppensitzung vorstellen. Agnes holt Stift und Papier. Ich schlage vor, dass wir den offenen Brief ein paar Hundert Mal kopieren und in der Stadt verteilen, weil nicht alle Leute die Zeitung lesen. Das halten alle für eine gute Idee. Echt spannend, was hier abgeht. Ich bin gern an diesem Ort und empfinde Solidarität für die Leuten. Agnes schlägt vor, dass wir bald wieder gemeinsam essen und reden könnten. Das finden alle gut und wir verabreden, uns in zwei Wochen wieder bei Børre zu treffen.

Samstag, 11. Oktober, nach Mitternacht

Gerade hat sich Bente verabschiedet. Dass ich in Christiania wohne, findet sie super. Bente erzählt von ihrer Ausbildung zur Hotelfachangestellten. Die macht sie im Kong Arthur, einem Luxushotel in der Innenstadt, gar nicht weit von hier. Sie durchläuft alle Stationen, die in einem Hotel vorkommen. Sie war schon in der Putzkolonne, in der Wäscherei, in der Rezeption, im Service und in der Bar.

Im November wird sie in der Küche mitarbeiten. Im zweiten Lehrjahr kommt dann mehr Bürokram dran. Sie hat ein kleines Zimmer im Hotel. Aber da ist kein Besuch erlaubt, sagt sie, jedenfalls nicht von Jungs. Wir liegen einfach so nebeneinander, schauen an die Decke und unterhalten uns. Irgendwann dreht sie sich zu mir, legt den Kopf auf meine Schulter und fragt, ob ich sie küssen möchte. Ich nehme ihr Gesicht in meine Hände, fahre mit den Daumen über ihre Oberlippe, wo sich ein paar winzige blonde Haare befinden und sehe, wie sich ihre Augen schließen, bevor unsere Münder aufeinandertreffen.

Später fragt sie, ob sie den BH ausziehen soll. Bevor ich antworte, zieht sie sich das T-Shirt über den Kopf und dreht mir den Rücken zu. Kannst du mir mal helfen? Ich lasse meine Hände über ihre Schultern gleiten und stelle fest, dass ich noch nie einen BH aufgemacht habe. Wie geht das? Unterhalb der dünnen Träger, in der Mitte von diesem breiten Gurt, befindet sich der Verschluss. Sie lacht. »Du musst ihn aufhaken, da sind zwei kleine Haken, schau!« Jetzt erscheinen ihre Hände hinter dem Rücken und sie zeigt, wie es geht. »Hast du das noch nie gemacht?« Bente gegenüber fällt es mir leicht, ehrlich zu sein. Vermutlich, weil sie auch immer sagt, was sie denkt. Das glaube ich jedenfalls. Aber du warst schon mal mit einer Frau zusammen? Na klar, was denkst du denn? Bente dreht den Kopf und grinst. »Dann bin ich wohl nur die erste, die einen BH trägt.« »Stimmt«, sage ich. Und sie meint, wenn du jung bist, und nicht viel hast, dann brauchst du keinen. Aber das sei bei ihr nun mal anders. Sie greift meine Hände und legt sie auf ihre Brüste. Ich umfasse sie, hebe sie etwas an und schätze ihr Gewicht. Sie macht ein glucksendes Geräusch, als ich ihre Brustwarzen berühre. Sie sind groß und fest. Ich kann mir vorstellen, wie ein Säugling daran nuckelt, und streichele sie vorsichtig. Ich mag das, sagt sie und lehnt sich zurück. Ich sitze hinter ihr, streichele ihre großen Brüste und finde, dass alles an ihr weich und rund ist. Der reinste Überfluss. Als ich ihr ganz nahe bin, fragt sie, ob es okay ist, wenn wir nur Petting machen. Weil wir das erste Mal zusammen sind und weil sie findet, dass es auch so schön sein kann. Dann zeigt sie, was sie mit Petting meint. Was sie mit den Händen anstellt, ist mindestens so gut wie richtiger Sex. Nach einer Weile fragt sie, ob sie mir zeigen soll, wie sie es gernhat. Als ich begriffen habe, wie das funktioniert, macht es mich total an, zu spüren wie sie darauf abfährt. Aber das Beste ist, dass es viel langsamer abläuft und wir für alles mehr Zeit haben. Bente weiß genau, wie weit sie gehen kann, und bringt es erst zu Ende, als sie selber auch kommt.

Ich liege im Bett und lausche den Geräuschen, die Christiania macht. Aber ich höre nichts. Es ist vollkommen still. Dann höre ich doch etwas, ein sehr, sehr leises Rascheln. Es stammt von den Wimpern an meinem rechten Auge, wenn ich zwinkere und dabei die Härchen am Kissen entlang streichen. BH aufmachen. Im Grunde ganz einfach.

Sonntag, 12. Oktober, kurz nach 23 Uhr

Mit Bente im Kino: Einer flog über das Kuckucksnest. Bin total begeistert. Jack Nicholson spielt McMurphy, einen Ganoven, der in einer geschlossenen Anstalt landet und die Insassen zu allem möglichen Blödsinn anstiftet. Einmal hauen sie zusammen mit einem Bus ab und machen eine Bootstour. McMurphy verstößt dauernd gegen die Regeln und legt sich mit der fiesen Stationsschwester an. Dann kommt es zu einer heftigen Schlägerei und McMurphy wird zur Strafe mit Elektroschocks behandelt. Er beschließt, zu fliehen, doch der Plan misslingt und die fiese Schwester Ratched sorgt dafür, dass ihm durch eine Gehirnoperation die Persönlichkeit genommen wird. Sein bester Kumpel, ein riesenhafter Indianer, erstickt ihn daraufhin mit einem Kissen. Anschließend reißt er einen tonnenschweren Waschtisch aus der Verankerung, schleudert ihn durch ein vergittertes Fenster und verschwindet in der Nacht. Immerhin, der Indianer entkommt. Bente weint. Sie will anschließend nicht mit zu mir, weil sie morgen schon um sechs zum Dienst muss. Ich bringe sie aber noch zum Hotel. Im Bus rauche ich einen kleinen Joint und gehe die einzelnen Szenen noch einmal durch. Dann denke ich an die Ensslin und dass sie vielleicht auch so eine ist, die so lange gegen alle Regeln verstößt, bis sie daran zugrunde geht.

Dienstag, 14. Oktober, vormittags

Es passieren merkwürdige Dinge. Gestern Nachmittag, ich will gerade in den VW Bus steigen, knallt es plötzlich, mein Kopf schlägt an die Seitenscheibe und ich bin weg. Im Traum schüttelt mich einer und als ich die Augen öffne, sehe ich Ralle. Was ist denn mit dir los, Alter, fragt er und guckt auf seine blutverschmierten Hände. Dann spüre ich einen irren Schmerz am Hinterkopf und versuche, mich aufzurichten. Ralle stützt mich und mir wird klar, dass das gar kein Traum ist. Was machst du denn hier, frage ich. Herbstferien, Alter, meint Ralle, wollte mal schauen, was du so treibst, hier in Christiania. Scheint allerdings 'n ziemliches Dreckloch zu sein, wo man mitten am Tag überfallen wird. Weißt du, wer dir das Ding verpasst hat? Ich betaste meinen Hinterkopf und merke, dass da was nicht okay ist. Eine Mischung aus verkrusteten Haaren und frischem Blut, die sich auf einer enormen Schwellung gebildet hat. Ralle schaut sich das an. Platzwunde, sieht ziemlich fies aus, sollte besser genäht werden, meint er und dass es ja schade um die langen Haare ist, weil die um die Wunde herum wegrasiert werden, bevor da was gemacht wird. An der Stirn hätte ich übrigens auch noch 'ne Beule.

Ganz schön viel Informationen für einen, der gerade noch bewusstlos war. Also baue ich erst mal 'ne Tüte mit dem

Schwarzen Afghanen. Zur Begrüßung. Ich beschließe, eine Nacht darüber zu schlafen. Hab ich eben 'ne Narbe. Sieht man da hinten ja nicht. Von meinen Sachen fehlt zum Glück nichts. Ich weiß eh Bescheid, kleine Racheaktion. Hoffe nur, dass Robin sich jetzt besser fühlt. Dass ich weiß, wer's war, behalte ich für mich. Ralle neigt bekanntlich zu Wutausbrüchen und besteht womöglich darauf, dass wir uns den Typen vorknöpfen. Und dann nimmt das überhaupt kein Ende.

Ralle schaut sich in dem Bus um. Natürlich will er wissen, wie ich an die hammermäßig geile Kiste gekommen bin. Ich erzähle ihm die Geschichte und gebe ein bisschen damit an, was ich in den letzten Monaten alles erlebt habe. Bist also jetzt voll der Hippie. Ich nicke und frage, was ihn hierher verschlagen hat. Wie gesagt, Herbstferien und so. Außerdem hat ihm seine Mutter den Flug spendiert. Voll geil Alter, dauert nicht mal ne Stunde.

Der Afghane ballert uns total weg. Ralle sagt, es fühlt sich an, als würde er auf einem Wasserbett einen Fluss entlangtreiben. Dann kriegt er einen Lachflash und kichert so erbärmlich, dass ich mitlachen muss. Als er sich wieder halbwegs unter Kontrolle hat, fällt ihm ein, dass er am Flughafen dänische Butterkekse gekauft hat. Wir futtern in einem irren Tempo die ganze Dose leer. Stimmt es, dass man das Zeug hier einfach so kaufen kann? Ich so: Butterkekse? Nächster Lachflash! Nee, Shit natürlich. Hat er irgendwo gelesen, konnte sich aber nicht vorstellen, dass es stimmt. Amsterdam, klar, das weiß man. Aber Kopenhagen? Er findet es voll schräg, dass die Dänen das zulassen. Bei mir entfaltet das Dope eine wunderbare Nebenwirkung: Ich spüre den Schmerz nicht mehr. Bis ich mich in die Kissen fallen lasse. Es ist, als würde der Blitz einschlagen und ich sehe tatsächlich Sterne. Ich krümme mich zusammen und warte, bis der pochende Schmerz nachlässt. Dann frage ich, wie es zu Hause so läuft. Scheiß Schule, meint Ralle und erklärt, wie das neue Kurssystem funktioniert. Er hat Bio und Gemein-schaftskunde als Leistungskurse gewählt, außerdem Englisch und Kunst. Allerdings muss er jetzt einen Kurs in organi-scher Chemie belegen, als Voraussetzung für den Bio-Leis-tungskurs. Das nervt. Klingt ziemlich kompliziert alles. Bin froh, dass ich da raus bin. Trotzdem schade, dass wir jetzt ge-trennte Wege gehen. Ralle wird das Abi machen und dann studieren. Und ich? Sollte ich mir langsam mal überlegen.

Ich frage, ob er den Film mit Jack Nicholson gesehen hat. Er: Klar, total geil, bin gleich zwei Mal reingegangen. Ein-mal mit Frank und Tia. Die sind jetzt übrigens zusammen. Wer ist zusammen? Frank und Tia? Ich richte mich vorsich-tig auf, Ralle nickt. Sind am Ende der Sommerferien zusam-mengekommen. Waren ein paar Tage in Paris und so. Und die Band, frage ich, weil ich mir nicht anmerken lassen will, dass meine Gefühle gerade durcheinanderwirbeln. Welche Band, gibt er zurück, womit das Thema gestorben ist. Ich lehne mich extrem vorsichtig zurück in das Kissen und stelle mir Tia vor. Tia und Frank. Ausgeschlossen, passt gar nicht. Zugegeben, ich kenne sie nicht wirklich. Aber mit Frank? Warum hat sie mir diese Postkarte geschrieben? Dass sie sich riesig über meine Karte gefreut haben will, dass sie es schön mit mir fand und nicht versteht, warum ich weg bin. Ich will nicht, dass Frank an Tia rumfummelt, dass sie sich küssen und sonst was. Es ist genauso wie bei Judi und Piet. Als sie vom Duschen kamen, Hand in Hand. Oder wie bei Sunny, als ich gesehen hab, wie sie den Gitarristen von Turn Back angeguckt hat und später mit den Jungs losgezogen ist. Die gleichen ätzenden Gefühle: ausgeschlossen, gekränkt und enttäuscht. Noch schlimmer ist, dass ich gar keinen Grund dazu habe. Weil ich nämlich überhaupt kein scheiß Recht darauf habe, dass Tia, Judi oder Sunny auf mich abfahren. Dann denke ich an Bente und frage mich, warum ich mich so aufrege. Bente ist klasse, ich bin gut drauf, wenn wir zusammen sind. Mein Herz macht nur keine Luftsprünge, wenn ich an sie denke und ich werde auch nicht gleich panisch, wenn ich mir vorstelle, dass sie vielleicht auch noch andere Jungs gut findet. Ralle ist eingeschlafen. Er macht komische Geräusche, wenn er pennt. Kein Schnarchen, eher so ein Schmatzen, als würde er auf etwas herumkauen. Ich bin froh, dass er hier ist.

Donnerstag, 16. Oktober, später Abend

Am Morgen rückt Ralle damit raus, dass er in Christiania Dope kaufen und nach Deutschland schmuggeln will. Er, Frank und dessen Bruder Thomas haben zusammengelegt. Ralle soll für 250 Mark Shit besorgen. Ach, deshalb bist du also hier. Ralle zuckt mit den Schultern. Er so: Hab dich mit eingeschlagenem Schädel aus dem Dreck gezogen, schon vergessen? Außerdem interessiert mich, was du hier so treibst, Alter. Und ein ordentliches Piece mit nach Hause nehmen, wäre ja nun auch nicht zu verachten. Wir gehen in die Pusher Street zu dem Typen, den mir Børre empfohlen hat. Erstens streckt der das Dope nicht und zweitens macht er für die Bewohner bessere Preise als für Touristen. Ich kann einen kleinen Mengenrabatt aushandeln. Dann schlendern wir über das Gelände und ich erzähle, was ich über Christiania weiß. Wie hier Entscheidungen gefällt werden, dass es kein Wohneigentum gibt und dass der dänische Staat Stress macht, weil das Gelände dem Verteidigungsministerium gehört und so weiter. Ralle findet, dass hier zu viel Dreck rumliegt, die meisten Gebäude ziemlich gammelig aussehen und überhaupt alles einen heruntergekommenen Eindruck macht. Ich frage mich, warum er alles schlechtmacht, und sage ihm das auch. Er meint, ich soll mal die Augen aufmachen und zeigt auf das leer stehende Haus in der Nähe von Børres Wohnung, das, wo die Fenster kaputt sind und Birken aus dem Dach wachsen. Er meint, es liegt vermutlich daran, dass es keinen Besitz gibt. Das führt dazu, dass keiner so richtig verantwortlich ist und die Initiative ergreift. Klar, dass keiner Geld und Arbeit in so eine Ruine reinsteckt, wenn es einem dann nicht einmal gehört und da plötzlich jemand anderes drin haust, wenn man aus dem Urlaub kommt. Ich versuche ihm klarzumachen, dass das gerade das Besondere hier ist. Ein Haus zu renovieren ist ja auch ein Dienst an der Gemeinschaft, selbst, wenn es keine Garantie dafür gibt, dass man es dauerhaft bewohnen wird. Genau deshalb funktioniert das auch nicht, meint Ralle. Ich sage, dass er kein Recht hat, so über Christiania zu urteilen und dass seine Argumente die eines Egoisten und Spießers sind. Er sagt, ich sei ein Gammler und Träumer, wenn ich nicht sehen würde, was hier abgeht. Anschließend macht er sich vom Acker, obwohl sein Flug erst morgen früh geht. Er sagt, er will sich lieber ein Hotel suchen, damit er morgen nicht verpennt. Ich frage mich, warum er so scheiße drauf ist. Vielleicht ist er noch sauer auf mich, weil ich ihn mit der Band hängen gelassen habe, und er kann mir das nicht anders zeigen.

Freitag, 17. Oktober

Das Plenum hat den offenen Brief für die Tageszeitung abgesegnet und dass zusätzlich Kopien für die Bewohner von Kopenhagen verteilt werden. Die Kopien sind mein Job. Ich mache mich auf den Weg zu dieser Pastorin. Sie lässt mich herein und bittet mich, einen Moment zu warten, weil sie gerade ein Gespräch führt. Ich befinde mich in einer Art Diele, von der eine breite Treppe ins obere Geschoss führt. Ich setze mich auf eine Holzbank mit reich beschnitzter Rückenlehne und betrachte ein Ölgemälde. Es stellt das letzte Abendmahl dar, mit Jesus im Zentrum. Nur, dass es sich bei den Jüngern um ganz gewöhnliche Menschen handelt. So als hätte man ein paar Leute aus der Fußgängerzone an den langen Tisch gebeten. Es sind auch Frauen dabei. Jesus ist schon etwas älter, sein Haar geht bereits zurück. Er trägt ein weißes Unterhemd. Seine behaarten Arme liegen auf dem Tisch, die Handflächen sind geöffnet. Einige Gäste unterhalten sich, andere schauen nur zu – ganz ähnlich wie in den üblichen Darstellungen. Nur, dass dieses Gemälde eine vollkommen andere Ausstrahlung hat. Es wirkt unspektakulär, wie eine Momentaufnahme von einer gewöhnlichen Mahlzeit in größerem Kreis. Wahrscheinlich soll das die Aussage sein: Jesus und seine Jünger sind nichts Besonderes. Es sind Menschen, die zusammen essen, die teilen, was sie haben. Einer unter ihnen ist allerdings ein Verräter. Doch das könnte jeder sein. Jeder und aus ganz unterschiedlichen Gründen. Aber das passiert erst in der Zukunft. Hier geht es um den Moment, um das Verbindende. Und das Verbindende ist das gemeinsame Essen. Ich stelle mir ein Gemälde vor, in dem der Genuss, die Sinnenfreude einen größeren Stellenwert hat. Dann würden auf dem Tisch nicht nur Wein und Brotkrümel zu sehen sein, sondern leckere Speisen, schön angerichtete Teller mit Salaten und Suppen, verschiedene Kräuter, reifes Obst und frisches Gemüse. Außerdem Fisch und Fleisch und verschiedene Brotsorten in großen Laiben. So dass der Betrachter Lust bekommt, sich dazuzusetzen und mitzuessen. Und ich würde all das zubereiten. Das wäre meine Aufgabe, nicht mehr und nicht weniger. Ich frage mich bloß: Wieso hat einer, der weder riechen noch schmecken kann, solche Träume? Dann geht die Tür auf und die Pastorin begleitet ein junges Paar zum Ausgang. Vielleicht wollen die beiden heiraten, denke ich zuerst, doch dann spüre ich die gedrückte Stimmung. Ich frage die Pastorin, warum sie so traurig wirken. Wollen sie nicht heiraten? Nein, sie sind schon verheiratet, sagt sie, es geht um eine Beerdigung. Sie schaut mich an und sieht, dass ich mehr wissen möchte. Sie zögert, räuspert sich und streicht eine blonde Strähne aus ihrem Gesicht. Dann erzählt sie, dass die beiden ihr Kind verloren haben. Es hat sich von der Mutter losgerissen, ist auf die Straße gelaufen und von einem Auto erfasst worden.

Die Stille, die folgt, füllt sich mit einer Mischung aus Einsamkeit, Trauer und Lähmung, die wie Beton in mich einsickert und mir angst macht. Eine Angst, die ich mir nicht erklären kann. Mein Magen verkrampft sich. Was ist los? Ich habe doch kein Kind verloren! Dreh ich jetzt durch? Das macht mich so fertig, dass ich gehen will. Doch sie hält mich zurück. Schlimme Dinge passieren, sagt sie, jeden Tag. Und auch Mitgefühl kann ein schlimmer Schmerz sein. Als sie sieht, dass ich zittere und mir die Tränen kommen, legt sie ihre Arme auf den Tisch. Arme mit geöffneten Handflächen. Sie sagt, Mitgefühl zu empfinden ist das Fundament christlicher Nächstenliebe. Wir teilen den Schmerz, weil wir spüren, dass wir alle teil ein und derselben Schöpfung sind. Ich weiß gar nicht, was mit mir los ist. Ich kann einfach nicht aufhören zu heulen. Ich starre auf ihre Hände und weine. Vielleicht liegt es daran, dass Ralle da war und mich sein Besuch an zu Hause erinnert hat. Und daran, dass ich Tia vermisse und Judi. Und daran, dass ich meine Mutter vermisse und vielleicht sogar Fred. Und dass schlimme Dinge passieren, jeden Tag. In diesem Moment fühle ich mich unfassbar einsam. Die Pastorin sagt, dass sie Linda heißt und dass ich jederzeit willkommen bin, natürlich auch in ihrem Gottesdienst, falls ich Lust habe. Wie sie es sagt, klingt es nicht einmal nach Werbung für die Kirche und ich überlege tatsächlich, hinzugehen. Irgendwie fange ich mich dann wieder und erkläre ihr die Sache mit dem offenen Brief. Dass wir die Bürger von Kopenhagen zur Solidarität mit den Bewohnern von Christiania aufrufen wollen, um zu verhindern, dass die Polizei das Gelände räumt. Linda überlegt. Dann sagt sie mir 200 Kopien zu, als Spende. Ich soll ihr den Brief dalassen und die Kopien morgen abholen.

Am Bus klebt ein Zettel von Bente. Sie war in ihrer Mittagspause da und wollte mit mir am Kanal spazieren gehen. Sie hat eine kleine Skizze gemacht. Ich sehe zwei Strichmännchen, die Hand in Hand gehen. Darüber sind zwei Sprechblasen. In der einen steht »schön hier ...« und in der anderen »mit dir ...«. Darunter steht: Hab morgen frei. Vielleicht schaue ich am Vormittag noch einmal vorbei.

Samstag, 18. Oktober

Bente wird ganz blass, als sie die Verletzung an meinem Hinterkopf sieht. Total leichtsinnig, dass ich damit nicht zum Arzt gegangen bin, sagt sie. Dabei ist die Wunde schon super verheilt. Aber vor allem tue ich ihr total leid und dass lässt sie mich spüren – sehr angenehm! Außerdem findet sie es schade, dass sie Ralle nicht kennengelernt hat. Ich nicht so. Wir sitzen vorn im VW Bus und schauen dem Regen zu. Die Fenster sind von innen beschlagen und es ist kühl hier drin. Bente hat eine Wolldecke mitgebracht. Unter der kauern wir, schmusen ein bisschen und unterhalten uns.

Ich frage, ob sie Lust hat, mit zu dem Essen bei Børre zu kommen. Ich glaube nicht, dass Judi hier noch auftaucht. Die ist längst zurück in Deutschland und hat mich vergessen. Also wird es ohnehin nichts mit »Liebe geht durch den Magen« und dass ich sie mit den Rezepten ihrer Großmutter beeindrucke. Und Bente? Ich glaube fast, dass es bei ihr auch ohne das funktioniert.

Eigentlich hat sie am Freitag Dienst, aber sie möchte gern dabei sein und will versuchen, mit einer Kollegin zu tauschen. »Ich wusste gar nicht, dass du gern kochst«, sagt sie und schlägt vor, dass sie mir mal die Profiküche im Restaurant zeigt, die ist nämlich ganz neu. Das interessiert mich natürlich. Sie sagt, dass das nur am Nachmittag geht, in der Pause nach dem Mittagsbetrieb und bevor die Vorbereitungen für das Abendessen starten. So um 15 Uhr herum wäre meist nichts los. Außer Sonntag, da zieht sich das am Mittag, weil die Gäste nicht arbeiten müssen. Wir verabreden uns für nächsten Montag um drei vor dem Seiteneingang des Hotels. Dann muss sie los, weil sie Spätdienst hat.

Ich müsste mir mal die Haare waschen, aber wegen der Wunde traue ich mich nicht. Meine Haare sind inzwischen so lang, dass ich sie locker mit dem Haargummi zusammenbinden kann. Vor einem halben Jahr habe ich noch gedacht, dass es ewig dauert. Bente meint, an meiner Stelle würde sie sich bald mal die Spitzen schneiden lassen, weil da Spliss drin ist. Spliss? Und wenn schon. Haare schneiden ist echt nicht drin.

Ich habe vergessen, die Kopien abzuholen. Ich sitze an der offenen Seitentür und genieße die letzten Sonnenstrahlen. Ziehe mir einen kleinen Joint rein. Bente steht nicht darauf. Sie meint, davon wird sie nur träge und müde. Heute ist es noch einmal warm geworden. Ein sonniger Herbsttag geht zu Ende, doch jetzt wird es schnell kühl. Eine Drossel erfüllt die Luft mit ihrem Gesang. Eine seltsame Stimmung, die mich einnimmt und bedrückt. Schlimme Dinge passieren, einfach so. Niemand kann das verhindern. Und Gott? Tut nichts. Was ist bloß los? Als hätte das Leben meine Achillesferse entdeckt.

Sonntag, 19. Oktober

In der Nacht wache ich auf, weil mir kalt ist, und kann nicht wieder einschlafen. Ich muss mir was überlegen, ein wärmerer Schlafsack vielleicht. Die zusätzliche Wolldecke von Bente hat leider nicht viel gebracht. Am Morgen sind die Scheiben von außen vereist und innen beschlagen. Ich gehe ins Badehuset und nehme eine heiße Dusche, heiß und lang. Anschließend schaue ich bei Børre vorbei. Zum Glück fragt er mich, ob ich mit ihm frühstücken will. Bei ihm bollert ein gusseiserner Ofen und es ist herrlich warm.

Als ich ihm erzähle, dass ich die halbe Nacht gefroren habe, hat er eine Idee. Mikkel Knudsen, ein alter Kumpel, hat für die Wintersaison auf einem Fischtrawler angeheuert, weil er Geld braucht. Der zieht nächste Woche los und ist bis April weg. Mikkel teilt sich mit Gudrun einen alten Zirkuswagen. Der Wagen ist gut in Schuss, aber vor allem isoliert und beheizbar. Vielleicht kann ich da übergangsweise hin. Wir können gleich mal vorbeischauen, meint er, vielleicht klappt das.

Der Wagen steht ein Stück am Kanal runter, unter einer Gruppe von Pappeln. Eine Böe scheucht gelbe Blätter vor sich her und hinter den Wolken wartet die nächste Frostnacht. Wir klopfen, schauen durch das Türfenster. Niemand da. Drinnen sieht es gemütlich aus. Børre sagt, er kümmert sich und gibt mir Bescheid. Am Abend kommt er zu meinem Bus. Er hat Mikkel vor dem Badehuset getroffen. Von ihm aus geht das klar, ich müsste mich nur mit Gudrun einigen. Ist schließlich ziemlich eng zu zweit in einem Bauwagen. Lange nicht so eng wie in einem VW-Bus, denke ich, und seltsam, dass sie ausgerechnet Gudrun heißt.

Montag, 20. Oktober

War gerade bei Gudrun. Sie ist Schwedin und hat mal in Bremen gearbeitet, deshalb spricht sie gut Deutsch. Jetzt arbeitet sie in einer Kaffee-Bar in der Altstadt und hat häufig Spätdienst. Ab nachmittags hätte ich die Bude meistens für mich allein. Sie meint, Mikkel würde sich über einen kleinen Obolus freuen. Ich dachte, es gibt keine Mieten in Christiania. Gudrun lächelt. Ist ja auch freiwillig, meint sie. Immerhin kannst du den ganzen Winter in einer warmen Bude verbringen.

Hole die Kopien ab. Linda überreicht sie mir in einem Karton verpackt und wünscht uns viel Glück bei der Aktion. Ich bedanke mich und frage, wer das Bild gemalt hat. Sie sagt, das wüsste sie auch gern. Das Gemälde sei schon da gewesen, als sie die Pfarrstelle vor drei Jahren übernommen hat.

Dienstag, 21. Oktober

Gestern Nachmittag: Bente führt mich durch einen dunklen Flur, dann öffnet sie die Tür zu einem Umkleideraum. Die Spindschränke und der Duschbereich erinnern mich an den Sportunterricht. Es gibt sogar einen Ruheraum mit Sitzecke und einer Liege. Falls mal jemandem schlecht wird, sagt Bente. Dann zeigt sie mir die Lagerräume. Das Trockenlager für Konserven, Mehl, Reis und Gewürze. Das Kühlhaus für Fleisch (da hängt ein ganzes halbes Schwein), das Kühlhaus für Gemüse (Kisten mit Tomaten, Paprika, Gurken, Salate, Zwiebeln. Ich habe noch nie so viel Gemüse auf einem Haufen gesehen) und einen Technikraum mit Kabeln, Rohrleitungen, Schaltern, Sicherungskästen und Anzeigeinstrumenten. Dort brummt es, als würde man direkt unter einer Hochspannungsleitung stehen. Dann stehen wir vor einer Doppeltür. Und nun das Herzstück, sagt Bente, die Küche. Wir betreten einen großen Raum, in dem alles aus glänzendem Edelstahl zu bestehen scheint. Es gibt zwei Bereiche für die Vorbereitung der Zutaten. Beide mit riesigen Spülbecken und großen Arbeitsflächen. Dann kommen die Kochstationen für das Braten und Grillen, für das Kochen und Dämpfen und die Öfen. Überall hängen Siebe, Kellen, Schneebesen und Werkzeuge, die ich noch nie gesehen habe. Aber ich kann keine Messer entdecken. Hier, sagt Bente und zieht ein paar Schubladen auf. Da liegen sie, sauber von klein nach groß geordnet und in mehreren Reihen. Am Ende zeigt Bente mir die Ausgabeküche, eine lange Theke mit Wärmelampen darüber. Hier werden die fertigen Speisen schön angerichtet, erklärt sie, bevor die Serviceleute sie den Gästen servieren. Am Schluss zeigt sie mir noch die Spülstation für das dreckige Geschirr. Alle Böden und Wände sind weiß gefliest und alles sieht blitzsauber aus. Ich bin schwer beeindruckt. Ist ja auch vor ein paar Monaten alles neu gemacht worden, sagt Bente, und dass es fast zwei Millionen Kronen gekostet hat. Das sind etwa fünfhunderttausend Mark, rechne ich nach und frage, woher sie das so genau weiß. Hat der Hotelchef bei der feierlichen Einweihung gesagt. Alle Mitarbeiter wurden zusammengerufen und jeder hat ein Glas Sekt bekommen, als Anerkennung, weil es in der Umbauphase ziemlich stressig war. Bis auf eine Woche im Januar ist der komplette Betrieb weitergelaufen, während parallel umgebaut wurde, sagt Bente. Ich bin erstaunt, wie gut sie sich auskennt. Ich würde das gern mal sehen, wenn hier Betrieb ist. Bente schüttelt den Kopf. Keine Chance, sagt sie, hier darf ausschließlich Küchenpersonal hin. Selbst ich habe hier nichts zu suchen. Wenn der Chef wüsste, dass wir hier sind, wäre ich geliefert. Der kann echt eklig werden.

Donnerstag, 23. Oktober

Habe meine Rücklagen fast aufgebraucht. Wird Zeit, dass ich ein paar Jeans klarmache. In dem neuen Laden am Nikolaj Plads stehen allerdings seit Kurzem zwei Wachleute rum und beobachten alle, die dort rein und rausgehen. Da hab ich kein gutes Gefühl. Und im Magasin Du Nord hab ich Hausverbot. Bleibt das Illums Bolighus in der Fußgängerzone. In der Klamottenabteilung ist nichts los, deshalb wickele ich mir gleich zwei Jeans um den Bauch und verschwinde. Am Ausgang steht ein Typ auf, der auffällig unauffällig vor einem Regal mit Handschuhen herumlungert. Kaufhausdetektive gibt es in zwei Ausführungen: eine, die man sofort erkennt und die eher zur Abschreckung dient, und dann die andere, echt unauffällige, vor der man sich hüten muss. Der Typ gehört zur ersten Kategorie. Und er wartet nur darauf, dass ich den Laden verlasse. Vielleicht hat mich doch jemand beobachtet und dem Kerl einen Tipp gegeben. Was mach ich jetzt? Ich bücke mich, verschwinde dabei hinter einem Regal und tue so, als ob ich meinen Schnürsenkel zubinde. Dann richte ich mich langsam wieder auf. Tatsächlich, sein Blick geht hin und her, er sucht nach mir. Verdammter Mist, jetzt kommt er auf mich zu. Ich ziehe die beiden Jeans unter meinem Pullover hervor, lasse sie fallen und schiebe sie mit dem Fuß unter das Regal. Dann bewege ich mich in Richtung Ausgang. Tatsächlich, als ich die Türschwelle überqueren will, werde ich unsanft gestoppt und in ein Büro geführt. Gerade noch einmal gut gegangen. Ich mache natürlich auf voll empört und der Typ ist genervt, weil er bei mir nichts findet. Die Jeans wird er so schnell auch nicht entdecken. Lustig, er weiß genau, dass er den Richtigen erwischt hat, aber er kann nichts machen.

Heute gehe ich um die Mittagszeit noch mal hin, fische die beiden Hosen unter dem Regal raus und stopfe sie in meinen Rucksack. Als ich draußen bin, beschließe ich, mir einen anderen Job zu suchen. Ist mir einfach zu stressig.

Samstag, 25. Oktober

Liebes Tagebuch, ich hab dich fast vollgeschrieben. Gestern bin ich umgezogen. Das heißt, ich fahre mit dem Bus langsam ein paar Hundert Meter bis zu dem Zirkuswagen und bringe ein paar Sachen rüber, fertig. Wenn man reinkommt, befindet man sich in einem kleinen Wohnraum mit dem Ofen und einer Küchenecke. Rechts geht es zu Gudrun. Ihr Bereich ist durch ein Regal und einen dicken Vorhang abgeteilt. Meine Schlafkoje befindet sich auf der gegenüberliegenden Seite, ebenfalls hinter einem Vorhang. Auf der Türseite sind drei Fenster, auf der anderen keine. Ich überlege, ob ich die Matratze aus dem Bus holen soll. In der Koje ist zwar eine drin, aber die ist nicht mehr so toll. Ich beschließe, erst mal zu lüften, und mache alle Fenster weit auf.

Morgen habe ich einen wichtigen Termin. Bente hat mir erzählt, dass der Restaurantchef noch eine Lehrstelle zu besetzen hat. Einer der neuen Auszubildenden hat die Probezeit nicht überstanden. Ich soll mich bewerben, wenn ich Lust hab. Warum nicht, hab ich gesagt. Ich muss allerdings zugeben, dass ich ganz schön nervös bin. So, das sind die letzten Zeilen. Ich muss mir ein neues Heft kaufen.

47.

»Warum willst du Koch werden?«, schnauzte Pouligny, ein großer Typ mit Glatze und stechendem Blick. Der sah nun wirklich nicht französisch aus. Eher wie ein Russe. Wenn ich nicht sowieso Schiss vor ihm hätte, spätestens jetzt wäre es so weit. Ich hasse es, wenn meine Stimme vor Aufregung zittert und ich hasse, wenn alle es merken. Beides war der Fall.

»Ich hab irgendwann festgestellt, dass ich Spaß daran habe. Also am Kochen. So für 'n paar Leute.«

Der Souschef, ein drahtiger Kerl mit Bartschatten, kaute auf einem Zahnstocher. Jetzt hielt er inne.

»Spaß?!«, brüllte der Küchenchef. »Karussellfahren macht Spaß und Minigolf spielen. Oder in der S-Bahn einen fahren lassen. Aber Kochen, pah! Das ist blutiger Ernst!«

Jetzt wusste ich, was Bente mit *eklig* meinte.

»Für 'n paar Leute kochen«, knurrte er, »vielleicht sogar ein Menü. Verdammt, das kann jede Hausfrau!«

Ich wäre froh, wenn ich das könnte, hielt aber die Klappe.

»In einem Restaurant unserer Reputation und Größe geht es vor allem um Qualität. Und zwar um gleichbleibende Qualität! Unsere Gäste zahlen viel Geld dafür, dass ihr Lieblingsgericht exakt so schmeckt, wie immer. Und wie schaffen wir das?«

Der Maître hob die Schultern und stierte mich an.

»Durch perfekte Organisation«, donnerte Pouligny, »diese Küche funktioniert wie ein Uhrwerk, verstehst du? Wir haben 25 Hauptgerichte, 18 Vorspeisen und 7 Desserts auf der Karte. Wenn der Laden voll ist, bewirten wir hier 150 Menschen an einem Abend. Und wie schaffen wir das? Was ist unser Erfolgsgeheimnis?«

Pouligny sprach so schnell, dass ich Mühe hatte, Schritt zu halten.

»Perfekte Organisation«, plapperte ich nach.

»Bon! Und weißt du auch, warum wir ein Tagesmenü anbieten?«

Ein wölfisches Grinsen huschte über sein Gesicht. Das war so eine Lehrerfrage, bei der man zeigen konnte, ob man mitgedacht hatte.

»Weil es für die Küche einfacher ist, wenn nicht so viele unterschiedliche Gerichte zubereitet werden müssen?«

»Voilà! So ist es: Zehnmal dieselbe Speisefolge ist schneller gemacht als zehn individuelle Bestellungen mit unterschiedlichen Vorspeisen, Hauptgerichten und so weiter.«

Ich atmete tief durch.

»Und dann wollen unsere Gäste auch noch etwas trinken. Ha! Aber wir sind hier nicht in Frankreich, n'est-ce pas, sondern in Dänemark. Ist dir klar, was das bedeutet?«

Ich hatte keinen Schimmer.

»Das macht die Sache einfacher. Warum? Weil dänische Männer Bier trinken und die Frauen Weißwein, und zwar den, der gerade in Mode ist.«

Pouligny hob den Kopf, kniff die Augen zusammen.

»Stefan, wie heißt das Zeug noch?«, brüllte er in Richtung Gastraum.

»Muscadet«, schallte es aus dem Barbereich zurück.

»Bon, also Muscadet. Furztrockenes Zeug von der Loire. Wird so kalt serviert, dass man ohnehin nichts schmeckt.

Deshalb langweilt sich der arme Stefan auch den ganzen Abend. Stimmt's Stefan?«

Dann deutlich leiser und an mich gewandt: »Stefan ist der Sommelier. Weil wir ein erstklassiges Restaurant sind, leisten wir uns einen überbezahlten Weinexperten und einen opulent ausgestatteten Weinkeller. Bloß, dass Stefan pro Abend maximal an zwei Tischen gebraucht wird, pah!«

Was sollte ich dazu sagen? Also grinste ich bloß blöd.

»Was gibt es zu grinsen, Bengel?!«

Ich zuckte zusammen.

»Okay, du kommst morgen um 15 Uhr, kochst was und dann sehen wir weiter.«

»So viel Zeit hat er sich für den letzten Bewerber nicht genommen«, knurrte der Souschef im Vorbeigehen. Ich verließ die Küche, wie ich gekommen war, durch den Dienstboteneingang. Dann ging ich außen herum zum Haupteingang, wo Bente mich erwartete. Mein T-Shirt klebte an den durchgeschwitzten Achseln und am Rücken. Wir bogen in eine Seitenstraße ab und setzten uns in ein Café.

»Du hättest mich ruhig warnen können!«

»Hab ich doch.«

Bente grinste.

»Eklig? Der Typ macht mir Angst!«

»Sagen wir Respekt. Du wirst dich wundern, der kann sogar ganz nett sein. Aber erzähl mal, wie ist es gelaufen?«

Dann hörte sie aufmerksam zu.

»Ist doch super! Das ist deine Chance. Soll ich dir einen Tipp geben?«

»Auf jeden Fall! Ich hab nämlich keine Ahnung, womit ich Pouligny beeindrucken soll.«

»Das ist es gerade. Am besten, du versuchst es gar nicht erst. Mach etwas Solides, etwas Ehrliches, etwas, dass dir immer gelingt, selbst wenn du nervös bist.«

Klang plausibel.

»Der Letzte hat es mit einer Quarkkartoffel geschafft.«

»Echt? Was war so gut daran?«

»Die Kartoffel.«

»Du verarschst mich!«

»Nein, ganz ehrlich! Er hat statt der üblichen Linda eine spezielle Sorte genommen. La Ratte, natürlich aus Frankreich. Damit hat er Monsieur Pouligny überzeugt.«

Ich hatte keine Ahnung, was ich kochen sollte. Vielleicht etwas aus dem Kochbuch. Das Problem war, ich hatte keine Zeit. Morgen um 15 Uhr musste ich antreten.

»Und wenn ich es nicht packe?«

»Was hast du zu verlieren? Betrachte es einfach als Chance.«

Ich lag in meiner Koje und lauschte den Geräuschen, die der Zirkuswagen machte. Da war der gusseiserne Ofen, der bei jedem Windstoß leise fauchte. Ich hatte noch ein Scheit Holz nachgelegt, bevor ich zu Bett gegangen war. Außerdem klapperte etwas an der Außenwand. Es klang wie ein kleiner Stein, der ab und zu gegen das Holz schlug. Ich sollte gleich morgen mal danach schauen. Gudrun war noch bei der Arbeit. Ich dachte an das Vorkochen und dass ich keine Chance hatte. Oder, dass ich vielleicht doch eine hatte. Oder eben nicht. Ich dachte, dass Bente enttäuscht sein würde, wenn es nicht klappte und dass ich ebenfalls enttäuscht sein würde. Und dass Bente noch viel enttäuschter sein würde, weil ich gar nicht erst hingegangen war, und irgendwann bin ich endlich eingeschlafen. Und wieder aufgewacht, als Gudrun nach Hause kam. Ich hörte, wie sie Holz nachlegte. Dann ging sie nach hinten und die Geräusche wurden leise und gedämpft. Vielleicht zieht sie sich aus oder sie liest etwas oder sie schreibt jemandem oder Tagebuch. Genau, ich wollte mir ein neues Heft kaufen. Dann dachte ich an den nächsten Tag und alles ging wieder von vorn los. Als ich am

Morgen wach wurde, fühlte es sich so an, als hätte ich überhaupt nicht geschlafen.

48.

»Unterbrich mich nicht! Niemand unterbricht den Chef, erst recht kein Lehrling. Einzige Ausnahme: Falls ich abschweife, was vorkommen kann.« Verhaltenes Gelächter, gestoppt durch einen bösen Blick in die Runde.

»Also, falls ich abschweife, hebst du die Hand. Kapiert?«

Ich würde meine Hand nicht heben, selbst wenn jetzt ein zweistündiger Vortrag über französische Kartoffeln folgte, soviel war mal klar. Ich nickte trotzdem. Pouligny wirkte heute etwas lockerer, fast gut gelaunt.

»Wo ist dein Haarnetz? Niemand betritt meine Küche ohne Mütze oder Haarnetz, kapiert? Noch nichts vom Haar in der Suppe gehört?«

Pouligny zeigte auf den Souschef, dann auf meinen Kopf.

»So, ich verschwinde jetzt in mein Büro und mache die Bestellungen für das Wochenende. Das dauert genau 30 Minuten. Anschließend schaue ich mir an, was du gekocht hast. Alors Monsieur, die Küche gehört dir! Vite vite!«

Der Souschef reichte mir ein Haarnetz.

»Sieh zu, dass du alles drunter kriegst. Am besten erst einen Pferdeschwanz machen.«

Gut, dass ich die Basis für meine Tomatensoße gestern schon eingekocht und in einem Schraubglas abgefüllt hatte. Während ich mich mit dem Haarnetz abmühte, schaute ich auf die große, runde Uhr über dem Ausgabetresen: genau 15 Uhr.

Exakt 30 Minuten später flog die Tür auf und Pouligny erschien.

»Alors, was hat uns der Bengel gekocht?«

»Eine Soße, Herr Pouligny, eine original italienische Nudelsoße«, antwortete ich.

»So so, original italienisch, hört, hört«, spottete der Maître, »hervorragende Küche ist französische, verstehst du? Und dann kommt sehr lange nichts. Und anschließend?«

Der Souschef grinste.

»Dann kommt selbstverständlich die elsässische Küche. Und dann die bretonische! Und dann die Küche der Provence. Und so weiter ...«

Jetzt wäre der richtige Zeitpunkt, den Arm zu heben.

»Nun zu den Italienern. Frische Nudeln, das können sie, aber sonst? Pizza? Pah! Was für eine armselige Angelegenheit! Belegtes Brot mit Käse überbacken. Was soll so toll daran sein? Dass es rund ist?«

Ich hatte verloren, klarer Fall. Zu hoch gepokert.

»So, jetzt zu deiner Nudelsoße. Zeig mal her!«

Ich und ein Spitzen-Restaurant, wie anmaßend, zu glauben, dass Pouligny ausgerechnet mich ausbilden würde. Der Chef nahm einen Löffel voll, gab ihn auf einen flachen Teller, hob ihn an, ließ die Soße zum Rand fließen, prüfte Farbe und Konsistenz. Dann schnupperte er daran, murmelte etwas, füllte den Löffel erneut, probierte.

»Hm. Woher?«

»Ein altes Kochbuch. Hab das Rezept etwas verändert.«

»Aha, verändert! Mit frischem Ingwer. Passt ganz und gar nicht zur italienischen Küche.« Pouligny schloss die Augen, atmete hörbar ein und aus, während er den Teller zurückstellte. Dann schaute er mir direkt in die Augen:

»Deshalb schmeckt es auch. Nimmt der Tomatensoße die langweilige Breite, setzt ein paar Spitzen und variiert das Schärfethema.«

Ich hatte gelesen, dass etwas frisch gepresste Ingwerwurzel Soßen eine leichte Zitrusnote, einen etwas erdigen und exotischen Geschmack und eine milde Schärfe verlieh. Børre und Agnes waren begeistert gewesen.

»Tomatensoße mit Ingwer, pah!« Er hatte die Worte regelrecht ausgespuckt und verschwand in seinem Büro. Dann erschien er plötzlich wieder, zeigte mit dem Finger auf mich und bellte zum Souschef rüber: »Der da soll morgen um 15 Uhr antanzen. Verpass ihm eine Uniform und erklär ihm die Regeln. Und für die anderen gilt: Ende der Vorstellung und ran an die Arbeit!«

Dann knallte eine Tür und weg war er.

49.

Ich hatte eine Lehrstelle. Ich wusste nicht, warum Pouligny mich genommen hatte, aber es war passiert. Das Problem war: Ich konnte weder riechen noch schmecken. Ein kleines, nicht unwesentliches Detail, das ich für einen Moment aus den Augen verloren hatte. Ein Kochlehrling, der nichts schmeckte, das war so absurd, dass es schon wieder komisch war. Ich war echt ein Idiot und ich musste es Bente sagen, gleich, wenn sie da war. Das wars dann mit der Lehrstelle.

Wir waren in dem kleinen Café in der Nähe des Hotels verabredet. Das *Atelier September* hatten sie gemütlich mit alten Polstermöbeln eingerichtet. Gemütlich-staubig. Und der September war längst vorüber. Ich war zu früh dran, hatte mir eine Cola bestellt, rauchte und wartete. Ich winkte, als Bente draußen vorbeiging. Es war stürmisch und kalt geworden. Typisch November, kurz nach drei und es dämmerte bereits. Ich konnte mich nicht entscheiden, ob ich das heimelig oder deprimierend finden sollte. Bente knöpfte ihren Mantel auf, legte ihn über den freien Stuhl und setzte sich zu mir auf das Sofa. Dann küsste sie mich. Wie kalt sich ihr Gesicht anfühlte.

»Ich muss dir was sagen«

»Darf ich schnell noch was bestellen?«

Sie suchte Blickkontakt und machte der Bedienung klar, dass sie einen Milchkaffee wollte.

»Scheint was Ernstes zu sein. Du guckst so komisch.«

Sie drückte meinen warmen Handrücken an ihre Wange.

»Ich kann die Lehrstelle nicht antreten.«

»Und erklärst du mir auch, warum?«

Sag ihr einfach, dass du zurück nach Deutschland musst, weil dein Vater krank ist, oder dass du deiner Mutter in der Schönheitsfarm helfen musst, oder dass deine Schwester gestorben ist oder was auch immer. Denk dir was aus, aber verrate ihr auf keinen Fall, dass du ...

»Ich kann weder riechen noch schmecken. Schon seit meiner Geburt nicht. Ist ein Gendefekt oder so.«

Bente schaute mir in die Augen. Ich spürte mein Herz. Es klopfte stark und gleichmäßig. Mit jedem Schlag wurde mir klarer, wie richtig es war, dass ich es ausgesprochen hatte. Richtig! Richtig! Richtig! Richtig! Richtig! pochte es, und ich fühlte mich mit jedem Schlag freier und leichter. Bente grinste.

»Hm, das ist ja blöd. Dann bemerkst du das teure Parfüm ja gar nicht, dass ich benutze, seit wir uns treffen.«

»Nein, ich rieche absolut nichts.«

»Aber du möchtest trotzdem Koch werden?«

Seltsamerweise war es genau das, was ich wollte. Alles, was mit der Zubereitung von Lebensmitteln zu tun hatte, interessierte mich und machte mir Spaß. Ich putzte und schnitt gern Gemüse, ich hackte Kräuter, wusch Salat und rührte Soßen. Und ich war neugierig auf alles, was ich als Koch lernen konnte. Und ich liebte es, wenn ich für andere kochen durfte. All das sagte ich ihr jetzt.

»Warum versuchst du es dann nicht?«

»Weil es Betrug wäre.«

»Wieso? Niemand hat dich gefragt, ob du schmecken kannst, oder?«

Bente rührte den Milchschaum in ihren Kaffee, dann trank sie einen Schluck.

»Stimmt. Gefragt hat mich niemand. Aber es versteht sich von selbst, meinst du nicht? Wie soll einer kochen lernen, der nichts schmecken kann?«

Bente schien zu überlegen.

»Und wenn ich dir helfe?«

»Wie willst du mir denn helfen?«

»Ich könnte dir die Aromen und Geschmäcker beschreiben, dir erklären, was zusammenpasst und was nicht.«

»Wie willst du das machen? Wie willst du mir erklären, wie Erdbeeren schmecken oder Dill riecht?«

»Stimmt, das ist nicht so einfach. Gib mir etwas Zeit, ich muss darüber nachdenken.«

Ich dachte an meine eigenen Methoden, die ich mir angeeignet hatte und die mir halfen, mein Unvermögen zu verschleiern. Mir kamen Tränen, und Bente drückte mich an sich. Ich spürte ihre weichen Brüste und fragte mich, wie es wäre, wenn ich ihr Parfüm riechen könnte.

»Wonach riecht es denn?«

»Mein Parfüm?«

Sie überlegte.

»Es duftet nach Zedernholz und Jasmin. Es ist ein frischer, leichter Duft, nicht so schwer wie Amber und Rosenblüten.«

Ich hatte keine Ahnung, was das bedeutete.

»Du hast recht. Es hat keinen Sinn, dass ich dir einen Geruch beschreibe, indem ich ihn mit anderen Düften vergleiche. Stell dir einfach vor ...«

Sie schloss die Augen.

»Also: Es gibt eher schwere, betörende Düfte und dann die frischen, leichten. Die Schweren musst du dir als dunkle

Farben vorstellen. Sagen wir, die riechen wie eine Komposition aus Weinrot, Violett und Dunkelblau. Aber alles ganz verschnörkelt, wie in einem Jugendstilgemälde oder wie die Muster auf einem dicken Perserteppich. Die frischen, leichten Düfte wirken völlig anders: Denk mal an einen Schmetterling, der an einem Frühlingsmorgen über eine blühende Wiese flattert. Es ist noch nicht so warm und die Wiese ist noch feucht vom Tau der Nacht. So duftet ein leichtes, frisches Parfum, verstehst du?«

Ich verstand.

»So ähnlich ist es auch mit Früchten. Zitrusfrüchte riechen eher frisch, spritzig und anregend. Man wird ganz munter und lebendig davon, wenn man daran schnuppert. Pflaumen, Kirschen oder rote Weintrauben und Beeren sind kräftiger, weicher, irgendwie runder, aber auch dunkler, nicht so spitz.«

»Und wie schmeckt Käse?«

»Hä?«

»Na Käse? Ich wollte schon immer wissen, wie Käse schmeckt.«

»Puh, schwierig. Also man schmeckt sofort, dass es vom Tier kommt und dass die Milch im Grunde verdorben ist, wenn sie zu Käse wird. Deshalb riechen die meisten Sorten auch ziemlich stark. Aber wonach? Wie soll man das beschreiben? Eigentlich stinkt Käse. Bei manchen Sorten ist das schon fast unangenehm. Man muss sich erst daran gewöhnen. Der Geschmack ist dann sehr würzig und auch sehr salzig. Würzig bedeutet, dass der Geschmack sehr intensiv ist und sich aus vielen Aromen zusammensetzt. Also das Gegenteil von fein. Ein lautes, grobes Gemisch von Geschmacksrichtungen. Stell dir ein paar verschwitzte Kerle vor, die betrunken sind und herumgrölen. Und dann ziehen sie sich auch noch die Stiefel und Socken aus. So riecht reifer Camembert.«

Ich musste lachen. Und ich hatte eine diffuse Vorstellung davon, was sie meinte. Aber vor allem beeindruckte mich die Begeisterung, mit der sie bei der Sache war.

»Es gibt aber auch Sorten, die eher mild und buttrig schmecken. Buttrig bedeutet fettig und süß, eher leise und weich im Geschmack. Also das ist echt schwierig.«

Ich sagte Bente, dass ich ihre Beschreibungen klasse fand.

»Schmeckst du denn gar nichts, also wirklich überhaupt nichts?«

»Ich kann sauer und salzig unterscheiden. Und bitter. Aber nur, wenn ich die Sachen pur in den Mund nehme. Also einen Löffel Zitronensaft oder etwas Salz oder einen Tropfen Bittermandelöl zum Beispiel. Dann merke ich was.«

Bente verzog das Gesicht.

»Dafür nehme ich die Beschaffenheit der verschiedenen Speisen umso genauer wahr. Wie sich die Sachen beim Kauen und Schlucken anfühlen oder beim Reinbeißen, im Mund und auf der Zunge. Ob sie eher mürbe, krümelig oder knusprig sind. Oder weich und saftig, verstehst du?«

»Und süß? Hast du irgendeine Empfindung für süß?«

»Leider nicht so richtig. Ich mag es, wie Schokolade im Mund schmilzt und dass es sich beim Schlucken leicht ölig anfühlt. Ist aber nur bei guter Schokolade so. Die Billige macht so eine eklige Fettschicht im Gaumen und kratzt später im Hals.«

»Kenn ich«, sagte Bente und stellte ihre Tasse ab.

»Außerdem kann ich spüren, wie nahrhaft etwas ist, wenn ich zum Beispiel ein weiches Ei esse oder wenn irgendwo viel Öl oder Butter drin ist.«

»Wir müssen systematisch vorgehen«, meinte Bente schließlich, »vielleicht kann ich eine Tabelle machen oder ein Diagramm. Oder wir bilden Gruppen mit Sachen, die ähnlich schmecken und welchen, die gut zusammenpassen und vor allem, was gar nicht zusammenpasst.«

50.

»Wie viel Platz du hast!«

Bente drehte sich im Kreis und nahm mich in die Arme. Dann setzte sie sich auf den Rand der Schlafkoje. Es war Sonntag und ich hatte eine Flasche Sekt besorgt, um meinen Umzug in den Zirkuswagen zu feiern. Wir stießen an und tranken. Bente fixierte mich. Dann stellte sie ihr Glas ab und legte eine Hand auf mein Knie.

»Ob die Duftstoffe, die du inhalierst, bei dir keine Wirkung haben, wissen wir ja gar nicht. Vielleicht beinflussen sie dein Unterbewusstsein. Du nimmst zwar keinen Geruch wahr, aber vielleicht merkst du trotzdem etwas.«

Sie kreuzte die Arme vor der Brust, griff nach dem Saum ihres T-Shirts und zog es sich in einer runden, fließenden Bewegung über den Kopf. Ich liebte es, das war wie Magie. Sie ließ das Shirt fallen und hob den Arm.

»Zum Beispiel, wann ich meinen Eisprung habe«, sagte sie leise. »Komm, riech mal an meiner Achselhöhle.«

Ich näherte mich, spürte die Wärme und sog ihren Duft ein. Was auch immer jetzt durch meine Nase strömte, es führte zu keinerlei Geruchswahrnehmung, aber zu einer heftigen Erektion. Ich hob meinen Kopf und küsste sie.

»So wird das nichts.«

Sie drückte mich ein Stück von sich weg – nicht sehr entschieden.

»So wird das nichts«, wiederholte ich und befreite ihren Busen aus einem BH mit hellblauen Punkten. Ich würde mein Augenlicht dafür geben, dich immer fühlen zu dürfen, stammelte ich in waghalsigen Gedanken, während ihr Busen meine Hand füllte, und tief in mir ein Tier erwachte.

Später lagen wir beieinander und schauten aus dem Fenster. Draußen trieben zerzupfte Wolken über den Novemberhimmel.

»Schau mal«, sagte Bente, »wie rückwärts laufende Hunde.«

51.

Mir war nicht klar gewesen, dass derart obszöne Darstellungen sexueller Handlungen existieren. Das Magazin hieß Color Climax, und Mikkel Knudsen besaß einen ganzen Stapel davon. Ich kannte Erotikmagazine wie den Playboy, Praline und Wochenend – absoluter Kinderkram gegen das hier. Auf einem Foto war eine Frau zu sehen, die es gleichzeitig mit vier Männern trieb, was möglich war, da sie zuließ, dass in jeder ihrer Körperöffnungen mindestens ein Schwanz steckte. Ich fand das abstoßend und bekam dennoch eine Erektion. War einfach so.

Dann klopfte es und Bente kam herein. Wir waren nicht verabredet. Sie kam einfach vorbei, wenn sie Zeit und Lust hatte. Ich freute mich, wir küssten uns.

»Was sind das für Hefte?«

Bente nahm eins von dem Stapel.

»Guckst du dir so was an?«

Ich erklärte, dass die Sammlung Mikkel gehörte, und das glaubte sie mir sogar.

»Weißt du, dass die Hefte hier in Kopenhagen gemacht werden? Ich kenne sogar eine, die da arbeitet.«

Ich schlug das Heft auf und zeigte ihr das Foto:

»Aber nicht die hier, oder?«

Sie hielt sich die Hände vor das Gesicht und lachte.

»Um Himmels willen! Nein, die arbeitet nicht als Modell. Sie ist im Vertrieb, glaube ich.«

Sie warf ihren Mantel auf die Dielen und ließ sich in meine Koje fallen.

»Oder wollen wir gleich arbeiten?«

Bente hatte sich echt vorgenommen, mir das Schmecken beizubringen, und das nahm sie sehr ernst. Mindestens einmal pro Woche trafen wir uns. Die Frage war allerdings, was wir zuerst machten. Bente war der Meinung, dass ich mit vollem Magen weniger aufnahmefähig sei, was übrigens auch für sie gelte. Dabei grinste sie frech und wiederholte: Aufnahmefähig, verstehst du? Ich ging zur Koje rüber und half Bente aus ihrem pinkfarbenen Pullover.

Ich koche für sie, wir essen zusammen und sie beschreibt mir, was wir schmecken. Das war unser Deal. Also kochte ich für Bente. Mal wünschte sie sich was, mal dachte ich mir etwas aus oder wählte ein Rezept von Eugenia. Meist kochte ich bei Børre, manchmal auch in der kleinen Kochecke des Zirkuswagens. Ich lernte den Geschmack von rotem Fleisch mit Attributen wie Kraft, Männlichkeit, Feuer, Erde und Rauch zu verbinden, und dass schwarzer Pfeffer, Rosmarin, Lorbeer und grobes Meersalz dazu passen. Und ich lernte, dass Geflügel eher neutral schmeckt und man durch exotische Gewürze wie Curry, Chili, Ingwer oder Koriander Spannung hineinbringen musste, damit ein Gericht mit Hühnerfleisch nicht langweilig schmeckte. Bente erklärte mir, dass einen guten Koch nicht nur Disziplin und Genauigkeit bei der Zubereitung von klassischen Rezepten auszeichnen, sondern auch Mut und Experimentierfreude. Statt Harmonie könne man auch Spannung erzeugen, zum Beispiel durch ungewöhnliche Kombinationen. Beides sei wichtig, meinte Bente: Die Klassiker, damit die Stammkunden zufrieden sind, und tolle neue Kreationen, um neue Kunden und junge Leute zu begeistern.

Mit der Zeit wurde ich immer sicherer. Die Assoziationen und Bilder, die mir Bente lieferte, verschmolzen mit meiner sensorischen Wahrnehmung von Konsistenz und Textur und vervollständigten das Bild, das ich mir von den verschiedenen Speisen machte. Aber vor allem spürte ich eine große Erleichterung darüber, dass ich mein Geheimnis mit jemandem geteilt hatte. Mit einer Person, die mir das Gefühl gab, ganz normal zu sein.

»Abgesehen davon: Im ersten halben Jahr lässt Pouligny dich ohnehin nicht an die Töpfe.«

Bente zog die Decke bis unter ihr Kinn.

»Du wirst Berge von Obst und Gemüse putzen, Fleisch parieren, Fische filetieren und lernen, die ganzen Küchengeräte und Messer richtig zu benutzen. Ob du was schmeckst, spielt dabei echt keine Rolle.«

Ich lief nackt zum Ofen rüber und legte ein Scheit nach, dann suchte ich meine Klamotten zusammen und zog mich an.

»Ich frage mich, warum du nicht eine Lehre als Köchin machst.«

»Hab ich echt überlegt.«

Bente kroch ebenfalls aus der Koje.

»Als Koch hat man nicht sehr viel Kundenkontakt. Ich interessiere mich nun mal für Menschen und da bin ich im Hotel einfach besser aufgehoben.«

Sie saß auf der Bettkante und zog sich die Stümpfe an.

»Wirfst du mir mal den Slip rüber?«

Ich hob das Höschen auf und ging zu ihr.

»Hilfst du mir?«

Sie streckte mir die Beine entgegen. Ich griff nach ihren Füßen, schob den Slip bis über die Knöchel, wo sie ihn entgegennahm und weiter hochzog. Als sie den Po anhob, beugte ich mich über sie, zog den Slip wieder herunter und legte meinen Kopf zwischen ihre weichen Schenkel. Ihr Schamhaar kitzelte an meiner Nase.

»Was rieche ich?«, fragte ich und nahm einen tiefen Atemzug.

Bente ließ sich wieder in die Matratze sinken und überlegte. Nach einer Weile flüstere sie:

»Das schlafende Verlangen in einem träumenden, dunklen Wald.«

Sie seufzte, hob den Kopf und sah mich an.

»Oder, warte mal, vielleicht so: Du riechst die verborgene Lust unter einem weichen Nest aus fein gewebten Versprechen.«

Sie gluckste zufrieden.

Scheiße, ich musste los! Wenn ich diesen Monat noch einmal zu spät käme, würde Pouligny mich in Stücke reißen. Bente hatte recht: Ich war jetzt knapp drei Wochen dabei und hatte nichts anderes gemacht, als das Gemüse oder die Küche zu putzen. Aber das störte mich nicht. Ich liebte die Atmosphäre in der Küche und wenn ich meine Aufgaben erledigt hatte, schaute ich den *richtigen* Köchen zu. Irgendwann würde ich selbst kochen, irgendwann würde etwas, das ich zubereitet habe, die Küche in Richtung Gast verlassen. Und diesen Moment würde ich feiern.

52.

»Irgendwann werde ich mein eigenes Restaurant eröffnen«, sagte ich.

»Zwischen Reden und Tun liegt das Meer«, sagte Børre und probierte die Soße.

»Du sollst den Jungen nicht entmutigen«, sagte Agnes und verpasste Børre einen Stoß mit dem Ellenbogen.

»Es ist immer gut, Ziele zu haben. Manche erreicht man, manche ändern sich mit der Zeit oder man verliert sie aus

den Augen. Und einige erreicht man gar nicht. Doch ohne
Ziele funktioniert es nicht. Dann bekommt dein Leben keine Richtung, verstehst du?«

Ich dachte: Von wegen, der Weg ist das Ziel. Der Weg ist
egal, auf das Ziel kommt es an. Und mein Ziel ist ein eigenes
Restaurant.

53.

Der Tag, an dem ich begriff, wer Bente war, und dass
Gudrun anschaffen ging, begann mit einem Desaster. Kathie
hatte sich unbemerkt in den Bauwagen geschlichen. Gudrun
hatte den Streuner so getauft, der seit einigen Tagen regelmäßig bei uns aufkreuzte. Dass er sich als Kater entpuppte,
hatte daran nichts geändert. Kathie bekam allerdings Hausverbot, weil Gudrun an einer Katzenhaarallergie litt. Doch
er versuchte es in regelmäßigen Abständen wieder – heute
mit Erfolg. Zunächst leckte er eine zungenförmige Mulde
in das frisch ausgepackte Stück Butter auf dem Küchentisch
und sprang dann, aufgescheucht durch mein Fluchen (Kathie! Hau ab, du kleines Miststück!) auf den Ofen, was eine
Kettenreaktion auslöste. Der Kater hechtete zurück Richtung Küchentisch, verfehlte ihn knapp und verkrallte sich in
der Tischdecke, die sofort ins Rutschen geriet, worauf er mit
allem, was sich darauf befand (Butter, Milch, Tee, Marmelade und Geschirr), abstürzte und fauchend das Weite suchte.
Dabei prallte er von den geschlossenen Fenstern ab, schlitzte
eine Gardine auf und stieb zur Tür heraus, da ich die Geis-
tesgegenwart besaß, diese blitzschnell aufzustoßen. Inzwischen versickerte ein Liter Vollmilch zwischen den Holzdielen, was zur Folge hatte, dass es in dem Bauwagen schon sehr
bald wie in einer Käserei riechen sollte. Beim Aufräumen

stieß ich auf Gudruns bestickte Umhängetasche. Sie war mit dem Frühstück zu Boden gegangen und schwamm in einer Lache. Ich kippte die Tasche auf dem leer gefegten Küchentisch aus, damit sich nicht auch noch deren Inhalt mit Milch vollsog.

Zuerst kapierte ich gar nicht, was da vor mir lag: eine Handvoll Kondome, eine Tube Gleitcreme und eine Rolle Pfefferminzbonbons. Außerdem drei Packungen Papiertaschentücher sowie Schminkutensilien. Ich starrte auf das Sammelsurium, dessen Bedeutung sich nun allmählich abzeichnete: Meine Mitbewohnerin arbeitete nicht in einer Café-Bar.

»Was ist denn hier los?«

Gudrun schlug die Kapuze ihres viel zu großen Bademantels zurück. Sie kam aus dem Badehuset, wo sie gerade geduscht und sich die Haare gewaschen hatte. Dann löste sich ihre Aufmerksamkeit vom Chaos auf dem Fußboden, um vom Inhalt ihrer Umhängetasche in Anspruch genommen zu werden.

»Scheiße«, sagte Gudrun.

»Du arbeitest gar nicht in der Café-Bar Sommersko«, sagte ich.

»Hab ich mal.«

Gudrun wich meinem Blick aus.

»Ist aber schon 'ne Weile her. Eine Kollegin hat mich drauf gebracht, sie sagte, die Männer würden mir so hinterherstarren, das könnte ich mir doch zunutze machen.«

Gudrun hatte eine schmale Taille, die einen wohlgeformten Po von einem wohlgeformten Busen trennte. Ihr hübsches Gesicht ruhte auf einem feinen, schmalen Hals und wurde von großen, braunen Augen dominiert. In Kombination mit der entsprechenden Kleidung und etwas Schminke, kam sie mit Sicherheit ziemlich sexy rüber.

»Tut mir leid, das mit deinen Sachen, aber der blöde Kater hat hier Chaos veranstaltet und der Beutel ist dabei in einer

Milchlache gelandet. Ich hab das nur ausgeschüttet, damit nicht alles ...«

»In Vesterbro«, sagte Gudrun, die mir offenbar nicht zuhörte.

»Ich stehe am Autostrich in der Istedgade, hinter dem Bahnhof. Ich nehme ein bisschen Valium und trinke Wein dazu, dann gehts.«

Ich nahm eines der Kondome in die Hand. Es war die gleiche Marke, die ich mit Bente benutzte.

»Das mit den Kondomen ist das Wichtigste.«

Gudrun ließ sich auf den Stuhl fallen. Sie hob die Milchtüte und das Marmeladenglas auf, schob ein paar Kondome zur Seite und stellte beides auf den Küchentisch zurück.

»Da muss man sich nämlich selbst drum kümmern, wenn man will, dass die benutzt werden. Es muss schnell gehen und den Freier gleichzeitig anmachen. Am besten funktioniert es, wenn ich so etwas sage wie »zeig mal her, was du da hast, Süßer. Ah, superstramm das Ding! Dann wollen wir den Lümmel mal einpacken«, sie lächelte und suchte Blickkontakt.

»So was liebt ihr, stimmt's!«

Ich ließ das Kondom fallen. Warum erzählte sie mir das?

»Es ist schon komisch, ihr Kerle seid vollkommen hormongesteuert. Ihr werdet total von euren Trieben beherrscht. Das Stangenfieber macht euch echt weich in der Birne.«

Sie schaute aus dem Fenster. Gudruns Bademantel stand offen. Ich konnte ihren rechten Busen sehen.

»Bis ihr abgespritzt habt, danach ist der Wahnsinn gleich vorbei. Plötzlich seid ihr lammfromm und schämt euch.«

Gudrun zündete sich eine Zigarette an.

»Ihr tut mir echt leid. Ich bin so froh, dass ich kein Mann bin.«

Ich sah Gudrun zu einem fremden Mann ins Auto steigen, dessen Hose öffnen und wie sie sich zu seinem Penis hinunterbeugt. Ich wollte ihr sagen, dass ich noch nie die Dienste einer Prostituierten in Anspruch genommen habe, fürchtete allerdings, dass sie das missverstehen könnte. Gudrun stand auf, zerrte an ihrem Bademantel herum und setzte sich wieder. Sie sah jetzt vergleichsweise angezogen aus.

»Bloß die älteren Typen sind nervig, das sag ich dir. Die sind oft einsam. Erst quatschen sie dich voll und dann brauchen sie ewig, bis sie fertig werden. Echt ekelig. Wenn man Glück hat, legen sie am Ende was drauf, aber viele von denen sind obendrein noch knauserig. Wenn ich schnalle, dass so ein Opa anhält, drehe ich mich weg, gucke in irgendein Schaufenster und warte, bis der weiterfährt.«

»So, mein Lieber, jetzt weißt du Bescheid.«

Sie drückte die Zigarette aus und stand auf.

»Ich geh mich mal anziehen.«

Ich stand vor dem Seiteneingang zur Restaurantküche und suchte nach meinem Schlüssel. Da sah ich Bente. Sie winkte einem Auto, das kurz darauf hielt, und lief hin. Der Fahrer öffnete das Seitenfenster, sie beugte sich herunter und küsste ihn. Als sie sich aufrichtete, erkannte ich den Mann. Sie wechselten ein paar Worte, dann fuhr der Wagen wieder an. Bente winkte noch einmal. Dann drehte sie sich um und sah mich. Sie zögerte einen Moment, dann lief sie auf mich zu.

»Hallo Joe«, rief sie schon aus einiger Entfernung.

»Ach! Deshalb wolltest du nicht, dass die Kollegen es wissen!«

»Was wissen?«, fragte Bente.

»Na, dass wir zusammen sind. Warum hast du mir das nicht erzählt? Du bist doch sonst mit allem so ehrlich.«

»Immerhin habe ich dich nicht belogen, oder? Es ist so: Wenn die Leute wissen, dass ich seine Tochter bin, verhalten sie sich komisch. Wenn ich es verschweige, kann ich besser einschätzen, ob Menschen mich wirklich mögen.«

»Aber du bist nun mal seine Tochter. Die Tochter des Hotelchefs zu sein, ändert sich doch nicht dadurch, dass du es verschweigst.«

Bente wirkte unsicher.

»Abgesehen davon: Wann wolltest du es mir denn erzählen? Ich meine, alle wissen es, alle außer mir.«

Dann hatte ich einen hässlichen Verdacht.

»Sag mal, hast du das organisiert?«

»Was soll ich organisiert haben?«

Eine typische Gegenfrage von jemandem, der Zeit gewinnen will.

»Dass ich die Lehrstelle kriege?«

»Nein, ganz bestimmt nicht. Ich habe nur dafür gesorgt, dass du dich vorstellen kannst. Mein Vater hat damit sowieso nichts zu tun, er weiß nicht einmal, dass wir zusammen sind. Pouligny hat völlig freie Hand, was das Küchenpersonal betrifft.«

Wieder so eine Sache, die anders war, als ich gedacht hatte, eine Wahrheit, die ans Licht kam.

»Du kannst ruhig zugeben, dass es kein Problem für dich gewesen wäre, der jämmerlichen Missgeburt aus Deutschland eine Lehrstelle zu besorgen. Hab ich recht?«

Bentes Augen waren jetzt weit geöffnet und ihre Mundwinkel zitterten.

»Wie redest du denn? Was ist bloß los mit dir? Klar hätte ich dir eine Lehrstelle besorgen können. Doch das hab ich nicht. Wirklich nicht!«

Ich hörte ihr Rufen, doch ich lief weiter. Was für eine blöde Kuh! Eine Prinzessin, die sich ein Spielzeug gesucht hatte. Jemanden, in dessen Leben sie herumpfuschen konnte, dem sie auf die Sprünge half, damit sie sich gut fühlte und trotzdem die Kontrolle behielt. »Ich hasse dich!«, brüllte ich, um die Verzweiflung in ihrer Stimme zu übertönen und meine eigene. Während ich weiter rannte, machte ein Teil von mir kehrt, lief zurück, wollte in ihre Arme. Ich spürte, wie es mich zerriss.

Ich lag in meiner Koje und wusste nicht, was ich machen sollte. Ich wollte diese Lehrstelle, doch ich ertrug den Gedanken nicht, dass ich sie Bente verdankte. Ich war so glücklich darüber gewesen, dass ich es geschafft hatte. Und stolz. Zugegeben! Und jetzt? Bente hätte mir sagen müssen, dass sie die Juniorchefin war. Und wenn sie ehrlich gewesen war? Dann tat ich ihr Unrecht. Scheiß Zweifel, scheiß Stolz, scheiß Selbstmitleid. Ich hörte, wie Gudrun nach Hause kam.

Ich schob den Vorhang zurück und schaute sie an. Sie ließ ihren Wintermantel auf den Boden fallen, sagte Hallo. Darunter trug sie noch ihre Straßenklamotten. Auf einmal erkannte ich, wie attraktiv sie auf Männer wirkte. Der kurze schwarze Lederrock, die Stiefel mit den hohen Schäften und die kurze, pinkfarbene Jacke, unter der sie nur einen BH trug. Wie viele Freier hatte sie wohl heute Nacht gehabt? Ich stand auf und ging auf sie zu. Sie lächelte. Es ist so leicht, etwas kaputtzumachen, so furchtbar leicht.

»Was kostet es bei dir?«

Die Ohrfeige kam so unvermittelt, dass ich im ersten Moment gar nicht begriff, was passiert war. Als hätte ich einen elektrischen Schlag bekommen, und für einen winzigen Moment blitzte das Gesicht meiner Mutter auf.

»Idiot! Außerdem bist du mit dieser Kleinen zusammen, oder? Also, was soll der Blödsinn?«

Gudrun rieb sich das Handgelenk. Ich hatte unwillkürlich an meine Wange gegriffen und spürte die Wärme.

»Lass uns lieber einen schönen Joint rauchen. Ich hab noch 'n Piece von dem Schwarzen Afghanen.«

Sie schob ein paar Kondome zur Seite und reichte mir einen kleinen, in Silberfolie eingewickelten Riegel.

»Hier. Hast du Lust, uns eine Tüte zu bauen?«

54.

Ich konnte nicht schlafen. Sunny. Tia. Judi. Bente. Was stimmte nicht mit mir?! Ich sollte dringend mal über mein Verhältnis zu Frauen nachdenken … Immerhin: Gudrun war mir nicht mehr böse. Während wir den Joint rauchten, meinte sie, dass ich auch nur so ein blöder Kerl sei, den es anmacht, zu wissen, was sie beruflich trieb. Ganz normal, kannte sie schon. Wenn ich unbedingt ihre Dienste in Anspruch nehmen wollte, sollte ich in die Istedgade kommen. Hier im Wagen liefe nichts.

Draußen vor dem Fenster lag schwarz und ruhig die Nacht. Ich kroch aus der Koje, zog mich an und lief durch die Freistadt. Wie frei waren die Leute hier wirklich? Hatten sie ein besseres Leben als die Spießer? Immerhin nahmen sie das Risiko auf sich, einen unkonventionellen Weg zu gehen. Am Mælkevejen bog ich in Richtung Kanal ab. Als ich am Theater vorbeikam, hörte ich ziemlich abgefahrene Musik. Es erinnerte mich an Ossis Synthesizer. Dann fiel mir ein, dass die Schauspiel-AG eine Party machte. Hatte ich ganz vergessen. Ich ging rein, doch es war nicht mehr viel los. Mir schien, dass nur noch ein paar Theaterleute da waren. Dann kam Naja auf mich zu.

»Schön, dass du noch vorbeikommst! Wir haben gerade erst angefangen, du kannst also noch mitkommen.«

»Wohin denn?«

»Wir werden eine Reise machen«, sagte Naja. Ich wiederholte meine Frage.

»In eine neue Welt. In ein neues Christiania.«

Naja schien ziemlich stoned zu sein.

»Wir müssen das soziale Experiment auf eine neue Stufe bringen, transzendieren. Die Gruppe hier ist so was wie ein Spiegel unserer Gemeinschaft. Doch wir kommen nicht weiter. Wir stecken in alten Denkstrukturen fest.«

Ich verstand gar nichts. Die Party war vorbei. Ich machte höchstens noch zehn Figuren im Halbdunkel des Raums aus.

»Deshalb brechen wir auf zu neuen Welten.«

Sie hielt mir ein kleines Stück Papier hin:

»Hier dein Ticket.«

Ich schaute auf das pinkfarbene Teil. Jetzt kapierte ich.

»Mach den Mund auf.«

»Ist das LSD?«, fragte ich und folgte ihrer Aufforderung. Sie legte mir das Ding auf die Zunge.

»Psychedelische Drogen können bei der Neuprogrammierung unseres Gehirns helfen.«

»Wie soll das gehen?«

»Ganz einfach, durch die Aufhebung der ganzen beschissenen Konditionierungen, die wir durch die Gesellschaft, durch unsere Eltern und die scheiß Schule erlebt haben. Das macht uns kaputt, verstehst du?«

Sie intonierte wie bei einer Theateraufführung. Dann kam sie näher und flüsterte:

»Wir öffnen uns. Wir lassen es geschehen. Neue Impulse werden unsere Arbeit befruchten, unser Leben. Auch deins!«

Während sie sprach, fuhr sie sich immer wieder mit den Fingern durch das ohnehin zerzauste, kurze Haar. Ich wollte wissen, ob es auch was zu trinken gab. Naja zeigte auf einen Tisch. Ich goss mir einen Becher Cola ein, ging zurück und fragte sie, ob die Musik von Tangerine Dream sei. Naja hatte keine Ahnung. Ich setzte mich auf eines der Sperrmüllsofas, die in einer Ecke zusammengeschoben worden waren und merkte, wie müde ich war. Ich lehnte mich zurück und genoss den sphärischen Sound. Ich sah noch, wie Naja sich zu Lucas und den anderen setzte, dann schlief ich ein.

Ich träume, dass ich mir einen Comicfilm anschaue. Winzig kleine Monster bauen Burgen. Sie arbeiten in verschieden farbigen Teams und erschaffen in irrwitzigem Tempo Burganlagen mit Zugbrücken, Wehrtürmchen, Zinnen und Mauern. Wenn sich die Trupps begegnen, laufen sie über- und untereinander. Irgendwie verschränken sie sich dabei miteinander und verschmelzen zu Mustern, die flimmern bis sie aneinander vorbei sind. Die Roten sind für die Dächer zuständig, die Blauen sind Maurer und die Grünen bepflanzen alles mit Hecken und Büschen – total abgefahren. Dann wache ich auf, doch ich kann mich nicht bewegen. Sobald ich die Augen schließe, geht der Film weiter. Die kleinen Monster wechseln jetzt die Farben. Sie singen. Von ihnen stammt die Musik, die ich höre. Jetzt kapiere ich was los ist: Wenn ich die Augen schließe, schaue in das Innere von Ossis Synthesizer. Die kleinen Monster sind elektrische Ladungen, die Musikwellen erzeugen. Die ganze Burg ist ein kompliziertes System aus Leiterplatten, Transistoren, Widerständen und Kondensatoren. Ich schwebe über gigantisch vielen Kabelverbindungen. Ein Telefon klingelt. Ich weiß, dass es für mich ist. Doch ich kann es nicht finden. Ich lasse mich vom Sofa rutschen und krieche auf dem Fußboden herum. Ich habe kein Zeitgefühl. Als ich auf eine Schnur stoße, fällt mir wieder ein, dass ich das Telefon finden muss. Ich folge ihr, bis ich das Ende in der Hand halte. Es ist abgerissen, doch das Telefon klingelt weiter. Ich weiß, dass es eine wichtige Nachricht ist. Von Ossi, ich muss ihm helfen. Die kleinen elektrischen Ladungen sind jetzt überall. Es macht keinen Unterschied, ob ich die Augen öffne oder schließe. Völlig egal. Sobald ich die kleinen Kerlchen mit dem Blick fixiere, lösen sie sich auf und fliegen in Wölkchen durch den Raum, bis auch die sich mehr und mehr auflösen. Ich gerate in einen bläulichen Nebel und kann sehen, wie Naja den Nebel einatmet, wie er sich in ihrer Lunge verteilt und kurz darauf ihren ganzen Körper durchströmt. Dann spüre ich es auch. Ich atme den Nebel ein und rieche das Blau. Ich kann es tatsächlich riechen! Ich nehme mir vor, darüber nachzudenken. Ich muss wissen, ob ich die anderen Farben auch riechen kann. Dann sehe ich, wie der Bass Schallwellen durch die erzitternden Farbwolken schickt und sich Strukturen bilden. Es erinnert mich an Steine, die auf dem Wasser eines windstillen Sees auftreffen. Ich kann mich von außen anschauen und sehe, wie ich mich auflöse, selbst meine Knochen lösen sich auf. Dann wird alles blasser. Wir haben die Farben eingeatmet. Sie verschwinden und das ist wunderbar. Ich erkenne, dass die Steigerung von bunt Schwarz-Weiß ist. Das erscheint mir vollkommen logisch. Schwarz-weiß, dieser starke Kontrast, ist schön und wahr. Farben hingegen verfälschen die Wirklichkeit. Farben sind grell und egozentrisch, sie wetteifern miteinander, sie versuchen alles zu überstrahlen. Ich komme zu der Erkenntnis, dass Farben lügen. Ich liebe das Grau, diese Schöpfung aus hell und dunkel, aus Schwarz und Weiß, aus Licht und Materie. Ich fühle mich wie ein Entdecker, jede Entdeckung löst Glücksgefühle aus. Bis ich Viktoria sehe, Viktoria und Fred. Etwas in mir fährt zusammen, erschrickt, zittert. Dann lösen sich die Konturen auf. Meine Haut löst sich auf, fließt weg, vermischt sich mit dem Hintergrund. Ich habe Angst zu zerfließen, obwohl es mir verlockend vorkommt. Doch ich will mich nicht vermischen, ich will mich nicht auflösen.

Auf einmal dreht sich alles, ruckt, rastet wieder ein und bleibt stehen. Ich höre eine dunkle, mächtige Stimme, die zu mir spricht. Sie sagt: JETZT BIST DU WIEDER IN DER SUPPE! Mir ist klar was passiert, was schon seit Ewigkeiten passiert. Wir sitzen im Kreis. Viktoria, Fred, Naja, Lucas. Dann dreht sich alles ein Stück, ruckt, rastet ein. Lucas verschwindet und eine neue Person erscheint. Mir ist klar: Nur ich werde immer hier sitzen und dieses Schauspiel erdulden. Ewig. Ich werde die neue Person kennen lernen, sie wird eine Rolle in meinem Leben spielen. Bis auch sie irgendwann verschwindet. Ich will die neue Person erkennen. Doch alles ist unscharf. Ist es Bente?

Ich will das nicht, ich wehre mich. Plötzlich wird alles immer greller, immer lauter, meine Gedanken fangen an zu schreien, ich werde wahnsinnig! Nein, ich bin wahnsinnig, ich zittere, mein Herz rast, ich höre jemanden schreien. Furchtbar schreien. Ich weiß, dass ich es bin. Ich bin Es. Es. Es, nicht Ich. Es sieht Ich am Boden liegen und schreien, schreien, weinen. Es sieht eine Frau neben Ich sitzen. Sie schreit ebenfalls. Es kümmert sich nicht darum. Es ist eine Illusion. Es gibt sich ganz hin. Dann stürzt alles in sich zusammen, wie in einem gigantischen Strudel, der alles zermalmt.

Ich öffnete die Augen und sah Bente. Eigentlich. Bente, nur als alte Frau. Sie war mindestens achtzig, trotzdem erkannte ich sie sofort. Wo bin ich so lange gewesen? Bin ich auch so alt? Sie antwortete nicht und ich merkte, dass ich gar nicht gesprochen hatte.

»Hast du mal einen Spiegel?«

Meine Stimme klang fremd. Sie kramte in ihrem Rucksack und reichte mir einen winzigen Schminkspiegel. Ich erkannte mich kaum, so scheiße sah ich aus.

»Wo bin ich?«, fragte ich, obwohl ich es bereits ahnte.

»Im Riget, der Uni-Klinik.«

»Hast du mich hergebracht?«

Sie nickte.

»Sie haben dich in die Psychiatrie gesteckt. Es ging nicht anders.«

1979

55.

Ich lag im Bett und lauschte den Geräuschen, die das Haus machte. Den Geräuschen von über zwanzig Zimmern, den dazugehörigen Türen, Fußböden und Heizkörpern, einem winzigen Fahrstuhl und einer großen Küche, diversen Behandlungsräumen und einem Speisezimmer, das früher hin und wieder als Festsaal gedient hatte. Es waren die Geräusche einer Sterbenden, denn der Schönheitsfarm ging es so schlecht wie ihrer Gründerin.

Fred und ich wechselten uns ab. Gestern hatte ich zwei Stunden an ihrem Bett gesessen und ihr vorgelesen. »Und Jimmy ging zum Regenbogen«, meine Mutter mochte Simmel, es war eines ihrer Lieblingsbücher. Der Arzt hatte uns erklärt, dass es ihr vielleicht half, gerade weil sie das Buch kannte. Darin geht es um die Nazizeit und die Arbeit der Geheimdienste. Der Krimi spielt in Wien und die Atmosphäre ist düster. Aber das war egal, weil sie ohnehin nichts mitbekam. Ich hatte mir beim Lesen trotzdem Mühe gegeben und anschließend ein gutes Gefühl gehabt. Das Gefühl, etwas für sie getan zu haben. Leider hatte es nicht lange gehalten. Ich hörte die Heizungsrohre knacken und dachte an Pouligny, an das Restaurant, an die Küche. Ich war ein guter Lehrling gewesen. Deshalb hatte ich nach zweieinhalb Jahren bereits meinen Abschluss machen dürfen und war der beste meines Jahrgangs gewesen. Darum und weil er mich

279

mochte, hatte Pouligny mir eine feste Stelle angeboten. Ich hatte einen guten Stand bei den Kollegen. Alle respektierten mich, niemand pisste mir ans Bein. Also hatte ich zugesagt, keine Frage. Dann, vor zwei Wochen, der Anruf. Und jetzt?

Kommenden Freitag war die Zwangsversteigerung. Fred war mit den Nerven am Ende und meine Mutter starrte seit zwanzig Tagen an die Decke. Im Krankenhaus und voll verkabelt. Fred hatte dem Chefarzt erzählt, welche Probleme dem Zusammenbruch seiner Schwester vorausgegangen waren, von der finanziellen Situation und der drohenden Zwangsversteigerung. Wenn der Druck zu groß wird, hatte der Neurologe erklärt, regredieren manche Menschen, das heißt, sie ziehen sich auf eine frühere Stufe der Persönlichkeitsentwicklung zurück. Dabei musste sie ein paar Stufen übersprungen haben. Alle hatten gehofft, dass sich etwas änderte, sobald ich auftauchte. Passierte aber nicht. Die Ärzte waren ratlos. Als Diagnosen standen zur Auswahl: schwere Depression, schizophrene Katatonie oder Wachkoma. Die Prognose: verhalten pessimistisch.

Und ich? Ich war 20 Jahre alt, ausgebildeter Koch und hatte mein ganzes Leben noch vor mir. Fühlte sich nur gerade nicht so an. Ursprünglich wollte ich nach der Lehre erst mal nach Afghanistan. Mit dem VW Bus und ein paar Leuten. Vielleicht mit Bente, wenn es anders gelaufen wäre. Wenn ein paar Entscheidungen anders gefallen wären. Zum Beispiel die der Kommunisten. Wenn sie keinen Bürgerkrieg in Afghanistan angezettelt und die Grenzen dichtgemacht hätten. Würde es den Hippie-Trail dann noch geben? Oder die Ensslin. Wenn sie dem Baader nicht zur Flucht verholfen hätte. Würde sie dann noch leben? Wenn ich keine Jeans geklaut und Bente nicht getroffen hätte. Wäre ich dann Koch geworden? Wenn ich Tias Tagebuch nicht gelesen hätte. Wäre ich dann von zu Hause abgehauen? Wenn meine Mutter ihren Bruder nicht verführt hätte …

Echt still hier, seit alle weg waren. Ich schob die Decke weg und stand auf. In der Küche war es kalt. Seit die letzten Damen abgereist waren, wurde hier nicht mehr gekocht. Ich musste unbedingt mit Mirella sprechen, sie bekam bestimmt noch Geld von uns. Auf dem kleinen Tisch, an dem ich früher immer gefrühstückt hatte, stand eine Thermoskanne mit Kaffee und eine Tüte Milch. Ich nahm von beidem und ging in den Speiseraum. Fred lehnte an dem Klavier und schaute aus dem Fenster. Sein Becher dampfte, er konnte noch nicht lange hier sein.

»Hast du den Kaffee gemacht?«

Fred nickte.

»Mirella kommt nicht mehr, seit die Gäste weg sind. Ach ja, und sie bekommt noch Geld.«

War ja klar.

»Wo ist das eigentlich passiert?«

»Das mit Viktoria? Sie ist an ihrem Schreibtisch zusammengesackt, einfach so. Mirella hat sie entdeckt. Wir haben sofort einen Krankenwagen gerufen. Als die Sanitäter mit ihr weg waren, lag da der Vollstreckungsbescheid vom Amtsgericht, in dem die Zwangsversteigerung angekündigt wurde.«

»Scheiße.«

»Ich glaube, das war so eine Art Notabschaltung. Sie war überarbeitet. Und die Gewissheit, dass ihr das Haus weggenommen wird, hat ihr den Rest gegeben.«

»Und wie ist es dazu gekommen? Zur Zwangsversteigerung meine ich.«

»In den letzten Jahren ist es einfach bergab gegangen.«

Er hätte auch gleich *seit du weg warst* sagen können.

»Erst dachten wir, es ist nur eine Phase, weil – keine Ahnung – wegen der ganzen Fitness-Trends und dass die Frauen jetzt lieber zuhause rumhopsen oder in Kurse gehen. Aber Viktoria dachte, das geht wieder vorbei. Im letzten Jahr waren wir nur von Oktober bis Weihnachten gut gebucht. Die übrigen Monate waren eher schwach und wir rutschten immer tiefer in die roten Zahlen.«

Fred griff in die Brusttasche seines Karohemdes und bot mir eine Zigarette an. Das Gasfeuerzeug steckte in der Schachtel. Er gab mir Feuer, wir rauchten. Als er vor ein paar Jahren wieder aufgetaucht und noch nicht mein Vater gewesen war, hatte ich ihn um seinen Pferdeschwanz beneidet. Um die Matte und die coolen Klamotten, vor allem die Wildlederweste mit den langen Fransen. Jetzt waren meine Haare länger als seine. Meist hatte ich sie zusammengebunden oder ich trug ein Stirnband. Wie heute.

»Viktoria sagt, die Emanzipation ist das Problem. Sie findet zwar toll, dass Frauen Karriere machen, aber das macht uns früher oder später das Geschäft kaputt. Weil Frauen, die sich gleichberechtigt fühlen, aufhören, ihre Schönheit und Weiblichkeit in Szene zu setzen, um ihre Ziele zu erreichen. Sie haben das nicht mehr nötig und wir gehen pleite. Vielleicht hat sie damit ja recht.«

»Und was sollen wir jetzt tun?«

»Für Viktoria? Außer weiter vorlesen?«

Ich schüttelte den Kopf, nahm einen Zug und drückte die Zigarette aus. Wir legten das Lesezeichen, eine Postkarte, die die Schönheitsfarm aus guten Zeiten zeigte, jeweils an die Stelle, bis zu der wir gelesen hatten, damit der andere wusste, wo er weitermachen musste. Ich bezweifelte, dass das Sinn ergab, doch es fühlte sich wenigstens richtig an.

»Ich dachte an die Zwangsversteigerung. Die müssen wir unbedingt verhindern. Um wie viel Geld geht es überhaupt?«

»Keine Ahnung.«

Fred war total überfordert. Ein schwuler Musiker, der nicht mit seinen Schuldgefühlen klarkam. Wie sollte er mir helfen?

»Ich werde mal mit Herrn Leuschner reden. Schließlich hat er das Ganze zu verantworten.«

»Klingt vernünftig. Soll ich mitkommen?«

»Nee, lass mal. Ist nicht nötig.«

Merkwürdigerweise konnte ich es jetzt zu Hause besser aushalten. Ich erinnerte mich noch genau daran, wie ich vor drei Jahren abgehauen war. Ich hatte es hier unerträglich gefunden. Viktoria und Fred hatten mich jeden Tag an die unfassbare Tatsache meiner Herkunft erinnert. Das war nun anders. Viktorias Geist hatte sich vom Acker gemacht. Unbekannt verzogen. Und mit ihm hatte sich mein Groll verflüchtigt. Da war niemand, gegen den er sich richten konnte. Und das fühlte sich gut an, war einfach so. Und Fred? Tat mir leid.

56.

»Um wie viel Geld geht es denn?«

Leuschner blätterte in einem Aktenordner. Die spärlichen Inseln auf seinem Kopf erinnerten an ein bei Ebbe trocken gefallenes Stück Salzwiese.

»Ursprünglich belief sich die Kreditsumme auf genau zweihunderttausend Mark. Inzwischen hat ihre Mutter ja bereits einiges abgetragen. Die Restschuld beträgt Stand heute exakt 189.532 Mark und 24 Pfennig.«

Seit über zehn Jahren zahlte meine Mutter die Hypotheken ab und sie hatte nach all der Zeit nicht einmal ein Viertel geschafft?

»Wieso ist es noch so viel? Wir müssten inzwischen doch eine erheblich größere Summe abbezahlt haben.«

»In den ersten Jahren verschlingen die Zinsen den größten Teil, leider.«

Leuschner hatte die Ellenbogen aufgestützt und drehte seinen Füllfederhalter hin und her. Mir fiel ein, was die Ensslin vor ein paar Jahren gesagt hatte: *So läuft das im Kapitalismus. Erst leihen sie dir Geld und dann versklaven sie dich durch überhöhte Zinsforderungen. Und wenn du mit der Rückzahlung in Verzug gerätst, wirst du enteignet.* Oder war das Lisa gewesen? Als sie über den ungebremsten Kapitalismus geredet hatte, über die Macht der Großkonzerne und Großbanken? Genau! Sie sagte: *Der ungebremste Kapitalismus wird den Menschen am Ende weniger Freiheit lassen als der Sozialismus. Und deshalb muss er gebremst werden.* Lisa und Gudrun Ensslin – plötzlich wurde mir etwas klar.

»Glauben sie mir, es tut mir sehr leid, dass wir uns zu diesem Schritt entschließen mussten.«

Ich glaubte ihm kein Wort.

»Meine Mutter liegt seit drei Wochen im Krankenhaus. Können Sie uns nicht etwas mehr Zeit geben? Ich komme gerade erst aus Kopenhagen zurück.«

Leuschner beugte sich vor. Er sprach leise, als wolle er mir ein Geheimnis anvertrauen.

»Sie müssen bitte auch unsere Seite verstehen, wir verleihen ja nicht unser eigenes Geld. Es ist das Vermögen unserer Kunden und es ist unsere Pflicht, diese Einlagen zu schützen.«

Meine Gesichtsmuskulatur verkrampfte sich.

»Sie sind dabei, das Lebenswerk meiner Mutter zu zerstören«, zischte ich.

»Ich habe immer an die Schönheitsfarm geglaubt«, sagte Leuschner und lehnte sich zurück. Quatsch. Er hatte sich nur nicht gegen meine Mutter behaupten können.

»Das ist feige! Sie liegt im Krankenhaus und kann sich nicht wehren!«

Ich war ziemlich laut geworden. Gleich käme sicher die Tusse aus dem Vorzimmer rein, um zu fragen, ob alles okay sei.

»Bitte beruhigen Sie sich, Herr Anders, wir wollen nicht unnötig Porzellan zerschlagen. Bedenken Sie doch, Sie sind noch jung. Vielleicht wollen Sie sich auch einmal selbstständig machen, etwas aufbauen und benötigen einen Kredit. Dann sind wir selbstverständlich für Sie da. Denn im Gegensatz zu den Großbanken kennen wir unsere Kunden. Zum Teil von der Kindheit an.«

Beim letzten Satz hatte er sein Ich-bin-dein-Freund-Lächeln aufgesetzt. Ja, du kennst mich von Kindheit an, Arschgesicht! Immer, wenn die große Hypothek fällig war, bekam ich Existenzangst. Aber als die RAF das Ding mit Jürgen Ponto durchgezogen hat, da hast du auch mal Schiss gekriegt und warst froh, dass dein Scheißladen keine Großbank ist, stimmt's?

»Wie ich höre, haben Sie eine Lehre als Koch abgeschlossen – das ist doch was. Wer weiß, vielleicht möchten Sie irgendwann einmal Ihr eigenes Restaurant eröffnen und dann sehen wir uns wieder, nicht wahr?«

Dieses väterliche Gequatsche, mir wurde schlecht. Niemals würde ich hier angekrochen kommen und um einen Kredit betteln. No way!

»Aber ich kann Sie beruhigen, ich bin sehr zuversichtlich, dass der Preis, den die Immobilie bei der Versteigerung erzielt, die aufgelaufenen Schulden decken wird. Vielleicht bleibt ja sogar ein kleines Sümmchen übrig.«

Bei »kleines Sümmchen« schaute er mir in die Augen und lächelte. Er wusste, wie es um meine Mutter stand und sah in mir bereits seinen zukünftigen Kunden.

Beim Rausgehen sah ich einen Typen im Schalterraum, der aufgeregt nach mir winkte. Paschke?

»Sag bloß, du machst ne Lehre in dem Saftladen?«

Paschke bereute gerade, dass er mich auf sich aufmerksam gemacht hatte. Die Akne hatte eine Reihe fieser Narben in seinem Gesicht hinterlassen, aber in seinem grauen Anzug sah er richtig gut aus, wenn man davon ausging, dass er Vollspießer werden wollte.

»Wieso Saftladen? Die Kreissparkasse versteht sich als Partner der heimischen Wirtschaft«, plapperte Paschke und hielt mir die Hand hin. Ich zögerte, sah den Ehering und fragte mich, wer so blöd sein konnte, diesen Möchtegern-Leuschner zu heiraten.

»Partner der heimischen Wirtschaft, alles klar!«

Ich griff an seiner Hand vorbei nach der bordeauxfarbenen Krawatte und zog daran.

»Dein Chef lässt gerade unsere Schönheitsfarm zwangsversteigern, während meine Mutter im Koma liegt«, blaffte ich.

Aus der Nähe betrachtet glich seine Gesichtshaut den Oberschenkeln unserer Damen – vor der Cellulitebehandlung. Ich ließ los. Paschke murmelte unverständliches Zeug. Anschließend versuchte er, seine Krawatte in Ordnung zu bringen. Er tat mir leid. Was wohl aus seiner Pornosammlung geworden war? Ob er die Color-Climax-Hefte aus Dänemark kannte?

»Ich bin übrigens Vater geworden«, sagte Paschke, »von Zwillingen.«

Aber da war ich schon auf dem Weg nach draußen. Ich drehte mich noch einmal um und zeigte ihm den Hochdaumen.

»Wow, Glückwunsch!«, rief ich und fühlte mich wie der letzte Arsch. Wieso war ich so ätzend zu ihm gewesen? Dass Paschke zwei Kinder produziert hatte, wollte echt nicht in meinen Kopf. Unbegreiflich! Wie konnte einer Vater sein, bei dem nicht einmal die Akne abgeheilt war? Und überhaupt: Wieso konnte man einfach so Eltern werden? Für jeden Scheiß brauchte man eine Genehmigung, eine Ausbildung oder wenigstens einen Führerschein. Nur Kinder machen durfte jeder Vollidiot. Sogar Zwillinge!

57.

Ich fand echt daneben, was Ralle über Christiania gesagt hatte, und vielleicht hatte ich ein bisschen überreagiert. Sein Besuch war jedenfalls blöd gelaufen. Wir waren einmal beste Freunde gewesen. Und jetzt? Jetzt stand ich vor seiner Tür.

»Ach, sieh mal an, der Joe! Du hast dich aber lange nicht blicken lassen!«, rief Doris. »Komm, lass dich drücken.«

Ihre Umarmung bewies, wie ernst sie das meinte. Ich hatte Ralles Mutter noch nie so herzlich erlebt. Warum freute sie sich so? Und warum ging mir das so nahe?

»Komm doch rein. Ich habe gerade Kaffee aufgesetzt.«

Ich folgte ihr in die Küche.

»Ja, ich hab hier einiges erneuern lassen. Vor allem den Essbereich.«

Sie zeigte auf die neue Einbauküche mit dem integrierten Tresen und den vier Barhockern davor.

»Gefällt es dir?«

Doris deutete auf einen der Barhocker, dessen Polster ebenso knallig leuchtete, wie das Orange der Küchenfronten.

»Sieht schick aus«, sagte ich. Blendend wäre treffender gewesen.

»Du willst bestimmt zu Ralf.«

Doris ging um den Tresen herum.

»Er hat seit Semesterbeginn eine kleine Wohnung in der Nähe der Uni, direkt am Grindelhof. Du weißt doch, wo das Kino ist, das Abaton. Direkt da gegenüber, neben diesem afghanischen Restaurant. Wie heißt das noch, warte mal, ich komm gleich drauf ...«

»Und was studiert er?«

»BWL. Erst wollte er sich für Jura einschreiben, aber das hat ihm sein Cousin ausgeredet. Muss superstressig sein.«

Die Kaffeemaschine fauchte und Doris griff nach zwei Bechern, die unter einem der Schränke baumelten.

»Der Basketball-Typ, der in Amerika war?«

Wo war eigentlich der Les-Paul-Nachbau, den er mir verkauft hatte? Das Teil würde ich gern mal wieder in die Hand nehmen.

Doris nickte.

»Milch?«

Sie ging an den Kühlschrank, holte eine Milchtüte heraus und stellte die Becher zwischen uns auf den Tresen. Dann goss sie etwas davon in meinen Kaffee.

»Ralf-Peter schaut am Wochenende häufig mal rein. Soll ich ihm sagen, dass du wieder hier bist?«

»Klar, das wäre super.«

Was ich wohl studiert hätte, wenn ich nicht nach Kopenhagen gegangen wäre? Entscheidungen sind wie Weggabelungen. Geht man nach rechts, läuft das Leben so, geht man nach links, läuft es völlig anders. Vielleicht teilt man sich in solchen Momenten. Eine Kopie geht nach Kopenhagen, die andere bleibt zu Hause und macht das Abitur in einer Parallelwelt. Die Persönlichkeit teilt sich ständig und alles verästelt sich immer weiter. Echt abgedreht.

»Schau mal, ich schreib dir die Telefonnummer auf. Er ist nie da, aber er hat einen Anrufbeantworter.«

Sie kritzelte die Telefonnummer auf einen kleinen Block, hielt unvermittelt inne und schaute mir direkt in die Augen.

»Das mit deiner Mutter tut mir so leid, Joe.«

Sie legte den Stift ab. Ihre Hand schwebte unschlüssig im Raum, so als wolle sie mir über die Wange streichen. Doch irgendetwas hielt sie davon ab.

»Schrecklich, was alles passiert«, fügte sie hinzu, während ihre Hand wieder zu einem Werkzeug wurde, das nach dem Kaffeebecher griff.

Ja, dachte ich, schlimme Dinge passierten, und das erinnerte mich an Linda, die Pastorin, und das Gemälde im

Pfarrhaus. Wenn Doris meine Wange gestreichelt hätte, wären mir die Tränen gekommen, das war mal klar.

»Bist du okay?«

Doris wollte alles über Christiania wissen. Was ich dort erlebt hatte, wie die Bewohner drauf waren und ob ich dahin zurückgehen würde. Sie war tatsächlich bei diesem Bhagwan gewesen. Sie erzählte von seinem Ashram in Poona, der Atmosphäre unter seinen vielen Jüngern und den täglichen Meditationen. Jutta war dann doch nicht mitgekommen und Doris war nach sechs Wochen wieder zurückgekehrt, ohne Sannyasin zu werden. Irgendwann sei ihr klar geworden, dass es nicht ihr Ding ist. Darum sei es dort hauptsächlich gegangen: Zu erkennen, was der eigene Weg ist. Und Doris hatte für sich erkannt, dass sie noch nicht reif dafür war, ihr Ego aufzugeben. Wir unterhielten uns zwei Stunden lang wie alte Freunde, die sich eine Ewigkeit nicht gesehen hatten. Nur dass Doris nun mal nicht Ralle war.

Auf dem Heimweg sah ich eine Frau mit Kinderwagen. Sie war aus einer Seitenstraße gekommen und lief etwa hundert Meter vor mir. Ich beschleunigte meinen Schritt, weil ich mir nicht vorstellen konnte, dass sie es tatsächlich war. Nicht mit einem Kinderwagen! Auf einmal blieb sie stehen und griff in ihre Jeansjacke. Während sie sich eine Zigarette anzündete, blickte sie auf und sah mich. Ich hatte unauffällig in ein Ich-komme-hier-gerade-zufällig-vorbei-Tempo gewechselt und dabei blitzartig meine Hände in den Hosentaschen verstaut.

»Joe?«, fragte sie, »Joe Anders?«

»Hi«, sagte ich und schlenderte weiter auf sie zu. Die Art wie sie sich bewegte, ihre Figur, ihr Blick. Verdammt! Sie stand da und rauchte und schaute mir dabei zu, wie ich Meter für Meter näherkam. Es war der Blick einer Frau, die drei weitere Jahre Zeit gehabt hatte, sich ihrer Wirkung auf

Männer bewusst zu werden: Sunny! Ich wünschte, mein Herz würde halb so oft schlagen.

»Wie gehts denn so? Hab dich ja ewig nicht gesehen! Bist nach Kopenhagen abgehauen, in diese Hippie-Kommune, oder?«

Ich versuchte an Sunny vorbei in den Kinderwagen zu schauen. Sie nahm einen Zug von ihrer Zigarette, pustete den Rauch in die Luft und ging einen Schritt zur Seite.

»Das ist der kleine Paul.«

Ich schaute in ein niedliches Kindergesicht. Paul war vielleicht sechs Monate alt und lächelte. Fast hätte ich ihm so onkelmäßig zugewinkt, voll peinlich. Von wem sie das Kind wohl hatte? Absurderweise musste ich an Paschke denken. Sunny und Paschke, das war wirklich ein kranker Gedanke. Aber fragen muss man was, in so einer Situation. Sachen wie: Wie alt ist der Kleine denn? Wie war die Geburt? Schläft er schon durch? Und so weiter ...

»Stillst du?«

Verdammt, wie bekloppt musste man sein, der Frau, die einem den Zungenkuss beigebracht hatte, so eine Frage zu stellen?

»Hast du 'n Rad ab?!«

Sunny hatte sich von dem Kinderwagen weggedreht und begann laut zu lachen.

»So weit kommt's noch! Der kann froh sein, dass ich ihn mal 'ne Runde durch die Gegend schaukele, damit er besser einpennt.«

»Äh, ich dachte, das wäre gut für Kinder.«

»Gestillt werden?«, prustete Sunny, die sich jetzt kaum noch beruhigen konnte. Ich beschloss, echt die Klappe zu halten.

»Klar ist es gut, wenn Kinder die Brust kriegen. Aber doch nicht die ihrer Schwester, du Spinner!«

Sunny grinste breit und genoss das ungelenke Spiel meiner Gesichtsmuskeln.

»Paul ist unser kleiner Nachzügler. Meine Mutter ist mit fünfundvierzig noch mal schwanger geworden, das muss man sich mal vorstellen! Peinlich, oder?«

Sie ließ die Zigarette fallen, trat sie mit dem Fuß aus und schnappte sich den Kinderwagen.

»Ich muss dann mal«, sagte sie kopfschüttelnd und ging weiter.

Mein Blick klebte an ihrem wiegenden Gang und ich spürte, wie der Schweiß meine Achseln herunterlief.

58.

»Wie geht es deiner Mutter?«

»Sie reagiert nicht, gar nicht. Das ist schrecklich. Aber sie scheint nicht zu leiden, glaube ich jedenfalls.«

Der Ton kam leicht zeitversetzt und sobald ich sprach, hörte ich meine eigene Stimme als Echo.

»Das klingt gar nicht schön. Soll ich dich besuchen kommen?«

Ich wünschte sehr, dass Bente hier wäre. Aber noch lieber käme ich zurück nach Kopenhagen und das sagte ich ihr. Dann erzählte ich, dass ich bei dem Typen von der Bank leider nichts erreicht hatte und meinte, dass es vielleicht sinnvoll sei, erst einmal die Zwangsversteigerung abzuwarten.

»Schön, deine Stimme zu hören«, sagte Bente. Ich nickte.

»Und wonach riechst du?«, fragte ich leise und schloss die Augen. Es raschelte, als sie den Arm hob, um ihren Geruch aufzunehmen. Vermutlich schloss sie ebenfalls die Augen.

»Es ist der friedliche Geruch von Waldboden an einem schattigen Flussbett mit glücklichem Wasser.«

Ich spürte, wie dieses Bild mich ausfüllte und mein Verlangen weckte. Ich versprach, mich bald wieder zu melden.

Von außen erinnerte mich das Amtsgericht mit seiner blütenweißen Fassade an eine Südstaatenvilla. Der zweigeschossige Kasten mit den hohen Fenstern und dem schlichten Giebelturm strahlte eine gewisse Autorität aus. Was fehlte, war eine von uralten Bäumen beschattete Zufahrt. Den Part übernahm die Bundesstraße 75, was dem Verkehrswert des Gebäudes einen schweren Verlust bescherte. Spielte allerdings keine Rolle, da das Amtsgericht ja nicht versteigert wurde. Ich wusste im Grunde gar nicht, was ich hier wollte. Ich durchquerte den breiten Flur mit dem glänzenden Linoleumboden auf der Suche nach Saal Nummer 2004. Wieso sollte man freiwillig dabei sein, wenn etwas Unangenehmes passierte, etwas, das man nicht hatte verhindern können? Ich verdankte meine Anwesenheit einer Mischung aus Neugier, Schuld- und Pflichtgefühl. Neben einer mit grünem Kunstleder gepolsterten Holzbank stand unser Nachbar, der Mann von der Löhlein. Was wollte der denn hier? Unser Haus ersteigern? Herr Löhlein tat so, als würde er mich nicht wiedererkennen. Vielleicht erkannte er mich wirklich nicht, egal. Auf der Bank saß ein Typ in hellblauem Anzug plus Trenchcoat und Aktentasche. Dann ging die Tür auf. Saal 2004 war eine kleine Amtsstube mit einem Schreibtisch und drei Reihen mit je vier Stühlen davor. Der Typ mit dem hellen Anzug ging zu dem Beamten und legte ihm irgendwelche Unterlagen vor. Der Beamte schob sich die Lesebrille ins Gesicht und verglich die Dokumente. Dann nickte er und legte die Schriftstücke in seine Akte. Es klopfte und eine Maklerin erschien. Sie begrüßte den Beamten auf eine Weise, die zeigte, dass sie nicht das erste Mal an einer Veranstaltung dieser Art teilnahm, und entschuldigte sich für die Verspätung. Der Rechtspfleger erläuterte nun, dass die Zwangsversteigerung auf Antrag des Gläubigers, hier der Kreissparkasse Harburg, angeordnet worden war. Basis sei die im Grundbuch eingetragene erstrangige Grundschuld zugunsten eben dieses Kreditinstituts. Dann blätterte er in einem Gutachten, in dem der aktuelle Verkehrswert der Schönheitsfarm ermittelt und begründet worden war, und las einige Passagen daraus vor. Unter anderem, dass die Immobilie seit 1968 als »auf kosmetische Anwendungen spezialisierte private Kureinrichtung« geführt wurde und über einen Speisesaal, eine gewerblich nutzbare Küche, zwanzig Gästezimmer und einen Saunabereich verfügte. Der Verkehrswert wurde laut Gutachten mit dreihundertfünfzigtausend Mark angesetzt. Der Typ erklärte, dass er den Zuschlag laut Paragraf bla, Absatz bla des Zwangsversteigerungsgesetzes nur erteilen könne, wenn mindestens fünfzig Prozent des Verkehrswertes geboten wurden. Das erste Gebot musste also mindestens einhundertfünfundsiebzigtausend Mark betragen. Der Mann von Frau Löhlein hob die Hand. Er bot den Mindestpreis. Ich fragte mich, was er mit unserer Schönheitsfarm wollte. Sein eigenes Haus war bereits ziemlich groß für ein kinderloses Paar. Der Typ in dem hellblauen Anzug legte fünftausend drauf. Die Maklerin blätterte hörbar in ihren Unterlagen und hob ebenfalls die Hand. So ging das eine Weile hin und her. Als Erstes stieg unser Nachbar aus. Er hatte offenbar gedacht, er könne ein Schnäppchen machen, klappte seine Mappe zu und verließ den Raum. Am Ende wurde der Zuschlag an den hellblauen Anzug erteilt, für zweihundertfünfundachtzigtausend. Immerhin, es würde etwas übrig bleiben. Der Beamte teilte mit, dass die Kosten des Verfahrens von den bisherigen Besitzern zu zahlen seien, und dass der neue Besitzer nunmehr einen Räumungstitel gegen den Schuldner besitze. Der Termin zur Übergabe der Immobilie wurde auf acht Wochen nach Versteigerungstermin festgelegt. Immerhin zwei Monate. Ich ging nach vorn und fragte, ob er diese Frist nicht ein paar Wochen verlängern könne, da meine Mutter sich seit ein paar Wochen im Wachkoma befände.

Doch er lehnte ab. Er meinte, das mit meiner Mutter sei ihm bekannt und er habe diesen Umstand bereits berücksichtigt, indem er die sonst übliche Frist von sechs auf acht Wochen verlängert habe. Anschließend wollte ich mit dem Käufer sprechen, aber der Anwalt war bereits weg. Eigentlich konnte es mir ja egal sein. Aber es interessierte mich trotzdem, wer der neue Eigentümer meines Zuhauses war.

Ich überlegte, ob ich ihr von der Versteigerung erzählen sollte. Vielleicht katapultierte es sie aus dieser verdammten Lethargie heraus, wenn ich ihr mitteilte, dass wir die Schönheitsfarm innerhalb von acht Wochen räumen mussten. Doch das brachte ich nicht fertig. Stattdessen las ich ihr weiter aus dem Roman vor. Ich konnte mich nur nicht auf die Spionagegeschichte konzentrieren und schweifte in Gedanken immer wieder ab. Ich sollte Paschke anrufen. Vielleicht konnte er herausfinden, in wessen Auftrag dieser Hamburger Anwalt gehandelt hatte. Ich ärgerte mich, dass ich nicht gleich im Amtsgericht nachgefragt hatte. Viktorias Zustand war unverändert. Sie guckte an die Decke, atmete flach, rührte sich nicht. Ob Menschen, die künstlich ernährt werden, so etwas wie Hunger oder Durst verspürten? Schmeckten sie überhaupt was? Wünschte die Krankenschwester meiner Mutter einen guten Appetit, wenn sie einen frischen Beutel Flüssignahrung anschloss? Und weil es so eine Sache war, sich selbst dauernd Fragen zu stellen, die man nicht beantworten konnte, nahm ich das Kabel mit dem Klingelknopf und drückte drauf. Kurz darauf erschien eine Schwester.

»Na, was gibt es, junger Mann?«

Sie trat ans Bett und prüfte den Puls. Ihre kräftigen, behaarten Unterarme standen in seltsamem Kontrast zur blendend weißen Schürze.

»Wie lange kann man das so machen? Also das mit der Ernährung?«

»Über die Nasensonde? Ach, das funktioniert ganz prima, gar kein Problem. Kann man viele Monate so machen oder sogar Jahre. Und wenn das aus irgendwelchen Gründen nicht mehr geht, dann legen wir einen Zugang durch die Bauchdecke.«

Ihre Stimme strahlte die Zuversicht aus, dass alles gut werden würde. Wahrscheinlich hatte sie schon viel Schlimmeres gesehen als das hier.

Ich dachte an kommende Feiertage, an Ostern, Weihnachten oder Silvester und an Geburtstage. Dann würden wir hier sitzen, Fred und ich und vielleicht Mirella oder Lisa. Wir alberten herum und füllten ein bisschen Sekt oder Wein in den Beutel, zur Feier des Tages. Und dann drehten wir den Hahn auf und prosteten uns alle zu. Nur keinen Rotwein, weil das sähe man ja sofort, und keinen Eierlikör zu Ostern, weil der Schlauch verklebte, und dann hätten wir ein Problem. Ich musste grinsen.

»Also bitte, junger Herr, lustig ist das ja wohl nicht, oder?« Die Schwester verließ kopfschüttelnd das Krankenzimmer.

59.

Ich lag da und starrte an die Decke. Ich wartete auf den Impuls, der dazu führen würde, dass ich aufstand. Aber da kam nichts. So musste sich meine Mutter fühlen. Sie lag da, doch es kam kein Impuls, gar keiner, nichts. Beunruhigend. Ich bewegte meine Beine, um sicherzugehen, dass es kein Wachkoma war. Dann hatte ich einen Plan: Ich würde tun, was ich gelernt hatte – kochen. Hier in der Schönheitsfarm. Für Mirella, Lisa und Fred. Ein Abschiedsessen, am besten gleich heute. Ich sprang aus dem Bett.

Mirella freute sich über meinen Anruf. Sie wollte Lisa mitbringen, sofern sie sie erreichte. Jetzt war ich richtig wach, ich war energiegeladen, ich hatte Lust, einzukaufen. Bente war nicht zu erreichen. Ich wollte ihr von der Zwangsversteigerung erzählen, doch im Hotel wusste niemand, wo sie war. Dann suchte ich Fred, fand ihn in seinem Zimmer und erklärte ihm, was ich vorhatte. Das sei eine gute Idee, meinte er und schaute mich auf diese Art an, von der ich glaubte, dass er dann seinen Sohn in mir sah. Seinen Sohn, mit dem er gern etwas unternehmen würde. Nur, dass er sich nicht traute. Vielleicht bildete ich mir das nur ein, doch ich würde den Teufel tun und ihn fragen, was er dachte.

Am Mittwoch war in der Kleinstadt Wochenmarkt. Ich fuhr los, um die Zutaten für das Essen zu besorgen. Und dann stand sie auf einmal vor mir, in einem Trommelwirbel aus Herzschlägen: Tia! Das war meine Chance! An diesem Marktstand, zwischen Obst und Gemüse, die Chance, es ihr zu sagen. Tia, ich gebe zu, dass ich dein Tagebuch gelesen habe. Das war ein schlimmer Fehler. Aber ich verstehe bis heute nicht, warum du mich für einen unreifen Angeber hältst, für einen arroganten Idioten. Warum? Wir waren uns doch so nahe gewesen. Kannst du mir das erklären, bitte?!

»Joe?!«, sie drückte den Korb an ihre Brust. »Tatsächlich, du bist es!«

»Hi«, sagte ich zu einem Bund Möhren, durch dessen Grün mich ein blasses Gesicht anlächelte. Wir sprachen gleichzeitig. Sie fragte, seit wann ich wieder da sei, ich, wie es ihr gehe. Pause.

»Du zuerst«, verlangte sie.

»Seit ein paar Wochen«, sagte ich und weil die Mutter krank ist.

»Mir geht es gut. Ich bin vor ein paar Monaten mit Frank zusammengezogen. In eine WG mit Franks Bruder und Paula. Was ist mit deiner Mutter?«

»Paula, deine beste Freundin?«

»Genau die. Und wie geht es Ralle?«

»Hab ihn noch nicht gesehen. Studiert in Hamburg. Zu viel los gerade.«

»Komm doch mal vorbei. Das rote Backsteinhaus mit dem Fahrradladen. Wir sind in der Wohnung darüber.«

»Klar, mach ich. Und grüß Frank von mir.«

Ich kaufte ziemlich viel Gemüse, weil ich mich nicht darauf konzentrieren konnte, was ich wirklich brauchte.

Am späten Nachmittag fing ich an, das Essen vorzubereiten. Fred und ich holten einen Tisch und vier Stühle in die Küche, weil wir es im Speisesaal kühl und ungemütlich fanden.

Mirella brachte eine Zitronencreme mit, natürlich selbst gemacht. Lisa stellte zwei Flaschen Sekt auf den Tisch und fiel mir in die Arme.

»Steht dir gut der Pferdeschwanz, junger Mann«

Sie schaute mich lange an. Es war ein ernster, prüfender Blick. Ich hätte gern gewusst, was sie sah.

»Geht es dir gut? Du musst mir von Christiania erzählen. Bist also tatsächlich hingegangen.«

Mirella wischte sich eine Träne aus dem Augenwinkel.

»Du siehst so erwachsen aus, Junge ...«, dann schüttelte sie den Kopf.

Es gab Steaksandwich mit karamellisierten Zwiebeln, Chicoréeblättern und grobem Senf. Die Steaks hatte ich mit etwas Olivenöl eingerieben und mit Rosmarin, gehackten Erdnüssen und zerstoßenem schwarzen Pfeffer bestreut. Dann kam das Nudelholz zum Einsatz. Damit hatte ich die Zutaten in das Fleisch geprügelt. Das Meterbrot wurde der Länge nach aufgeschnitten und beide Seiten dick mit Senf bestrichen. Dann kamen die kurz gebratenen Steaks, die karamellisierten Zwiebeln und Salatblätter darauf. Anschließend wurde das Ganze zugeklappt und in handgerechte Stücke geschnitten. Dazu selbst gemachte Pommes frites mit einer fruchtigen Tomatensoße aus Eugenias Kochbuch. Und

Chianti aus Korbflaschen, den Fred besorgt hatte. Gerade schenkte er ein.

Ich hob mein Glas.

»Schön, dass ihr gekommen seid. Leider ist es so eine Art Abschiedsessen. Ein Hamburger Anwalt hat die Schönheitsfarm im Auftrag eines reichen Schnösels ersteigert. In knapp acht Wochen müssen wir raus sein. Und das ist dann das Ende der Schönheitsfarm.«

»Was man nicht ändern kann, das muss man hinnehmen«, sagte Mirella und stieß mit mir an.

»Schön, dass du wieder da bist«, sagte Lisa und alle nickten.

»Wer hat das gemacht?«, Mirella schob ihren Teller weg, ließ Messer und Gabel sinken. Sie war die Einzige, die nicht mit den Händen aß. Ihre Stimme klang bedrohlich, ihr Blick war es ebenfalls. Dann grinste sie.

»Hab ich doch gewusst, dass ein Koch in dir steckt, Bengel. Das schmeckt herrlich!«

Dann erzählte sie, dass sie mir vor vielen Jahren beigebracht hatte, wie man einen Hefeteig macht und dass ich immer schon gern bei ihr in der Küche herumgehangen hätte. Ich glaube, sie war ein bisschen stolz auf mich und auch auf sich. Ich fragte Mirella, wie viel Geld sie noch zu bekommen hatte, doch davon wollte sie nichts wissen. Sie sagte, dass sie bald in den Ruhestand gehen wolle und dass sie überlegte, ob sie zu einem ihrer Söhne nach Dortmund ziehen sollte.

»Sie haben ein großes Haus mit Einliegerwohnung. Er hat mir angeboten, dort meinen Lebensabend zu verbringen. Hört mal: Lebensabend, das Wort hat er benutzt.«

Mirella schaute in die Runde, um den Grad unseres Entsetzens zu erfassen. Ich fürchte, er hielt sich in Grenzen, schließlich wussten die Anwesenden, dass sie weit über siebzig war.

»Das überleg dir mal gut«, sagte Lisa, »die haben doch bestimmt Kinder. Und dann ...«

»Das ist es ja«, rief Mirella, deren Wangen vom Rotwein leuchteten, »ich hab eigentlich gar keine Lust, deren Haushalt zu führen. Aber was ich am meisten fürchte, ist, mich zu langweilen.«

»Und was ist mit dir?«, wollte Lisa von mir wissen, während sie uns nachschenkte.

»Ich gehe zurück nach Kopenhagen und arbeite als Koch.«

Lisa zeigte auf den Teller vor sich und sagte:

»Wenn alles so gut schmeckt, was du machst, werde ich da mal vorbeikommen.«

»Ich auch«, sagte Mirella mit vollem Mund.

»Und du, Fred?«, frage Lisa und stellte die Korbflasche ab.

»Ich suche mir wohl eine Wohnung in Hamburg und gebe Klavierunterricht.«

»Und du, Lisa?«, fragte ich. Lisa stippte eine Fritte in die Tomatensoße und zeigte damit auf Fred.

»Ich mache es wie Fred. Ich gehe nach Hamburg. Allerdings werde ich wohl keinen Klavierunterricht geben.«

Wir lachten.

»Sondern?«, fragte Fred.

»Ich suche mir ein günstiges Zimmer, vielleicht in einer WG, lebe von meinen Ersparnissen und schreibe an meinem Buch weiter.«

»An deinem Buch?!«, wir tauschten erstaunte Blicke.

»Was für ein Buch?«, fragte Fred.

Lisa, auf die jetzt alle Augen gerichtet waren, hob die Schultern, sagte »ein Buch halt« und ließ sie wieder fallen. Es sah aus, als bereute sie bereits, dass sie damit rausgerückt war.

»Ein Buch, ein Buch! Aber worüber denn? Nun sag schon!«

Mirella unterstrich ihre Neugier mit einem Stoß in Lisas Rippen.

»Ein Roman.«

»Nun lass dir doch nicht alles aus der Nase ziehen!«, maulte Mirella.

Lisa stöhnte: »Es geht um die Schönheitsfarm, die Gäste und ihre Geschichten.«

»Also ein Buch, in dem wir alle vorkommen?«, fragte ich.

»Hm, so was«, murmelte Lisa.

»Echt? Ich auch?«

Mirella schaute erst Lisa, dann Fred und mich an, weil sie offenbar nicht sicher war, wie sie das finden sollte.

»Na klar, ihr kommt alle drin vor«, Lisa grinste, »aber es wird ein Roman und keine Reportage. Ich denk mir ja das meiste aus. Fiktion, so nennt man das. Ich lasse mich natürlich von all dem, was hier so passiert ist inspirieren, und einige meiner Figuren ähneln natürlich denen, die hier leben und arbeiten.«

»Womöglich setzt du der Schönheitsfarm damit noch ein Denkmal«, sagte Fred und fing an zu husten. Weil er damit nicht aufhörte und ich neben ihm saß, klopfte ich ihm den Rücken. Als mein Onkel-Vater sich wieder beruhigt hatte, meinte Lisa:

»Falls ich einen Verlag finde, der das Buch druckt.«

Dann wurde es für eine Weile ganz still. Ich glaube, wir alle dachten darüber nach, was in einem Roman über die Schönheitsfarm drinstehen könnte. Ich jedenfalls und ich hatte sofort ein paar Ideen. Ich wollte Lisa gerade fragen, ob sie auch über unsere hauseigene Kosmetiklinie schrieb und darüber, wie sie sich verkleidet hatte, um von der Buchhalterin zur Visagistin zu werden, als die Klingel am Haupteingang schellte.

60.

»Ich hab es nicht ausgehalten. Freust du dich?«

Bente! Sie fiel mir in die Arme.

»Außerdem muss ich dir was erzählen. Oder weißt du es schon?«

Bente in meiner Welt. Sie hier zu sehen war, als würden sich zwei Realitäten übereinander schieben. Wie eine Doppelbelichtung! Christiania, das Restaurant im Kong Arthur und selbst Bente waren mir in den letzten Tagen weit weg und unscharf erschienen. Jetzt begriff ich, dass ich tatsächlich ein anderes Leben begonnen hatte. Ein Leben in Kopenhagen.

»Wie hast du das gemacht?«

»Was meinst du? Wie ich hierhergekommen bin?«

Bente ließ mich los.

»Ich hab einfach den nächsten Zug nach Hamburg genommen und am Hauptbahnhof bin ich in ein Taxi gestiegen. Der Fahrer kannte sogar die Strecke, er hat mir einen schönen Aufenthalt in der Schönheitsfarm gewünscht.«

Bente war für mich mehr Realität als alles andere. Ich drückte sie noch einmal an mich und schnupperte an ihrem warmen Nacken. Wie ein tapferer, glatter Stein in der Abendsonne. Bente folgte mir in die Küche, wo ich sie den anderen vorstellte. Ich hätte ihr gern etwas zu essen angeboten, doch wir hatten schon alles weggeputzt.

»Kein Problem, ich hab im Zug ein Sandwich gehabt.«

Sie brauchte nicht lange, um die mitleidigen Blicke richtig zu deuten.

»Ach so! Der da hat für euch gekocht, stimmt's?«

Sie schaute auf die leeren Teller.

»Steaksandwich? Mit karamellisierten Zwiebeln und so? Hm, lecker!«

Bente lachte.

»Damit kriegt er mich auch immer rum.«

Mirella wollte wissen, wie wir uns kennengelernt haben und beschwerte sich nach einem Seitenblick auf mich, dass man Männern alles aus der Nase ziehen musste. Bente in meiner Welt. Einfach so und mit dänischem Akzent. Und ich ein Mann. Und sehr viel Chianti. So einfach war das.

»Wo ist eigentlich der VW Bus?«

»Da hinten, auf dem Parkplatz.«

Wir standen vor dem Eingang und schauten in den Nachthimmel. Es war kurz vor zwei, die Straßenlaternen hatten längst Feierabend. Der Mond auch. Die Luft war kühl. Ab und zu blinkte ein Stern zwischen den dichten Wolken hindurch.

»Ich hab ihn vorhin nicht gesehen, als ich ankam. Dachte schon, du hast ihn verkauft.« Bente sprang die drei Stufen herunter und drehte sich um. »Wir könnten uns reinsetzen, wollen wir?«

»Na klar, das machen wir.«

Ich schloss die Tür und zündete die Teelichter an. Wir setzten uns nach hinten auf die Matratze. Bente hatte die letzte Korbflasche mitgenommen. Sie nahm ein Kissen und schob es sich in den Rücken. Wir saßen uns gegenüber. Sie nahm einen Schluck Chianti und reichte mir die Flasche rüber. Ihr Gesicht im Kerzenlicht. Es erinnerte mich daran, wie ich vor ein paar Jahren in der Uni-Klinik aufgewacht war, nach diesem abartigen LSD-Trip. Ich hatte die Augen geöffnet und Bente gesehen, die aussah, wie eine alte Frau, mindestens achtzig und wunderschön. Seit dem Tag hatte ich keine Drogen mehr angerührt. Abgehakt.

»Also, ich muss dir was erzählen. Es ist etwas passiert, mit dem ich nicht gerechnet habe.«

Mir auch, dachte ich und sah Tia im flackernden Licht meiner Vorstellung. Tia war wie ein Rätsel, das ich nie gelöst hatte, wie ein Geheimnis, dessen Aufklärung vielleicht alles verändert hätte.

»Und es hat mit meinem Vater zu tun.«

Ich war müde und etwas betrunken und ich wollte Bente.

Ich hatte gehofft, dass wir deshalb hier waren. Ich dachte an die erste Begegnung mit Bentes Vater, dem alten Østergaard, wie ich tief in einem Sessel versunken dagesessen hatte, mit einem Glas Brandy in der Hand und Klößen in Hals und Magen. Østergaard hatte über das Jante-Gesetz geredet, eine Art Moralkodex der Dänen. Es ging um Bescheidenheit. Dass man nicht glauben sollte, etwas Besonderes zu sein, weder in Bezug auf die Herkunft, das Aussehen noch auf die eigene Leistung. Ich war unsicher gewesen, was er mir damit sagen wollte. Er mochte bescheiden sein, aber er war vor allem ein sehr erfolgreicher Hotelier. Und in mir sah er vermutlich einen langhaarigen Bewohner der anarchistischen Freistadt Christiania, der mit seiner Tochter rummachte. Wollte er mir wirklich sagen, dass er sich nicht für etwas Besseres hielt? Und dass er sich für seine Tochter nichts Besseres wünschte? Oder wollte er mir klarmachen, dass das Gebot der Bescheidenheit ausschloss, dass ich mit seiner Tochter zusammen war, auch, wenn ich mich noch so anstrengte.

»Hörst du mir zu?«

Sie beugte sich vor und strich mir über die Wange. Ich nickte und stellte mir vor, wie ich ihren BH öffnete und ihre schönen weichen Brüste in die Hände nahm.

»Also. Ich mache es kurz.«

Bente atmete hörbar ein.

»Mein Vater hat die Schönheitsfarm ersteigert.«

Bum! Ich war wieder voll da.

»Er hat einen Hamburger Anwalt beauftragt. Er dachte, er tut mir, er tut dir, also uns einen Gefallen …«

Bente schaute auf ihre Hände. Sie zitterten.

»Du spielst wieder Schicksal mit mir, hab ich recht?«

»Ich wusste es ja nicht, ganz ehrlich! Ich hatte ihm von der Zwangsversteigerung erzählt, aber ich wusste nicht, dass er mitbieten würde. Ich habe ihn wirklich nicht darum gebeten. Wenn ich gewusst hätte, was er vorhat, hätte ich versucht, es ihm auszureden. Aber jetzt ist es passiert und ich gebe zu, dass ich nicht ganz unschuldig daran bin, weil ich ihm vor ein paar Wochen davon erzählt habe, dass es deiner Familie finanziell nicht gut geht.«

Meine Familie? Was soll das sein? Das, wovor ich nach Kopenhagen abgehauen bin? Ich hatte meine Mutter im Stich gelassen und mein Egoding durchgezogen, während zu Hause die Schönheitsfarm pleiteging, und jetzt? Jetzt gehörte das Haus dem Vater meiner Freundin? Hatte ich das richtig verstanden? Was für ein Chaos! Ich war total erschöpft und furchtbar müde. Bente rutschte zu mir rüber, nahm mich in den Arm und drückte mich an sich.

»Wie geht es deiner Mutter? Wird sie wieder gesund?«

61.

Ich lag im Bett und lau zschte den Geräuschen, die das Haus machte. Ein Haus, das jetzt Morten Østergaard gehörte, einem Hotelier aus Kopenhagen, dessen Tochter ich in einem Secondhandladen kennengelernt hatte, den ich mit geklauten Jeans belieferte. Und nun? Wollte der alte Østergaard uns weiter hier wohnen lassen? Wollte er uns das Haus vermieten? Was würde passieren, wenn Bente und ich uns trennten? Es war kurz vor sieben und die Vögel draußen machten einen tierischen Lärm. Ich war total müde, aber ich konnte nicht weiterschlafen. Bentes Atem ging ruhig und gleichmäßig.

Als ich wieder wach wurde, war Bente bereits aufgestanden. Sie saß an dem kleinen Küchentisch. Die Tische, an denen wir am Abend gegessen hatten, waren wieder im Speisesaal, Bente hatte Fred geholfen, sie zurückzuschaffen.

»Wo ist Fred?«

Ich werde es ihr sagen. Jetzt, es ging nicht anders: Also der Fred, der ist im Grunde genommen so etwas wie ein Onkel-Vater für mich, würde ich sagen und dann dabei zusehen, wie ihre Augen groß wurden. Ja genau, Onkel-Vater, das kennt ihr in Dänemark vermutlich gar nicht. Ist 'ne kniffli-ge Angelegenheit. Auch emotional und so. In meinem Fall würde ich sagen: 75 Prozent Onkel und 25 Prozent Vater.

»Fred ist vorhin los nach Hamburg.«

Bente schob mir einen Becher Kaffee rüber. Ich nahm ei-nen Schluck und schaute sie an. Wie mochte sie sich fühlen, hier in unserem Haus.

»Das muss dir alles seltsam vorkommen, aber ich kann nichts dafür, dass mein Vater wohlhabend ist, oder?«

Und ich kann nichts dafür, dass meine Mutter unbedingt Sex mit meinem Onkel haben wollte.

»Wir können hier etwas aufbauen. Du kannst dir deinen Traum erfüllen und ich helfe dir dabei.«

Bente griff nach meinem Arm, dann meine Hand.

»Nun sag mal was.«

»Gestern glaubte ich noch, das Haus ist weg. Nun ist es wieder da. Und es gehört deinem Vater ...«

Sie zog mich zu sich heran.

»Hast du Lust, es mir zu zeigen? Ich bin neugierig, weißt du. Ich möchte alles sehen.«

Also führte ich Bente durch das Museum meiner Kindheit, erzählte Geschichten und brachte sie zum Lachen, damit ich nicht sentimental wurde. Wir lagen auf einer Behandlungslie-ge, während ich ihr die große Typberatung erklärte, wir saßen auf einem Perserteppich und kämmten Fransen, wir guckten abwechselnd durch den Mauerspalt in der Speisekammer und stellten uns nackte Damen vor, die aus der Sauna kommen. Dann zeigte ich ihr Viktorias Büro und den Schreibtisch, an dem sie zusammengeklappt war. Hier lachten wir nicht. Zum

Schluss gingen wir in den Speisesaal, weil Bente wissen wollte, ob er als Restaurant funktionieren würde.

»Ich würde es freundlich und hell gestalten. Gemütlich, aber nicht so dunkel und schwer, weißt du?«

Ich konnte mir ungefähr vorstellen, was sie meinte.

»Wir könnten den Fußboden abschleifen und weiß streichen. Und die Stühle mit einem hellen Stoff polstern lassen und den gleichen Stoff für die Vorhänge nehmen. Und für die Tischdekoration Naturmaterialien. Es soll schlicht wirken, aber edel.«

Bente ging durch den Raum, griff in den dunkelbraunen Stoff der Vorhänge, drehte sich, schaute zur Decke und dann in meine Richtung:

»Und du? Was willst du kochen?«

Bei Pouligny hatte ich gelernt, ein Chateaubriand mit Sauce béarnaise und Entenbrust à l'orange zuzubereiten oder ein Bœuf Bourguignon und natürlich eine Bouillabaisse – wenn es darauf ankam, alles gleichzeitig und unter Zeitdruck. Meine eigene Küche sollte kreativer sein, überraschender, moderner, doch von der gleichen hohen Qualität. Ich hatte gelernt, dass Kochen in erster Linie Handwerk ist. Und für das Handwerk gilt: Wer hervorragende Qualität abliefern will, braucht gutes Werkzeug und hochwertige Materialien. Das ist bei Köchen genauso wie bei Tischlern oder Metzgern. Pouligny kannte sämtliche Hersteller und Lieferanten persönlich. Sein Tag begann sehr früh am Morgen, weil er stets selber auf den Kopenhagener Märkten einkaufte. Ich war oft mitgegangen, vor allem wegen der Atmosphäre. Wenn man um halb fünf aus dem Bett kriecht, liegt alles noch in tiefem Schlaf. Man fühlt sich wie der einzige Mensch auf der Welt – bis man in das Gewusel der Markthallen eintaucht, wo das Leben schon seit Stunden brodelt. Pouligny versuchte immer, die beste Qualität zu bekommen. So werde ich es auch machen, nur noch konsequenter. Pouligny musste Rücksicht auf die Stammgäste nehmen. Das machte Kompromisse beim Einkauf nötig, denn wir mussten dafür sorgen, dass sie ihre Lieblingsgerichte bekamen. So wird es bei mir nicht laufen! Lieber würde ich die Speisekarte ändern, als mit Sachen kochen, die meinem Anspruch nicht gerecht werden. Ich würde auf die Märkte gehen und nur die allerbesten Sachen kaufen. Und dann würde ich meine Speisekarte machen. Jeden Tag neu. Das würde mein Konzept werden.

»Bist du noch da?«

»Ich werde keine Kompromisse machen«, sagte ich.

Bente hob die Schulter. »Und würdest du mir verraten, wobei du die nicht machen wirst?«

»Bei der Qualität. Wir arbeiten nur mit Produkten von außerordentlich hoher Qualität. Wir kaufen das Beste und machen das Beste daraus. Die Speisen müssen nicht exotisch sein, wir werden das Rindfleisch nicht aus Burgund holen und den Fisch nicht aus dem Mittelmeer. Aber die Qualität muss stimmen.«

Jetzt wusste Bente, dass ich angebissen hatte.

»Und in dem hellen Ambiente wirken alle Speisen frisch und bunt und appetitlich.«

Ob das Entsetzen sie aus dem Wachkoma trieb, wenn ich ihr erzählte, was Bente mit dem Eichenparkett vorhatte und was sonst alles passiert war und passieren würde? Ich klappte das Buch zu. Meine Mutter ließ mich weiter im Unklaren darüber, ob sie zugehört hatte.

Auf einmal hustete sie, blickte hektisch um sich und zog sich, ehe ich eingreifen konnte, den Schlauch aus der Nase. Dann setzte sie sich auf, fixierte mich und wollte wissen, was los sei.

Und wenn sie tatsächlich wieder zu sich käme? Wie sollte ich ihr den Verrat erklären? Den Verrat, ihre Schönheitsfarm in ein Restaurant verwandeln zu wollen. Das würde sie nicht überleben.

62.

Bente lächelte. Zwischen »Wir haben da so eine Idee ...« und »Was haltet ihr davon?« hatte sie unseren Plan vorgestellt. Mirella und Lisa hatten aufmerksam zugehört. Jetzt wechselten sie Blicke.

»Ein Restaurant?«

Lisa schaute in die Runde.

»Und wir sollen mitmachen? Was meinst du, Mirella?«

»Der Kleine und ich in der Küche, du und Bente im Service, das könnte klappen«, sagte Mirella, deren Pragmatismus und Tatkraft mir Mut machten und mich gleichzeitig rührten. Ein seltsamer Anflug von Heimweh, der mich befiel, obwohl ich ja bereits zu Hause war. Langsam wurde mir klar, welche Verantwortung auf mich zukam.

»Mir ist nicht so ganz klar, welche Rolle dein Vater dabei spielt, Bente«, sagte Lisa. »Mal angenommen, wir machen mit, sind wir dann bei ihm angestellt oder wie muss ich mir das vorstellen?«

Darüber hatten wir auch schon nachgedacht. Wie konnte man so etwas regeln? Bente hatte daraufhin mit ihrem Vater telefoniert und der alte Østergaard versprach, sich etwas einfallen zu lassen.

»Der Anwalt meines Vaters wird dazu einen Vorschlag ausarbeiten. Dann kommt er hier vorbei, um uns alles zu erklären.«

»Dein Vater scheint ganz schön viel Geld zu haben«, sagte Lisa.

»Mein Vater ist ein seriöser Geschäftsmann, er hat sein Geld auf anständige Art verdient«, sagte Bente.

»Okay«, meinte ich, »wir sollten uns vielleicht erst mal anhören, was dieser Anwalt zu sagen hat.«

»Wollt ihr nicht erst mal hören, was ich dazu zu sagen habe?«

Lisa zündete sich eine Zigarette an.

»Also, ich kann mir das vorstellen, aber nicht als Angestellte.«

Ihr Blick folgte der Rauchwolke, dann sah sie mich an.

»Es muss schon unser eigenes Ding sein. Wir machen das zusammen, und zwar gleichberechtigt. Was entschieden werden muss, entscheiden wir gemeinsam. Wenn wir Erfolg haben, profitieren wir alle davon, wenn nicht, sitzen wir zusammen in der Scheiße. Könnt ihr euch das vorstellen?«

Ein bisschen Christiania in der Nordheide.

»Falls deinem Vater das nicht zu sozialistisch vorkommt«, ergänzte Lisa und fing sich Mirellas Ellenbogen ein.

»Wie findest du denn Lisas Vorschlag«, fragte ich Mirella.

Sie zuckte mit den Achseln: »Vielleicht wäre mir eine Anstellung lieber. Aber ich kann mir auch vorstellen, in eurer Kommune mitzumachen. Allerdings nur, weil ich euch beide schon so lange kenne und Bente ...«, Mirellas Hand legte sich auf Bentes Arm und drückte ihn, »die finde ich ziemlich nett.«

»Meinst du, dein Vater lässt sich auf so was ein?«, fragte ich.

»Ich finde, wir sollten uns erst einmal anhören, was der Anwalt dazu sagt«, meinte Bente und erwiderte Mirellas Lächeln.

63.

»Herr Østergaard hat mich beauftragt, Ihnen folgenden Pachtvertrag vorzulegen«, der Anwalt legte ein Papier auf den Tisch.

»Die ehemalige Schönheitsfarm Viktoria wird Ihnen gegen eine symbolische Zahlung von einer Deutschen Mark pro Jahr zur uneingeschränkten Nutzung überlassen. Diese Vereinbarung gilt für fünf Jahre und muss anschließend neu verhandelt werden. Die Höhe der dann zu zahlenden Pacht soll sich an der Erlössituation orientieren. Will sagen: Wirft der Betrieb Gewinne ab, möchte Herr Østergaard in angemessener Weise, das heißt zu ortsüblichen Konditionen für eine vergleichbare Immobilie, in Form einer jährlich zu entrichtenden Summe daran beteiligt werden. Alle übrigen Kosten, insbesondere Grundsteuer, Müllentsorgung, Strom- und Heizkosten sind vom Tag der Unterzeichnung an von den Pächtern zu tragen. Die Unterzeichner haften zu gleichen Teilen für die Immobilie.«

Der Anwalt zog ein neues Blatt aus seiner schwarzen, ledergebundenen Mappe.

»Darüber hinaus erklärt sich Herr Østergaard bereit, die Kosten für alle nötigen Umbauten zu tragen, sofern sie der Gewährleistung eines Restaurantbetriebs dienen und eine Höhe von fünfzigtausend Mark nicht überschreiten.«

Das klang ziemlich gut, fand ich. Lisa hatte noch Fragen, die der Anwalt sehr geduldig beantwortete. Vermutlich wurde er nach Zeitaufwand bezahlt.

»Also«, sagte Mirella, den Blick auf Bente gerichtet, »ich finde es großartig, dass dein Vater uns diese Chance geben will. Und ihr beiden Hübschen müsst euch jetzt mal die Hand geben. Schließlich werdet ihr zusammenarbeiten.«

»Okay«, sagte Lisa und reichte Bente die Hand. »Es wird bestimmt ein Abenteuer, aber ich bin dabei.«

Genauso fühlte ich mich: Als würden vier Gefährten die letzten Vorkehrungen treffen, um zu einem Abenteuer aufzubrechen. Abgesehen davon war der Østergaard-Deal unsere einzige Möglichkeit. Leuschner hatte heute Vormittag angerufen und mir mitgeteilt, dass nach Abzug aller aufgelaufenen Zinsforderungen, der Überziehungszinsen, der Schulden auf den beiden Girokonten und den Kosten für die Zwangsversteigerung etwa fünfzehntausend Mark aus dem Erlös übrig geblieben waren. Fünfzehntausend, an die ich nicht herankam, weil ich keine Kontovollmacht hatte. Es sei denn, meiner Mutter würde die Geschäftsfähigkeit abgesprochen, durch ein Vormundschaftsgericht, sagte Leuschner. Dazu müsste ich Viktoria entmündigen lassen.

64.

Wenn ich an die folgenden Wochen zurückdenke, kommt es mir vor, als hätte jemand auf schnellen Vorlauf gedrückt und dann, am Tag der Eröffnung, wieder auf Play: Es knistert und Stan Getz ertönt mit einer Interpretation von *Night and Day*, ein Song, der für uns zu einer Art Hymne wurde. Vor allem, weil uns das Restaurant Tag und Nacht beschäftigte.

Die Musikkassette hatte Fred zusammengestellt, als Untermalung für den frühen Abend, wenn die ersten Gäste erschienen und der Restaurantbetrieb langsam ins Rollen kam. Sechzig Minuten Cool und Latin Jazz. Das schaffte eine Atmosphäre wie in einer Bar im L.A. der 50er-Jahre, meinte er. Wenn die Kassette durchgelaufen und der Laden voll war, hatte der Geräuschpegel eine Lautstärke erreicht, die Hintergrundmusik überflüssig machte. Am Schluss sang Chet Baker *Time after Time*. Seine Stimme klingt wie seine Trompete, die sanfteste Trompete der Welt, meinte Fred. Einmal schaute Bente in der Küche vorbei, gerade als Baker sang: *So lucky to be loving you.*

Dass das Restaurant bereits nach zwei Monaten lief, hatten wir Lisa zu verdanken. Sie hatte die Idee, die Kartei der Schönheitsfarm zu nutzen. Im Laufe der Jahre waren weit über vierhundert Adressen zusammengekommen. Wir hatten alle Damen angeschrieben und über die Eröffnung des

Restaurants informiert. Viele von Ihnen waren neugierig, was wir aus der Schönheitsfarm gemacht hatten und besuchten das Restaurant. Aber das absolute Highlight war die Spielhagen. Die Senatorengattin erschien mit ihrer derzeit besten Freundin und begrüßte mich mit den Worten: »Ich stehe zu meinem Alter und zu meinen Falten, darum bin ich gar nicht so traurig darüber, dass die Schönheitsfarm jetzt ein Restaurant ist. Aber um ihre Mutter tut es mir leid. Diese tüchtige Person, wie geht es ihr denn? Besteht noch Hoffnung?« Als ich zu einer Antwort ansetzte, fuhr Frau Spielhagen bereits fort: »Sehen Sie, ich werde demnächst 65 Jahre alt und weigere mich, weiter irgendwelchen Schönheitsidealen hinterherzulaufen.« Was ich sah, war eine Frau in einem zeltartigen Kleid, die es aufgegeben hatte, gegen ihre Pfunde anzukämpfen. »Außerdem habe ich als Senatorengattin eine Vorbildfunktion.«

Eine Vorbildfunktion, die uns zugutekommen sollte, denn wo die Spielhagen essen ging, das war für die Hamburger Schickeria Gesetz. Nachdem sie gespeist hatte, musste ich erneut bei ihr antreten. Sie eröffnete mir, dass sie ihren 65. Geburtstag bei uns feiern wollte. Nicht das große Bankett im Rathaus, nein, die kleine private Feier mit genau 65 geladenen Gästen. Nur die besten Freunde, die Familie und ein paar Geschäftspartner.

Ein paar Wochen nach dieser geschlossenen Gesellschaft ging ohne Reservierung nichts mehr, das Telefon klingelte ständig, wir waren auf Monate ausgebucht. Wenn kurzfristig ein Tisch frei wurde, vergab Lisa ihn an unsere Freunde. Kurz, die amtierende First Lady Hamburgs hatte dafür gesorgt, dass unser Restaurant total angesagt und ab sofort stets brechend voll war. Außer am Mittwoch, unserem Ruhetag.

Dann kam dieser seltsame Anruf. Mirella sagte, da sei eine Dame von diesem französischen Reifenhersteller und dass sie den Küchenchef persönlich sprechen wolle. Ich nahm den Hörer und musste lachen, weil es eine Redakteurin vom Guide Michelin war, die mir mitteilte, dass sie uns in ihren neuen Restaurantführer Deutschland aufnehmen wollten. Ich erklärte der Dame, dass wir kein Interesse daran hätten, in einem Restaurantführer zu inserieren, da der Laden derzeit ziemlich gut laufen würde, versprach aber, mich zu melden, sollten wir das doch einmal in Betracht ziehen. Jetzt lachte die Dame und fragte, ob ich sie mit dem Geschäftsführer verbinden könne. Also reichte ich den Hörer an Bente weiter, die sofort begriff, was passiert war.

»Wir haben einen Guide Michelin Stern, die wichtigste Auszeichnung, die ein neu eröffnetes Restaurant bekommen kann!«, rief sie und sprang mir in die Arme.

Am nächsten Morgen war Roland am Apparat, Roland Sander von der Schülerzeitung. Er wollte ein Interview mit dem *jüngsten Sternekoch Deutschlands* führen. Allerdings nicht für die Schülerzeitung, sondern für das Hamburger Abendblatt und dessen Kulturteil, für den er als Volontär arbeitete. Wenn das Telefon eine halbe Stunde nicht klingelte, guckten wir uns fragend an. Ich besorgte einen Anrufbeantworter.

Wenn ich gegen sechs aufwachte, was häufiger passierte, weil mir alles Mögliche durch den Kopf ging, stand ich auf und lief durch den Wald. Am Ende der Strecke kam eine lange Gerade. Ich lief durch eine Kathedrale aus Buchenlaub, durch die eine täglich schwächer werdende Sonne streifiges Licht schickte. Eine leichte Brise schob mich sanft voran. So war es also, wenn man Rückenwind hatte. Alles floss, alles ging leicht und gelang. Ich hatte mein eigenes Restaurant. Wir hatten diesen Stern bekommen und die Gäste waren bereit, wochenlang auf einen Tisch zu warten. Lisa und Bente hatten den Service im Griff, Fred kam an den Wochenenden aus Hamburg und kümmerte sich um die Bar und Mirella und ich waren ein Küchenteam, das sich blind aufeinander verlassen konnte. Und ich hatte Bente. Ich lief durch eine kleine Lichtung und an einem Maisfeld entlang, als ich die Abzweigung passierte, die zu Ossis Wohngarage führte. Ich drehte um und folgte dem Sandweg bis zu dem großen Waldgrundstück. Da, wo vor ein paar Jahren noch die Hütte gestanden hatte, ragte Schilfrohr aus einem Gartenteich. Im Hintergrund lag eine Villa mit geschwungenen Dachgauben und Nebengebäuden, alles reetgedeckt. Hinter dem schmiedeeisernen Tor führte ein geschwungener Kiesweg zu einem Vorplatz, auf dem ich einen Land Rover und einen Sportwagen ausmachte. Mein Blick streifte die Klingel an einer messingfarbenen Wechselsprechanlage. Hier würde wohl kaum jemand wissen, wo der Typ geblieben war, der hinter der windschiefen Garage mal Gras angebaut hatte. Ich sollte Ralle fragen, was aus Ossi geworden ist. Oder Frank, womit ich mal wieder bei Tia war. Ich musste mit ihr sprechen. Ich war supergut drauf. Es würde mir nichts ausmachen, wenn sie mir erklärte, warum sie mich doof fand. Aber ich wollte es endlich wissen.

65.

»Ich denke, wir müssen die Preise erhöhen. Ich habe den Wareneinkauf der letzten zehn Wochen mit unseren Umsätzen verglichen und festgestellt, dass wir am Essen zu wenig verdienen.«

Bente klopfte mit dem Zeigefinger auf das Klemmbrett mit ihren Notizen. Donnerstags setzten wir uns zusammen, um zu besprechen, was anlag. Da Mittwoch unser Ruhetag war, fühlte sich der Donnerstag für mich wie ein Montag an, denn es war der Tag, an dem für uns die neue Woche begann. Ich glaube, den anderen ging es auch so. Ich war vom Großmarkt gekommen, es war kurz nach neun und wir frühstückten zusammen.

»Ich finde, wir sind jetzt schon zu teuer. Das kann sich doch keiner mehr leisten.«

Lisa zündete sich eine Selbstgedrehte an.

»Familien schon gar nicht, sehen wir hier Kinder? Nein!«

»Die müssen ja nicht unbedingt zu uns kommen«, meinte Bente, »es gibt eine Menge anderer Lokale. Lass die doch in eine Pizzeria gehen. Wo ist das Problem?«

»Das Problem ist, dass der Laden ziemlich elitär geworden ist. Du brauchst dir nur den Parkplatz anschauen, dann weißt du, was los ist.«

Lisa hatte recht: Die vorherrschenden Automarken waren Mercedes, BMW und Porsche. Nur Lisas 2 CV fiel da raus.

»Außerdem habe ich keinen Bock, ausschließlich für neureiche Arschlöcher zu arbeiten. Das hat mich an der Schönheitsfarm schon genervt«, sagte Lisa.

Bente atmete hörbar aus:

»Es gehört nun mal zu unserem Konzept, das wir in der Küche die beste Qualität verarbeiten. Das ist Joes Anspruch und der hat uns gerade einen Stern eingebracht.«

»Und wenn wir den zurückgeben?«

»Der Guide Michelin ist ein Hotel- und Reiseführer. Wir stehen da als neues Restaurant mit einem Stern drin. Da kann man nichts zurückgeben. Und ich glaube, das weißt du auch, Lisa.«

»Sag mir nicht, was ich zu wissen habe.«

Lisa aschte neben ihre leere Kaffeetasse.

Bente legte das Klemmbrett auf den Tisch und lächelte wenig überzeugend. Ich wusste, sie war genervt:

»Ich bin für die wirtschaftlichen Sachen zuständig und meine Berechnungen ergeben, dass wir im Grunde nur an den Getränken verdienen. Das ist leider zu wenig. Da wir an der Qualität keine Abstriche machen wollen, bleibt nur eine Preiserhöhung.«

»Wir sind ein Kollektiv, wir entscheiden gemeinsam, schon vergessen?«

»Aber wir sind auch Experten. Joe ist der Koch, ich kenne mich mit den wirtschaftlichen Dingen aus, wer entscheiden will, muss auch etwas von der Sache verstehen.«

»Aha, Mirella und ich sollen die Klappe halten, weil wir nichts vom Restaurantbetrieb verstehen. Willst du das sagen?«

Mirella war zusammengezuckt, als ihr Name fiel. Sie hielt nicht besonders viel von Diskussionen dieser Art.

»Natürlich nicht. Ich weiß, dass du früher die Buchhaltung für die Schönheitsfarm gemacht hast. Aber ein Restaurant ist noch mal etwas anderes.«

»Ich verstehe schon, du willst mehr Profit rausholen, Profit, der am Ende in die Taschen deines Vaters fließt ...«

Bente zischte etwas auf Dänisch (sinngemäß: Was redest du für eine Scheiße!). Wenn das passierte, war sie echt sauer.

Mirella legte ihre Brötchenhälfte zurück auf den Teller:

»Also, so geht das doch nicht, jetzt beruhigt euch mal wieder.«

»Die wirtschaftliche Seite ist nun mal wichtig«, sagte ich. »Wir haben ja erst kürzlich mit der Schönheitsfarm erlebt, wie es läuft, wenn es nicht läuft. Wie ich Bente verstehe, sind die Umsätze gar nicht das Problem, zum Glück! Es sollte am Ende nur etwas mehr übrig bleiben. Ich könnte versuchen, beim Einkauf etwas zu sparen. Nicht an der Qualität, eher durch geschicktes Verhandeln. Und wenn wir unseren Kühlraum vergrößern, kann ich beim Fleisch und Fisch größere Mengen einkaufen und bessere Konditionen erzielen.«

»Aber ein neuer Kühlraum ist zunächst mal eine Investition«, gab Bente zu bedenken. Wo früher unsere Damen in der Sauna geschwitzt hatten, würden in Zukunft Schweine-

und Rinderhälften in der Kühlung hängen. Mir ging es wie Mirella, ich mochte diese Streitgespräche nicht. Zumal sich die Konflikte meist zwischen Bente und Lisa abspielten.

»Ich will euch mal etwas sagen: Mein Vater wird niemals der Grund sein, dass dieses Restaurant schließen muss. Selbst dann nicht, wenn ich nicht mehr hier arbeiten würde. Aber wir sollten trotzdem versuchen, es auf wirtschaftlich tragfähige Beine zu stellen. Wenn es nur funktioniert, solange wir keine Pacht zahlen müssen, ist es kein echter Erfolg.«

»Dir kann ja auch nichts passieren. Was immer geschieht, du fällst weich.«

»Das stimmt, Lisa. Allerdings ist es weder mein Verdienst noch meine Schuld, dass ich die Tochter eines wohlhabenden Geschäftsmannes bin. Oder siehst du das anders?«

»Wenn du so ein Gutmensch bist, warum spendest du dein Vermögen nicht Amnesty?«

»Weil ich mein Geld keiner Organisation spenden würde, die alles Übel der Welt den bösen Kapitalisten in die Schuhe schiebt. Und außerdem habe ich weder behauptet, dass ich ein Gutmensch bin noch verfüge ich über irgendein Vermögen. Es ist zwar wahrscheinlich, dass ich etwas erben werde, aber das liegt hoffentlich noch in weiter Ferne.«

»Hey Leute, das bringt doch nichts, außerdem kommen wir total vom Thema ab.«

Ich versuchte Lisas Blick einzufangen. Als ich ihn hatte, lächelte ich und hob die Schultern. Lisa fuhr sich mit beiden Händen durch das kurze Haar.

»Okay, okay, tut mir leid, Bente, war nicht so gemeint. Eigentlich sollte mir klar sein, dass wir hier keine Suppenküche betreiben. Also, von mir aus ... Sollen die Bonzen ruhig bluten.«

Bente schaute erst Lisa dann mich an. Obwohl ich Lisa schon ziemlich lange kannte, war mir nicht klar, ob ihre Bemerkung sarkastisch gemeint war oder ob sie wirklich einsah, dass sie sich ein bisschen verrannt hatte. Ich war mir sicher, dass sie Bente mochte. Gerade weil sie aus einer wohlhabenden Familie stammte und es nicht heraushängen ließ. Ganz und gar nicht.

Am Nachmittag klopfte ich an Lisas Zimmer. Sie bewohnte den gleichen Raum wie früher, allerdings hatten wir im Zuge der Umbaumaßnahmen jeweils zwei Gästezimmern zu einer kleinen Wohnung verbunden.

»Herein mit dir«, rief Lisa, die kein bisschen erstaunt zu sein schien.

»Spielen wir eine Partie Schach oder bist du hier, um mich wegen vorhin zur Rede zu stellen?«

Einmal, lange nach den Schachabenden bei Lisa, hatte Børre mich darauf gebracht, dass Sozialisten es eigentlich ablehnen müssten, Schach zu spielen. Schließlich würden die Figuren eine feudalistische Gesellschaft abbilden, mit einem Königspaar an der Spitze und jeder Menge Bauern als Leibeigene. Stell dir vor, hatte er gesagt, die Spielregeln bestimmen sogar, dass sie nur in eine Richtung ziehen dürfen, nämlich auf das Schlachtfeld, wo sie sich gegenseitig niedermetzeln. Irgendwann würde ich Lisa darauf ansprechen. Aber nicht heute.

»Ich bin echt froh, dass du dabei bist«, sagte ich und setzte mich an den kleinen Tisch, an dem wir früher immer gespielt hatten.

»Und ich bin beeindruckt«, sie lächelte, »dass du tatsächlich nach Christiania gegangen bist.«

Ich hätte ihr sagen können, dass ein Fünfmarkstück diese Entscheidung getroffen hatte, tat ich aber nicht. Ich hätte ihr gern einen ganzen Abend lang von Christiania erzählt, doch ich musste in einer Stunde in der Küche sein. Mit dem Tag, an dem ich die Ausbildung zum Koch begonnen hatte, war eine wesentliche Veränderung in meinem Leben eingetreten. Und diese Veränderung betraf die Zeit. Früher hatte sie überall herumgelegen, sich träge aufgetürmt, um zähflüssig zu verrinnen. Jetzt musste ich sie wohlüberlegt portionieren und ständig im Blick behalten, damit sie mir nicht davon floss.

»Lisa«, sagte ich, ohne zu wissen, wie ich das Gespräch beginnen sollte. Ich wollte sie fragen, ob sie es bereute, sich auf das Restaurant eingelassen zu haben, ob sie mit dem Gedanken spielte, auszusteigen. Ich wollte ihr sagen, dass es in so einem kleinen Team keine grundsätzlichen Differenzen geben sollte. Lisa stand vor einem Regal und schaute einen Stapel Zeitschriften durch. Sie legte einen aufgeschlagenen Spiegel vor mir auf den Tisch.

»Heute vor genau zwei Jahren wurde die RAF zerstört. Die, die davon übrig geblieben sind, verstecken sich irgendwo.«

Ich schaute auf die Fotos der toten Terroristen. Andreas Baader, unrasiert, mit weit aufgerissenen Augen, auf dem Rücken liegend in einer schwarzen Blutlache. Die Ärmel des Jeanshemdes hochgeschoben, Druckknöpfe geöffnet. Gudrun Ensslin, in einem grauen Pullover, die zotteligen Haare verdeckten die Augen, schlecht zu erkennen, jedoch ebenfalls offen.

Ich zog die Zeitschrift näher zu mir heran und las die Bildunterschrift: *Stammheim: In der Nacht von Montag auf Dienstag starben Gudrun Ensslin, Andreas Baader und Jan-Carl Raspe durch Suizid. Irmgard Möller überlebte schwer verletzt.*

»Von wegen Selbstmord.«

Lisa zündete sich eine Zigarette an.

»Du hast sie gekannt, nicht wahr? Die Ensslin meine ich ...«

»Hast du dich mal gefragt, warum die Wachen kurz vor den Morden unter fadenscheiniger Begründung abberufen wurden und warum die Gefängniszellen anschließend stundenlang gesperrt waren?«, fragte Lisa und ging zum Fenster.

Ich musste zugeben, dass ich mir darüber keine Gedanken gemacht hatte.

»Und erklär mir mal, wie Andreas Baader sich aus vierzig Zentimetern Entfernung von hinten ins Genick geschossen haben soll!«

Im Text stand, dass der RAF-Strafverteidiger Otto Schily von staatlich angeordneten Morden sprach. Hans-Christian Ströbele, der Verteidiger von Andreas Baader, vermutete, dass die Gefängnisleitung von den eingeschmuggelten Waffen gewusst und die Suizide quasi unter staatlicher Aufsicht stattgefunden hätten.

»Es war kein Zufall, dass sie sich gerade bei uns versteckt hat, oder?«

Lisa rauchte. Ich las weiter. Der Autor des Artikels schrieb, dass im Umfeld der Staatsanwaltschaft die Überzeugung kursierte, es habe sich um geplante Suizide gehandelt, die ganz bewusst, quasi zur politischen Agitation, als Morde hingestellt und dem Staat in die Schuhe geschoben werden sollten. Es könne ja kein Zufall sein, dass die Selbstmorde nur wenige Stunden nach der Befreiung der 86 Geiseln aus der Lufthansamaschine Landshut erfolgt seien. Mit dem erfolgreichen Einsatz der GSG 9 in Mogadischu sei das letzte Faustpfand der RAF zur Freipressung der Stammheimhäftlinge verloren gewesen.

»Natürlich war es kein Zufall! Aber ich möchte nicht darüber reden. Die Rädelsführer sind tot, der Kapitalismus hat gesiegt, fertig aus.«

Lisa setzte sich mir gegenüber, aschte neben eine leere Blechdose und schaute mir in die Augen. Nein. Sie schaute durch mich hindurch. Und sie sah müde aus. Mir fiel ein, was sie damals über die DDR gesagt hatte, über die Chancengleichheit und die Rechte der Frauen. Und dass im Westen der Kapitalismus herrsche und die Großkonzerne nach der Macht griffen. Manchmal ginge es nicht ohne Gewalt, Umsturz, Revolution.

»Der Schreck, der den Herrschenden in die Knochen ge-fahren war, ist leider schnell verpufft. Jetzt können die Bon-zen wieder ruhig schlafen und die Linken verkriechen sich irgendwo, um über den Zustand der Welt zu jammern. So wie ich.«

Sie warf die Kippe in die Dose, stand auf und klopfte mir auf die Schulter:

»Ich mag Bente. Also mach dir keine Sorgen, ich werde hier keine Revolution anzetteln. Aber wenn der Typ mit dem Porsche, du weißt schon, der Modefuzzi, der hier jedes Mal mit 'ner anderen Tussi auftaucht, wenn der mir noch einmal an den Hintern fasst, kippe ich ihm ein Glas Bier über den Kopf.«

66.

»Du warst in sie verliebt?«

Bente richtete sich auf. Sie zog die Bettdecke ein Stück zu sich heran.

»Und sie in mich. So hat es sich jedenfalls angefühlt. Wäre die Sache mit dem Tagebuch nicht passiert, wären wir viel-leicht sogar zusammengekommen.«

Bente strich sich eine Strähne aus dem Gesicht und schaute mir in die Augen:

»Dann konntet ihr also gar nicht ausprobieren, ob es gut gewesen wäre?«

Sie ließ meinen Blick los, umfasste ihre Brüste mit beiden Händen und stieg aus dem Bett. Auf dem Weg zur Dusche drehte sie sich noch einmal um:

»Ihr solltet das klären, sonst wird euch das nicht loslassen.«

Ich hatte ihr von meiner Begegnung mit Tia erzählt. Dass ich sie auf dem Wochenmarkt getroffen hatte und mir nicht darüber klar war, ob ich Tia und Frank besuchen sollte. Dass ich bis heute nicht verstand, warum sie mich damals plötzlich abgelehnt hatte. Ich griff nach der frei gewordenen Bettdecke und kuschelte mich darunter. Der Stoff war glatt und kühl.

»Ihr müsst das mal auflösen!«

Später tauchte ihr Kopf auf, mit einem Frotteetuch als Turban. Sie hielt sich am Türrahmen fest:

»Ich denke, das wird das Beste sein. Ich möchte nämlich nicht, dass du so eine alte Sache mit dir herumschleppst. Das würde immer zwischen uns stehen.«

Es war das erste Mal, dass Bente von etwas wie einer gemeinsamen Zukunft sprach, und gleichzeitig stellte sie sie infrage, indem sie mir riet, dass ich meine Beziehung zu Tia kläre?

»Bist du denn gar nicht eifersüchtig?«

»Mal sehen ...«

Sie zog die obere Schublade einer Kommode auf.

»Kann schon sein. Ich weiß nur, dass mir niemand wegnehmen kann, was wir zusammen haben.«

Ihr Lächeln streifte mich.

»Du wirst mit Tia vielleicht etwas erleben, dass nur euch gehört. Die Frage ist nur, wie viel es dir wert ist. Du wirst das abwägen müssen und eine Entscheidung fällen. Oder Tia wird eine Entscheidung fällen oder ich. Das wird sich zeigen.«

Ihre Bewegungen waren fließend und weich. Mein Blick folgte ihren Händen. Sie schlang ein Haargummi um das Ende ihres Zopfes. Einmal, zweimal. Sie nahm den BH, sortierte die Träger, streifte ihn über. Die Hände hinter dem Rücken, das Spiel ihrer Finger am Verschluss. Sie Griff nach dem Slip, führte ihn zum Gesicht, ein Lächeln aus dem Spiegel, öffnete die nächste Schublade und zog einen frischen heraus. Nichts zu riechen ist, wie duschen, wenn man einen Regenmantel anhat. Ich stand auf. Es war kurz vor vier, ich musste runter ins Restaurant.

67.

Eigentlich wollte ich ganz spontan vorbeifahren, aber dann hatte ich doch vorher angerufen. Sie freue sich, hatte Tia gesagt und Frank bestimmt auch. Doch als ich ankam, war Frank nicht da und ich war nicht sicher, ob er von unserer Verabredung wusste.

Ich hatte mir vorgenommen, ganz locker und offen zu sein. Wenn ich ehrlich bin: Ich hatte mir vorgenommen, es so zu machen, wie Bente es machen würde.

»Es gab einen Moment, da habe ich mich dir sehr nahe gefühlt.«

Wow, freier Fall, wie wenn man vom Zehn-Meter-Brett springt. Ihr Blick zeigte Erstaunen, vielleicht sogar Bewunderung, als stünde sie am Beckenrand.

»Ich weiß. Wir waren bei Ralle und haben uns die Genesis angehört.«

Sie schaute auf ihre Hände.

»Und was war an dem Morgen danach? Meine Mutter hat gesagt, dass du da warst. Erst hast du eine Weile auf mich gewartet, aber dann bist du wieder gegangen.«

Ich würde ihr gern erzählen, wie ich mich in sie verliebt hatte und es ihr an dem Morgen unbedingt erklären wollte. Und dass ich stattdessen in ihrem Tagebuch herumgeschnüffelt und erfahren hatte, wie sie über mich dachte. Dass ich es dann nicht mehr ausgehalten hatte und weg bin. Doch es kam kein Ton.

»Ich wollte dir sagen, dass ... «

Warum sollte ich ihr die verdammte Geschichte jetzt noch erzählen? Was sollte das bringen? Sie war mit Frank zusammen und ich bin mit Bente. Das Ding war gelaufen.

»Was wolltest du mir sagen?«

»Ach, das ist alles so lange her. Ich erinnere mich nicht so genau. Wegen irgendwas musste ich wieder weg und bin dann einfach los.«

Ich erinnerte mich noch an jedes Staubkorn, das durch die Luft gewirbelt war, als ich nach dem verdammten Tagebuch gegriffen hatte. Ich konnte ihrem Blick nicht ausweichen und sie erkannte, dass ich log. Ich hoffte sogar, dass sie es aussprach, dass sie mich einen Lügner nannte und darauf bestand, dass ich mit der Wahrheit rausrückte. Aber das war nicht ihre Art.

»Soll ich uns einen Tee machen?«

Sie deutete auf den Wasserkessel, der auf dem Herd stand.

»Tee trinken, warum nicht.«

Sie war schon aufgestanden und wollte gerade nach dem Kessel greifen, als sie sich auf einmal umdrehte:

»Hm, ist eigentlich ne blöde Idee. Ich weiß doch, dass du dir nichts aus Tee machst. Oder hat sich das geändert?«

Ich musste lachen:

»Stimmt, Tee ist nicht so mein Ding.«

Tia füllte zwei Gläser mit Wasser und stellte eins davon vor mir auf den Tisch.

»Wie geht es deiner Mutter? Du hattest neulich erwähnt, dass sie krank ist.«

Ich erzählte ihr, was los war und dass die Ärzte nach wie vor keinen Schimmer hatten, was ihr fehlte. Dann fragte sie nach dem Restaurant und wollte wissen, wie es in Christiania war. Langsam entspannte ich mich. Und ich erkannte die Tia wieder, in die ich vor ein paar Jahren verliebt gewesen war. Tia mit ihrem schönen, ernsten Gesicht, in dem oft ein

Lächeln lag, das so gar nichts Spöttisches hatte.

»Und du, studierst du?«

»Ich bin mir noch nicht sicher. Ich könnte es mit freier Kunst versuchen. Da bewirbt man sich mit einer Mappe. Allerdings nehmen die gerade mal zwanzig Studenten pro Semester und bewerben tun sich über zweihundert.«

Tia nippte an ihrem Wasser.

»Oder ich mach Kunst als Lehramt, da ist es einfacher mit dem Studienplatz. Aber ich weiß gar nicht, ob ich wirklich Lehrerin werden will. Und auf Lehramt studieren ist ja schon wieder so wie Schule, mit Vorlesungen und Prüfungen. Ich frage mich, wie man mit zwanzig schon wissen soll, womit man sein ganzes Berufsleben verbringen will.«

Ich mochte die Art, wie sie ihre Sätze formulierte. Sie schien in genau dem Tempo zu sprechen, in dem sich ihre Gedanken entwickelten. So entstanden manchmal an ungewöhnlichen Stellen Pausen. Sie strich sich eine Strähne ihrer langen braunen Haare hinter das Ohr und verscheuchte eine Fliege, die sich auf dem Rand ihres Glases niedergelassen hatte.

»Aber ich habe einen Job im Tierpark. Gehege reinigen, füttern und so. Drei Tage die Woche bin ich da.«

»In Hamburg?«

Sie nickte.

»Bei Hagenbeck, echt?«

Sie lächelte: »Ich könnte Tierpflegerin werden und später vielleicht Veterinärmedizin studieren. Mal sehen.«

»Mit den Tieren, das ist echt speziell. Die gucken manchmal so ... Ich weiß auch nicht.« Tia rückte auf die vordere Kante des Sessels, sie wirkte jetzt ganz lebendig.

»Da sind zwei Lebewesen, mit einem Gitter dazwischen und die gucken sich an. Es ist Sonntag und der Mensch hat Eintritt dafür gezahlt, dass er Tiere anschauen darf. Das Tier ist irgendwo eingefangen und hierhergeschafft worden. Der Mensch geht nach einer Weile zurück in seine Wohnung.

Für ihn fängt am nächsten Morgen eine neue Woche an. Er muss arbeiten, damit er Leben kann. Das Tier bleibt zurück und schaut sich den nächsten Besucher an.«

Wann war ich das letzte Mal in einem Zoo gewesen?

Tia lachte:

»Zuerst wollte ich die alle frei lassen. Aber die meisten würden das nicht überleben. Sie haben ja verlernt, sich selbst zu ernähren, sich fortzupflanzen und alles. Leider. Immerhin sorgen wir für sie. Sie haben Auslauf, werden pünktlich gefüttert und medizinisch versorgt. Manchmal bin ich mir nicht sicher, wer mir mehr leidtun soll. Im Grunde ist es für beide Seiten ein Drama, dass es Zoos gibt.«

Das muss in der Grundschule gewesen sein, ein Ausflug zusammen mit der dritten Klasse. Ralle und ich waren schon in der Vierten gewesen und hatten die ganze Zeit rumgealbert. Bis wir zu den Gorillas gekommen waren. Wir hatten unseren großen Urahnen in die Augen gesehen und uns klein gefühlt. Wir hatten uns nicht einmal getraut, sie nachzuäffen.

»Ich stelle mir einen Zoo vor, in dem die Tiere alle frei herumlaufen können und die Besucher durch ein System von eingezäunten Wegen gehen. Weißt du, dann gucken die uns so an und wir tun ihnen leid.«

Sie zeigte wieder dieses besondere Lächeln.

»Wusstest du, dass sie tanzen?«

»Tiere?«

»Schimpansen! Sie tanzen zu der Musik, die ich ihnen vorspiele. Sie wiegen ihre Oberkörper und klatschen in die Hände. Sie lieben Klaviermusik, besonders von Bach. Es beruhigt sie. Wenn wir im Affenhaus etwas umbauen müssen, dann spielen wir ihnen Musik vor.«

Tia deutete mit einer Handbewegung an, dass sie zu viel redete.

»Ich finde es jedenfalls schön, mit Tieren zu arbeiten.«

Mir war klar geworden, dass sie genau das tun würde. Was sie mir über ihre Arbeit im Zoo erzählt hatte, hatte sie auch sich selbst erzählt. Auf diese Art bekam sie ein Gefühl dafür, ob es für sie stimmte. Und sie schien mit dem Ergebnis zufrieden zu sein. Ganz klar: Tia würde Tiermedizin studieren. Ich musste an den Satz denken, den sie gesagt hatte, und der mir im Laufe der letzten Jahre immer wieder in den Sinn gekommen war: *Ich frage mich, ob man nur in eine Person verliebt sein kann.* Dann fiel mein Blick auf das Tagebuch:

»Hab ich auch eine Zeit lang gemacht.«

»Was denn?«

»Tagebuch schreiben.«

Ich zeigte auf den blaugrün marmorierten Einband. Tia schaute mir in die Augen.

»Tagebuch? Ich schreibe kein Tagebuch. Das ist mein Skizzenbuch. Ich zeichne dauernd irgendwelche Sachen, Menschen, Tiere, Pflanzen und so. Mach ich schon ewig.«

»Bist du sicher? Ich meine, dass du nie Tagebuch geschrieben hast.«

Mein Herz hämmerte.

Ihr Blick veränderte sich.

»Stimmt, es gab da mal ein Tagebuch ...«

Das Telefon klingelte und Tia ging in den Flur. Ich hörte, dass sie mit Frank sprach. Sie erzählte, dass ich hier sei, dass wir reden. Dann war sie wieder da.

»Wie war das mit dem Tagebuch?«, fragte ich und zwang mich zu einem entspannten Lächeln.

»Ach ja, das Tagebuch. Du erinnerst dich bestimmt an meinen Bruder. Der war eine Zeit lang so blöd! Großer Bruder halt, wollte mir vorschreiben, mit wem ich mich treffe, war total eifersüchtig, wenn ich mich mit Jungs traf und so.«

Jetzt hielt sie inne. Ihre Augen verengten sich zu schmalen Schlitzen:

»Äh, aber woher weißt du von diesem Buch?«

Ich schaute auf meine Hände.

»Du wusstest von diesem Buch? Du hast doch nicht ...«

»Doch, hab ich. Das war an dem Morgen. Ich wollte dir sagen, dass ich mich in dich verliebt habe. Die Schublade stand offen und ich hab das Tagebuch entdeckt. Irgendwie konnte ich nicht anders. Ich musste reinschauen. Und als ich meinen Namen entdeckte ...«

»Oh nein! Das hab ich doch nur für meinen Bruder geschrieben. Ich wusste, dass er heimlich darin liest. Paula und ich haben uns über die Geschichten schlapp gelacht, die ich erfunden habe, um den Blödmann in die Irre zu führen. Mit dem Buch konnte ich ihn manipulieren, ich konnte ihn in Sicherheit wiegen. Eine Zeit lang hat er tatsächlich geglaubt, dass ich Jungs alle doof finde.«

»Und ich dachte, du hältst mich für einen unreifen Angeber.«

Tias Blick schnellte zwischen mir, dem Skizzenbuch und ihren Händen hin und her. Sie öffneten und schlossen sich im Rhythmus der schneller werdenden Atmung. Dann fuhr sie sich durch das Haar.

»Selber schuld! Wie kommst du dazu, in meinem Tagebuch zu lesen?«

Ich hatte Tia noch nie zornig gesehen. Jetzt war sie es. Sie stampfte mit dem Fuß auf.

»Ein Tagebuch ist etwas sehr Privates, etwas Intimes!«

Ich hatte daran gedacht, selbst wieder Tagebuch zu schreiben, doch mir fehlte die Zeit. Das Einzige, was ich spät am Abend aufschrieb, waren die Bestellungen für den Großmarkt.

»Damit hast du alles kaputtgemacht. Und zwar, bevor es überhaupt angefangen hat.«

Wo kam diese Wut her? Dann kapierte ich es. Wir wären zusammengekommen, wenn ich das Tagebuch nicht in die Finger gekriegt hätte. Das war es, was Tia so aufregte: Sie war verliebt in mich gewesen und wusste nicht, was los war. Und ich war einfach abgehauen.

»Es tut mir leid«, sagte ich.

Das Gitter zwischen uns war ein doofes Missverständnis. Ich wollte gehen und stand auf. Sie stand ebenfalls auf und kam auf mich zu. Sie hob den Kopf und schaute mir in die Augen. Ihr Mund näherte sich so langsam, dass mir nicht klar war, von wem die Bewegung ausging. Wenn man Annäherung so betrachtete, dass sich die verbleibende Strecke jeweils halbierte, kam man nie an. Es blieb immer ein kleiner Rest, der wiederum halbiert wurde. Theoretisch. Praktisch berührten sich gerade unsere Lippen. Ich spürte die trockene, weiche Haut. Als sich unsere Münder öffneten und unsere Zungenspitzen sich berührten, kühl und feucht und fremd, kitzelte ihre Nase an meiner Oberlippe. Draußen wurde das Licht bereits schwächer und mit der Dämmerung schwanden die Farben und Konturen. Ihre Hände waren bis zu meinem Hals heraufgewandert, eine verweilte in meinem Nacken, die andere erreichte mein Ohr. Ihr Pulli fühlte sich weich an, weich und unentschlossen. Wie konnte man einen Kuss beenden, auf den man so lange gewartet hatte? Meine Hand glitt über den Stoff, den Rücken entlang bis zum Nacken, suchte nach einem Hinweis. Sag mir, wie du riechst, Tia! Gib mir einen Grund! Mit einem Ruck drückte Tia mich von sich weg. Als habe sie sich über sich selbst erschrocken.

»Du kannst hierbleiben, wenn du willst«, sagte sie, »Frank ist auf einem Seminar in Kassel. Er kommt erst morgen Abend zurück.«

Es war inzwischen so dunkel, dass ich ihr Gesicht nicht lesen konnte.

68.

Viktoria lag da und starrte an die Decke. Ich hatte sie länger nicht besucht, denn es fiel mir immer schwerer, den Sinn darin zu sehen. Das letzte Mal hatte ich Bente mitgenommen. Ich hatte das vor mir hergeschoben. Vielleicht weil ich gehofft hatte, dass sie doch wieder zu sich käme und dass ich Bente mehr als nur eine Hülle vorstellen könnte, aus der sich die Persönlichkeit meiner Mutter längst verabschiedet hatte. Bente fand das gar nicht so schlimm. Sie sei ja darauf vorbereitet gewesen, auf das Wachkoma, meinte sie und fand, dass meine Mutter immer noch toll aussah und dass sie sich jetzt besser vorstellen könnte, was für ein Typ sie gewesen sei.

»Hallo Mama«, hatte ich gesagt, »darf ich vorstellen: Meine Freundin Bente aus Kopenhagen. Ihr Vater hat unsere Schönheitsfarm ersteigert und uns erlaubt, alles umzubauen und ein Restaurant zu eröffnen. Hörst du Mama, ein RESTAURANT!« Bente hatte mir einen Stoß in die Rippen versetzt. Ich sollte nicht so respektlos sein, vielleicht bekäme sie ja doch alles mit, nur dass sie komplett gelähmt sei und sich weder bewegen noch sprechen könne.

Ich nahm ihre Hand und drückte sie ganz fest – nichts. Wo bist du, Mama? Was kriegst du mit?

Ob sie schon mal jemand mit einer Nadel gepiekt hat? Wer weiß? Vielleicht reagiert sie auf Schmerz. Verdammt, ich wurde diesen Gedanken nicht mehr los. Nicht nur, dass ich meine Mutter immer seltener besuchte – wenn ich endlich mal hier war, stellte ich mir vor, ihr Schmerzen zuzufügen!

Die Frage war: Wo bekam ich eine Nadel her? Nur ein kleiner Stich ... Die Pinnwand! Draußen im Flur! Die Krankenschwestern bekamen manchmal Postkarten. Vermutlich von Kolleginnen oder von ehemaligen Patienten, die sich bedanken wollten. Wie auch immer. Ich stand auf und besorgte eine Stecknadel.

»So Mama, wir machen jetzt einen kleinen Test.«

Ich öffnete ihre Hand und betrachtete die Finger. Ich erinnerte mich noch sehr gut an den Schmerz, den ich gespürt hatte, als mir mal aus dem Zeigefinger etwas Blut abgenommen worden war. Ich war noch klein gewesen und hatte nicht gewusst, was auf mich zukommt. Die Krankenschwester hatte seltsam gelächelt und mir dann die Nadel in den Finger gerammt. Ich hab geschrien und sie hat mich angeblafft, dass ich mich nicht so anstellen sollte, als *großer Junge*.

Ich betastete die Fingerkuppen. Die Stecknadel mit dem hellblauen Kopf lag vor mir auf dem kleinen Nachttisch.

»Wie wäre es mit dem hier? Ich piek da kurz rein und dann schauen wir mal, ob du reagierst.«

Ich nahm die Nadel und näherte mich der Fingerkuppe. Der kleine Finger, der eben noch gestreckt war, krümmte sich. Das ging sehr langsam vor sich, aber er krümmte sich, eindeutig! Mein Puls beschleunigte sich.

»Du willst nicht, dass ich dir in die Finger steche?«

Keine Reaktion. Ich bog den Finger gerade und griff erneut zur Nadel.

»Okay, zweiter Versuch, Mama. Wir wollen wissen, ob du Schmerzen spürst.«

Der Finger. Er krümmte sich.

Ich klingelte. Nach ein paar Minuten erschien die Schwester.

»Was gibt es denn, junger Mann?«

»Sie hat den Finger bewegt, hier den kleinen, ganz eindeutig.«

»Das kann schon mal sein. Aber das passiert unwillkürlich. Tut mir leid, Junge, das bedeutet nichts.«

Ich schaute in Augen, die ein Leben voller Arbeit in dunkle Schatten getaucht hatte.

»Doch, doch, ich bin mir ganz sicher!«

Ich nahm die Hand und strich alle Finger gerade. Wir

starrten darauf, nichts passierte. Verdammt! Ich konnte ihr doch nicht erklären, was ich vorgehabt hatte.

»Lass gut sein, Junge, wir müssen uns damit abfinden.«

Ich war sicher, dass sie mich gehört hatte! Sie hatte mich gehört und gewusst, dass ich ihr in den Finger stechen wollte. Mir war, als wäre da eine Stimme. Sie war leise, aber eindringlich und sagte: *Hilf mir Joe, hol mich hier raus! Bitte!* Auf einmal spürte ich die Tränen. Bente hatte mir einmal ihren Geschmack beschrieben: *Es kommt darauf an, hatte sie gesagt, wenn es echte Rührung ist und keine Wut, dann schmecken sie wie reinigende Erlösung. Tränen sind nämlich nichts anderes als der kleine Rest einer Welle von Mitgefühl, die ein Erdrutsch in deinem Herzen ausgelöst hat.*

Flüssiges Mitgefühl. Das lief jetzt über mein Gesicht, einfach so. Ich wimmerte leise. Dann hatte ich eine Idee. Ich nahm ihre Hand, strich sie noch einmal glatt und sagte:

»Hör gut zu: Wenn du verstehst, was ich sage, dann krümmst du den kleinen Finger. Jetzt!«

69.

Bevor ich mich gegen 16 Uhr in einen Sternekoch verwandelte und mit Mirella in der Küche verschwand, warf ich meist einen Blick auf die Reservierungen. Das Buch lag aufgeschlagen am Ende der mattschwarzen Bar. Ab 19:30 waren heute alle Tische besetzt. Die ersten drei bereits um 18 Uhr. Von Donnerstag bis Samstag versuchten Lisa und Bente die frühen Tische doppelt zu belegen. Einer dieser Tische war heute für Frank reserviert, für zwei Personen.

Um diese Zeit lag der Gastraum noch im Halbdunkel. Ich ging durch die Tischreihen und versuchte mir vorzustellen, wie der Raum auf jemanden wirkte, der ihn zum ersten Mal betrat. Noch brannten die Kerzen nicht, auch nicht die indirekte Beleuchtung, die wir in die Fensterlaibungen einbauen ließen. Doch der Raum strahlte bereits jetzt eine dezente Gastlichkeit aus. Alles war hell und freundlich gestaltet. Die Stoffe hatte Bente in Kopenhagen besorgt, helle Grautöne aus grob gewebtem Material. Wir hatten die Stühle damit polstern lassen und die gleichen Stoffe für die Vorhänge genommen. Den Fußboden hatten wir abschleifen und weiß streichen lassen. Das Ambiente trug Bentes Handschrift, es wirkte zwar schlicht, aber edel. Vor allem wirkte es skandinavisch.

Bente hatte ein paar stoffbezogene Holzbänke anfertigen lassen, die wie Raumteiler zwischen den Tischen wirkten, da man von beiden Seiten darauf sitzen konnte. Dazwischen blieb Platz für die Dekoration. Dort standen kleine, bunte Lampen und schlichte, weiße Vasen mit frischen Blumen. Diese Bänke mochte ich besonders. Ich setzte mich hin und schaute zur Bar rüber. Man saß hier echt bequem. Die Dekoration auf den Borden, die sich zwischen den Sitzflächen befanden, wirkte als Sichtschutz, so dass sich die Gäste in ihren kleinen Separees geborgen fühlten. Ich würde gern mal hier sein, wenn der Laden richtig voll war. Einfach hier sitzen und das Ambiente genießen. Am besten einen ganzen Abend lang – völlig aussichtslos!

Der Restaurantgast ist ein schwieriger Kunde, sagt Bente, und genau darin besteht die Herausforderung. Er will Gesellschaft, aber nicht zu viel. Er will gesehen werden, aber dennoch seine Ruhe haben. Er will dort speisen, wo alle hingehen, aber er möchte nicht wochenlang auf einen Tisch warten. Wenn er hier ist, müssen wir ihm das Gefühl geben, etwas Besonderes zu sein und sich an einem besonderen Ort zu befinden. Wenn uns das gelingt, haben wir gewonnen.

»Joe?!« Mirella klang ungeduldig. »Herr Sternekoch?!«

»Bin unterwegs!«, rief ich und ging in die Küche.

»Wo steckst du denn? Wir müssen die Soßen vorbereiten, der Fisch ist noch im Kühlraum und du hast mir nicht gezeigt, wie du die Tournedos garniert haben willst! Und dann dieses Gewürzbrot! Wie sollen wir das alles schaffen?!«

Am ersten Donnerstag im Monat startete unser neues Menü. Gestern, an unserem freien Tag, hatten wir eine Probe aus jedem Gang gekocht. Außerdem hatte ich eine Idee, wie wir unseren Gästen die Wartezeit verkürzen konnten. Wir servierten mit den Getränken gleich ein paar Scheiben frisch gebackenes Brot. Natürlich ein besonderes Brot. Mir war ein Rezept aus Eugenias Kochbuch eingefallen: »Pane speziato di Rivergaro«, ein phantastisches Gewürzbrot, das ich bereits in Christiania ausprobiert hatte. Dazu gab es ein bisschen gutes Olivenöl. Das Ganze als Service des Hauses. Dann schmeckte unseren Gästen der Wein noch besser und die Wartezeit verging im Nu.

Alle waren begeistert. Doch es dauerte immer ein paar Tage, bis uns die neuen Gerichte leicht von der Hand gingen. Jetzt war es wichtig, Routine zu entwickeln. Das war ein bisschen stressig. Ab der zweiten Woche machte uns das Kochen wieder richtig Spaß. Hin und wieder beobachtete ich unsere Gäste dann für einen Moment. Ich sah, wie sie den Teller begutachteten, wie sie die ersten Bissen nahmen, wie manche sich zurücklehnten und genossen. Ich stellte mir die Aromen vor, die sie wahrnahmen und in meinem Kopf entstand eine Kaskade lebhafter Phantasien, die das weiße Rauschen, das meine tauben Geruchs- und Geschmackszellen produzierten, mit Leben füllten.

»Kennst du einen Frank?«

Es war bereits kurz nach zehn und Lisa sah entsprechend geschafft aus.

»Der Typ fragt, ob du einen Moment Zeit hast. Ist ein Kumpel von dir. Sitzt da mit einer hübschen Brünetten.«

Ich warf einen Blick auf die Bestellungen, die noch offen waren. Drei Nachspeisen aus unserem neuen Menü und ein Pfeffersteak. Mirella verdrehte die Augen, was so viel wie *hau schon ab* bedeutete. Lisa war wieder verschwunden. Der Gastraum war noch gut gefüllt. Je näher wir dem Wochenende kamen, desto länger blieben die Gäste. Das war gut für uns. Sie unterhielten sich und tranken noch etwas. Es war mir noch immer unangenehm, für eine Flasche Sekt oder Wein das Drei- bis Vierfache des Einkaufspreises zu nehmen, aber an den Getränken verdienten wir nun mal am besten. Ging nicht anders. Donnerstag, Freitag und Samstag waren mit Abstand die stärksten Tage, was den Umsatz betraf.

Ich klopfte Frank auf die Schulter, zeigte auf den freien Stuhl und fragte, ob ich mich setzen dürfte.

»Alter, das gibts doch gar nicht. Du kannst ja richtig gut kochen!«

Frank schüttelte mir wie wild die Hand. Er wirkte ein bisschen zu euphorisch, ein bissen zu laut, ein bisschen zu betrunken. Jeder, der es sehen wollte, wusste, wie unwohl sich Tia fühlte. Wahrscheinlich hätte ich ihr einen riesigen Gefallen getan, wäre ich in der Küche geblieben. Was will man machen.

»Tja Frank, das hätte ich bis vor ein paar Jahren auch nicht gedacht«, sagte ich wahrheitsgemäß und begrüßte Tia mit einem Lächeln.

Frank kippte den restlichen Rotwein. Dann drehte er seinen Stuhl zu mir.

»Ich will hier keinen Stress machen. Aber um ehrlich zu sein, ich fand das ziemlich uncool neulich.«

Tia schüttelte den Kopf, ihr Blick schnellte zwischen Frank und mir hin und her.

»Wie meinst du das, Frank?«

»Das weißt du genau, Alter!«

Frank schob sein Weinglas weg und stand auf.

»Nutzt die erstbeste Gelegenheit und besuchst meine Freundin, während ich auf Seminar bin. Hab ich recht oder hab ich recht?«

Tia warf ihre Serviette auf den Tisch und verließ den Raum.

Zugegeben, ich hatte Respekt vor dem Kerl. Seine körperliche Präsenz wirkte auch im angetrunkenen Zustand einschüchternd. Aber Frank war kein Schläger. Ein Anführer schon, einer, den man besser zu seinen Freunden zählte, aber kein Schläger.

»Was stimmt, ist, dass ich Tia besucht habe. Aber es ist nichts gelaufen.«

»Das behauptet sie auch, aber ich glaub euch nicht. Gelegenheit macht Diebe. Ihr hättet es miteinander treiben können und ich hätte nichts davon mitgekriegt. Ist doch so, oder etwa nicht?«

Frank zitterte. Wo du recht hast, hast du recht, hätte ich fast gesagt. Stattdessen stand ich ebenfalls auf.

»Haben wir aber nicht. Glaub es oder glaub es nicht. Aber mach hier keinen Aufstand, klar?«

Später erfuhr ich, dass Tia bereits vor diesem Abend mit Frank Schluss gemacht hatte, schon kurz nachdem ich bei ihr gewesen war. Der Besuch bei uns sollte so eine Art Abschiedsessen sein, darauf hatte Frank bestanden. Wäre ich ehrlich gewesen, dann hätte ich Frank gesagt, dass ich Tia an dem Abend geküsst hatte. Eigentlich war die Initiative von ihr ausgegangen, aber das hätte ich ihm natürlich erst recht nicht verraten. Tia hatte tatsächlich gewollt, dass ich an dem Abend bei ihr bleibe, Franks Misstrauen war also nicht unberechtigt. Vielleicht wäre es die große Liebe gewesen. Vielleicht. Doch das Schicksal hatte es anders gedreht, und nun war der Zeitpunkt vorbei. Wir hatten lange dagesessen, im Kerzenlicht und uns angeschaut. Ich versuchte in diesem schönen, traurigen Gesicht zu lesen, das immer etwas nachdenklich, vielleicht sogar eigensinnig und ein bisschen geheimnisvoll wirkte. Und in dem manchmal ein Lächeln lag, das so gar nichts Spöttisches hatte. Ich erinnerte mich genau daran, wie ich mich in sie verliebt hatte und was die Sehnsucht nach ihr angerichtet hatte. Doch was ich an dem Abend spürte, war nur die Erinnerung an den Schmerz. Die Freude, die Hoffnungen und die flirrende Energie der tausend Möglichkeiten waren fort.

70.

Drei Monate später konnte meine Mutter die ersten Sätze sprechen. Ich hatte einen jungen Arzt auf die Sache mit dem kleinen Finger aufmerksam gemacht und er hatte mir geglaubt. Seither kümmerten sich ein Physiotherapeut und eine Logopädin sowie Fred, Bente, Mirella und ich darum, meine Mutter in winzig kleinen Schritten wieder ins Leben zurückzuholen. Der junge Mediziner hatte versucht, unsere Erwartungen von Beginn an zu bremsen. Nach einer so langen Zeit im Koma sei nicht damit zu rechnen, dass Frau Anders je wieder auf die Beine käme, sie würde ein Pflegefall bleiben. Doch er kannte meine Mutter nicht. Mit zäher Entschlossenheit und eisernem Willen kämpfte sie sich Millimeter für Millimeter voran.

71.

Die Ereignisse, die zum schlimmsten Tag in meinem Leben führten, begannen damit, dass ich mir in den Finger schnitt. Ich war schon früh am Morgen in der Küche, um das Menü vorzubereiten. Bei einer Bewegung, die ich schon zehntausend Mal gemacht hatte, rutschte ich mit dem Messer ab und schnitt mir in die Fingerkuppe des linken Daumens. Zum Glück links, sagte ich mir ganz optimistisch. Ich hatte ja keine Ahnung!

Gegen 21 Uhr kam Lisa in die Küche. Da sei ein Typ an Tisch acht, der an seinem Essen herummeckert. Kein Stammgast. Einer, den sie hier noch nie gesehen hat. Ich spülte mir die Hände ab, band mir eine saubere Schürze um und betrat den Gastraum. Der ältere Herr saß stocksteif vor seinem Teller und suchte über den Rand seiner Brille nach dem Koch.

»Hier bin ich«, sagte ich, deutete eine leichte Verbeugung an und verschränkte die Hände hinter dem Rücken. Der Gast ist König, und hinter jeder Reklamation steckt die Chance, ihm entgegenkommend und großzügig zu begegnen und ihn so für uns einzunehmen, sagte Bente. Der Herr trug ein Tweedsakko über einem gelben Pullunder. Jetzt wischte er sich den Bart ab und sagte:

»Guten Abend, junger Freund. Nun, ich will gleich auf den Punkt kommen: Diese Gemüsebeilage ist versalzen – ungenießbar.«

Das konnte nicht sein, das Gemüse hatte Mirella vorbereitet. Es wurde in einer Rinderbouillon gedünstet, die wir auf Vorrat herstellten. Die war dann schon abgeschmeckt und anschließend kommt da gar kein Salz mehr rein.

»Entschuldigen Sie, aber das kann eigentlich nicht sein.«

»Dann probieren Sie mal«, forderte mein Gegenüber.

Ich schaute nach Lisa. Sie hatte die Szene beobachtet und kam bereits mit einem Löffel dazu. Ich probierte.

»Völlig okay. So wie immer«, konstatierte ich, um ein gewinnendes Lächeln bemüht.

Der Typ lächelte ebenfalls. Ein kühles Siegerlächeln. Das Lächeln eines Mannes, der von vornherein wusste, dass er nicht verlieren wird.

»Dann sind Ihre Beilagen also stets versalzen?!«

Er hatte die Stimme gehoben. Das Paar am Nebentisch schaute herüber.

»Keinesfalls«, erwiderte ich mit inzwischen festgefrorenem Lächeln.

»Wertes Fräulein, wären Sie vielleicht so nett, unseren kleinen Disput zu schlichten?«, er sah Lisa an und schob seinen Teller in die Tischmitte. Die Selbstsicherheit, mit der er agierte, wirkte bedrohlich. Ich reichte Lisa den Löffel. Sie guckte genervt und ich wusste genau, was in ihrem Kopf vorging: *Scheiß Bonze, spiel dich hier nicht so auf!*

Sie nahm einen Bissen und verzog das Gesicht. Ihr Blick war alarmierend.

»Scheiße«, flüsterte sie, drückte mir den Löffel in die Hand und verschwand.

Jetzt erhob sich der Typ, trat auf mich zu und sagte leise:

»Sie haben das nicht geschmeckt, nicht wahr? Und zwar, weil Sie nichts schmecken können, gar nichts!«

Jetzt begriff ich. Der Salzstreuer auf dem Tisch: Er war leer.

Am Mittwoch, unserem Ruhetag, dachte ich noch, das wird schon. Bente war Montagnacht nach Kopenhagen gestartet, weil ihr Vater Geburtstag hatte. Am Morgen rief sie an, um meine Stimme zu hören und mir zu sagen, dass alles gut geklappt hatte. Sie fuhr alle paar Wochen nach Hause, am liebsten nachts, weil dann die Straßen frei waren. Ich hatte mich ausnahmsweise mal ausgeruht, den ganzen Tag lang, auch um meinen Daumen zu schonen. Dann kam der Donnerstag und der war wirklich schlimm! Ich saß morgens an dem kleinen Tisch in der Küche und trank Milchkaffee. Kurz darauf kam Mirella rein, wich meinem Blick aus, seufzte tief und legte mir das Abendblatt hin, aufgeschlagen auf Seite 13. Ich schob den Becher weg und las. Unter der Überschrift

»Der jüngste Sternekoch Deutschlands ist ein Betrüger«
hatte ein Redakteur namens Berthold Brüggemann den
folgenden Text verfasst.

(BB, HH/Nordheide)

Vor nicht einmal drei Monaten ging im Süden Hamburgs ein kuli-
narischer Stern auf (das Abendblatt berichtete): Joachim Anders, ein
Koch aus der Nordheide, bekam für sein nur wenige Monate zuvor
eröffnetes Restaurant »TASTE« einen Stern verliehen. »Wir wa-
ren überglücklich, einem so jungen Koch diese hohe Auszeichnung
verleihen zu können«, bekennt Frauke Fritz, Chefredakteurin der
deutschen Ausgabe des Guide Michelin, auf Anfrage des Hamburger
Abendblatt. Doch vergangenen Mittwoch wurde der jüngste Sterne-
koch Deutschlands unsanft von seinem Thron gestoßen. Was war
passiert?

Ich selbst bin an diesem Vorfall nicht ganz unbeteiligt, denn als
langjähriger Restaurantkritiker mache ich mir gern ein eigenes Bild.
Wie unsere geneigten Leser wissen, stelle ich unter der beliebten Ru-
brik »Schmecken & Schlecken« regelmäßig Restaurants in und um
Hamburg vor (im Journalteil der Wochenendausgabe, Anm.d.Red.).
Vor allem die Sterneköche unserer Region wecken natürlich mein
Interesse. Nachdem wir Joe Anders bereits in einem Interview vor-
gestellt hatten, ließ ich mir, selbstverständlich inkognito, einen Tisch
in seinem Restaurant reservieren. Um es kurz zu machen: Da die
Gemüsebeilage zu meinem Pfeffersteak völlig versalzen war, ließ
ich den Koch kommen. Beim Salz hatte ich allerdings etwas nach-
geholfen, um zu testen, wie man hier mit Reklamationen umgeht.
Überraschenderweise stellte sich nun heraus, dass Herr Anders die-
sen Fauxpas weder bestätigen noch dementieren konnte. Warum?
Weil ihm sowohl der Geschmacks- als auch der Geruchssinn fehlt.
Er war gezwungen, eine Mitarbeiterin hinzuzurufen, die meine Re-
klamation sogleich bestätigte. Auf den Umstand zur Rede gestellt,
verschwand Joachim Anders in seiner Küche. Trotz mehrfacher Auf-
forderung blieb er mir bis heute eine Stellungnahme schuldig. Ein
Koch, der weder riechen noch schmecken kann? Was sagt Frauke

Fritz, Chefredakteurin des Guide Michelin, dazu? »Ein ungeheu-
erlicher Vorgang! Wir sind enttäuscht und bestürzt. Ich fürchte, dass
wir dem Restaurant »TASTE« die Auszeichnung wieder aberken-
nen müssen.«

Da Herr Anders weiter schweigt, fragten wir drei Hamburger Spit-
zenköche, was sie von diesem Vorfall halten. Leo Chapelle de Léon,
Maître de Cuisine im Restaurant des Hotel Vier Jahreszeiten beklagt:
»Er weiß doch gar nicht, wie eine Bouillabaisse schmecken muss, wie
kann er sie seinen Gästen vorsetzen? Incroyable!« Paul Jansen, Kü-
chenchef im berühmten Fischereihafen Restaurant ist besorgt: »Wir
tragen schließlich eine große Verantwortung. Ein Koch, der nicht
unterscheiden kann, ob Meeresfrüchte und Fisch fangfrisch oder viel-
leicht schon verdorben sind, stellt eine Gefahr für seine Gäste dar. Ich
finde das unverantwortlich!« und Bernhard Lindner vom Landhaus
Scherrer fordert knapp: »Herr Anders sollte sich einen anderen Beruf
suchen.« Das finden wir auch. Ihr Berthold Brüggemann

Ich schob die Zeitung weg und schloss die Augen. Ich hatte soeben mein Todesurteil vernommen, inklusive Schuld-
spruch und Einlassungen der Nebenkläger. Lisa kam herein
und verkündete, dass die Spielhagen gerade das Festessen mit
ihren Bridge-Damen (zum 25-jährigen Bestehen des Han-
seatischen Damen-Bridge-Klubs) abgesagt hatte. Ich fragte
mich, ob wir überhaupt noch öffnen sollten, und sprach das
aus.

»Junge, du darfst die Flinte doch nicht gleich ins Korn
werfen!«

Mirella klopfte mir auf die Schulter.

»Natürlich bleibt das Restaurant geöffnet! Wenn wir jetzt
schließen, geben wir auf, ohne gekämpft zu haben. Das
kommt überhaupt nicht infrage!«

»Aber eins wüsste ich schon gern.«

Sie wechselte einen Blick mit Lisa und es kam mir so vor,
als wäre, was nun kam, bereits abgesprochen.

»Nun sag schon«, forderte ich.

»Warum hast du es uns nicht gesagt? Uns kannst du doch vertrauen ...«

Ich stützte meinen Kopf in die Hände. Wie sie das »uns« betont hatte, machte mich fertig.

»Das wollte ich ja, aber dann dachte ich, es läuft doch gerade alles prima und ich sollte euch nicht unnötig verunsichern. Versteht ihr?«

»Aber es war ein Risiko für uns alle, wie sich jetzt herausstellt, und nun hängen wir mit in der Scheiße. Oder etwa nicht?«

Lisa hatte das Talent, die Dinge auf den Punkt zu bringen. Leider. Sie sprach aus, was alle dachten: Ich hatte uns in die Scheiße geritten.

72.

Ich war sicher, dass es nicht noch schlimmer kommen konnte. Wir hatten ein paar Stornierungen, doch gut die Hälfte unserer Tische waren weiterhin belegt. Offenbar dauerte es ein paar Tage, bis sich der »Skandal« herumsprach. Es war kurz nach zehn, die Küche war bereits sauber und Mirella hatte Feierabend. Ich saß mit Lisa an der Bar. Wir schwiegen und hingen unseren Gedanken nach. Ich überlegte, wie ich es Bente beibringen sollte, als jemand das Restaurant betrat.

»Hi! Wie sieht es aus, habt ihr noch geöffnet?«

Wir drehten uns um. Es war Sunny.

»Sorry, aber die Küche hat schon geschlossen«, sagte Lisa.

»Dachte ich mir, hab auch schon gegessen.«

Sunny kam näher.

»Ich wollte nur mal reinschauen, hab noch Licht gesehen.

Die Bar, die hat noch geöffnet, oder?«

Lisa kippte ihren Wodka, steckte die Zigaretten ein und verabschiedete sich.

»Bis morgen, schlaf gut«, sagte ich.

Seltsam, wie sich die Stimmung veränderte, wenn man unvermittelt nur noch zu zweit im Raum ist.

»Ziemlich beeindruckend, was du aus dem Laden gemacht hast.«

Sunny kletterte auf einen der Barhocker.

»Echt nobel.«

Offenbar hatte sie noch gar nicht mitbekommen, was passiert war. Ich stand auf und ging um den Tresen herum.

»Was möchtest du denn trinken?«

Mit dem Tresen zwischen uns fühlte ich mich schon ein bisschen sicherer.

»Machst du mir einen Gin Tonic?«

»Geht klar.«

Ich nahm ein Longdrinkglas aus dem Regal und füllte es mit Eiswürfeln.

»Und wie sieht es mit Musik aus? Ich meine, ist schließlich 'ne Bar, oder?«

Ich spulte die Kassette zurück und drückte auf Play, kurz darauf ertönte das raue Saxofon von Stand Getz mit seiner jazzigen Interpretation von Night and Day. Sunny ließ sich von dem Hocker gleiten und schaute sich im Gastraum um. Sie ließ ihren Mantel auf den Fußboden fallen, drehte sich und meinte:

»Ein schickes Restaurant, wirklich klasse. Und das mit dem Stern – ich bin beeindruckt, Joe!«

Ich stellte den Drink auf den Tresen. Sie zupfte an dem knappen Kleid herum, bevor sie sich wieder setzte.

»Und du? Ich soll doch wohl nicht allein trinken, oder?«

Ich zeigte auf mein halb leeres Cola-Glas. Sunny nahm es, langte über den Tresen und kippte den Inhalt ins Spülbecken.

»Cola zählt nicht. Wie wäre es mit so einem?«, schlug sie vor und schwenkte ihr Glas.

»Na gut.«

Ich lächelte und mischte mir ebenfalls einen Gin Tonic. Dann hielt ich ihr mein Glas hin, doch Sunny machte keine Anstalten mir zuzuprosten. Stattdessen deutete sie auf den Barhocker neben sich.

»Nicht so förmlich, Joe, komm auf diese Seite. Du hast Feierabend, entspann dich.«

»Auf dein Sterne-Restaurant!«, rief sie, nachdem ich neben ihr Platz genommen hatte. Scheiße, dachte ich, der Stern ist so gut wie weg und dann sind wir im Eimer. Sunny schlürfte ihren Drink.

»Lecker!«

Sie angelte nach der Zitrone. Alles an ihr war sexy. Sogar wie sie sich eine Zitronenscheibe in den Mund steckte.

»Du dachtest echt, ich hab mir ein Balg andrehen lassen?«, Sunny lachte. »Nicht dein Ernst, oder?«

Super, dass du mich daran erinnerst, dachte ich, verzweifelt um ein entspanntes Lächeln bemüht.

»Ich bin übrigens nicht mehr bei Pollmann, hab im Herbst gekündigt. Den ganzen Tag über Leuten in den Hals gucken, das ist voll öde, verstehst du? Der Zahnarzt verdient wenigstens viel Geld damit, aber ich? Im Januar fange ich was Neues an.«

»Und in welcher Richtung?«

»Keine Ahnung, vielleicht was mit Tourismus. Stewardess oder so.«

Als Stewardess konnte ich mir Sunny gut vorstellen. Nur an der Größe könnte es scheitern, aber das sagte ich nicht.

»Weißt du noch, wie du mich mit dem Alfa abgeholt hast? Geile Kiste und alles aus Leder, ich war echt beeindruckt. Wie jung du warst. Zuckersüß.«

Sunny stellte ihr Glas ab und bewegte ihre Schultern auf

eine Weise, die irgendwie mit der Musik korrespondierte und gleichzeitig so wirkte, als würde sie eine Haut abstreifen.

»Aber in dem Alter stand ich auf ältere Typen. Gefährliche Jungs, die böse Sachen machen.«

Ich überlegte, ob ich das als eine indirekte Entschuldigung dafür betrachten konnte, dass sie mich damals schamlos ausgenutzt hatte. Und jetzt? Ihr Busen zeichnete sich unter dem in jeder Hinsicht knapp geschnittenen Kleid ab. Keine Spur von BH.

»Ich würde vorschlagen, du kommst jetzt mal etwas näher.«

Sie griff in meine Hemdtasche und zog mich zu sich heran. Sie hatte einen Schwips und grinste. Ich dagegen erlebte einen Moment vollkommener Klarheit: Über uns rauschten die Kastanienblätter. Sie warfen ein Muster aus bewegtem, fleckigem Licht auf den Boden, als Sunny die Schaukel anhielt und mir in die Augen schaute. »Küss mich, Darling!«

Ihre Zunge war kühl und glatt. Nachdem sich ihre flinken Hände von der Wirkung unseres Tuns überzeugt hatten, machte sie sich an meinem Gürtel zu schaffen. Meine Hose glitt schneller zu Boden als ich einen BH hätte öffnen können. Sie schob ihr Kleid hoch.

»Was machst du?«, hörte ich mich stammeln.

»Ach, ich dachte nur, wir haben ja nie so richtig ... du weißt schon. Aber das könnten wir ja jetzt nachholen ...«

Sie blieb einfach auf dem Barhocker sitzen und verschränkte ihre Beine hinter mir. Dann fing sie an, sich zu bewegen.

»Warte mal kurz.«

Sie zog sich mit einem Ruck das Kleid über den Kopf. Das einzige Kleidungsstück, dass sie unter dem Mantel getragen hatte.

Ich war gerade in der Küche, als ich Bentes Stimme hörte. Sunny hatte mit ihren Füßen die Gläser vom Tresen gefegt.

Ich lief zurück in die Bar und hielt ein Kehrblech in der Hand.

»Ist das Tia?«

Bente ließ ihre Reisetasche fallen.

»Ich habe sie mir anders vorgestellt.«

Sunny stieß sich, nackt wie sie war, vom Tresen ab und drehte sich genau einmal um ihre Achse. Als wollte sie Bente beweisen, dass sie es wert gewesen war. Dann rutschte sie vom Barhocker, warf sich den Mantel über, hob das Kleid auf und verschwand mit wiegendem Gang unter knirschenden Schritten.

Chat Baker, dessen Stimme klang wie eine sehr, sehr sanft gespielte Trompete, sang: »So lucky to be loving you«.

Das Letzte, was ich jeden Abend tat, war die Kassette zurückzuspulen. Heute kehrte ich die Scherben zusammen, die der Tag hinterlassen hatte.

73.

»Ich fand es wichtig, dass du die Sache mit Tia klärst. Aber diese Sunny? Das tut mir weh.«

Bente klappte den Koffer zu und machte sich anschließend an dem Reißverschluss zu schaffen. Es war noch früh am Morgen. Ich hatte im Büro geschlafen und Bente gerade Kaffee gebracht.

»Ich dachte, es würde dir nichts ausmachen. Ich dachte, du bist nicht eifersüchtig. Ich weiß auch nicht ... eigentlich habe ich gar nichts gedacht.«

»Da siehst du, wie schlecht du mich kennst. Ich liebe dich und ich möchte, dass es dir gut geht. Deshalb habe ich vorgeschlagen, dass du der Sache mit Tia auf den Grund gehst. Zugegeben, das habe ich wegen uns gemacht. Aber diese Sunny ist ordinär und dass sie solche Macht über dich hat, macht mich wütend. Und dass du so blöd bist, auf so eine reinzufallen, noch mehr. Klar ist die sexy. Aber ich habe geglaubt, du würdest dich nicht so leicht rumkriegen lassen.«

Es tut mir leid, es tut mir so verdammt leid – ich dachte diesen Satz in einer Endlosschleife und wusste, dass ich die abgegriffene Floskel nicht aussprechen konnte.

»Ich hab mich so scheiße gefühlt. Alles ist kaputtgegangen und du warst nicht da. Ich weiß, das ist keine Entschuldigung, aber ...«

»Sobald du dich schlecht fühlst, kann ich mich nicht mehr auf dich verlassen? Willst du mir das sagen?«

Treffer! Die Sekunden vergingen. Doch ich wollte nicht, dass das Gespräch abbrach. Ich bekam Angst. Angst davor, dass es vorbei war.

»Ich kann mir ja selber nicht erklären, wie das passieren konnte. Sie hat immer schon mit mir gespielt. Sie hat mich gelockt und dann abblitzen lassen. Und diesmal ...«

»Na toll, meinen Glückwunsch! Und jetzt?«

Ich registrierte den Schmerz in meiner Magengrube und schwieg. Ein dunkler, stumpfer Schmerz, der stetig anwachsen und die Lebenskraft aus mir herausquetschen würde, bis mir alles egal war, bis ich endlich aufgab und der Schmerz mit mir verschwand.

»Du bist frei, du kannst machen, was du willst. Wir haben uns nichts versprochen, stimmt's?«

Sie hatte recht: Wir hatten uns nichts versprochen. Wir waren frei. Und es war verdammt leicht, etwas kaputtzumachen.

»Du bist echt gut darin, dich schlecht zu fühlen, Joe!«

Bente griff nach dem Koffer und verließ den Raum. Das Haus. Das Land.

Ein paar Wochen nachdem ich entdeckt hatte, dass sie uns hören kann, war meine Mutter in eine auf die Behandlung von Hirnschädigungen spezialisierte Rehabilitationsklinik gebracht worden. Seither ging es langsam, aber stetig voran. Ihre behandelnden Ärzte hatten uns kürzlich vorgewarnt: »Wir können hier nun nicht mehr viel für Ihre Mutter tun, die Therapie sollte möglichst bald in häuslicher Umgebung fortgesetzt werden. Es ist wichtig, dass Ihre Mutter die nächsten Schritte in ihrem gewohnten Umfeld machen kann.«

Schritte, das war buchstäblich gemeint: Viktoria konnte wieder gehen. Sie benötigte zwar eine Gehhilfe, eine Art Gehstock auf Rollen, aber es funktionierte. Was zu ihrem Zusammenbruch geführt hatte, blieb unklar. Die Ärzte hatten sich darauf verständigt, dass eine unentdeckt gebliebene Hirnhautentzündung, die Teile des Gehirns lahmgelegt hatte, am wahrscheinlichsten sei.

Dann kam der Tag, an dem meine Mutter das Haus nach etwa sechs Monaten wieder betrat. Wir hatten ihr einen ehemaligen Behandlungsraum im Erdgeschoss hergerichtet, damit sie keine Treppen steigen musste. Und wir hatten ihr von den Veränderungen erzählt. Doch es war nicht klar, wie viel davon bei ihr ankam. Als sie zum ersten Mal von dem Restaurant gehört hatte, meinte sie bloß: »Wozu? Essen konnte man bei uns doch schon immer.« Das Entscheidende war: Sie verstand, dass die Schönheitsfarm ohne sie nicht hatte weitergeführt werden können. Dass ohne sie nichts ging, leuchtete ihr offenbar ein. Ich glaube, sie war zu diesem Zeitpunkt tatsächlich geistig weitgehend wiederhergestellt. Was fehlte, war ihr Wille, ihre Autorität. Sie forderte nichts, machte keine Pläne, gab keine Anweisungen. Sie stellte auch keine Fragen zur finanziellen Situation, zur Zwangsversteigerung und dem Besitzerwechsel. Offenbar hatte sie beschlossen, sich mit den Veränderungen zu arrangieren oder sie weitgehend zu ignorieren. Jetzt stand sie in der Tür des ehemaligen Behandlungsraums, betrachtete alles und schwieg. Sie erkannte ihr Bett, die Kommode und ihren Kleiderschrank. Dann fragte sie:

»Wo ist die Liege? Ich würde mich gern darauflegen und ein wenig ruhen.«

74.

Fred kam am Freitagnachmittag vorbei, obwohl es in der Bar vermutlich nicht viel zu tun geben würde. Er hatte vor Kurzem eine kleine Wohnung in Eppendorf gefunden, direkt über dem Onkel Pö. Er setzte sich auf einen Barhocker. Kurz nach fünf, es dämmerte bereits. Außerdem regnete es seit drei Tagen fast ununterbrochen.

»Tut mir leid, das mit Bente.«

Was sollte das werden?

»Hör mal, wir alle wissen, dass du ein guter Koch bist.«

Ich hatte mir gerade den dritten Gin-Tonic eingeschenkt. Schön, wenn man seine eigene Bar hatte, echt gemütlich. Vor allem bei dem Sauwetter. Wir hatten nur zwei Tische in der Reservierung heute und ob sonst noch jemand kommen würde, war fraglich. Eigentlich müsste ich mir Gedanken darüber machen, wie wir die Speisekarte verkleinern könnten, aber ich hatte keine Lust.

Fred wollte eine Cola. Ich gab ein paar Eiswürfel und eine Zitronenscheibe in ein Glas, öffnete die Flasche und stellte beides vor ihn auf den Tresen.

»Mit Selbstmitleid kenne ich mich gut aus«, sagte er nach einer Weile und nippte an seinem Drink. »Ist 'ne verlockende Sache, alles kacke zu finden, sich selbst und das Schicksal und überhaupt. Allerdings führt es zu nichts. Genau wie Schuldgefühle. Die bringen auch nichts.«

Er stellte das Glas ab und suchte Augenkontakt.

»Die Amis sind da anders. Sie wissen, dass sie für ihr Glück selbst verantwortlich sind. Sie arbeiten hart daran, ihre Ziele zu erreichen, und schieben die Schuld nicht auf andere, wenn es nicht klappt.«

Ich schaute in mich hinein und sah ein Kind. Es war nicht wirklich erwachsen geworden und jetzt schwankte es zwischen Scham und Wut. Es schämte sich dafür, dass es bereits am Nachmittag angetrunken war, und es war wütend, weil jemand wagte, es zur Rede zu stellen. Dann erwiderte ich seinen Blick. Fred hatte recht. Ich war beleidigt, weil mir das Schicksal in den Arsch getreten hatte.

»Und dann ist da noch etwas«, sagte Fred, »du bist nicht allein unterwegs.«

Er trank, stellte das Glas ab und sah mich an.

»Viele Gruppen gehen kaputt, weil einer aus der Band sein Ego-Ding durchzieht und aussteigt. Bente ist weg. Wenn du jetzt auch noch aufgibst, ist das hier endgültig gestorben.«

Er meinte das Lebenswerk meiner Mutter. Ein Lebenswerk, das sich in einer existenziellen Krise gehäutet hatte und auferstanden war, um jetzt bereits wieder am Abgrund zu stehen. Ich trug Verantwortung für meine Mutter, mit der ich seit Kurzem wieder unter einem Dach lebte, während meine Freundin ausgezogen war.

»Das wäre, als wenn nach Peter Gabriel auch noch Phil Collins gehen würde«, sagte Fred in sein Glas. »Genesis wäre voll im Arsch.«

Da ich bisher keinen Ton rausgebracht hatte, hielt ich weiter die Klappe und kippte den Rest meines Drinks in den Ausguss.

Es wurde ein ruhiger Abend und ich hatte Zeit, mich hin und wieder im Gastraum umzuschauen. Dabei entdeckte ich Tia. Tia mit Paula. In der Küche waren wir schon kurz vor zehn fertig, also ging ich zu ihrem Tisch und begrüßte die beiden. Paula verabschiedete sich kurz darauf. Es war klar, dass sie uns die Gelegenheit geben wollte, allein zu sein. Tia erzählte, dass sie sich für einen Studienplatz in Tiermedizin beworben hatte. In Hannover, Berlin und München.

»Dann wirst du bald weggehen.«

»Wenn es klappt.«

Tia schaute mir lange in die Augen.

»Und du? Ich hab das mit dem Artikel im Abendblatt mitbekommen. Tut mir leid, dass sie dir den Stern weggenommen haben und all das.«

Tia legte den Kopf ein bisschen schief und lächelte.

»Aber mir ist jetzt einiges klar geworden. Zum Beispiel, warum du so komisch reagiert hast. Weißt du noch, als ich dir meine indischen Duftöle vorgeführt habe? Zu blöd.«

Wir lachten. »Das konntest du ja nicht ahnen.«

»Und dann hab ich dir auch noch diese aromatisierten Tees angeboten.«

»Zugegeben, da war ich genervt. Ich war ziemlich empfindlich zu der Zeit, wenn es um meinen fehlenden Geruchssinn ging. Tut mir echt leid. Du konntest ja nichts dafür.«

»Nein, konnte ich nicht. Ich hab gar nicht verstanden, was los war. Ich spürte nur, dass du genervt warst, aber ich wusste nicht, warum. Ich dachte, dass ich irgendetwas falsch gemacht haben muss. Blöd.«

Wie hübsch sie aussah. Sie war so anders. Anders als Bente, anders als Sunny. Erstaunlich, dass Menschen so unterschiedlich sein können.

»Warum hast du es mir nicht erzählt?«

Diese Frage hatte ich befürchtet. Es ging um Vertrauen. Zu der Zeit war ich einfach nicht so weit gewesen. Ich war unsicher, hatte Angst, hatte mir keine Blöße geben wollen. Doch ich hatte unterschätzt, wie viel Energie dabei draufging. Noch so ein Fehler. Tia griff nach meiner Hand. Auf einmal wurde mir klar, was passiert war. Dass ich nicht riechen und schmecken konnte, war ein Geheimnis gewesen, das ich ausschließlich mit Bente geteilt hatte. Doch jetzt war es in der Welt und das hatte mich noch weiter von Bente entfernt.

Tia wusste, dass ich ihre Frage nicht beantworten konnte. Sie lächelte, ließ meine Hand los und ging.

75.

Nach zwei Monaten, in denen wir zu wenig Gäste hatten, um zu überleben, lief das Restaurant wieder einigermaßen. Genauer gesagt: In der Woche lief es schlecht und am Wochenende war etwa die Hälfte der Tische besetzt. Lisa kümmerte sich weiter um den Service, nun allerdings ohne Bente. Freitag bis Sonntag unterstützte uns Fred an der Bar. Das Ganze funktionierte nur, weil wir nach wie vor keine Miete an Østergaard zahlten.

Meine Mutter tauchte meist am frühen Abend auf. Ihre Beweglichkeit war so weit hergestellt, dass sie ohne Hilfe gehen konnte. Gepflegt wie eh und je erschien sie in der Küche und erkundigte sich nach dem Menü. Dann teilte sie mir mit, was sie gern essen wollte, und das brachten wir ihr dann auf ihr Zimmer. Was sie den Rest des Tages machte, wusste ich nicht so genau. Außer, dass sie viel las. Das hatte mir Mirella erzählt, die sie regelmäßig mit Büchern versorgte. Auf mich wirkte sie stets zufrieden und gelassen. Und um ehrlich zu sein, war ich froh, dass ich mich nicht groß um sie kümmern musste.

Unter den wenigen Stammgästen, die uns geblieben waren, war ein älterer Herr, der mich an Marlon Brando erinnerte. Neben seiner Körperfülle und den zurück gegelten Haaren war es seine knarzige Stimme, die mich an Don Vito Corleone aus dem Paten denken ließ. Der Typ hieß Ivar Stein und wollte, dass ich an seinen Tisch komme, nachdem er gespeist hatte.

»Dein Essen schmeckt mir, mein Junge. Und was in den Zeitungen geschrieben wird, da hab ich noch nie viel drauf gegeben. Setz dich!«

Ich nahm Platz.

»Also Folgendes: Wie du weißt, komme ich seit ein paar Monaten jeden Donnerstag hierher, um zu speisen. Meistens bin ich allein, manchmal in Begleitung und ich sitze immer an diesem Platz. Da ich nicht vorhabe, diese Angewohnheit in absehbarer Zeit zu ändern, möchte ich den Tisch kaufen.«

Stein lehnte sich zurück, kratzte sich mit einer minimalen Bewegung seines Ringfingers am dünnen Bart auf seiner Oberlippe und zog an seiner Zigarre. Ich war sicher, dass er mit seiner Brando-Ähnlichkeit spielte. Doch ich hatte keine Ahnung, worauf er hinauswollte.

»Den Tisch kaufen?«.

Stein nickte.

»Wie soll das gehen?«

Stein zog den Mundwinkel hoch, als müsse er einen kurzen Schmerz parieren, während sein Blick durch den Raum schweifte, als suche er dort nach einer Antwort. Dann ruhten seine dunklen Augen wieder auf mir.

»Ganz einfach: Jeden Donnerstag ab 19 Uhr gehört der Tisch mir. Falls ich später komme und du inzwischen Leute hingesetzt hast, müssen sie wieder gehen. Der Tisch gehört mir bis 24 Uhr. Ob ich komme oder nicht. Ganz egal.«

Stein griff in sein Sakko, zog die Brieftasche heraus und legte einen Tausendmarkschein auf den Tisch.

»Die Miete für ein Jahr.«

Stein griff nach dem Cognacschwenker und lehnte sich wieder zurück.

»Also, was sagst du?«

Er hatte das Glas geleert.

»Was ich hier esse und trinke, geht selbstverständlich extra«, fügte er hinzu, als er das verdutzte Gesicht sah, das ihn anstarrte.

Er hielt mir die Hand hin. Ich griff danach, schüttelte sie. Heute weiß ich, das war der Moment, an dem ich wieder

Mut schöpfte. Menschen, die ertrinken, klammern sich an alles, was sie zu fassen bekommen. Egal was. An einen Schwimmring, ein Seil, einen Koffer, eine morsche Planke oder einen anderen Ertrinkenden. Ich hatte Bente verloren, ich hatte den Stern verloren und ich hätte fast den Mut verloren. Das Einzige, was ich zu fassen bekam, war das Restaurant. Also klammerte ich mich daran.

Trotzdem litt ich seit dem Artikel manchmal unter Selbstzweifeln. Ich fragte mich, ob Berthold Brüggemann vielleicht doch recht hatte. Ein Koch mit meinem Handicap sollte sich einen anderen Job suchen. Zum Glück währte das nie lang und spätestens, wenn ich am Abend in meiner Küche stand, fühlte ich mich wieder sicher und glaubte daran, dass ich gut in dem war, was ich machte.

Schließlich hatte ich bei Pouligny viel gelernt. Ich konnte zwar nicht riechen und schmecken, aber ich hatte meine anderen Sinne so weit geschärft, dass ich damit Dinge wahrnahm, die den meisten Menschen verborgen blieben. Ich konnte an der Blasenbildung, am Dampf oder am Geräusch siedender Flüssigkeiten erkennen, wann der richtige Moment gekommen war, eine Soße oder einen Fond vom Feuer zu nehmen. Bei Fleisch und Fisch erkannte ich an der Art, wie das Fett zischte, wie der Rauch aufstieg und anhand des Bräunungsgrads, ob sich die gewünschten Röstaromen entwickelten. Ich konnte an der Beschaffenheit der Fleischfasern erkennen, ob das Stück besser für »english« oder für »well done« geeignet war und welche Seite zuerst auf den Grill musste, damit der Saft drinblieb.

Pouligny hatte mein ausgeprägtes Interesse an der sensorischen Qualität der Speisen geschätzt und dass ich immer wieder neue Kombinationen ausprobierte, um ein überraschendes, genussvolles Erlebnis beim Essen zu erzeugen. Was im Mund passierte, wenn man einen Bissen nahm, wenn man kaute, schlürfte, schmatzte, wie sich der Speisebrei auf der Zunge und beim Schlucken anfühlte, für all das hatte ich eine große Sensibilität entwickelt. Dass ich nichts schmeckte, hatte zu vollkommener Unvoreingenommenheit geführt. Folglich schloss ich keine Kombination nur deshalb aus, weil ich zu wissen glaubte, was nicht zusammenpasst. Was mich faszinierte, war, wie sich Zutaten allein durch die Art der Zubereitung veränderten. Was zum Beispiel mit einem Stück Paprika passierte, wenn man es briet, dämpfte oder grillte. Wenn man es marinierte oder in einen Bierteig tunkte und frittierte. Oder wenn man es tiefkühlte und statt Eis in einen Longdrink gab oder wenn man es in hauchdünne Streifen schnitt und zusammen mit Möhrenraspeln, Mehl, Eiern und Honig zu einem feinen Küchlein verarbeitete. Es gab so viele Möglichkeiten, unendliche viele! Diese Experimentierfreude machte unsere Küche einzigartig. Mirella schüttelte zwar den Kopf und nannte mich einen verrückten Teufelskoch, aber wenn sie meine Kreationen dann probierte, war sie stets begeistert.

Außerdem legten wir großen Wert auf die Präsentation. Das Auge isst mit, ist eine bescheuerte Redewendung, aber sie hat ihre Berechtigung. Pouligny sagt, ein Teller muss so angerichtet sein, dass der Gast ein unbändiges Verlangen verspürt und gleichzeitig vor Ehrfurcht erstarrt, weil er das Kunstwerk nicht zerstören mag. Statt zu schlingen, geht er daher achtsam vor, probiert, schmeckt, fängt Feuer und schwelgt. Wir wecken seine Lust und zügeln seine Begierde. So führen wir ihn zu höchstem Genuss.

Und dann war da noch jemand, von dem ich gelernt hatte: Eugenia. Mit ihren wunderbaren Rezepten hatte ich Judis Liebe gewinnen wollen, gewonnen hatte ich meine Liebe zum Kochen. Ihr handgeschriebenes Buch hatte mir Mut gemacht, für meine Freunde in Christiania zu kochen. Es hatte mich durch die Lehrzeit begleitet und noch immer nahm ich es zur Hand, wenn ich nach einer Anregung suchte.

76.

Bente war zurück nach Kopenhagen gegangen und hatte ein weiteres Hotel ihres Vaters übernommen. Jetzt hatte der alte Østergaard, was er wollte. Das neue Haus lag am Stadtrand und war für ein jüngeres Publikum gedacht. Jung und wohlhabend. Söhne und Töchter reicher Leute, eine Klientel, mit der sich Bente gut auskennen sollte. Ich hatte versucht, ihr einen Brief zu schreiben. Manchmal überkam mich ein Gefühl, von dem ich glaubte, dass es alles erklärte. Es gelang mir nur nicht, ihm Worte zu verleihen. So sehr ich bereute, was an diesem Abend geschehen war, so froh war ich gleichzeitig, dass es geschehen war. Die Macht der Hypnose war gebrochen, das Karnickel war wieder bei Verstand. Aber das klang alles so bescheuert, dass ich es ihr unmöglich schreiben konnte.

Ich hatte wieder angefangen zu kiffen. Dafür hatte ich das Rauchen aufgegeben. Beim Kochen kam ich ohnehin nicht dazu und Mariella hasste es, wenn in der Küche gequalmt wurde. Meist saß ich nach Feierabend noch mit Lisa zusammen. Statt einen Drink zu nehmen, rauchten wir einen kleinen Joint und unterhielten uns. Manchmal sprachen wir über Politik, meist über Belangloses. Sie war zu meiner Vertrauten geworden, genau wie früher.

»Sie hat übrigens den VW Bus zurückgebracht.«

»Wer? Bente? Echt?!«

Das war mir noch gar nicht aufgefallen. Bente hatte sich den Bus geliehen, um ihre Sachen nach Kopenhagen zu transportieren. Dann hatte sie ihn also zurückgebracht und dafür ihren Volvo mitgenommen.

»Gestern Nacht, du warst schon schlafen gegangen. Ich glaube, sie hätte dich gern gesprochen, aber sie wollte auch nicht nach dir schauen und dich wecken. Und jetzt rate mal, wer kurz darauf hier aufgetaucht ist!«

»Keine Ahnung.«

»Sunny!«

»Sunny?«

»Ich hab dann Feierabend gemacht. Vielleicht haben sie sich ausgesprochen. Frauen machen so was.«

»Mit Sunny unterhält sie sich, aber mich will sie nicht wecken?«

Beleidigtsein ist ein doofes Gefühl. Es krallt sich fest und frisst sich mit Aufmerksamkeit voll. Ist es satt, wird es zu Selbstmitleid oder Wut.

»Ist doch nur 'ne Vermutung. Keine Ahnung, ob sie dich wirklich sprechen wollte. Hey, nimm es nicht so schwer.«

»Ich hab es verbockt. Das mit Sunny hätte einfach nicht passieren dürfen.«

Ich nahm einen Zug, dann noch einen und noch einen. Ich stellte mir Bente und Sunny vor, wie sie an der Bar sitzen.

»Da hätte ich gern zugehört«, sagte ich und atmete aus. »Ich hab einen Riesenfehler gemacht. In Sunny und Tia und später in Judi war ich total verknallt und wollte unbedingt mit ihnen zusammen sein, aber sie wollten mich nicht. Also war ich gekränkt und frustriert. Bei Bente war es anders: Alles war so einfach. Und weil sie mir von der ersten Begegnung an sicher erschien, habe ich nicht begriffen, dass ich sie von Anfang an geliebt habe. Das hab ich erst kapiert, als sie nicht mehr da war.«

Lisa gab mir den Joint zurück, schickte eine Rauchwolke in den frostigen Abendhimmel und schwieg.

77.

Henriette trug eine helle Jacke aus Nappaleder über einem orangefarbenen Rollkragenpullover, eine leuchtend gelbe Hose und Schuhe mit Plateausohlen. Ralle sah aus wie immer: Jeanshemd, Jeanshose, Stiefel mit Ledersohlen. Nur die Uhr an seinem Handgelenk wirkte schwer und teuer.

»Endlich lernen wir uns kennen! Ralf hat mir schon viel von dir erzählt«, rief Ralles Freundin. Sie hielt sich an seinem Arm fest und strahlte mich an, während sie mir die Hand schüttelte. Ein Auftritt, als wären Kameras auf sie gerichtet. Ralles Mutter hatte angerufen und den Tisch bestellt. Ich war sicher, dass sie das Ganze organisiert hatte.

»Stimmt es wirklich, dass du nicht riechen kannst?«, fragte Ralle, nachdem ich mich zu den beiden gesetzt hatte.

»Hab ich nie gemerkt«, sagte er. »Was solls, hat ja auch Vorteile, oder?«

Schwer auszuhalten, wie fremd wir uns geworden waren. Früher hatten wir jede Menge Zeit miteinander verbracht. Dazu war kein Plan nötig gewesen, keine Verabredung. Wir hingen ständig zusammen rum, in der Schule und überhaupt – beste Freunde eben. Nun war er in meinem Restaurant aufgekreuzt. Ralle mit Henriette, die »einfach Henni« genannt werden wollte.

Ralle lachte: »Und du hast diesen Penner echt wieder getroffen? Ausgerechnet in Kopenhagen? Bist du ganz sicher, dass er es war?«

»Hundert Prozent. Er hatte eine dicke Narbe am Kopf, genau an der Stelle, wo er auf den Findling geknallt ist.«

Wir nippten an unseren Getränken.

»Ich hab jahrelang Albträume gehabt wegen dem Arsch.«

»Wäre sowieso Notwehr gewesen. Der wollte dich echt erledigen, so wie der drauf war.«

Wir lachten. Seltsam, dass wir uns jetzt wie Erwachsene benahmen. Diese Erstarrung und Enge, die sich durch die ganzen Pflichten und Pläne ergab, durch das, was wir gelernt oder studiert hatten, durch all die Regeln und Kompromisse, denen wir jetzt folgten. Mit jedem Lebensjahr hatten sich unsere Möglichkeiten weiter eingeengt, bis nur noch ein schmaler Pfad übrig geblieben war. Für mich war es, Erfolg als Koch zu haben, den Stern wieder zu bekommen, ein gefragtes Restaurant zu führen.

»Und was willst du machen, wenn du mit deinem Studium fertig bist?«

»Ich werde an die Börse gehen und jede Menge Kohle machen, falls es gut läuft.«

Ralle spielte mit seinem Feuerzeug herum. Es war goldfarben und sah teuer aus, genau wie die Uhr an seinem Handgelenk. Vielleicht Erbstücke von seinem Vater. Was wohl aus dem Sturmfeuerzeug geworden war?

»Ist das schwierig an der Börse?«

»Du musst nur gut informiert sein und wissen, was abgeht. Also politisch, wirtschaftlich und so weiter. Als Investment-Broker wettest du auf steigende oder fallende Kurse, ganz egal. Wenn du richtig liegst, gewinnst du. Und das alles, ohne einen Finger krumm zu machen.«

Henni fasste Ralles Hand.

»Sobald wir unser Haus auf Ibiza haben, musst du uns unbedingt besuchen«, sagte sie.

Ich versuchte mir Ralle als Familienvater vorzustellen. Mit der schicken Henni, einem schicken Haus auf Ibiza und zwei Kindern. Vielleicht war er gar nicht so anders als sein Vater. Er würde ein erfolgreicher Geschäftsmann werden.

»Dein Essen ist klasse, dein Restaurant auch, voll gemütlich, gefällt mir. Aber ganz ehrlich: Ich hätte keinen Bock, jeden Abend in der Küche zu schuften, echt nicht«, Ralle lachte, »abgesehen davon kann ich nicht kochen, null.«

Henni schmiegte sich an ihn und murmelte: »Macht nichts, Schatz, ich auch nicht.«

»Was ist mit Tia?«

Ralle legte seinen Arm um Henni.

»Das mit Frank ist aus, das weißt du, oder?«

»Sie will Tiermedizin studieren«, sagte ich.

»Na und?!«, sagte Ralle und grinste. »Ich dachte, du stehst auf sie.«

Ich mochte es nicht, wie Ralle mit dem Thema umging. Als wäre es ein Gebrauchtwagen, den er an der Hand hatte.

»Ist das der Frank, mit dem ihr die Band hattet?«, fragte Henni.

»Genau der«, sagte ich, »unser Bassist.«

»Deep Water, stimmt's? Ihr hattet dieses tolle Konzert im Wald.«

Wie die Jungs von Turn Back uns zu ihrer Vorgruppe degradiert und komplett die Show gestohlen hatten, es schmerzte noch immer.

»Find ich so geil, dass ihr ne Band hattet. Echt schade, dass es mit dem Vertrag nicht geklappt hat.«

»Welcher Vertrag?«

Die Frage hatte sich gelöst, bevor ich geschnallt hatte, dass Ralle ihr eine leicht frisierte Variante der Geschichte präsentiert haben musste.

Henni streichelte seinen Unterarm.

»Weil dieser Typ von der Plattenfirma da war und euch ein Angebot machen wollte, schon vergessen?«

»Ach ja, richtig! Ist nur schon so lange her«, log ich und beobachtete Ralle, der meinem Blick ausgewichen war, jetzt aber grinste.

»Wer weiß, vielleicht wären wir heute Popstars«, sagte ich und grinste zurück.

Ralle hüstelte. Dann wollte er wissen, ob wir Southern Comfort haben, diesen Whiskey, den jetzt alle so toll fanden, weil er nicht nach Whiskey schmeckte.

»Klar«, sagte ich und stand auf. Ich war froh, dass es sich für einen Moment wie früher angefühlt hatte: »Mit Eis und Zitrone?«

Ich ging zur Bar rüber, füllte drei Whiskygläser mit Eis

und Zitronenscheiben und zog eine Flasche Southern Comfort aus der Kühlung.

»Übernachtet ihr bei deiner Mutter?«

Ralle nickte.

»Dann müsst ihr ja nicht mehr fahren«, sagte ich und schenkte gut ein.

»Ralf hat mir erzählt, dass du in Christiania gelebt hast.«

Ralle war pinkeln gegangen und Henni versuchte, das Gespräch am Laufen zu halten.

»Und wie ist das so?«

»Ist klasse, die Leute sind total entspannt.«

»Jeder kann da einfach so hin und dort leben?«

Ich nickte und versuchte mir Henni in Christiania vorzustellen – keine Chance.

»Funktioniert das denn?«

»Es gibt eine Art Selbstverwaltung. Die Bewohner versuchen, sich ihre Regeln selbst zu geben.«

Henni guckte wie jemand, der nicht glaubt, was er hört.

»Sie treffen sich ab und zu und entscheiden gemeinsam. Und zwar so, dass es möglichst wenig Einschränkungen für den Einzelnen gibt.«

»Und was ist daran so anders? Bei uns ist doch auch alles so geregelt, dass es möglichst wenig Einschränkungen gibt, oder?«

Vielleicht hatte sie ja recht. Was war so anders? Es waren vermutlich die Menschen. Sie wollten keinen Besitz anhäufen, keine Häuser oder Wohnungen kaufen, keine tollen Jobs haben, mit denen sie viel Geld verdienten. Sie wollten ihr Ding machen, was immer das war, und dabei in Ruhe gelassen werden. Vielleicht waren sie bescheidener, vielleicht aber auch nur ein bisschen lahm und verkifft. Gammler eben.

»Und man kann dort wirklich einfach so Haschisch kaufen?«

Ich versuchte mir vorzustellen, welche Art von Liebe Ralle und Henni verband. Und wie es wäre, wenn wir noch dicke

Freunde wären und ich mir ganz viel Mühe geben würde, Henni zu mögen und Teil unserer Welt werden zu lassen.

»Wie ist es eigentlich gelaufen, mit dem Schwarzen Afghanen?«, fragte ich, als Ralle sich wieder zu uns gesetzt hatte.

»Beim Zoll, meine ich, als du mit dem Dope nach Hamburg zurückgeflogen bist.«

»Ach so! Alles easy, kein Problem.«

Ich hatte damit gerechnet, dass er häufiger nach Kopenhagen kommen würde, um Nachschub zu holen. Doch es war bei dem einen Besuch geblieben.

»Ralle kifft nicht mehr.«

Henni schaute Ralle an, als erwarte sie eine Bestätigung.

»Zum Glück!«, sagte sie, als diese ausblieb.

»Und was machst du so?«

Das war mehr aus Höflichkeit. Es war ziemlich klar, dass wir keine dicken Freunde werden würden.

»Ich studiere Modedesign. Mein Vater hat ein paar Boutiquen in der Stadt. Vielleicht mach ich später meine eigenen Sachen und mein Vater kümmert sich um den Vertrieb.«

»Ihr Vater hat Modehäuser in ganz Deutschland«, sagte Ralle.

»Aber das Stammhaus liegt an der Alster«, ergänzte Henni und zeigte das Lächeln hanseatischer Bescheidenheit.

Eine gute Partie. Wie Bente. Und das Einzige, was die beiden verband.

»Auf dein Restaurant«, sagte Ralle. Wir prosteten uns zu.

»Das mit dem Artikel muss echt übel gewesen sein. Ich hoffe, dein Laden kommt wieder auf die Beine.«

Dann stellte er sein Glas ab und grinste.

»Allein schon, weil es so praktisch ist, hier mal eben zum Essen vorbeizukommen, wenn wir im Lande sind, stimmt's Henni?«

1980

78.

Es war Anfang Juli, die Sommerferien hatten gerade be-
gonnen und seit Wochen hing ein Hochdruckgebiet über
Nordeuropa fest. Lisa, Mirella und ich hatten überlegt, das
Restaurant für ein oder zwei Wochen zu schließen und uns
ein paar Tage Urlaub zu gönnen, weil sowieso alle Leute in
den Ferien waren. Doch dann, an einem Donnerstag, begann das Telefon zu klingeln und es hörte nicht mehr auf.
Aus dem gesamten Bundesgebiet kamen Reservierungen.
Aus Bonn und Bremen, aus Dortmund und Detmold, aus
Essen und Einbeck, sogar aus Frankfurt wollte ein Paar an-
reisen. Es schien, als wolle auf einmal ganz Deutschland bei
uns essen. Am Abend stellte sich heraus, was der Grund dafür war. Ivar Stein ließ mich an seinen Tisch kommen und
schob mir eine Zeitschrift herüber. Er hatte seinen *Mietvertrag* kürzlich um ein weiteres Jahr verlängert und erschien
zuverlässig jeden Donnerstag.

»Sagen wir es mal so: Ich hatte schon immer ein Näschen
dafür, auf welches Pferd ich setzen muss. Also nimm Platz
und lies das!«

Ich musste in die Küche zurück, doch Stein bestand darauf.
Vor mir lag die Juli-Ausgabe des »Feinschmecker«. Unter der
Überschrift *Phönix aus der Asche − Bestnote für das TASTE*
fand ich einen Beitrag von einer Ariane Kröger. Ich las:

Vor etwa einem Jahr erschien eine verheerende Kritik über das Restaurant TASTE im Hamburger Abendblatt. Wieder einmal hatte die kulinarische Welt ihren Skandal. Doch fanden sich im TASTE weder Maden noch Schaben im Salat und der Küchenchef hatte sein Spitzen-Menü auch nicht bei der französischen Konkurrenz abgekupfert. Nein. Es hatte sich bloß herausgestellt, dass der just mit einem Stern dekorierte Küchenchef weder riechen noch schmecken kann, incroyable! Und dennoch haben Joe Anders und sein TASTE überlebt – wie kommt's? Das fragte ich mich und reservierte einen Tisch. Nach zwei Stunden und einem erlesenen 4-Gänge-Menü kannte ich die Antwort: Bei Joe Anders zu dinieren ist ein unfassbarer Genuss! Das TASTE ist ein absolutes Spitzenrestaurant, auch ohne Stern! Warum? Ich wage zu behaupten: Gerade, weil der Mann weder riechen noch schmecken kann! Denn die angeborene Schwäche lässt ihn zur Hochform auflaufen. Ich bewundere die Selbstlosigkeit, mit der Joe Anders seine Gerichte präsentiert, Kreationen, die den Gast vor Sinnenfreuden tanzen lassen und das, obwohl er selbst weder riechen noch schmecken kann. Chapeau! Schließlich bewerten wir nicht den Koch, sondern das, was er auf den Teller bringt, seine Kompositionen! Oder würden Sie Stevie Wonder dafür verurteilen, dass er Musik macht, obwohl er von Geburt an blind ist und daher keine Noten lesen kann? Wohl kaum!

Meine Bewertung für das TASTE: Absolut empfehlenswert!

Am nächsten Morgen kam ein Anruf aus Kopenhagen. Børre war dran, er wollte mit Agnes zu Besuch kommen. Ich freute mich riesig! Die beiden wollten den Zug nehmen, gleich am nächsten Wochenende. Kaum hatte ich aufgelegt, klingelte es erneut. Und dann wieder und dann wieder, so ging es den ganzen Tag. Ab sofort waren wir wieder gefragt. Trotz Ferienzeit! Wie würde es erst im Herbst und Winter aussehen? Am Nachmittag blätterte ich unser Reservierungsbuch durch, sah die vielen Einträge und spürte ein Wohlgefühl, in dem sich Glück, Stolz und Dankbarkeit vermischten. Und die Lust, zu arbeiten. Und dann die Gewissheit: Jetzt wussten alle von meinem Makel, man konnte mir nichts mehr anhängen.

Ich hatte ein paar Flaschen Champagner kaltgestellt. Es war kurz vor Mitternacht, die letzten Gäste waren gerade gegangen, als ich den ersten Korken knallen ließ. Mirella kam aus der Küche, legte ihre Schürze ab und umarmte mich. Sie drückte mich fest an sich und meinte, sie hätte immer gewusst, dass wir es schaffen würden. Lisa stellte das Tablett mit den Sektgläsern ab und nahm mich nun ebenfalls in die Arme.

»Also leben wir weiter von den Bonzen, die unsere Arbeiterschaft ausbeuten«, sagte sie grinsend und kniff mir in den Po.

Fred hatte meiner Mutter Bescheid gegeben, Lisa die Gläser gefüllt. Wir prosteten uns zu und wünschten uns alles Gute. Fred verschwand hinter der Bar, spulte die Kassette zurück und drückte auf Play. Ich ging zu ihm. Es war das erste Mal, dass ich ihn in den Arm nahm, seit er mein Vater war, und es fühlte sich gut an. Und Viktoria? Sie stand dabei, sah schick aus in ihrem Kostüm und lächelte. Ein Lächeln, dass mir ein kleines Bisschen abgehoben vorkam. Ich nahm ihre Hand.

»Na, Mama, was hältst du von alledem?«

Sie ließ ihren Blick durch das Restaurant schweifen.

»Ich bin froh, dass du zurückgekommen bist.«

Was ging in meiner Mutter vor? Ich schaute sie lange an. Wo war die Frau, die die große Typberatung erfunden hatte? Wo war das Feuer? Gab es noch Glut, die man entfachen konnte?

»So, Kinder, jetzt schenkt mir mal für einen Moment eure Aufmerksamkeit!«

Da war er, der Tonfall, den jeder der Anwesenden kannte. In Sekundenbruchteilen waren alle verstummt. Wir starrten meine Mutter an. Sie hielt den Champagnerkelch lässig in der Hand und zeigte ihr Siegerlächeln.

»Also, ich hatte in den letzten Monaten viel Zeit und die habe ich genutzt. Ich habe mir ein neues Konzept überlegt. Außerdem habe ich viel gelesen. Vor allem über Algen ...«

»Äh ... Algen?«, ich hustete.

»Jawohl, Algen und Moorpackungen! Beides eignet sich ganz hervorragend für kosmetische Anwendungen. Das nennt sich Thalasso und wird der ganz große Trend. Wir werden eine eigene Kosmetiklinie entwickeln.«

Ich sah Lisa und mich Cremes rühren.

»Und was wird aus ...«

»Ich weiß, was du sagen willst, mein Großer. Dein Restaurant, nicht wahr? Was wird damit?« Es folgte eine Kunstpause. Dann seufzte sie tief: »Wenn du darauf bestehst, kannst du es von mir aus weiterführen. Allerdings müsstest du dir ein paar pfiffige Gerichte ausdenken, die zu unserem neuen Konzept passen.«

»Mit Algen?!«

Ich sah diesen Blick, den Blick, der keinen Widerspruch duldete.

»Mama! Darf ich dich daran erinnern, dass das nächste Meer etwa 100 Kilometer entfernt ist. Wir leben in der Nordheide, hier ist Sandboden, hier wachsen Kartoffeln. Kein Meer, kein Moor und vor allem: keine Algen!«

»Das macht doch nichts!«

Die Erinnerung daran, wie sie war, wenn sie sich etwas in den Kopf gesetzt hatte, traf mich wie ein Schlag. Okay, ich musste das entscheidende Argument auf den Tisch packen:

»Bleibt ein Problem: Die Schönheitsfarm gehört uns nicht mehr, sie gehört ...«

»... einem Herrn Østergaard. Ich habe bereits mit ihm gesprochen und wir sind uns einig. Ich werde sie zurückkaufen.«

Die Vorstellung, Viktoria in ihrer alten Kraft zu erleben, ängstigte und amüsierte mich gleichermaßen. Von einer Sekunde zur nächsten in die Rolle des Sohns zurückverfrachtet zu werden, war erschütternd.

»Aber von welchem Geld denn?«, fragte ich, um das Kartenhaus

*endgültig zusammenbrechen zu lassen. Doch ihr Blick verriet, dass
sie auch meinen letzten Trumpf stechen würde.*

*»Nun, Herr Stein wird mir das Geld zur Verfügung stellen. Er
ist ein großer Bewunderer unseres Hauses. Und ein Gentleman.«*

*Ivar Stein? Sie hatte Ivar Stein als Financier gewonnen? Wieso
war der Typ nicht zehn Jahre früher aufgetaucht?*

Ich starrte in mein Glas und schüttelte den Kopf über mich
und meine merkwürdigen Tagträume. Als ich aufsah, waren
alle Augen auf mich gerichtet. Nur Viktorias Blick schweifte
noch immer durch das Restaurant. Offenbar wurde erwartet, dass ich etwas sagte. Also verscheuchte ich meine schrä-
gen Phantasien und sprach:

»Es ist schon ein bisschen seltsam. Wir versuchen hier,
richtig gut zu kochen, und das tun wir auch. Von Anfang an,
seit es das TASTE gibt. Ob der Laden läuft, scheint jedoch
von ganz anderen Dingen abzuhängen, nämlich davon, was
in der Zeitung oder in irgendwelchen Magazinen steht. Mir
wäre es lieber, wenn die Gäste sich ihr eigenes Urteil bilden,
wenn sie ohne eine bestimmte Erwartung herkommen und
sich einfach auf das einlassen, was sie hier erwartet. Wie auch
immer, zurzeit haben wir mal wieder Rückenwind. Lasst
uns das genießen. Ach, und noch was: Danke Leute, dass ihr
zu mir gehalten habt!«

Ich lag im Bett und lauschte den Geräuschen, die das Haus
machte. Doch es machte keine Geräusche, das Haus war vollkommen ruhig. Mir war, als würde es lauschen. Vielleicht hatte ich seine Aufmerksamkeit geweckt. Vielleicht spürte es, wie
glücklich ich in diesem Moment war. Ich liebte das Kochen
und auf einmal war unser Restaurant wieder gefragt. Kaum
auszuhalten. »Wenn man tun darf, was man liebt, ist Arbeit
keine Arbeit, sondern pures Vergnügen«, sagte ich laut, doch
das Haus antwortete nicht. War ja auch keine Frage gewesen.
Ich würde mich nicht als Christ bezeichnen, trotzdem hatte

ich in den letzten Wochen vor dem Einschlafen immer mal zu Gott gesprochen: Lieber Gott, falls es dich gibt, dann hilf mir bitte das Restaurant wieder zum Laufen zu bringen. Ich kann dir nicht viel dafür bieten, außer vielleicht ein 4-Gänge-Menü. So oder so ähnlich klang das.

Und sonst? Ich hätte viel dafür gegeben, Bente zurückzugewinnen. Doch das Restaurant füllte mich vollkommen aus und ich würde nichts tun, was dessen Erfolg gefährden könnte. Ich dachte an meine Mutter. Wahrscheinlich hatte sie geliebt, was sie getan hatte, genau wie ich, und die Schönheitsfarm war ihr Lebenswerk gewesen. Aber hatte sie es vollenden können? Nein. Und hatte sie ihr Leben mit einer großen Liebe geteilt? Nein. Für meine Mutter war es schlecht gelaufen. Ihr Lebenswerk war zerstört und ich hatte daran mitgewirkt. Die Schönheitsfarm war Vergangenheit. Irgendwie tragisch. Ich wünschte, sie würde das verstehen.

79.

Lisa aschte neben die leere Blechdose, dann zog sie ihren rechten Bauern zwei Felder vor. Ich überlegte kurz und zog meinen Springer. Wir hatten einen Joint geraucht, jetzt saßen wir wie unter einer unsichtbaren Glasglocke und konzentrierten uns auf das Spiel.

»Kennst du diesen Ivar Stein?«

»Na klar. Der Typ, der tausend Euro Miete für seinen Tisch zahlt, echt irre!«

Lisa deckte ihren bedrohten Bauern.

»Stein hat Auschwitz überlebt. Seine Eltern wurden von den Nazis ermordet. Aber er hat noch einen Bruder, der in Israel lebt.«

»Woher weißt du das?«

»Hab ich in einem Artikel gelesen.«

»Echt? Wo?«

»Im Stern. Stein geht in Schulen und erzählt von seinen Erlebnissen im Konzentrationslager. In dem Beitrag beklagt er sich, dass Jugendliche mit dem Palästinensertuch herumlaufen, dem Symbol zur Befreiung Palästinas und zum Kampf gegen Israel.«

Ich wusste, dass Jassir Arafat so ein Tuch trug und dass es zu einer Art Mode geworden war. Ich erkannte, dass mein Turm bedroht war, und zog die Dame vor.

»Verständlich, wenn man bedenkt, was wir den Juden angetan haben. Ich bin mir nur nicht sicher, ob den Leuten überhaupt klar ist, wofür es steht.«

»Welchen Leuten?«, fragte Lisa.

»Na den Jugendlichen. In Christiania habe ich viele mit diesen Tüchern gesehen. Aber ich glaube nicht, dass sie was gegen Israel oder Juden haben. Das sind eher Aussteiger, die gegen Atomkraft, gegen Krieg und Kapitalismus sind. Freaks eben.«

»Mag sein. Aber darum geht es nicht. Ich finde, das Tuch hat gerade als politisches Statement seine Berechtigung. Eben, weil es zur Solidarität mit den Palästinensern aufruft, weil es für die Befreiung Palästinas steht.«

Ich kam mir ein bisschen blöd vor, weil ich mir über dieses Thema noch keine Gedanken gemacht hatte. Lisa griff jetzt mit Läufer und Dame an. Ich versuchte, die Situation durch eine Rochade zu retten.

»Das Problem ist, was die Israelis mit den Palästinensern machen. Sie nehmen ihnen das Land weg und stecken sie in Lager. Sie haben sich mit den Amis verbündet und es sieht ganz so aus, als wollten sie das palästinensische Volk vernichten.«

Lisa ließ ihre Zigarette in die Bierdose fallen:

»Ich akzeptiere ja, dass die Juden einen Ort zum Leben brauchen. Doch man kann Unrecht nicht mit Unrecht beantworten, so funktioniert das nicht! Sonst werden die Opfer des Nazi-Faschismus am Ende selber zu Faschisten. Das dürfen wir nicht hinnehmen!«

Ich wunderte mich, dass sie das Thema so aufbrachte. Was mich jedoch noch mehr verblüffte: Sie konzentrierte sich dabei voll auf das Spiel und setzte mich in wenigen Zügen matt. Anschließend lehnte sie sich zurück und schaute mir in die Augen.

»Die Sache ist kompliziert. Vor allem für die Deutschen, wegen der Nazivergangenheit und der kollektiven Schuld, falls es so was gibt. Schuldgefühle vernebeln einem die Sicht, und dann erkennt man nicht mehr, wer die Opfer und wer die Täter sind. Wenn du mich fragst: Genau das passiert gerade.«

Ich war müde und verzichtete auf eine Revanche. Als ich mich verabschiedete, fiel mein Blick auf die Schreibmaschine. Sie stand auf einem Tisch neben dem Fenster. Ein Bogen Papier war darin eingespannt, ein Stapel Manuskriptseiten lag daneben. Wie es aussah, kam sie gut voran.

80.

Es war Freitagabend und der Laden war bis auf den letzten Platz besetzt. Fred hatte Agnes und Børre vom Bahnhof abgeholt. Ich hatte bisher nicht einmal die Zeit gefunden, die beiden zu begrüßen, es war einfach zu viel los. Immerhin hatte Lisa einen schönen Tisch organisiert und kümmerte sich zusammen mit Fred um die beiden. Zum Glück hatten wir eine Aushilfe: Tias Freundin Paula hatte bereits Erfahrungen als Bedienung in einer Studentenkneipe und konnte spontan einspringen. Jetzt half sie im Service.

Kurz nach zehn schob Mirella mich endlich aus der Küche. Wir hatten nur noch ein paar Desserts auf dem Zettel und um die wollte sie sich allein kümmern. Ich warf ihr eine Kusshand zu und ging zu meinen Freunden. Ich drückte die beiden lange und fest und spürte, wie sehr sie mir gefehlt hatten. Und es war so schön, endlich mal wieder dänisch zu sprechen. Agnes hatte Tränen in den Augen, als sie mir ein kleines Gastgeschenk in die Hand drückte. Außerdem hatte sie einen Brief für mich.

»Ich bin so stolz auf dich«, wiederholte Agnes, »so ein schönes Restaurant, so gemütlich und dann das Essen: Einfach fantastisch! Du bist wirklich ein ganz außergewöhnlicher Koch.«

Agnes hatte meine Variante der Forelle-Müllerin gegessen mit einer Beilage aus fein gehobeltem, frittiertem Kartoffelstroh. Børre den in Buttermilch marinierten Heidschnucken-Braten mit Apfel-Sellerie-Püree und Schwarzwurzelstiften. Das Dessert war noch in Arbeit. Wir tranken Bier.

»Und bei euch? Was gibt es Neues in der Freistadt Christiania?«

»Die Regierung hat endlich eingelenkt. Sie haben uns einen Mietvertrag angeboten«, sagte Børre, »vielleicht können wir das Gelände irgendwann sogar kaufen.«

»Echt? Das klingt doch super! Ich hatte befürchtet, sie würden ihre Drohungen in die Tat umsetzen und das ganze Gelände räumen.«

»Ja, es ist schon ein kleines Wunder, dass es immer noch funktioniert«, meinte Agnes, »nicht nur, dass wir nicht geräumt wurden, auch die Gemeinschaft. Überleg mal, jetzt leben wir schon fast zehn Jahre dort. Ein freies Leben, selbstbestimmt und ohne Gewalt.«

»Nur die Drogen kriegen wir nicht in den Griff«, sagte Børre.

»Was daran liegen könnte, dass sich in diesem Punkt nicht alle Bewohner einig sind«, sagte Agnes mit einem Blick auf das Gastgeschenk.

»Die Pusher Street und die ganzen Dealer … Es werden immer mehr und sie verticken auch harte Drogen.«

Børre nahm einen großen Schluck Bier.

»Wir müssen sie rausschmeißen, es geht nicht anders.«

Ich schaute zur Bar rüber und zeigte auf unsere Biergläser, als Fred meinen Blick registrierte.

»Ohne die Touristen und ohne die Öffentlichkeitsarbeit hätte die Regierung die Räumung längst durchgezogen und Christiania an irgendwelche Spekulanten verkauft«, sagte Agnes. »Das Grundstück hat einen enormen Wert. Kopenhagen ist eine expandierende Großstadt und das Gelände befindet sich nur wenige Hundert Meter von der Innenstadt entfernt.«

Ich stellte mir vor, wie schwere Maschinen gegen Christiania vorrückten und alles niederrissen, um Platz für schicke teure Eigentumswohnungen, Boutiquen und Restaurants zu schaffen. Dann kam das Bier.

»Auf Christiania«, rief ich und die Gläser klirrten.

»Und auf euer Restaurant!«, rief Agnes, worauf wir ein zweites Mal anstießen.

»Wie geht es Gudrun?«

»Sie hat aufgehört, also mit dem, womit sie ihr Geld verdient hat«, sagte Agnes und guckte in ihr Glas.

»Was ist mit ihr?«

»Sie ist ziemlich krank. Ist wohl so eine Art chronische Lungenentzündung, die Ärzte kriegen das nicht in den Griff. Die Arme, sie sieht wirklich schlecht aus. Du würdest sie kaum wiedererkennen.«

»Lebt sie noch in dem Bauwagen?«

»Ja, aber sie überlegt, zu ihrer Familie nach Deutschland zurückzugehen.«

»Und Gunnar, der lag morgens tot auf einer Bank vor dem Badehuset«, sagte Børre jetzt. »Überdosis. Das war vor zwei Wochen.«

Wir schwiegen. Gunnar war mir mit seiner Paranoia echt unheimlich gewesen. Scheiß Drogen.

Auf einmal strahlte Agnes mich an. Sie nahm Børres Hand und sagte:

»Es gibt aber auch positive Nachrichten. Naja und Lucas sind sehr erfolgreich mit ihrer Schauspiel-AG. Ihr neues Stück kommt supergut an und das Theater ist jeden Abend voll besetzt.«

»Es kommen neuerdings sogar einige Kopenhagener, um die Stücke zu sehen«, meinte Børre.

Mit Naja verband ich keine so guten Erinnerungen. Um es positiv zu formulieren: LSD war für mich seither absolut tabu!

»Und noch etwas«, sagte Agnes und lächelte, »Børre und ich sind seit ein paar Monaten ein Paar.«

Das hatte ich mir schon gedacht. Mir war die Aufmerksamkeit aufgefallen, die sie sich schenkten. Als teilten sie etwas, das für andere nicht erkennbar war. Ein guter Zeitpunkt, auf Champagner umzusteigen, fand ich und holte eine Flasche aus der Kühlung. Gerade waren die letzten Gäste gegangen. Also holte ich Lisa, Fred und Mirella gleich mit an unseren Tisch. Lisa fragte die beiden über Christiania aus. Mirella hörte aufmerksam zu. Und Fred unterhielt sich mit Børre über Jazz und schwarze Musik. Es war ein ganz wunderbarer Abend. Für einen Moment wünschte ich mir, es würde immer so sein.

Børre zupfte an meinem Ärmel. Seine Augen waren inzwischen glasig. Er hatte nach der zweiten Flasche Champagner zurück auf Bier gewechselt. Jetzt tätschelte er meine Hand.

»Dieses Mädchen, mit dem du zusammen warst. Wie hieß sie noch?«

»Bente, nicht wahr?«, rief er, bevor ich antworten konnte. »Genau! Diese Bente, die hab ich vor ein paar Tagen gesehen. Ich steige gerade aus der S-Bahn, weil ich etwas im Stadtzentrum zu besorgen habe, da kommt sie mir entgegen.«

Børre nahm einen großen Schluck Bier.

»So eine Reise macht durstig, nicht?«

Ich spürte ein Kribbeln im Magen.

»Und dann?«

»Na ja, ich hab sie fast nicht erkannt, weil sie einen Kinderwagen geschoben hat. Erst als sie mir zuwinkt, checke ich, dass sie es ist. Ich dachte, sie wäre mit dir nach Deutschland gegangen ...«

»Ein Kinderwagen?«, ich zuckte zusammen, wie jemand, unter dem plötzlich das Eis wegbricht.

»Ja, so ein großes blaues Ding, wo die ganz Kleinen drin sind. Deshalb hab ich auch nichts von dem Kind gesehen. Aber es wird wohl eins drin gewesen sein, oder?«

Bente! Ich musste zu ihr.

81.

Ich kramte den Brief heraus, den Agnes mir aus Christiania mitgebracht hatte, steckte ihn ein und ging an Deck. Oben an der Reling standen aufgeregte Kinder neben müden Eltern und schauten zurück auf die breite, aufgewühlte Wasserspur, die das Schiff seit Puttgarden hinter sich herzog. Dann wandten sie sich der untergehenden Sonne zu. Ich hätte mich eine halbe Stunde hinhauen sollen, aber ich war viel zu aufgebracht, um schlafen zu können. Ich öffnete den Brief.

Lieber Joe,
ich mache es kurz: Judi ist tot. Sie war in Indien an einer schweren Form von Hepatitis erkrankt und hat sich davon nicht mehr richtig erholt. Im vergangenen halben Jahr hat sich ihr Zustand rapide verschlechtert und im

letzten Monat führte die Krankheit zu einem akuten Le-
berversagen. Judi ist hier in der Uniklinik in Heidelberg
gestorben. Sie bat mich, dir auszurichten, dass du das
Buch mit den handschriftlichen Aufzeichnungen ihrer
Großmutter behalten sollst. Sie hatte es in dem VW Bus
vergessen. Besitzt du ihn noch? Ich verbinde sehr schöne
Erinnerungen mit der Kiste. War eine tolle Zeit.

Ich hoffe, dass es dir gut geht und dass dich dieser Brief
erreicht.
Herzliche Grüße
Piet und Maria

PS: Falls du mal in der Gegend bist, komm gern vorbei!

82.

Ich konnte nicht glauben, was ich sah: Da saß Bente, und
sie hatte ein winziges Baby im Arm. Wir hatten uns im Café
September verabredet. Ich war die ganze Nacht durchge-
fahren, hatte auch auf der Fähre kein Auge zugekriegt. Jetzt
war es zehn Uhr morgens. Ich war todmüde und dabei hell-
wach. Die Kellnerin brachte zwei Milchkaffee. Bente schob
ein Buch zur Seite und streute etwas Zucker auf den Milchschaum. Sie sah ebenfalls müde aus, müde und wunderschön.
Ich stellte die Frage, die mir seit zwölf Stunden permanent
durch den Kopf ging.

»Ist das unser Kind, Bente?«

»Nein«, sagte sie und atmete tief durch.

»Von wem ist es dann?«

»Von einer Frau.«

Bente wirkte ebenso angespannt wie ich.

»Du hast ein Kind mit einer Frau?«

Ich verstand gar nichts.

»So ist es.«

Bente wich meinem Blick aus. Das Kind schlief, dem rosa Strampelanzug nach war es ein Mädchen.

»Das verstehe ich nicht!«

Ich war durcheinander. Mir war schwindelig. Mein Magen fühlte sich verdreht an. »Dann ist es nicht ... nicht dein eigenes Kind?«

»Nein, es ist nicht mein leibliches Kind. Joe, du verstehst gar nichts.«

Ihre Augen waren klar und groß.

»Es ist dein Kind. Erinnerst du dich nicht? Du hast uns ein Kind gemacht.«

Die Erschütterung traf mich wie ein Erdstoß.

»Hier, nimm das Buch und fahr zurück nach Deutschland. Kümmere dich um dein Restaurant, du trägst die Verantwortung dafür, dass es weitergeht. Geh. Bitte. Ich bitte dich!«

Ich nahm Bentes Tagebuch und ging.

83.

Ein Zettel fiel heraus, als ich das Buch aufschlug:

Lieber Joe, ich überlasse dir dieses Tagebuch, weil ich dich verlassen musste. Ich konnte dir die Sache mit Sunny nicht verzeihen und selbst, wenn ich es gekonnt hätte – früher oder später hätten sich deine Schuldgefühle in unser Leben geschlichen. Oder noch schlimmer, du hättest mich nicht mehr ernst genommen. Deshalb bin ich nach Kopenhagen zurückgegangen. Trotzdem wollte ich, dass du bei mir bist, und das warst du, wenn ich aufgeschrieben habe, was mich bewegt.

Ich legte das lose Blatt auf die Bar und las weiter. Wieder ein Tagebuch und es machte einen ziemlich mitgenommenen Eindruck: Ehemals herausgerissene, zerknüllte Seiten waren glattgestrichen und wieder eingeklebt worden.

Mittwoch, 13. Februar

Liebes Tagebuch,

vor Kurzem habe ich eine verrückte Entscheidung getroffen. Eine Entscheidung, die mein ganzes Leben verändern wird und nicht nur meines. Es fing damit an, dass ich letzte Woche noch einmal zu Joe gefahren bin. Ich musste Joe ja den VW Bus zurückbringen und wollte meinen alten Volvo holen. Und irgendwie wollte ich auch mit ihm sprechen, wenigstens kurz. Ich habe nur fünf Stunden gebraucht, weil ich in Rødby Glück mit der Prinsesse Benedikte hatte. Sie haben extra für mich die Bordwand noch mal runtergelassen. Das habe ich vorher noch nie erlebt. Als ich kurz vor 23 Uhr im Restaurant ankam, habe ich zuerst Lisa getroffen. Sie sagte, Joe sei schon im Bett. Schade. Aber Sunny saß an der Bar. Ich bin zu ihr hingegangen und habe sie direkt gefragt, ob sie jetzt mit Joe zusammen ist. Sie hat gelacht und gemeint, dass sie Joe seit der Nacht nicht mehr gesehen hat und was sie mit einem Koch soll? Ich wollte wissen, warum sie ihn denn dann verführt hat. Aus Spaß, hat sie gesagt, die blöde Kuh. Aber sie hat schöne Zähne. Schöne Zähne und volle Lippen. Dann ist sie damit rausgerückt, dass sie gerade aus Gran Canaria kommt und schwanger ist. Aber sie will kein Kind.

Alles klar, Sunny war tatsächlich schwanger gewesen. Und zwar von mir. Von einem Mal Sex auf genau dem Barhocker, auf dem ich gerade saß. Lisa hatte ihre Zigaretten liegen gelassen, verdammt. Ich zündete mir eine an.

Ich habe noch gedacht, dass sie es vielleicht von einer Urlaubsbekanntschaft hat, doch dann kam der Hammer: Das Kind ist von Joe, hat sie gesagt und sie würde Geld für die Abtreibung in Holland brauchen, weil sie die 12-Wochen-Frist verpennt hat. Und dann hat sie gefragt, ob ich ihr das Geld dafür leihe. Ganz schön frech, ausgerechnet mich zu fragen. Das war kurz vor Mitternacht. Sunny hat von ihrem Urlaub erzählt, dass Gran Canaria eine supertolle Insel ist und so. Aber ich habe gar nicht richtig zugehört, weil in meinem Kopf das totale Chaos losgegangen ist. Dann hab ich auf einmal gewusst, was ich will. Ich habe Sunny gesagt, dass ich sie nach Holland fahre und die Abtreibung bezahle. Doch das war nicht so ganz ehrlich.

Sunny war total begeistert. Sie wollte am liebsten gleich los und es hinter sich haben. Sie hat gemeint, dass ihr Busen ständig weh tut, weil die Dinger immer größer werden, und dass ihr morgens so schlecht ist, dass sie sich übergeben muss. Ich hab gesagt, dass sie mir leid tut und dass ich ihr helfen will. Dann sind wir losgefahren und im Auto ist sie zum Glück bald eingeschlafen. Erst als wir auf die Fähre gefahren sind, ist sie wieder aufgewacht. Sie wollte wissen, was los ist, ob wir schon in Holland sind. Dann hat sie erst begriffen, dass wir uns auf einem Schiff befinden und ist völlig ausgerastet. Ob ich total bekloppt bin, hat sie gebrüllt und ist aus dem Auto gesprungen. Sie ist zwischen den Lastern rumgelaufen, weil sie zurück an Land wollte, doch die Bordwand, meine neue Freundin, die ist oben geblieben. Dann hat sie sich endlich etwas beruhigt und wollte wissen, was ich mir dabei gedacht habe. Auf diesen Moment war ich vorbereitet. Ich hatte schließlich zwei Stunden darauf herumgedacht. Also habe ich ihr von mir erzählt: Von der verschleppten Blasenentzündung, dass ich damals vierzehn war und meine Regel nicht mehr bekam, dass ich das zuerst sogar ganz praktisch fand, dass mich später ein halbes Dutzend Gynäkologen untersucht hat und dass dann irgendwann feststand, dass ich keine Kinder bekommen kann.

Sunny hat sofort verstanden. Sie ist nicht doof und sie weiß, wann sie eine Situation zu ihrem Vorteil nutzen kann. Also habe ich nicht lange drum herumgeredet. Sie soll das Kind austragen, und ich möchte das Kind adoptieren, das ist mein Plan. Seltsam, ich habe mich in diesem Moment unglaublich lebendig gefühlt. Und dieses Gefühl habe ich auch jetzt noch: Ich werde ein Kind haben, ein Kind von Joe. Auf diese Weise wird alles einen Sinn bekommen.

Anschließend habe ich Sunny die beiden Möglichkeiten erklärt: Entweder du bist einverstanden, dann sorge ich für alles, bringe dich in einem schönen Strandhaus unter und erfülle dir zum Dank ein paar Wünsche. Oder du bleibst bei deinem Entschluss und wir kehren am Fähranleger in Rødby um. Dann fahre ich dich wie versprochen nach Holland und bezahle die Klinik. Was für ein Strandhaus und was für Wünsche, hat Sunny gefragt und mit einer ihrer Locken gespielt. In dem Moment wusste ich, dass ich gewonnen habe.

Ich habe Sunny erklärt, dass das Strandhaus meinem Vater gehört und direkt an der Ostsee liegt, nur eine halbe Stunde von Kopenhagen entfernt. Als nächstes wollte sie wissen, welche Wünsche ich ihr erfüllen würde und ich habe ihr versprochen, dass ich ihr während der Schwangerschaft eine Art Gehalt zahle, und zwar so viel wie eine Rezeptionistin in einem Hotel bekommt. Das sind etwa neuntausend Kronen, also umgerechnet etwas mehr als zweitausend Mark pro Monat. Sunny hat einen Moment nachgedacht. Dann hat sie dreitausend Mark verlangt und mir die Hand hingehalten. Ich soll besser schnell einschlagen, bevor sie es sich anders überlegt, meinte sie und das habe ich auch gemacht, denn ich bin mir in meinem ganzen Leben noch nie so sicher gewesen, dass ich das Richtige tue.

Freitag, 15. Februar

Sunny hat die ersten Nächte allein im Strandhaus verbracht. Ich muss zurzeit viel arbeiten und konnte nicht bei ihr sein. Das Hotel ist in den Wintermonaten gut gebucht, weil wir Sonderpreise machen, um ins Geschäft zu kommen. Heute bin ich endlich zu ihr gefahren. Ich hatte mich ziemlich abgehetzt, um die Einkäufe zu erledigen, denn ich wollte für Sunny und mich kochen. Aber als ich angekommen bin, war Sunny ziemlich genervt. Sie langweilt sich, hat sie gemault, weil hier nichts los ist. Das Haus findet sie super, den Blick auf das Meer und alles, aber sie findet den Winter doof, weil es kurz nach drei schon dunkel wird. Und wenn sie die Glotze einschaltet, versteht sie kein Wort. Außerdem soll ich ihr mal erklären, wieso sie eigentlich nicht zu Hause schwanger sein kann! Darüber habe ich auch schon nachgedacht, aber mir ist klar, dass ich das nicht zulassen darf. Sunnys Eltern würden nicht wollen, dass ihr Enkel weggegeben wird, das ist doch sonnenklar.

Was willst du deinen Leuten denn sagen, habe ich gefragt. Willst du deiner Mutter erklären, dass dir eine Dänin Geld geboten hat, damit du das Kind behältst und ihr nach der Geburt überlässt? Sunny hat mich böse angeschaut, aber sie hat geschwiegen. Ausnahmsweise. Dann ist sie doch wütend geworden und hat die deutschen Magazine vom Tisch gewischt, die ich ihr mitgebracht habe. Sie hat mich angeschrien und geschnaubt, dass sie den ganzen Scheiß mir zu verdanken hat und dass ich sie voll über den Tisch gezogen hätte. Im Grunde genommen hat sie recht. Sie sitzt hier echt fest.

Um sie ein bisschen aufzumuntern, habe ich später vorgeschlagen, dass wir am Montag nach Kopenhagen fahren und shoppen gehen. Sunny braucht was Bequemeres zum Anziehen. Bisher hat sie das abgelehnt. Ich glaube, sie will sich nicht eingestehen, was mit ihrem Körper geschieht. Immerhin, sie ist auf meinen Vorschlag eingegangen. Dann hat sie mir doch noch beim Kochen geholfen und wir haben einen Spielfilm geschaut (so eine Schnulze mit Doris Day).

Montag, 18. Februar

Heute waren wir einkaufen, das hat Spaß gemacht. Sunny ent-
scheidet sich schnell, und sie hat einen Blick dafür, was ihr steht.
Dass sich ihr Körper verändert, ist offenbar auch angekommen.
Am Schluss hat sie sogar eine Latzhose mit dehnbaren Einsät-
zen genommen, die sie noch gar nicht braucht. Zuhause hat sie
sich dann erst mal hingelegt und geschlafen. Gut so, werdende
Mütter brauchen viel Schlaf.
Inzwischen fährt sie voll auf unser Strandhaus ab. Es hat nur
einen kleinen Haken, sagt sie, es müsste am Strand von Ma-
spalomas liegen.
Ich habe gesagt, dass sie den ganzen Sommer hier verbringen
wird und dass sie Maspalomas vergessen kann. Aber sie hat
mir nicht geglaubt. Zugegeben, der Februar ist nicht gerade der
beste Monat, um sich in dieses Haus zu verlieben. Aber es
hat offenbar trotzdem geklappt. Der Blick auf die Nivå Bugt
ist wirklich traumhaft. Ich habe hier auch wundervolle Zeiten
verbracht. Das Haus ist einfach schön, im Bungalowstil mit bo-
dentiefen Fenstern und einem großen Garten, der zum Strand
hin leicht abfällt. Ich bin auch müde. Morgen fahre ich zurück
nach Kopenhagen und dann muss ich die nächste Hürde neh-
men.

Dienstag, 19. Februar

Heute Morgen hat Sunny an meinem Bett gestanden. Sie hat
mir einen Kaffeebecher auf den Nachttisch gestellt und gesagt,
dass sie reden will. Beim Frühstück hat sie mir dann erklärt,
dass sie Rezeptionistin werden will. Ich habe erst gar nicht ver-
standen, wie sie das meint. Doch wie sich dann herausstellte,
will sie das tatsächlich. Sie hat gesagt, dass sie ohnehin was
Neues sucht und ihren Job als Zahnarzthelferin schon vor ein
paar Monaten gekündigt hat. Ich war ziemlich überrascht und
habe sie erst mal daran erinnert, dass sie schwanger ist. Außer-
dem wird man nicht einfach so Rezeptionistin. Ich habe ihr er-

klärt, dass man erst mal Hotelfachfrau werden muss, das dauert mindestens zwei Jahre. Außerdem muss man Erfahrungen sammeln, sich bewähren und dann wird man irgendwann vielleicht Rezeptionistin, aber nur, wenn man wirklich gut ist. Sunny hat sich das alles angehört, aber sie bleibt bei ihrem Entschluss, sie will unbedingt Rezeptionistin werden. Ich musste ihr versprechen, dass ich wenigstens darüber nachdenke. Ich möchte ihr ja helfen und das weiß sie auch. Und das, was sie für mich tun wird, kann ich ohnehin nicht mit Geld bezahlen und das weiß sie ebenfalls.

Sonntag, 24. Februar

Papa hat mich gefragt, wie gut ich die Frau kenne, der ich unser Sommerhaus überlasse und deren Kind ich adoptieren will. Eigentlich gar nicht, habe ich zugegeben und mir ist klar geworden, dass ihn diese Antwort beunruhigen muss. Er denkt, dass ich einen großen Fehler begehe, aber er sagt es nicht, weil er mir keine Angst machen will. Ich kenne ihn doch. Aber ich glaube, alles wird gut. Ich weiß, dass es verrückt ist, aber ich weiß auch, dass ich es will, und es fühlt sich richtig an. Papa hat gespürt, wie ernst es mir ist. Noch nie in meinem ganzen Leben habe ich seine Toleranz so strapaziert. Seine einzige Bedingung ist, dass die Sache unter uns bleibt. Es würde ohnehin niemand verstehen, also können wir das auch gleich für uns behalten. Abgesehen von seinem alten Freund Søderberg: Er will dem Notar die Angelegenheit vortragen und ihn bitten, sich um die nötigen Papiere zu kümmern. Als ich in seine Arme gefallen bin, habe ich dann doch angefangen zu heulen.

Dann hab ich mir einen Ruck gegeben und ihn gefragt, ob wir Sunny einen Ausbildungsplatz anbieten können. In meinem Hotel natürlich und erst, wenn das Kind da ist. Papa hat geseufzt und ich fühlte mich schlecht. Als er dann genickt hat, habe ich ihn noch einmal in den Arm genommen und ganz fest gedrückt. Es schmerzt ihn manchmal, dass er mich nicht mehr richtig beschützen kann, hat er gesagt. Seit ich erwachsen bin und mein eigenes Leben führe, kann er nur noch zuschauen und das ist manchmal schwer. Jetzt liege ich im Bett und frage mich, ob es mir mit meinem Kind später auch so gehen wird.

Montag, 3. März

Als ich heute Nachmittag im Strandhaus angekommen bin, war es bereits dunkel. Irgendetwas muss mit ihren Hormonen passiert sein. Kaum hatte ich das Haus betreten, ist sie mir um den Hals gefallen und hat angefangen zu schwärmen. Sie macht jetzt lange Spaziergänge am Strand, liest die Schwangerschaftsbücher und interessiert sich für Yoga. Außerdem will sie Dänisch lernen. Mir ist das fast ein bisschen unheimlich. Ich habe zwar gelesen, dass Schwangere manchmal mit starken Stimmungsschwankungen zu kämpfen haben, vor allem in den ersten Monaten, aber das hier!? Irgendwann soll eine Art Nestbautrieb einsetzen. Wir sind inzwischen im vierten Monat, vielleicht fängt das bei Sunny jetzt schon an ...
Dass sie erst nach der Entbindung mit der Lehre anfangen kann, sieht sie zum Glück ein. Außerdem hat das Lehrjahr längst begonnen. Das Kind kommt vermutlich im Juli und sie wird im September mit der Ausbildung beginnen. Bis dahin kann sie in unserem Strandhaus wohnen, sobald die Lehre losgeht, bekommt sie ein Zimmer im Hotel.
Und ich? Es ist das erste Mal, dass ich darüber nachdenke, wie es für mich sein wird. Mit Kind. Ich werde jemanden finden müssen, der mir hilft. Vielleicht ein Au-pair-Mädchen oder besser eine Tagesmutter. Und ich brauche Hilfe im Hotel, wenigstens für die ersten Jahre. Aber ich bin mir sicher, dass ich das schaffen werde, und das Kribbeln in meinem Bauch macht mir keine Angst.

Gestern hat Sunny mit ihren Eltern telefoniert. Sie hat ihnen erklärt, dass sie sich in Kopenhagen verliebt hat und dort eine

Lehre als Hotelfachfrau beginnen will. Ihr Freund Bent hätte ein tolles Strandhaus, in dem sie wohnen könne. Sie sollen sich keine Sorgen machen, es ginge ihr gut und sie würde sich bald wieder melden. Bent!

Mittwoch, 5. März

Heute habe ich mich mit meinem Vater getroffen, in einem Bistro in der Altstadt. Hier gibt es das beste Thunfisch-Sandwich in Kopenhagen. Im Kong Arthur sollen einige Zimmer renoviert werden. Aber Papas Haustechniker hat gekündigt, weil er sich selbstständig machen will und er hat sonst niemanden, dem er das zutraut. Ich verspreche, mich umzuhören. Natürlich wollte Papa wissen, wie es mit »dieser Sunny« läuft. Er hat gesagt, dass er sie gern einmal kennenlernen möchte. Es würde ihn beruhigen, weil er eine ziemlich gute Menschenkenntnis hat. Ich glaube, dass das keine gute Idee ist, und komme mir jetzt schäbig und gemein vor, weil ich so denke. Ich war mit dem Fahrrad unterwegs und musste auf dem Rückweg eine Baustelle umfahren. Es hat mir einen Stich versetzt, als ich an dem kleinen Secondhandladen in Vesterbro vorbeigekommen bin. Hier hab ich ihn kennengelernt. Schon bald werde ich die Mutter seines Kindes sein und er weiß nichts davon.

Montag, 10. März

Sunny hat heute die dicken Wollsocken angehabt, die ich ihr neulich mitgebracht habe. Das freut mich irgendwie. Sie hat mir erklärt, warum sie bei Dr. Pollmann aufgehört hat. Weil ihr Chef nämlich ein Arschloch ist, der ihr bei jeder Gelegenheit an den Hintern gefasst hat. Dann hat sie mir von ihrer Familie erzählt und dass sie ihre Mutter nicht verstehen kann, weil sie mit Mitte vierzig noch mal schwanger geworden ist und der kleine Paul total nervt. Ich hab gefragt, wie sie Joe kennengelernt hat. Sie hat gelacht und gesagt, dass sie ihn schon aus der Sandkiste kennt. Sie findet ihn süß, aber er war ihr immer zu jung. Trotzdem hat sie ihm das Küssen beigebracht. Dann wollte sie wissen, wie ich Joe kennengelernt habe. Ich hab ihr die Geschichte mit dem Secondhandladen erzählt und wie wir uns dann verliebt haben. Wir haben geredet, als wären wir die besten Freundinnen.

Montag, 24. März

Endlich, die Tage werden länger. Die Sonne steht jetzt schon so hoch, dass man sich an einem wolkenlosen Tag auf die windgeschützte Terrasse legen kann. Wir haben die Liegen so ausgerichtet, dass wir das Meer sehen können. Sunnys Brüste werden immer größer. Einmal hat sie zu mir rüber geschaut und gemeint, dass sie jetzt schon fast so viel hat wie ich. Sie hat heute viel gelacht. Ich glaube, sie fühlt sich wohl. Ich liebe die Stimmung hier draußen. Wenn man sich darauf konzentriert, kann man von der Terrasse aus hören, wie draußen auf der Ostsee die Wellen brechen. Sunny findet doof, dass wir keinen Pool haben. Ich finde es dekadent, wenn man sich keine hundert Meter von der Ostsee entfernt ein Schwimmbecken in den Garten stellt.

Magnus hat uns auf seine Fete eingeladen. Er wird zwanzig und feiert im Klubhaus des Jachthafens. Er hat mitbekommen, dass Sunny hier wohnt und ist neugierig. Sunny will unbedingt hingehen. Damit sie sich mal einen süßen Kerl angeln kann, sagt sie. Aber ich will nicht, dass sie sich einem Mann hingibt, schon gar nicht einem Partyflirt. Ich habe gelesen, dass schwangere Frauen irgendwann wieder mehr Lust auf Sex haben. Das scheint bei Sunny auch so zu sein. Sie hat gemeint, das Beste sei, dass gar nichts passieren kann. Das hab ich erst gar nicht kapiert. Sie meint damit, dass sie ja wohl kaum schwanger werden kann und blöd wäre, wenn sie das nicht ausnützt. Außerdem hatte sie noch keinen Dänen, haha. Ich finde das überhaupt nicht witzig.

Dienstag, 25. März

Ich habe total schlecht geschlafen, weil ich die halbe Nacht darüber gegrübelt habe, wie ich Sunny von dieser Party abhalten kann. Wahrscheinlich ist das zwecklos, da sie sowieso macht, was sie will. Ich müsste sie dazu überreden, mit nach Kopenhagen zu kommen. Doch mir ist kein überzeugender Grund eingefallen. Das Fest ist am Freitag und da muss ich unbedingt im Hotel sein. Ich könnte es irgendwie hinbekommen, mir den Abend frei zunehmen. Aber was dann? Ich würde mitgehen und den ganzen Abend aufpassen, dass sie keine Dummheiten macht. Na toll!

Freitag, 28. März

Ich habe den Videorekorder aus dem Konferenzraum geholt und ein paar deutsch synchronisierte Filme bestellt. Sunny hat sich gefreut. Sie wollte unbedingt den weißen Hai gucken und gleich im Anschluss den Stadtneurotiker von Woody Allen. Als ich schon sicher war, dass sie die Party vergessen hat, sagte sie, dass sie den Film langweilig findet. Sie ist aufgestanden und hat sich fertig gemacht. Das war kurz nach zehn. Scheiße!
Eine halbe Stunde später waren wir am Klub. Aber kein Alkohol, hab ich gesagt. Drin war es tierisch laut. Dieses dumpfe Bassgewummer kann echt nicht gut für das Kind sein. Magnus hat mich reinkommen sehen und hat mir zugewunken. Dann hat er auf auf Sunny gedeutet, die sich bereits auf der Tanzfläche befand. Mir ist wieder eingefallen, warum ich solche Veranstaltungen hasse: schwitzige, verbrauchte Luft, ohrenbetäubender Lärm und Angetrunkene, die sich mit zunehmendem Enthemmungsgrad immer schlechter benehmen. Und unterhalten kann man sich auch nicht. Ich hätte ja gern mal mit Magnus geplaudert. Ist ein netter Typ, geradeheraus und zuverlässig. Stattdessen hab ich versucht, Sunny im Gewusel auszumachen. Als ich sie entdeckt habe, hat ihr ein Typ mit rotem Stirnband gerade ein Glas Sekt hingehalten. Sie hat es genommen und

dem Kerl zugeprostet, unmöglich! Ich hab mich zu ihr durch-
gedrängelt und sie daran erinnert, was wir verabredet hatten.
Aber das schien ihr total egal zu sein. Stattdessen hat sie weiter
mit Roger geflirtet, diesem Möchtegern-Indianer von der Surf-
schule. Als Sunny auf dem Klo war, hab ich mir den Typen
geschnappt und ihm ins Ohr gebrüllt, dass Sunny schwanger
ist und der zukünftige Vater demnächst hier auftaucht. Der hat
vielleicht blöd geguckt! Um sicherzugehen, hab ich noch gesagt,
dass es sich dabei um den Anführer einer Hamburger Rocker-
gang handelt. Seltsam, danach war Roger wie vom Erdboden
verschluckt, hihi ...

Samstag, 29. März

Sunny ist heut Morgen ziemlich sauer gewesen. Sie hat ihre
Brötchenhälfte weggeschoben und mich böse angeschaut. Sie
ahnt, dass ich ihr die Sache mit Roger versaut habe. Ich hab
ihr vorgehalten, dass sie mindestens drei Gläser Sekt getrunken
hat, und sie daran erinnert, dass sich im fünften Monat das Gehirn und die Sinne entwickeln. Sunny hat zurück gemotzt, ich
hätte ihr überhaupt nichts vorzuschreiben und ich solle sie mit
dem ganzen Entwicklungsscheiß in Ruhe lassen. Dann musste ich dringend zurück ins Hotel, wegen zwei Reisegruppen
aus Norwegen und Finnland. Ich war echt froh, dass ich einen
Grund hatte, mich noch während des Frühstücks zu verabschieden. Statt eines Abschiedsgrußes hat Sunny die Tür hinter mir
zugeknallt. Fühlt sich Scheiße an, aber Sunny ist auch echt
anstrengend.

Karfreitag, 4. April

Sunny hat heute im Hotel angerufen. Sie wollte, dass ich sofort
ins Sommerhaus komme. Als ich nach einer Stunde da war, hat
sie geheult und gelacht. Es hat sich bewegt, hat sie immer wieder
gerufen, das kleine Ding hat sich bewegt, es hat gezappelt, sie
hat es genau gespürt. Ich habe sie noch nie so aufgeregt erlebt.

Sie hat auf dem Sofa gelegen und ihren Bauch gestreichelt. Ich musste mich neben sie setzen und dann hat sie meine Hand geführt. Ob ich etwas spüre, wollte sie wissen und hat mich angelächelt. Wie schön sie ist, habe ich in dem Moment gedacht, aber gespürt habe ich leider nichts. Als ich uns was zu essen gemacht habe, hat sie mich wieder zu sich gerufen. Und da hab ich tatsächlich was gespürt. Als würde das Baby einen Fuß gegen die Bauchwand stemmen oder ein Ärmchen. Sunny war total froh, dass ich es auch fühlen konnte! Ihre Augen haben geglänzt und ihre Haut sah aus, als würde sie von innen strahlen.

Und noch etwas: Sunny hat angefangen, Dänisch zu lernen. Ihr Kind wird schließlich ein Däne, also will sie sich auch mit ihm unterhalten können, hat sie mir erklärt. Also hab ich ihr aus Kopenhagen so ein Lernprogramm mitgebracht. Inzwischen ist sie bei der dritten Kassette angekommen.

5. April, Samstag vor Ostern

Heute bin ich extra früh aufgestanden und habe uns Frühstück gemacht. Sunny war in der Wanne. Als sie im Bademantel zum Frühstücktisch kam, hat sie den Brief entdeckt, der an ihrem Kaffeebecher lehnte. Wir haben da so eine Tradition mit Narrenbriefen. Davon habe ich ihr erzählt: Kurz vor Ostern geben wir Menschen, die wir mögen, anonym einen kleinen, kunstvoll gestalteten Brief und der Empfänger muss raten, von wem dieser Gækkebrev stammt. Als sie dann mein kleines Gedicht vorgelesen hat, ist mir klar geworden, dass es fast eine Art Liebeserklärung geworden ist. Sunny hat natürlich gleich kapiert, dass der Brief von mir war (von wem sonst) und wollte wissen, was der Empfänger tun muss. Entweder eine Party geben, den Empfänger küssen oder ihm ein Ei schenken, hab ich gesagt.

Sunny hat erst so getan, als müsste sie überlegen. Und dann hat sie mich einfach geküsst, richtig geküsst, einfach so. Als ich ihre vollen Lippen gespürt habe, hat mein Denken ausgesetzt. Da war auf einmal nur noch so ein weiches, wohliges Wollen.

Sunny hat nach meiner Hand gegriffen, mich zum Sofa gezogen und sich in die Polster fallengelassen. Dann hat sie ihren Bademantel geöffnet und mich zu sich herangezogen. Sunnys Haut hat sich magisch angefühlt, irgendwie heilig, und doch so ..., ich weiß auch nicht, so zart. Es war die perfekte Harmonie. Ich glaube, es lag an dieser Vollkommenheit, jedenfalls sind mir die Tränen gekommen.

6. April, Ostersonntag

Ich habe mich in eine Frau verliebt. Es ist gar nicht so sehr Sunny, also Sunny als Mensch, als Persönlichkeit. Es ist eher dieser Körper und das, was mit ihm passiert, was mich so magisch anzieht. Ich könnte den ganzen Tag neben ihr liegen und sie überall berühren, so weich und schön sieht sie aus. Ihre leicht gebräunte Haut ist vollkommen rein. Ihr Gesicht, ihr Busen und ihr Bauch – alles strahlt wie von innen erleuchtet. Ich glaube, sie genießt es ebenfalls. Nicht, dass sie die gleiche Anziehung empfindet, vermutlich nicht. Aber sie genießt die Aufmerksamkeit, die Nähe und die Berührung.

Mittwoch, 8. April

Ich liege im Bett und habe eine Reihe seltsamer Gedanken:

1. Schwangere Frauen sollten keinen Sex mit Männern haben. Es kann nicht gut sein, dass da unten etwas reingesteckt wird.
2. Werde ich meinem Kind erzählen, was gerade passiert? Natürlich müsste es erfahren, wer seine leibliche Mutter ist. Aber dass ich Sex mit ihr hatte? Kann ein Kind so etwas verstehen? Wenn ja, in welchem Alter?
3. Ich habe Sehnsucht nach Sunny. Ich möchte neben ihr liegen und ihren Bauch streicheln. Und noch mehr.

Samstag, 19. April

Ich finde immer weniger Zeit, Tagebuch zu schreiben. Wenn ich im Hotel bin, komme ich oft erst nach Mitternacht ins Bett und bin dann einfach zu fertig. Wenn ich im Sommerhaus bin, möchte ich möglichst viel Zeit mit Sunny verbringen. Wir schlafen meistens im Zimmer meines Vaters, weil dort das einzige große Bett steht. Zuerst fühlte sich das seltsam an. Mir ist inzwischen klar geworden, dass es doch mehr als dieser wundervolle, schwangere Körper ist, der mich fasziniert. Es ist auch ihr Wesen. Es ist dieses unbedingte Selbstvertrauen. Sunny ist eins mit sich, mit ihrem Körper und das macht sie so anziehend. Ich gebe das nur ungern zu, aber ich bin ein bisschen neidisch. Auf diese Unbefangenheit und Natürlichkeit, auf diesen angeborenen Sex-Appeal, der sie wie ein Duft umgibt.

Montag, 21. April
Heute waren wir bei einer Gynäkologin. Sie hat Sunny erklärt, in welchem Entwicklungsstadium sich der Fötus im siebten Monat befindet und gefragt, ob sie eine spezielle Untersuchung machen soll, bei der wir den Fötus auf einem kleinen Bildschirm sehen können. Sie hat gesagt, dass man damit feststellen kann, ob es ein Junge oder ein Mädchen wird. Sunny war genauso neugierig wie ich. Dann ist die junge Ärztin mit so einem Ding auf Sunnys Bauch herumgefahren und wir beide haben wie gebannt auf einen winzigen Schwarz-weiß-Bildschirm gestarrt. Da sind so pulsierende Formen erschienen und wir haben seltsame, blubbernde Geräusche gehört. Die Ärztin hat uns erklärt, wo man den Kopf, die Wirbelsäule und die Beine sehen kann. Doch wir konnten leider nichts davon erkennen. Dann hat sie gesagt, dass alles in Ordnung ist und dass es wahrscheinlich ein Mädchen wird. Ich bin total glücklich und aufgeregt.

Dienstag, 6. Mai
Wir führen eine Wochenendbeziehung. Nur, dass mein Wochenende am Montag beginnt und am Mittwoch endet, weil ich im Hotel vor allem von Freitag bis Sonntag gefragt bin. Ich komme Sonntag spät am Abend und fahre Mittwoch ganz früh

wieder zurück nach Kopenhagen. Wir freuen uns aufeinander,
unternehmen etwas, kochen und essen zusammen und lieben
uns. Und wir sprechen über unser ungeborenes Kind. Wir sind
beide total happy, dass es ein Mädchen wird.

Sonntag, 15. Juni

Sunny hat das Tagebuch entdeckt. Sie hat es gelesen und ist
total ausgeflippt. Als ich ins Strandhaus kam, lagen überall zer-
knüllte Seiten herum. Sunny hat auf dem Sofa gelegen und kein
Wort mit mir geredet.

Mittwoch, 18. Juni

Ich habe geträumt, wir wären eine Familie. Unser Kind war
allerdings ein grauer Pudel, was Sunny und mich überhaupt
nicht gewundert hat. Wir haben das Kind trotzdem geliebt.
Es konnte von Geburt an sprechen, sowohl Dänisch als auch
Deutsch. Irgendwie gab es Probleme mit der Geburtsurkunde
und das fand ich sehr beunruhigend. Das Sommerhaus war in
meinem Traum eine Art Hausboot und im Untergeschoss befand
sich ein Restaurant. Joe hat da gekocht, allerdings hatten wir
selten Gäste, nämlich nur dann, wenn wir irgendwo angelegt
haben. Seltsamerweise haben Sunny und ich das Kind vor Joe
verheimlicht, was leicht war, weil er ja nicht bei uns gewohnt
hat. Als das Pudel-Kind vom Wickeltisch gesprungen und da-
vongelaufen ist, bin ich aufgewacht und hab mich gefragt, was
der Traum bedeutet – keine Chance. Aber ich weiß, dass es
zwischen Sunny und mir vorbei ist.

Mittwoch, 25. Juni

Gestern ist die kleine Agneta zur Welt gekommen! Drei Wo-
chen vor dem errechneten Termin, ausgerechnet in der Mit-
sommernacht, genau um 22 Uhr 22. Überall haben Feuer ge-
brannt, ganz Dänemark hat die Geburt unserer Tochter gefeiert.
Sie wiegt 2.900 Gramm und ist 47 cm lang. Gleich nach der

Geburt hat die Hebamme die Kleine auf Sunnys Bauch gelegt, damit sie sich beruhigt. Ich habe Sunny gebeten, dass sie für die ersten Tage Milch abpumpt, aber sie will nicht. Sie ist völlig fertig. Ich hoffe, sie überlegt es sich noch. Ich fühle mich schrecklich. Was habe ich Sunny nur angetan? Sie sieht furchtbar aus. Der Bauch ist weg, der Glanz ist weg und das Selbstvertrauen auch. Die Geburt hat sie total erschöpft. Sie ist froh, dass es endlich vorbei ist und fühlt sich, als wäre sie aus einem seltsamen Traum aufgewacht, sagt sie. Aber dann habe ich die kleine Agneta das erste Mal in den Armen gehalten, und alles andere war egal.

Donnerstag, 26. Juni

Heute ist mir klar geworden, welche Verantwortung ich jetzt habe. Und das fühlt sich ganz anders an, als ich es mir vorgestellt habe. Seit Wochen habe ich versucht, mir auszumalen, wie es sein wird, wenn ich nachts aufstehe, um ein Fläschchen zu machen oder die Kleine zu wickeln, wie ich alles organisiere und dafür sorge, dass es dem Kind an nichts fehlt. Doch nun ist alles ganz anders, ganz neu, ganz unsicher. So wie die ersten Schritte nachts, bevor die Augen sich an die Dunkelheit gewöhnt haben. Heute ist es zum Glück schon viel besser gelaufen. Aber ich habe kaum noch Zeit zu schreiben. Agneta füllt meine Tage vollkommen aus. Wenn ich sie am Abend zu Bett gebracht habe, fallen mir kurz darauf auch gleich die Augen zu, so wie jetzt.

Freitag, 18. Juli

Sunny hat ihr Zimmer im Hotel bezogen. Ihre Lehre beginnt in zwei Wochen. Sie will vorher Urlaub machen und hat einen Flug nach Ibiza gebucht. Ich habe ihr den Ausbildungsvertrag vorbeigebracht. Sie war von einer Wolke von Patschuli umgeben, einem Duft, der nicht zu ihr passt und den ich nicht besonders mag. Vielleicht wollte sie Distanz schaffen, zu mir, zu dem Kind und zu der ganzen Schwangerschaft. Sie hat nicht einmal nach Agneta gefragt. Sie tut mir leid. Ich fühle mich schlecht.

Einmal hatte Joe mich gebeten, ihm den Geruch von Patschuli zu beschreiben, doch ich hatte keine Idee. Jetzt habe ich sie: Patschuli duftet nach den Erinnerungen an längst zerfallene Freuden, nach einer sentimentalen Hoffnung, die sich schwer auf deine Brust legt und verwelkt.

Am Schluss fehlten ein paar Seiten. Sie waren herausgerissen, jedoch nicht wieder eingeklebt worden. Der letzte Eintrag war mit einem anderen Stift geschrieben worden. Er lautete:

Ich kann verstehen, dass du sie haben wolltest. Sie hat diese Ausstrahlung. Es ist ihr Wesen. Sie liebt es, geliebt und umschwärmt zu werden, ganz egal von wem. Sie badet darin. Ich verzeihe dir, Joe!

84.

Der Kies knirschte, als ich die Auffahrt hochfuhr. Ich stieg aus und atmete tief durch. Ich sah weiße Wolken und weiße Segel vor blauem Himmel und blauem Meer. Ich hörte, wie es drinnen läutete, als ich die Klingel drückte, doch es kam niemand an die Tür. Ich ging um das Haus herum, dann sah ich sie.

Bente lag in der Sonne, mit der kleinen Agneta auf dem Bauch. Sie schliefen. Ich setzte mich dazu und wartete. Nach ein paar Minuten öffnete Bente die Augen. Sie schob die Sonnenbrille ins Haar.

»Da bist du ja.«

Sie sprach so leise, wie es Mütter tun, die ihr Kind nicht wecken wollen.

»Du musst mir versprechen, dass du ihr die Wahrheit über ihre Herkunft sagst«, flüsterte ich ebenso leise. »Versprichst du es?«

Wird sie riechen und schmecken können? Wir müssen ihr sagen, wer ihre leibliche Mutter ist und wie es zu ihrer Entstehung kam. Und ich muss Bente erklären, wie es zu meiner Entstehung gekommen ist. Doch dann zweifelte ich: Muss man die Wahrheit kennen? Hatte ich nicht selbst erlebt, was es bedeutet, wenn die Wahrheit, an die man sein Leben lang geglaubt hatte, zu einer Lüge wurde, weil ein Versprechen gebrochen worden war?

Bente schnupperte an Agnetas Kopf, am Kopf meiner Tochter.

»Wonach riecht sie?«, fragte ich.

Ich hörte Bente tief einatmen, dann seufzen.

»Wie kleine, weiche Wolken, die über einen sanftmütigen Himmel schweben. Sie duftet nach der zerbrechlichen Gewissheit reiner Liebe und reinen Vertrauens.«

Ich kam näher und roch ebenfalls an ihr.

»Es füllt dich ganz aus«, flüsterte Bente. »Es bewegt dein Herz und macht, dass du sie beschützen, behüten und nähren willst.«

Sie hob den Blick und lächelte.

»Willst du das?«

Dies ist eine fiktive Geschichte

Sämtliche Figuren und Handlungen dieses Romans sind frei erfunden. Ähnlichkeiten mit Lebenden und Verstorbenen sind daher rein zufällig und nicht beabsichtigt. Eine Schönheitsfarm hat es in der Nordheide indes tatsächlich gegeben. Umso wichtiger ist dem Autor, festzustellen, dass seine Beschreibung dieser Einrichtung, seiner Mitarbeiterinnen sowie sämtlicher im Roman beschriebenen Vorgänge, die sich in der Schönheitsfarm abspielen, zu 100 Prozent seiner Phantasie entspringen.

Herzlichen Dank!

Ich danke meinen Probelesern Anja, Sabine, Marc, Martin und Michael. Ihr habt euch nicht nur mit meinem Manuskript herumgeschlagen, sondern auch konstruktive Kritik und wertvolle Anregungen geliefert.

Außerdem gilt mein Dank Nadja und Charlotte vom Kossack-Team, sowie den Verlegern des Rote-Katze-Verlag Lübeck und der Lektorin Ramona Pingel. Ohne euch wäre mein Roman nicht zum Buch geworden.

Wie immer danke ich meiner wunderbaren Frau Dörte, ohne die ich weder Journalist noch Autor geworden wäre.

Jesko Wilke, 1959 in Hamburg geboren, studierte Philosophie, Kunsttherapie und Kunstpädagogik. Danach war er einige Jahre in sozialen Einrichtungen tätig. Anschließend arbeitete er als Grafiker für verschiedene Magazine der Verlagsgruppe Milchstrasse. Seit 2002 ist er Autor und freier Journalist. Neben Sachbüchern verfasst er Romane wie *Ghostwriter* (Rowohlt), *Das Leben ist ein zotteliges Ungetüm* (Dryas) und *My New Big Greek Family* (Riva Verlag). Jesko Wilke ist Stipendiat der Initiative *Neustart Kultur* der Deutschen Bundesregierung. Er lebt mit Frau und Hund »Pepe« südlich von Hamburg.